Guillaume Musso

Sieben Jahre später

PIPER

Zu diesem Buch

Die extrovertierte Nikki und der zurückhaltende Sebastian waren von Anfang an ein ungleiches Paar. Dennoch verliebten sie sich, heirateten und wurden Eltern der Zwillinge Camille und Jeremy. Doch die Harmonie war nicht von langer Dauer. Als es zur schmerzlichen Scheidung kam, übernahm Sebastian das Sorgerecht für Camille, Nikki das für Jeremy. Fortan lebte jeder sein Leben, weit voneinander entfernt. Bis eines Tages Jeremy auf mysteriöse Weise verschwindet. Ist er weggelaufen? Wurde er entführt? Um Jeremy zu finden, bleibt Nikki nichts anderes übrig, als Kontakt zu Sebastian aufzunehmen, den sie seit sieben Jahren nicht gesehen hat. In der Sorge um ihr gemeinsames Kind vereint, begeben sich die beiden auf die gefährliche Suche – auf der plötzlich nichts mehr ist, wie es vorher war …

Guillaume Musso wurde 1974 in Antibes geboren und verbrachte mit 19 Jahren mehrere Monate in New York und New Jersey. Er studierte Wirtschaftswissenschaften und wurde als Lehrer in den Staatsdienst übernommen. Ein schwerer Autounfall brachte ihn letztendlich zum Schreiben. In »Ein Engel im Winter« verarbeitet er eine Nahtoderfahrung – und wird über Nacht zum Bestsellerautor.

Seine Romane, eine intensive Mischung aus Thriller und Liebesgeschichte, haben ihn weltweit zum Publikumsliebling gemacht.

Guillaume Musso

Sieben Jahre später

Roman

Aus dem Französischen von
Eliane Hagedorn und Bettina Runge,
Kollektiv Druck-Reif

Pendo München Zürich

Mehr über unsere Autoren und Bücher:
www.piper.de

Von Guillaume Musso liegt außerdem vor:
Nachricht von dir
Eine himmlische Begegnung

Die Originalausgabe erschien 2013 unter dem Titel
»7 ans après« bei XO Éditions, Paris.

Ungekürzte Taschenbuchausgabe
März 2015

Umschlaggestaltung: ZERO Werbeagentur, München
unter Verwendung mehrerer Fotos von Getty Images
Satz: Kösel Media GmbH, Krugzell
Gesetzt aus der Scala
Papier: Munken Print von Arctic Paper Munkedals AB, Schweden
Druck und Bindung: CPI books GmbH, Leck
Printed in Germany ISBN 978-3-492-30519-8

Erster Teil
Ein Loft in Brooklyn

Only one is a wanderer.
Two together are always going somewhere.

Einer allein fährt manchmal ohne Ziel herum.
Zwei zusammen haben meistens ein Ziel.

Alfred Hitchcock, *Vertigo*

Kapitel 1

Eingekuschelt in ihr Bett, beobachtete Camille die Amsel, die auf der Fensterbank saß. Der Herbstwind strich durch die Baumkronen, die Sonne spielte mit dem Laub, dessen Schatten auf das Glasdach fielen. Obwohl es die ganze Nacht geregnet hatte, war der Himmel tiefblau und kündigte einen schönen Oktobertag an.

Am Fuß des Bettes hob ein Golden Retriever mit cremefarbenem Fell den Kopf in ihre Richtung.

»Komm her, Buck, komm her«, rief Camille und klopfte auf ihr Kissen.

Der Hund ließ sich nicht zweimal bitten. Mit einem Satz war er bei ihr und nahm seine morgendlichen Streicheleinheiten entgegen. Das junge Mädchen kraulte seinen Kopf und seine hängenden Ohren, dann gab sie sich einen Ruck.

Na los, meine Liebe!

Widerwillig verließ sie ihr warmes Bett, hatte aber im Handumdrehen Trainingsanzug und Turnschuhe angezogen und ihr Haar zu einem lockeren Knoten gebunden.

»Auf geht's, Dicker, ab zum Joggen!«, rief sie und rannte die Treppe ins Wohnzimmer hinunter.

Die um ein zentrales Atrium angelegten drei Stockwerke des Hauses lagen im Sonnenlicht. Das elegante Brownstone-Gebäude war seit drei Generationen im Besitz der Familie Larabee.

Modern und minimalistisch eingerichtet, erinnerte es trotz der wertvollen Bilder aus den 1920er-Jahren – signiert von Marc Chagall, Tamara de Lempicka und Georges Braque – mehr an die Wohnungen von Soho und TriBeCa als an die der sehr konservativen Upper East Side.

»Papa? Bist du da?«, fragte Camille, in der Küche angelangt.

Sie schenkte sich ein Glas Mineralwasser ein und sah sich um. Ihr Vater hatte bereits gefrühstückt. Auf der lackierten Küchentheke standen eine halb leere Tasse und ein Teller mit einem Bagelrest, daneben lagen das *Wall Street Journal*, das Sebastian Larabee jeden Morgen durchblätterte, und ein Exemplar des *Strad Magazine*, einer Fachzeitschrift für Saiteninstrumente.

Camille lauschte und hörte aus dem ersten Stock das Rauschen der Dusche. Ihr Vater war offensichtlich im Badezimmer.

»Hey!«

Sie gab Buck einen kleinen Klaps und schloss die Kühlschranktür, damit ihr Hund nicht das halbe Brathähnchen stibitzen konnte.

»Du bist erst später dran, du Vielfraß.«

Sie setzte ihre Kopfhörer auf, verließ das Haus und lief die Straße hinauf.

Der Wohnsitz der Larabees lag in der baumbestandenen 74th Street zwischen Madison und Park Avenue. Trotz der frühen Stunde war das Viertel bereits belebt. Taxis und Limousinen fuhren an den herrschaftlichen Stadthäusern und den luxuriösen Villen vorbei. Uniformierte Portiers überschlugen sich geradezu vor Eifer, um *Yellow Cabs* herbeizuwinken, Wagentüren zu öffnen, Gepäck ein- und auszuladen.

Camille bog in die Fifth Avenue, lief die Millionaires' Mile, den Boulevard der Millionäre, hinauf, an der sich, entlang dem Central Park, die berühmtesten Museen der Stadt reihten – Met, Guggenheim, Frick Collection …

»Komm, mein Süßer, ohne Fleiß kein Preis!«, feuerte sie Buck an und beschleunigte den Schritt, als sie den Joggingweg erreicht hatte.

Sobald er sicher sein konnte, dass seine Tochter gegangen war, verließ Sebastian Larabee das Bad. Er betrat Camilles Zimmer zu seiner wöchentlichen Inspektion, die er eingeführt hatte, als seine Tochter in die Pubertät gekommen war.

Er blickte finster drein, hatte die Stirn gerunzelt, denn er beobachtete seit mehreren Wochen, dass Camille verschlossener war und sich weniger auf die Schule und ihren Geigenunterricht konzentrierte.

Sebastian blickte sich um: ein geräumiges Mädchenzimmer, ganz in Pastelltönen gehalten, das eine beruhigende und romantische Atmosphäre ausstrahlte. An den Fenstern schimmerten duftige Vorhänge im Sonnenlicht. Auf dem großen Bett lagen farbige Kopfkissen und eine zusammengerollte Decke. Ganz automatisch schob er die Decke beiseite und setzte sich auf die Matratze.

Er griff nach dem Smartphone, das auf dem Nachtkästchen lag. Ohne zu zögern, gab er die Pin ein, die er eines Tages, als seine Tochter arglos neben ihm telefonierte, aufgeschnappt hatte. Der Apparat schaltete sich ein, und Sebastian spürte, wie ihm das Adrenalin in die Blutbahnen schoss.

Jedes Mal, wenn er in die Intimsphäre seiner Tochter eindrang, fürchtete er sich vor dem, was er entdecken könnte.

Auch wenn das Ergebnis bislang negativ war, setzte er seine Kontrollen fort.

Er überprüfte sämtliche Anrufe. Er kannte alle Nummern. Die der Freundinnen aus der St. Jean Baptiste High School, der Geigenlehrerin, der Tennispartnerin …

Kein Junge. Kein Eindringling. Keine Bedrohung. Erleichterung!

Er ging die vor Kurzem empfangenen Fotos durch. Nichts Besonderes. Aufnahmen vom Geburtstagsfest der kleinen McKenzie, der Tochter des Stadtteilbürgermeisters, mit der Camille zur Schule ging. Um nichts dem Zufall zu überlassen, zoomte er die Flaschen heran und prüfte, dass sie keinen Alkohol enthielten. Es waren nur Coca-Cola und Fruchtsäfte.

Er setzte seine Nachforschungen fort, indem er die

Mails und SMS öffnete und den Internetverlauf überprüfte. Auch da war alles nachvollziehbar und der Inhalt der Gespräche ohne Bedeutung.

Seine Angst ließ ein wenig nach.

Er legte das Smartphone an seinen Platz zurück und nahm die Gegenstände und Papiere auf dem Schreibtisch in Augenschein. Der Laptop interessierte ihn nicht weiter.

Er hatte vor einem halben Jahr einen Keylogger im Computer seiner Tochter installiert. Eine Software zum Ausspähen von Daten, mithilfe derer er eine genaue Auflistung der besuchten Websites sowie eine Wiedergabe ihrer elektronischen Post und ihrer Chat-Gespräche auf seinem Computer lesen konnte. Natürlich wusste niemand etwas davon. Die Besserwisser würden ihn garantiert als besitzergreifend verdammen. Doch Sebastian ignorierte das. Seine Rolle als Vater bestand darin, potenzielle Gefahren, denen sie ausgesetzt sein könnte, von seiner Tochter fernzuhalten. In diesem Fall heiligte der Zweck die Mittel.

Da er fürchtete, Camille könne vorzeitig zurückkommen, warf er rasch einen Blick durch das Fenster, bevor er seine Recherchen fortsetzte. Er ging um das Kopfende des Bettes herum, das als Trennung zwischen Schlaf- und Ankleidezimmer diente, und öffnete die Schränke. Er inspizierte jeden Kleiderstapel, verzog missbilligend den Mund angesichts der Schneiderpuppe mit dem Bustierkleid, das er viel zu sexy für ein Mädchen ihres Alters fand.

Er öffnete die Tür des Schuhschranks und bemerkte ein nagelneues Paar Stuart-Weitzman-High-Heels aus Lackleder! Besorgt begutachtete er die Pumps – schmerzhafte Anzeichen dafür, dass seine Tochter allzu früh flügge werden wollte.

Als er sie wütend zurückstellte, fiel sein Blick auf eine elegante rosa-schwarze Shoppingtasche, verziert mit dem Logo einer bekannten Dessousmarke. Er öffnete sie vorsichtig und entdeckte zu seinem Entsetzen ein Ensemble, bestehend aus einem Balconnet-BH und einem Spitzenslip.

»Das geht jetzt aber wirklich zu weit!«, schimpfte er laut und warf die Tasche in die hinterste Schrankecke. Er knallte die Schiebetür zu, fest entschlossen, seiner Tochter gehörig die Meinung zu sagen. Dann, ohne recht zu wissen, warum, trat er ins Badezimmer. Er nahm den Inhalt ihres Reisenecessaires unter die Lupe und zog eine Schachtel mit Tabletten heraus. Eine der beiden Reihen war bereits angebrochen. Er spürte, wie seine Hände zu zittern begannen. Sein Zorn verwandelte sich in Panik, je offenkundiger die Tatsachen wurden: Seine fünfzehnjährige Tochter nahm die Pille.

Kapitel 2

»Komm, Buck, ab nach Hause!«

Nach zwei Runden auf dem Joggingweg hing dem Golden Retriever die Zunge aus dem Maul. Er brannte darauf, ins Wasser des Reservoirsees zu springen, der sich hinter dem Zaun befand. Camille beschleunigte noch einmal den Schritt und setzte zum letzten Sprint an. Um in Form zu bleiben, kam sie dreimal die Woche her und joggte hier, im Herzen des Central Park, auf der zweieinhalb Kilometer langen Strecke rund um den See.

Nachdem sie ihre Runde beendet hatte, atmete sie, die Hände in die Taille gestemmt, tief durch und bahnte sich dann ihren Weg zwischen den Radfahrern, Skatern und Kinderwagen hindurch zurück in Richtung Madison Avenue.

»Hallo, keiner zu Hause?«, rief sie, als sie die Eingangstür öffnete.

Ohne die Antwort abzuwarten, stürmte sie die Treppe zu ihrem Zimmer hinauf.

Los, los schnell, sonst komme ich zu spät ... dachte sie und sprang unter die Dusche. Als sie fertig war, ging sie ins Ankleidezimmer, um ihre Garderobe auszuwählen.

Der wichtigste Moment des Tages …

Ihr Gymnasium, die St. Jean Baptiste High School, war eine katholische Mädchenschule. Eine Eliteschule für die New Yorker *Jeunesse dorée* mit äußerst strengen Regeln, wie zum Beispiel der Pflicht, eine Uniform zu tragen: Faltenrock, Blazer mit aufgenähtem Wappen, weiße Bluse, Haarreif.

Zum Glück aber waren bei aller klassischen Schmucklosigkeit einige etwas kühnere Accessoires erlaubt. Camille band sich eine Künstlerschleife um den Hals und tupfte mit dem Zeigefinger einen Hauch von himbeerfarbenem Lipgloss auf.

Sie gab ihrem adretten Schulmädchenlook einen letzten Schliff, indem sie sich mit der *It-Bag* in knalligem Rosa, die sie zum Geburtstag geschenkt bekommen hatte, ausstaffierte.

»Hallo, Papa!«, rief sie und nahm an der Küchentheke Platz.

Ihr Vater antwortete nicht. Camille musterte ihn. Er wirkte elegant in seinem dunklen Anzug. Übrigens hatte sie ihm zu diesem italienischen Modell geraten: ein leicht tailliertes Sakko mit tief angesetzten Schultern, das tadellos passte. Doch jetzt stand er mit finsterer Miene und ausdruckslosem Blick vor der Fensterfront.

»Alles in Ordnung?«, fragte Camille besorgt. »Soll ich dir noch einen Kaffee machen?«

»Nein.«

»Na, dann nicht …«, erwiderte sie leichthin.

Ein köstlicher Geruch von geröstetem Toast hing in

der Luft. Sie schenkte sich ein Glas Orangensaft ein, faltete ihre Serviette auseinander, aus der … ihre Pillenschachtel fiel.

»Kannst … kannst du mir das bitte erklären?« Ihre Stimme zitterte.

»Wer hier was zu erklären hat, bist du!«, knurrte ihr Vater.

»Du hast in meinen Sachen herumgeschnüffelt!«, rief sie empört.

»Schweife bitte nicht vom Thema ab! Was hat eine Antibabypille in deinem Reisenecessaire zu suchen?«

»Das ist mein Privatleben!«, protestierte sie.

»Mit fünfzehn Jahren hat man kein Privatleben.«

»Du hast kein Recht, mich auszuspionieren!«

Sebastian trat näher und richtete drohend den Zeigefinger auf sie.

»Ich bin dein Vater, ich habe alle Rechte!«

»Du lässt mir nicht die geringste Freiheit. Du kontrollierst alles: meine Freunde, meine Verabredungen, meine Post, die Filme, die ich mir ansehe, die Bücher, die ich lese …«

»Hör zu, ich erziehe dich ganz allein – seit sieben Jahren, und …«

»Weil du es so gewollt hast!«

Wütend schlug er mit der Faust auf den Tisch.

»Antworte auf meine Frage: Mit wem schläfst du?«

»Das geht dich nichts an! Ich brauche dich nicht um Erlaubnis zu bitten! Das ist nicht dein Leben! Ich bin kein Kind mehr!«

»Du bist zu jung für sexuelle Beziehungen. Das ist purer Leichtsinn! Was willst du eigentlich? Wenige Tage vor dem Tschaikowsky-Wettbewerb dein Leben versauen?«

»Ich hab die Nase voll vom Geigenspiel! Und übrigens auch von dem Wettbewerb! Ich trete gar nicht erst an. Das hast du jetzt davon!«

»Sieh mal einer an! Das ist ja auch viel einfacher! Du müsstest gegenwärtig zehn Stunden täglich üben, um eine kleine Chance zu haben, beim Vorspiel zu glänzen. Stattdessen kauft sich die Lady Reizwäsche und Schuhe, so teuer wie das Bruttosozialprodukt von Burundi.«

»Hör auf, mir dauernd in alles reinzureden!«, schrie sie.

»Und du hör auf, dich anzuziehen wie eine Nutte! Wie … wie deine Mutter!«, brüllte er und verlor völlig die Fassung.

Überrascht von der Härte seiner Worte, ging sie zum Gegenangriff über.

»Du hast ja nicht mehr alle Tassen im Schrank! Du bist krank!«

Das war zu viel. Außer sich holte er aus und versetzte ihr eine so heftige Ohrfeige, dass sie das Gleichgewicht verlor. Der Hocker, auf den sie sich stützte, schwankte und kippte um.

Perplex richtete sich Camille auf, verharrte einen Augenblick reglos, noch völlig benommen von diesem Ausbruch. Dann kam sie wieder zu sich, griff nach ihrer

Tasche, fest entschlossen, keine weitere Sekunde mehr in der Nähe ihres Vaters zu bleiben. Sebastian versuchte, sie zurückzuhalten, doch sie stieß ihn fort und rannte aus dem Haus, ohne die Tür zu schließen.

Kapitel 3

Das Coupé mit den getönten Scheiben bog in die Lexington Avenue ein und erreichte die 73th Street. Sebastian klappte die Sonnenblende herunter. Das Wetter in diesem Herbst 2012 war besonders schön. Noch erschüttert von der Auseinandersetzung mit Camille, war er völlig ratlos. Es war das erste Mal, dass er die Hand gegen sie erhoben hatte. Ihm war bewusst, wie demütigend es für sie gewesen sein musste, und er bereute die Ohrfeige zutiefst. Die Heftigkeit seiner Reaktion aber hatte dem Grad seiner Enttäuschung entsprochen.

Die Tatsache, dass seine Tochter eine sexuelle Beziehung haben könnte, versetzte ihm einen Stich ins Herz. Das war viel zu früh und stellte die Pläne infrage, die er für sie hatte. Die Geige, die Ausbildung, die möglichen Berufe: Alles war bis ins Letzte durchdacht, strukturiert wie Notenpapier, da war kein Platz für etwas anderes …

Er atmete tief durch, um zur Ruhe zu kommen, und versuchte, im Schauspiel des Herbstes Trost zu finden. An diesem windigen Vormittag waren die Bürgersteige der Upper East Side mit Laub in flammenden Farben bedeckt. Sebastian liebte dieses aristokratische und zeitlose Viertel, in dem die High Society von New York lebte.

In dieser Enklave mit diskretem Komfort war alles maßvoll und beruhigend. Eine Nische abseits von Hektik und stressigem Geschäftsleben.

In seine Gedanken vertieft, erreichte er die 5th Avenue und fuhr Richtung Süden, am Central Park entlang. Zweifellos war er etwas besitzergreifend, aber war das nicht eine – wenn auch etwas ungeschickte – Art, die Liebe zu seiner Tochter zum Ausdruck zu bringen? Vielleicht könnte er ja einen Mittelweg zwischen seiner Pflicht, sie zu beschützen, und ihrem Wunsch nach Selbstständigkeit finden? Einen Augenblick lang war er geneigt zu glauben, alles sei ganz einfach, und er würde sich ändern. Dann fielen ihm wieder die Pillen ein, und alle guten Vorsätze lösten sich in Luft auf.

Seit seiner Scheidung hatte er Camille allein erzogen. Er war stolz, ihr alles gegeben zu haben, was sie brauchte: Liebe, Aufmerksamkeit, Anerkennung, eine gute Ausbildung. Er war immer für sie da gewesen, hatte seine Rolle sehr ernst genommen und sich täglich um alles gekümmert, von der Beaufsichtigung der Hausaufgaben, über den Reitunterricht bis hin zu den Geigenstunden.

Sicher hatte er so einiges versäumt, manche Ungeschicklichkeit begangen, aber er hatte sein Bestes gegeben. In dieser dekadenten Zeit hatte er sich vor allem bemüht, ihr Werte zu vermitteln. Er hatte sie vor schlechtem Umgang, Überheblichkeit, Zynismus und Mittelmaß bewahrt. Jahrelang war ihre Beziehung eng und einvernehmlich gewesen. Camille hatte ihm alles erzählt, ihn häufig nach seiner Meinung gefragt und seine Ratschläge befolgt. Sie war der Stolz seines Lebens: ein intelligentes, feinsinniges und strebsames junges Mädchen, das in der Schule glänzte und vielleicht am Beginn einer großen Karriere als Geigerin stand. Seit einigen Monaten gab es jedoch immer häufiger Streit, und er musste zugeben, dass er sich zunehmend überfordert fühlte, sie in dieser gefährlichen Übergangszeit, die von den Ufern der Kindheit an die Klippen des Erwachsenenalters führt, zu begleiten.

Ein Taxi hupte, um ihm zu bedeuten, dass die Ampel auf Grün umgeschaltet hatte. Sebastian stieß einen tiefen Seufzer aus. Er verstand die Menschen nicht mehr, er verstand die Jugend nicht mehr, er verstand die Welt nicht mehr. Alles brachte ihn zur Verzweiflung und erschreckte ihn. Die Welt tanzte am Rand des Abgrunds, überall lauerte Gefahr.

Natürlich musste man mit der Zeit gehen, sich ihr stellen und nicht aufgeben, aber die Menschen glaubten ja an nichts mehr. Orientierungen lösten sich auf, Ideale verschwanden. Wirtschaftskrise, Umweltkrise, Gesellschaftskrise. Das System rang mit dem Tod, und seine Akteure – Politiker, Eltern und Lehrer – hatten den Kampf aufgegeben.

Was mit Camille geschah, stellte alle seine Prinzipien infrage und verstärkte seine natürliche Ängstlichkeit noch mehr.

Sebastian hatte sich zurückgezogen, sich eine Welt nach seinen Vorstellungen geschaffen. Inzwischen verließ er sein Viertel nur noch selten und Manhattan noch weniger.

Als berühmter Geigenbauer, der die Einsamkeit liebte, vergrub er sich immer öfter in seiner Werkstatt. Tagelang arbeitete er, die Musik als einzige Gesellschaft, an seinen Instrumenten, an ihrer Klangfarbe und -fülle, um sie zu Unikaten zu machen, auf die er stolz sein konnte. Seine Geigenbauwerkstatt war auch in Europa und Asien bekannt. Was jedoch seinen Umgang betraf, so beschränkte er sich auf einen kleinen Kreis von Kennern, im Wesentlichen auf Leute aus dem Milieu der klassischen Musik oder Abkömmlinge bürgerlicher Familien, die seit Jahrzehnten in der Upper East Side lebten.

Sebastian schaute auf seine Armbanduhr und gab Gas. Auf Höhe der Grand Army Plaza fuhr er an der hellgrauen Fassade des Park Savoy Hotel vorbei und zwischen den Autos und Touristenkutschen hindurch zur Carnegie Hall. Er parkte in der Tiefgarage gegenüber dem legendären Konzertsaal und nahm den Aufzug hinauf in seine Werkstatt.

Die Firma *Larabee & Son* war von seinem Großvater, Andrew Larabee, Ende der 1920er-Jahre gegründet worden. Im Lauf der Zeit hatte sich der bescheidene Laden einen internationalen Ruf erworben und war schließlich eine der ersten Adressen im Bereich des Geigenbaus und der Restaurierung alter Instrumente geworden.

Sobald Sebastian seine Werkstatt betreten hatte, entspannte er sich. Hier herrschten Ruhe und Frieden. Die Zeit schien stehen geblieben zu sein. Der angenehme Geruch nach Ahorn, Weide und Fichte vermischte sich mit dem der Lacke und Lösungsmittel.

Er liebte die besondere Atmosphäre dieses Handwerks aus einer anderen Zeit. Im achtzehnten Jahrhundert hatte die Schule von Cremona die Kunst des Geigenbaus perfektioniert. Seither hatten sich die Techniken kaum weiterentwickelt. In einer Welt des permanenten Wandels hatte diese Beständigkeit etwas Wohltuendes.

Hinter ihren Werktischen arbeiteten Geigenbauer und Lehrlinge an verschiedenen Instrumenten. Sebastian begrüßte Joseph, seinen Werkstattleiter, der gerade die Wirbel einer Bratsche einstellte.

»Die Leute von Farasio haben wegen der Bergonzi angerufen. Der Verkauf wurde zwei Tage vorgezogen«, erklärte er und klopfte sich die Späne von seiner Lederschürze.

»Das darf doch nicht wahr sein! Es wird für uns schwierig sein, diesen Termin zu halten«, erwiderte Sebastian besorgt.

»Übrigens, sie hätten dein Echtheitszertifikat gern heute im Lauf des Tages. Meinst du, das ist möglich?«

Sebastian war nicht nur ein begabter Geigenbauer, sondern auch ein anerkannter Sachverständiger.

Er verzog resigniert das Gesicht. Dieser Verkauf war der wichtigste dieses Jahres. Undenkbar, darauf zu verzichten.

»Ich muss noch meine Recherchen abschließen und meinen Bericht verfassen, aber wenn ich gleich anfange, werden sie ihn bis zum Abend bekommen.«

»Gut. Ich gebe das so weiter.«

Sebastian begab sich in den großen Empfangsraum, dessen Wände mit purpurrotem Samt ausgeschlagen waren. Rund fünfzig Geigen und Bratschen, die von der Decke hingen, verliehen ihm seine Besonderheit. Da er über eine ausgezeichnete Akustik verfügte, waren hier bereits herausragende Interpreten aus aller Welt zu Gast gewesen, um ein Instrument zu kaufen oder reparieren zu lassen.

Sebastian nahm an seinem Arbeitstisch Platz und setzte eine kleine Brille auf, bevor er nach dem Instrument griff, für das er eine Expertise erstellen sollte. Ein recht seltenes Exemplar: Es hatte Carlo Bergonzi gehört, dem begabtesten Schüler Stradivaris. Es stammte aus dem Jahr 1720 und war erstaunlich gut erhalten. Das berühmte Auktionshaus Farasio war entschlossen, bei der nächsten großen Herbstauktion über eine Million Dollar dafür zu erzielen.

Als weltweit angesehener Experte konnte Sebastian sich nicht den kleinsten Fehler bei der Bewertung eines so bedeutenden Objektes erlauben. Wie ein Önologe oder Parfümeur hatte er Tausende von Nuancen über jede Geigenbauschule im Kopf: Cremona, Venedig, Mailand, Paris, Mirecourt. Trotz all dieser Erfahrung war es jedoch schwierig, mit absoluter Sicherheit die

Echtheit eines Instruments zu bestätigen, und Sebastian setzte bei jeder Expertise seinen Ruf aufs Spiel.

Vorsichtig klemmte er sich das Instrument zwischen Schlüsselbein und Kinn, hob den Bogen und spielte die ersten Takte einer *Partita* von Bach. Die Klangfülle war außergewöhnlich. Zumindest so lange, bis plötzlich eine Saite riss und ihm wie ein Gummiband um die Ohren flog. Erschrocken legte er das Instrument ab. Seine ganze Nervosität und Anspannung hatten in seinem Spiel mitgeklungen! Unmöglich, sich zu konzentrieren. Der Vorfall vom Morgen vergiftete seinen Geist. Camilles Vorwürfe hallten immer lauter in seinem Kopf nach. Er konnte nicht umhin, zuzugeben, dass ein Teil ihrer Worte der Wahrheit entsprach. Dieses Mal war er zu weit gegangen. Er hatte schreckliche Angst, sie zu verlieren, und wusste, dass er möglichst schnell wieder mit ihr ins Gespräch kommen musste. Ihm war jedoch auch klar, dass dies nicht leicht werden würde. Er schaute auf seine Armbanduhr, dann zog er sein Handy heraus. Die Schule hatte noch nicht begonnen, mit etwas Glück … Er versuchte, sie zu erreichen, wurde jedoch sofort auf die Mailbox umgeleitet.

Mach dir keine Illusionen …

Er kam zu der Überzeugung, dass eine frontale Strategie zum Scheitern verurteilt war. Er musste die Zügel ein wenig locker lassen, zumindest dem Anschein nach. Und dafür brauchte er einen Verbündeten. Jemanden, der es ihm ermöglichte, Camilles Vertrauen zurückzugewinnen. Wenn er dieses Einvernehmen erst einmal wiederhergestellt hätte, würde er sich daran machen, die Angelegenheit zu klären und seine Tochter wieder zur Vernunft zu bringen. Aber wen konnte er um Hilfe bitten?

Er ging in Gedanken die verschiedenen Optionen durch. Freunde? Er hatte wohl einige »Bekannte«, aber niemanden, der ihm nah genug stand und vertrauenswürdig war, um ein so intimes Problem zu besprechen. Sein Vater war im letzten Jahr gestorben, seine Mutter war nicht wirklich ein Vorbild an Fortschrittlichkeit. Seine Freundin Natalia? Sie war mit dem *New York City Ballet* in Los Angeles.

Blieb Nikki, Camilles Mutter …

Kapitel 4

Nikki …

Nein, das konnte er nicht ernsthaft in Erwägung ziehen. Seit sieben Jahren hatten sie nicht mehr miteinander gesprochen. Und außerdem, lieber krepieren, als Nikki Nikovski um Hilfe bitten!

Bei genauerer Überlegung konnte er nicht ausschließen, dass sie es war, die Camille zur Pille geraten hatte! Das würde ihr ähnlich sehen. Nikki hatte eine äußerst lockere Auffassung von Moral und war für all diese sogenannten fortschrittlichen Prinzipien: Man musste den Kindern, die sich emanzipieren sollten, blind vertrauen, sie nicht bestrafen, jegliche Autorität verbannen, also leidenschaftlich für Toleranz eintreten, für eine absolute Freiheit, die ebenso leichtfertig war wie naiv.

Er überlegte. War es möglich, dass Camille eher ihre Mutter als ihn um Rat gefragt hatte? Selbst bei einem so intimen Thema wie der Empfängnisverhütung erschien ihm dies wenig wahrscheinlich. Erstens, weil Nikki und Camille sich selten sahen, und auch, weil Nikki – freiwillig oder nicht – sich stets aus Camilles Erziehung herausgehalten hatte.

Jedes Mal, wenn Sebastian an seine Exfrau dachte,

empfand er eine Mischung aus Bitterkeit und Wut. Eine Wut, die sich gegen ihn selbst richtete, so sehr schien das Scheitern ihrer Beziehung vorprogrammiert gewesen zu sein. Diese Heirat war der größte Fehler seines Lebens gewesen. Er hatte dadurch seine Illusionen, seine Heiterkeit und seine Lebensfreude verloren.

Sie hätten sich niemals begegnen, sich niemals verlieben dürfen. Weder bei ihrer sozialen Herkunft noch bei ihrer Bildung, nicht einmal bei ihrer Religion gab es Gemeinsamkeiten. Ihre Temperamente, ihre Charaktere waren absolut gegensätzlich. Und doch hatten sie sich geliebt!

Nikki, die es aus ihrem New Jersey nach Manhattan verschlagen hatte, hatte eine Karriere als Model begonnen und von Rollen am Theater und in Musicals am Broadway geträumt. Sie hatte in den Tag hineingelebt, sorglos und ungezwungen.

Temperamentvoll, extrovertiert und passioniert, verstand sie es, ihr Gegenüber zu fesseln und ihren Charme einzusetzen, um ihre Ziele zu erreichen. Aber sie lebte exzessiv, im Rausch von Gefühlsausbrüchen. Von dem zwanghaften Bedürfnis angetrieben, die Blicke der Männer anzuziehen, spielte sie ständig mit dem Feuer, bereit, sehr weit zu gehen, um ihre Verführungskraft unter Beweis zu stellen.

Das genaue Gegenteil von Sebastian.

Er war das Produkt einer elitären, bürgerlichen Erziehung, war zurückhaltend und reserviert. Er liebte es, sein Leben langfristig zu planen, sich an Zukunftsprojekte zu halten.

Seine Eltern, Freunde und Bekannten hatten ihn sehr bald gewarnt und ihm zu verstehen gegeben, dass Nikki kein Mädchen für ihn sei. Doch Sebastian hatte nicht auf sie gehört. Beide fühlten sich von einer unwiderstehlichen Macht zueinander hingezogen und ließen sich von dem naiven und beliebten Mythos »Gegensätze ziehen sich an« mitreißen.

Sie hatten an ihre Chance geglaubt, hatten aus einer Laune heraus geheiratet. Nikki war unmittelbar danach schwanger geworden und hatte Zwillinge zur Welt gebracht: Camille und Jeremy. Nach einer chaotischen Jugend war Nikki auf der Suche nach Stabilität und Mutterschaft gewesen. Eingeengt durch eine konservative Erziehung, hatte er wiederum geglaubt, durch diese Beziehung dem belastenden Dünkel seiner Familie zu entkommen. Jeder hatte diese Liebe wie eine Herausforderung erlebt und die Trunkenheit ausgekostet, ein Verbot zu überschreiten. Der Rückschlag aber war brutal gewesen. Die Unterschiede, die anfangs ihrem Leben Würze verliehen hatten, wurden schon bald Anlass für Gereiztheit, gefolgt von endlosen Streitereien.

Selbst nach der Geburt der Zwillinge war es ihnen nicht gelungen, sich auf grundlegende Werte zu einigen, die es ihnen erlaubt hätten, ein gemeinsames Leben aufzubauen. Die Notwendigkeit, Prinzipien für die Erziehung ihrer Kinder festzulegen, hatte die Konflikte eher noch verschärft. Nikki bestand auf Freiheit und Autonomie in der Erziehung. Sebastian war ihr auf diesem Weg, den er für gefährlich hielt, nicht gefolgt. Er hatte versucht, sie davon zu überzeugen, dass nur strenge Regeln der Persönlichkeit eines Kindes Struktur geben konnten. Ihre Standpunkte waren unvereinbar geworden, und jeder hatte auf seiner Position beharrt. So war es eben. Man kann die Menschen nicht verändern. Man kann die Grundpfeiler einer Persönlichkeit nicht umformen.

Schließlich hatten sie sich nach einer schmerzlichen Episode, die Sebastian als Verrat empfunden hatte, getrennt. Nikki hatte die Grenze des für ihn Erträglichen überschritten. Wenn die Ereignisse ihn auch innerlich zermürbt haben, waren sie zugleich doch das zwingende Signal für ihn gewesen, diese Ehe, die keinen Sinn mehr hatte, zu beenden.

Um seine Kinder vor diesem Schiffbruch zu retten und das Sorgerecht zu erhalten, hatte Sebastian einen Fachanwalt für Ehe- und Familienrecht engagiert. Einen Staranwalt, der sich dafür eingesetzt hatte, Nikki in die Knie zu zwingen, damit sie auf den Großteil ihrer elterlichen Rechte verzichtete. Die Dinge aber waren weit schwieriger gewesen, als er erwartet hatte. Schließlich hatte Sebastian seiner künftigen Exfrau eine eigenartige Vereinbarung vorgeschlagen: Er überließ ihr praktisch das alleinige Sorgerecht für Jeremy im Austausch gegen das für Camille. Um nicht womöglich alles zu verlieren, wenn sie sich auf einen Rechtsstreit einließ, hatte sie diese Aufteilung akzeptiert.

Seit sieben Jahren lebten Camille und Jeremy also in verschiedenen Wohnungen unter der Verantwortlichkeit von zwei Erwachsenen, die ihnen eine diametral entgegengesetzte Erziehung angedeihen ließen. Die Besuchshäufigkeit beim »anderen Elternteil« war gering und streng geregelt. Camille sah ihre Mutter nur jeden zweiten Sonntag, während Sebastian in dieser Zeit Jeremy bei sich hatte.

Zwar war seine Ehe mit Nikki die reine Hölle gewesen, doch jetzt war diese Zeit längst vorüber. Im Lauf der Jahre hatte Sebastian wieder Ordnung in sein Leben gebracht, und Nikki war lediglich eine ferne Erinnerung. Er erfuhr von Camille nur wenig über ihr Leben. Ihre Karriere als Model war gar nicht erst in Gang gekommen, geschweige denn die als Schauspielerin. Der letzten Information nach hatte sie mit den Fotoshootings und Castings aufgehört und mit ihren Träumen vom Theater abgeschlossen, um sich der Malerei zu widmen. Wenn ihre Gemälde auch gelegentlich in zweitklassigen Galerien von Brooklyn ausgestellt wurden, wollte ihr doch der große Durchbruch nicht gelingen. Die Männer in ihrem Leben gaben sich die Klinke in die Hand. Nie dieselben, nie die Richtigen. Sie schien ein besonderes Talent dafür zu haben, jene anzuziehen, die sie leiden ließen, ihre Schwäche, ihre Zerbrechlichkeit erahnten und versuchten, sie auszunutzen. Mit zunehmendem Alter schien sie jedoch ihr Gefühlsleben stabilisieren zu wollen. Camilles Berichten zufolge hatte sie seit einigen Monaten ein Verhältnis mit einem

Beamten vom New York Police Department. Einem zehn Jahre jüngeren Mann offenbar. Bei Nikki war eben nie etwas einfach.

Das Klingeln des Telefons holte Sebastian in die Realität zurück. Er schaute auf sein Handy und riss verwundert die Augen auf. Durch ein eigenartiges Spiel des Schicksals sah er in ebendiesem Moment auf seinem Display den Namen »Nikki Nikovski« aufleuchten.

Spontan wich er zurück. Er hatte praktisch keinerlei Kontakt mehr zu seiner Exfrau. Im ersten Jahr nach der Scheidung hatten sie sich jeweils beim »Austausch« der Kinder gesehen, aber heute beschränkte sich ihre Beziehung auf einige informative SMS, um die zweiwöchentlichen Besuche der Kinder zu organisieren. Wenn Nikki sich die Mühe machte, ihn anzurufen, musste etwas Schwerwiegendes geschehen sein.

Camille ... dachte er und nahm das Gespräch an.

»Nikki?«

»Guten Tag, Sebastian.«

Er hörte sofort die Unruhe in ihrer Stimme.

»Was ist los?«

»Es ist wegen Jeremy. Hast du ... hast du in den letzten Tagen etwas von deinem Sohn gehört?«

»Nein, warum?«

»Ich fange an, mir Sorgen zu machen. Ich weiß nicht, wo er ist.«

»Wie das?«

»Er war nicht in der Schule. Weder gestern noch

heute. Auf dem Handy ist er nicht zu erreichen, und er hat nicht zu Hause geschlafen seit …«

»Du machst wohl Witze!«, fiel er ihr ins Wort. »Er hat nicht zu Hause geschlafen?«

Sie antwortete nicht sofort. Sie hatte seine Wut und seine Vorwürfe vorausgeahnt.

»Seit drei Nächten ist er nicht heimgekommen«, gestand sie schließlich.

Sebastian hielt die Luft an. Seine Hand umklammerte das Handy.

»Hast du die Polizei benachrichtigt?«

»Das wäre, glaube ich, keine gute Idee.«

»Warum?«

»Komm her, dann erkläre ich es dir.«

»Ich komme«, sagte er und beendete das Gespräch.

Kapitel 5

Sebastian fand an der Ecke Van Brunt/Sullivan Street einen Parkplatz. Wegen des dichten Verkehrs hatte er fast eine Dreiviertelstunde für die Fahrt bis Brooklyn gebraucht.

Seit der Scheidung wohnte Nikki mit Jeremy im Westen von South Brooklyn, im Viertel Red Hook, der ehemaligen Hochburg der Hafenarbeiter und der Mafia. Die Enklave, die einst schlecht an die öffentlichen Verkehrsmittel angebunden gewesen war, hatte lange unter ihrer Abgeschiedenheit und ihrem schlechten Ruf gelitten. Diese düstere Vergangenheit war jedoch längst vorüber. Das heutige Red Hook hatte nichts mehr mit dem gefährlichen Underground-Viertel der 1980er- und 1990er-Jahre zu tun. Wie viele andere Ecken Brooklyns war es zu einem Stadtteil geworden, der sich mitten im Wandel befand und jetzt *hype* und unkonventionell war, sodass sich hier immer mehr Künstler und Kreative niederließen.

Sebastian kam nur sehr selten hierher. Hin und wieder ergab es sich, dass er Camille samstags vorbeibrachte, allerdings hatte er noch nie einen Fuß in die Wohnung seiner Exfrau gesetzt. Bei jedem seiner Abstecher nach Brooklyn war er überrascht von der Geschwindigkeit, mit der dieses Viertel sich veränderte. Baufällige Lagerhallen und die Docks wichen von heute auf morgen Kunstgalerien und Biorestaurants.

Sebastian sperrte sein Auto ab und lief die Straße entlang bis zur roten Backsteinfassade einer ehemaligen Papierfabrik, die in ein Wohnhaus umgewandelt worden war. Er betrat das Gebäude und eilte die Treppe bis zur vorletzten Etage hinauf. Nikki erwartete ihn an der Schwelle einer Brandschutztür, die zur Wohnung führte.

»Guten Tag, Sebastian.«

Er betrachtete sie, ernsthaft bemüht, seine Gefühle im Zaum zu halten. Sie hatte sich ihre sportlich-schlanke Figur bewahrt: breite Schultern, schmale Taille, lange Beine, straffer, knackiger Po.

Ihr Gesicht war noch immer auffallend hübsch: hohe Wangenknochen, schmale Nase, Raubkatzenblick. Sie tat jedoch alles, um diese Anmut hinter einer trügerisch lässigen Art zu verbergen. Ihr langes, rot gefärbtes Haar war zu zwei Zöpfen geflochten, die sie zu einem unförmigen Knoten hochgesteckt hatte. Ihre mandelförmigen grünen Augen waren mit zu viel Kajal umrandet, ihr gertenschlanker Körper verschwand in einer Pumphose, die Brust war in ein übertrieben ausgeschnittenes T-Shirt gezwängt.

»Hallo, Nikki«, antwortete er und betrat unaufgefordert die Wohnung.

Er konnte nicht umhin, sich neugierig umzusehen.

In der ehemaligen Fabrik verbarg sich ein weitläufiges Loft, das stolz seine industrielle Vergangenheit zeigte: abgebeizter, gekalkter Parkettboden, Sichtbalken, Dachstuhl und Stützen aus Gusseisen, Mauerstücke aus alten Backsteinen. Überall standen zum Trocknen an den Wänden große abstrakte Gemälde, die Nikki gemalt hatte. Sebastian fand die Einrichtung völlig ausgeflippt. Bunt zusammengewürfeltes Mobiliar, wahrscheinlich vom Flohmarkt, vom alten Chesterfieldsofa bis zum Wohnzimmertisch, der aus einer großen verrosteten auf zwei Böcken ruhenden Tür bestand. Wahrscheinlich folgte alles einer ästhetischen Logik, die sich ihm allerdings nicht erschloss.

»Also, was ist das für eine Geschichte?«, fragte er in herrischem Ton.

»Wie ich dir schon erklärte: Seit Samstagmorgen habe ich von Jeremy nichts mehr gehört.«

Er schüttelte den Kopf.

»Samstagmorgen? Wir haben bereits Dienstag!«

»Ich weiß.«

»Und Sorgen machst du dir erst jetzt?«

»Ich habe dich angerufen, damit du mich unterstützt, und nicht, um mir deine Vorwürfe anzuhören.«

»Hör mal, in was für einer Welt lebst du? Du weißt ja wohl, wie es um die Wahrscheinlichkeit steht, ein Kind achtundvierzig Stunden nach seinem Verschwinden zu finden?«

Sie unterdrückte einen Schrei, packte ihn heftig am Mantelkragen, um ihn aus der Wohnung zu schieben.

»Verzieh dich! Wenn du nicht gekommen bist, um mir zu helfen, fahr heim!«

Überrascht von der Heftigkeit ihrer Reaktion, befreite er sich, ergriff Nikkis Hände und hielt sie fest.

»Erkläre mir, warum du mich nicht früher benachrichtigt hast.«

Sie sah ihn eindringlich an. Ihre Augen hatten einen trotzigen Ausdruck.

»Wenn du etwas mehr Interesse für deinen Sohn zeigen würdest, hätte ich vielleicht nicht so lange gezögert!«

Ohne seine Betroffenheit zu zeigen, fuhr Sebastian mit ruhigerer Stimme fort: »Wir werden Jeremy finden«, versprach er. »Aber du musst mir alles erzählen. Von Anfang an.«

Noch immer argwöhnisch, brauchte Nikki eine Weile, bis sie ihren Widerstand aufgab.

»Setz dich, ich koche Kaffee.«

Kapitel 6

»Ich habe Jeremy am Samstagmorgen gegen zehn Uhr zum letzten Mal gesehen, kurz bevor er zum Boxen gegangen ist.« Nikki sprach mit zitternder Stimme.

Sebastian runzelte die Stirn. »Seit wann geht er boxen?«

»Seit über einem Jahr. Kommst du vom Mond oder was?«

Er sah sie ungläubig an. Das Bild von Jeremy, einem spindeldürren Jungen, tauchte vor seinem inneren Auge auf. Er konnte sich seinen Sohn nur schwer im Boxring vorstellen.

»Wir haben zusammen gefrühstückt«, fuhr Nikki fort. »Dann haben wir unsere Sachen gepackt. Es war alles etwas hektisch. Lorenzo wartete unten auf mich. Wir wollten das Wochenende über in die Catskills fahren und ...«

»Lorenzo?«

»Lorenzo Santos, mein Freund.«

»Ist das immer noch der Bulle oder schon wieder ein Neuer?«

»Verdammt, Sebastian, was soll das?«, ereiferte sie sich.

Er entschuldigte sich mit einer Handbewegung.

Sie fuhr fort: »Kurz bevor ich die Wohnung verlassen habe, bat Jeremy mich um die Erlaubnis, bei seinem Freund Simon zu übernachten. Ich habe Ja gesagt. Das war für einen Samstagabend normal, fast schon Gewohnheit, dass sie mal bei uns, mal dort übernachteten.«

»Das Neueste, was ich höre.«

Sie ging nicht darauf ein. »Er gab mir einen Kuss und war weg. Er hat sich das ganze Wochenende nicht gemeldet, aber ich habe mir deshalb keine Gedanken gemacht.«

»Also, wie kann man nur ...«

»Er ist fünfzehn Jahre alt und kein Baby mehr. Und Simon ist fast volljährig.«

Sebastian verdrehte die Augen, enthielt sich aber jeglichen Kommentars.

»Sonntagabend bin ich zurückgekommen. Da es schon spät war, habe ich bei Santos übernachtet.«

Er warf ihr einen kalten Blick zu, bevor er fragte: »Und Montagmorgen?«

»Ich habe gegen neun Uhr zu Hause vorbeigeschaut. Um diese Zeit ist er in der Regel in der Schule. Es war normal, dass er nicht da war.«

Sebastian wurde ungeduldig. »Und dann?«

»Ich habe den ganzen Tag für meine Gemäldeausstellung im BWAC gearbeitet, das ist ein Gebäude in der Nähe der Kais, in dem ein Künstlerkollektiv ...«

»Okay, Nikki, erspare mir die Einzelheiten!«

»Am Nachmittag fand ich auf meinem Anrufbeantworter eine Nachricht vom College, Jeremy habe die Schule geschwänzt.«

»Hast du bei den Eltern von dem anderen Burschen angerufen?«

»Ich habe gestern Abend mit Simons Mutter gesprochen. Sie sagte mir, ihr Sohn sei bereits seit mehreren Tagen auf einer Studienreise. Jeremy hat also am Wochenende gar nicht dort übernachtet.«

Sebastians Handy vibrierte in seiner Tasche. Er schaute auf das Display: Es waren die Typen von Farasio, die sich vermutlich um die Expertise für ihre Geige sorgten.

»Da bekam ich es wirklich mit der Angst zu tun«, fuhr Nikki fort. »Ich wollte zur Polizei gehen, aber ... ich war mir nicht sicher, ob die mich ernst nehmen würden.«

»Warum?«

»Um ehrlich zu sein, es ist nicht das erste Mal, dass Jeremy nicht nach Hause kommt ...«

Sebastian fiel aus allen Wolken und seufzte.

Nikki erklärte: »Letztes Jahr im August habe ich zwei Tage lang nichts von ihm gehört. Ich war völlig aufgelöst und habe das Polizeirevier Bushwick über sein Verschwinden informiert. Am dritten Tag tauchte er schließlich wieder auf. Er hatte lediglich eine Wanderung im Adirondack Park unternommen.«

»So ein kleiner Idiot!«, schimpfte Sebastian.

»Du kannst dir die Reaktion der Beamten sicher vorstellen. Sie haben sich ein Vergnügen daraus gemacht, mich ins Gebet zu nehmen, haben mir vorgeworfen, ich hätte ihre Zeit gestohlen und hätte meinen Sohn nicht im Griff.«

Sebastian konnte sich die Szene vorstellen. Er schloss die Augen, fuhr sich über die Lider und schlug vor: »Dieses Mal werde ich sie benachrichtigen, aber nicht irgendeinen kleinen Angestellten. Ich kenne den Stadtteilbürgermeister. Seine Tochter geht in dieselbe Klasse wie Camille, und ich habe die Geige seiner Frau repariert. Ich werde ihn bitten, einen Kontakt herzustellen mit …«

»Warte, du weißt noch nicht alles, Sebastian.«

»Was gibt es denn noch?«

»Jeremy hatte schon mal ein kleines Problem: Er ist vorbestraft.«

Er starrte seine Exfrau ungläubig an. »Machst du Witze? Und davon hast du mir nie etwas gesagt?«

»Er hat in letzter Zeit einige Dummheiten gemacht.«

»Welche Art von Dummheiten?«

»Er wurde vor sechs Monaten von einer Patrouille dabei erwischt, wie er einen Lieferwagen in der Ikea-Halle mit Graffiti besprüht hat.« Sie trank einen Schluck Kaffee, schüttelte niedergeschlagen den Kopf. »Als hätten diese Idioten nichts Besseres zu tun, als Kinder zu verfolgen, die die Kunst lieben!«, schimpfte sie.

Sebastian fuhr hoch. Graffiti sollten Kunst sein? Nikki hatte wirklich eine ganz spezielle Art, die Dinge zu sehen.

»Kam er vor Gericht?«

»Ja. Er wurde zu zehn Tagen gemeinnütziger Arbeit verdonnert. Aber vor drei Wochen wurde er wegen Diebstahls aus der Auslage eines Geschäfts festgenommen.«

»Was wollte er klauen?«

»Ein Videospiel. Warum? Wäre dir ein Buch lieber?«

Sebastian ging auf die Provokation nicht ein. Eine zweite Verurteilung war dramatisch. Aufgrund der Nulltoleranzstrategie konnte ein unbedeutender kleiner Diebstahl seinen Sohn ins Gefängnis bringen.

»Ich habe mir in dem Laden alle Mühe gegeben, sie von der Anzeige abzubringen«, versuchte Nikki, ihn zu beruhigen.

»Guter Gott! Was hat der Bursche nur im Kopf?«

»Das ist doch kein Weltuntergang«, erwiderte Nikki beschwichtigend. »Irgendwann hat doch jeder von uns mal etwas mitgehen lassen. In der Jugend ist das normal …«

»Es ist normal, zu stehlen?« Sebastian explodierte erneut.

»Das gehört zum Leben. Als ich jung war, habe ich Unterwäsche, Klamotten, Parfüm geklaut. Genau dabei haben wir uns übrigens auch kennengelernt, wenn ich dich daran erinnern darf.«

Das war nicht das Beste, was uns passiert ist, dachte er.

Sebastian erhob sich. Er versuchte, Bilanz zu ziehen. Mussten sie sich wirklich Sorgen machen? Wenn Jeremy schon öfter verschwunden war …

Als könnte Nikki seine Gedanken lesen, sagte sie

beunruhigt: »Dieses Mal ist es ernst, Sebastian, da bin ich mir sicher. Jeremy hat gesehen, dass ich mir letztes Mal große Sorgen gemacht habe, und versprochen, mich nicht mehr ohne Nachricht zu lassen.«

»Was sollen wir dann tun?«

»Keine Ahnung. Ich habe bei den Notfallabteilungen der wichtigsten Krankenhäuser nachgefragt, ich …«

»Hast du beim Durchsuchen seines Zimmers nichts Verdächtiges gefunden?«

»Wie, beim Durchsuchen seines Zimmers?«

»Hast du oder hast du nicht?«

»Nein, das ist seine Intimsphäre. Das ist …«

»Seine Intimsphäre? Aber er ist seit drei Tagen verschwunden, Nikki!« Mit diesen Worten ging er zu der Treppe, die nach oben führte.

Kapitel 7

»Als Teenager habe ich es gehasst, wenn meine Mutter ihre Nase in meine Sachen gesteckt hat.«

Trotz ihrer Sorge widerstrebte es Nikki ganz offensichtlich, die persönlichen Dinge ihres Sohnes zu durchwühlen.

»Schnüffelst du denn in Camilles Zimmer herum?«

»Einmal pro Woche«, erwiderte Sebastian ungerührt.

»Du hast wirklich ein sehr großes Problem …«

Mag sein, aber wenigstens ist sie nicht verschwunden, dachte er und machte sich an die Arbeit.

Dank der großzügigen Anlage des Lofts war Jeremys Zimmer mehr als geräumig. Es war die Höhle eines Fünfzehnjährigen, in der unglaubliche Unordnung herrschte. An den Wänden hingen Plakate von Kultfilmen: *Back to the Future, WarGames, Innerspace, Tron.* Darunter lehnte ein Fahrrad. In einer Zimmerecke stand ein Arcade-Automat *Donkey Kong* aus den 1980er-Jahren. Im Papierkorb stapelten sich leere Verpackungen von Nuggets und Tiefkühlpizzen sowie leere Red-Bull-Dosen.

»Das ist ja ein unbeschreiblicher Saustall!«, rief

Sebastian aus. »Räumt er sein Zimmer auch irgendwann einmal auf?«

Nikki warf ihm einen vernichtenden Blick zu. Sie hielt einen Moment inne, dann machte sie sich an die Arbeit. Sie öffnete den eingebauten Kleiderschrank.

»Offensichtlich hat er seinen Rucksack mitgenommen«, sagte sie.

Sebastian ging an den Schreibtisch. Dort standen in einem Halbkreis drei großformatige Monitore, die an zwei Computertürme angeschlossen waren. Weiter hinten sah er eine komplette DJ-Ausrüstung: Plattenteller, Mischpult, Marken-Lautsprecherboxen, Verstärker, Basslautsprecher. Alles Profigeräte.

Woher hat der Bursche das Geld?

Er nahm die Regale unter die Lupe. Sie bogen sich unter dem Gewicht von Comics: *Batman, Superman, Kick-Ass, X-Men.* Skeptisch blätterte er in dem obersten Heft des Stapels: eine Ausgabe von *Spiderman,* in der Peter Parker einem jugendlichen Afro-Latino Platz gemacht hatte. »The times they are a-changing«, wie bereits Bob Dylan gesungen hat …

In einem anderen Regalfach fand er eine Menge Theoriebücher über das Pokern sowie ein langes Aluminiumköfferchen mit zehn Reihen Keramikjetons und zwei Kartenspielen.

»Was ist denn hier los? Ist das eine Spielhölle?«

»Ich habe ihm diesen Koffer nicht gekauft«, versuchte Nikki, sich zu verteidigen. »Aber ich weiß, dass er in letzter Zeit häufig pokert.«

»Mit wem?«

»Mit seinen Schulkameraden, denke ich.«

Sebastian zog eine Grimasse. Das gefiel ihm überhaupt nicht.

Es war ein gewisser Trost für ihn, dass auf dem Regal auch einige »richtige« Bücher standen: *Der Herr der Ringe, Der Wüstenplanet, Die Zeitmaschine, Blade Runner*, die Trilogie *Foundation* ...

Neben den wesentlichen Dingen eines jeden Geeks, der diesen Namen verdient, fanden sich auch ein Dutzend Drehbücher und Biografien von Stanley Kubrick, Quentin Tarantino, Christopher Nolan und Alfred Hitchcock.

»Interessiert er sich denn für Filme?«, fragte Sebastian erstaunt.

»O ja! Sein Traum ist es, Regisseur zu werden. Hat er dir nie seine Amateurfilme gezeigt? Du weißt wahrscheinlich nicht einmal, dass er eine Kamera besitzt, oder?«

»Nein«, musste er zugeben.

Mit einer gewissen Traurigkeit wurde ihm klar: Er kannte seinen Sohn nicht. Und das hing nicht nur damit zusammen, dass er ihn selten sah. In den letzten Jahren hatten sie sich immer mehr auseinandergelebt. Es hatte nicht einmal mehr Kontra gegeben. Nur Gleichgültigkeit. Angesichts der Tatsache, dass Jeremy, weil er seiner Mutter zu sehr glich, nicht der Sohn war, den er gern gehabt hätte, hatte Sebastian sich für seine Entwicklung, seine schulische Laufbahn und seine beruflichen Wünsche nicht mehr interessiert. Langsam, aber sicher hatte er das Handtuch geworfen, ohne große Schuldgefühle.

»Ich finde seinen Ausweis nicht«, sagte Nikki beunruhigt, während sie die Schreibtischschubladen durchsuchte.

Nachdenklich drückte Sebastian auf die Eingabetaste des Computers. Jeremy war ein Fan von Onlinerollenspielen. Auf dem Monitor leuchtete der Bildschirmschoner auf – ein Bild aus *World of Warcraft*. Das Betriebssystem forderte zur Eingabe des Passworts auf.

»Das kannst du dir abschminken«, sagte Nikki. »Er ist bei allem, was seinen Computer betrifft, völlig verrückt und weiß auf diesem Gebiet mehr als du und ich zusammen.«

Schade. Diese Sperre beraubte sie einer überaus wichtigen Informationsquelle. Sebastian folgte dem Rat seiner Exfrau und verzichtete auf den Versuch, das Passwort zu knacken. Immerhin machte er eine externe Festplatte ausfindig, die an den PC angeschlossen war. Vielleicht war wenigstens sie nicht durch ein Passwort geschützt.

»Hast du einen Laptop? Wir könnten versuchen, die Festplatte dort anzuschließen.«

»Ich hole ihn.«

Während Nikkis Abwesenheit betrachtete er die hintere Zimmerwand, auf der Jeremy ein mystisches »Fresko« aufgesprüht und koloriert hatte – ein gnädiger Christus, in einer blaugrünen Wolke schwebend. Er näherte sich der Komposition und inspizierte die Farbdosen, die auf dem Boden standen. Trotz des offenen Fensters lag noch immer ein starker Geruch nach Lösungsmittel in der Luft. Das Graffito war erst kürzlich entstanden.

»Hat er sich dem Mystizismus zugewandt?«, fragte er, als Nikki zurückkam.

»Nicht, dass ich wüsste. Ich finde das sehr schön.«

»Im Ernst? Die Liebe macht dich blind …«

Sie reichte ihm ihren Laptop und sah ihn zornig an. »Sie hat mich vielleicht blind gemacht, als ich dir begegnet bin, aber …«

»Aber?«

Nikki wollte keinen Streit. Es gab Dringlicheres zu tun.

Sebastian nahm den Laptop, schloss die Festplatte an und prüfte den Inhalt. Das externe Gerät war vollgestopft mit Filmen und Musikdateien, die aus dem Internet heruntergeladen worden waren. Offenbar war Jeremy begeisterter Fan einer Rockgruppe, *The Shooters*. Sebastian schaute sich einen kurzen Ausschnitt einer Konzertaufnahme an: ein etwas plumper Garagenrock, ein schwacher Abklatsch der *Strokes* oder der *Libertines*.

»Kennst du diesen Mist?«

»Das ist eine Gruppe aus Brooklyn«, erklärte Nikki. »Jeremy geht häufig in ihre Konzerte.«

Was für ein Elend, dachte er bei ihren Worten.

Bei der Durchsicht der anderen Dateien entdeckte er Dutzende Fernsehserien, von denen er noch nie etwas gehört hatte, sowie Filme mit ziemlich eindeutigen Titeln, in denen es von Begriffen wie *fuck*, *boobs* und *MILF* nur so wimmelte.

Um sein Gewissen zu beruhigen, öffnete er eine dieser Dateien. Eine üppige Krankenschwester erschien auf dem Bildschirm und knöpfte verführerisch ihre Bluse auf, bevor sie ihren merkwürdigen Patienten oral verwöhnte.

»Gut, das reicht!«, rief Nikki aufgebracht. »Das ist ja widerlich.«

»Eine Krankheit muss man nicht gleich daraus machen«, besänftigte Sebastian sie.

»Stört es dich nicht, dass sich dein Sohn Pornos ansieht?«

»Nein. Um ehrlich zu sein, beruhigt es mich eher.«

»Das beruhigt dich!«

»Bei seinen androgynen Klamotten und unmännlichen Gesichtszügen habe ich mich schon gefragt, ob er nicht vielleicht homosexuell ist.«

Sie sah ihn empört an. »Glaubst du tatsächlich, was du da sagst?«

Er antwortete nicht.

Sie ließ nicht locker. »Selbst wenn er schwul wäre, sehe ich nicht, wo das Problem wäre.«

»Nachdem er es ja nicht ist, können wir die Diskussion als beendet betrachten.«

»Was deine Einstellung angeht, bist du noch immer im neunzehnten Jahrhundert verhaftet, wie ich sehe. Das ist erschreckend.«

Er hütete sich, in diese Diskussion einzusteigen. Trotzdem überhäufte sie ihn weiter mit Vorwürfen.

»Du bist nicht nur homophob, sondern unterstützt auch noch diese Art Filme und das abwertende Frauenbild, das sie vermitteln.«

»Ich bin nicht homophob und befürworte dies absolut nicht«, verteidigte sich Sebastian, der vorsichtig den Rückzug antrat.

Er öffnete die erste Schreibtischschublade und entdeckte Dutzende bunter Dragees, die aus einer Großpackung M&M's herausgefallen waren. Inmitten der Süßigkeiten fand er die Visitenkarte eines Tätowierers aus Williamsburg, die an eine noch unfertige Skizze eines Drachens geheftet war.

»Ein Tattooprojekt. Er ist offenbar entschlossen, uns nichts zu ersparen. Irgendwo muss er eine geheime Liste haben, die unter den Teenagern kursiert. Eine Ansammlung aller Dummheiten, die man machen kann, um die Eltern zu ärgern.«

Nikki unterbrach seine Suche und beugte sich über die Schublade. »Hast du das gesehen?«, fragte sie und deutete auf ein noch in Zellophan verpacktes Päckchen Präservative.

»Dein kleiner Liebling hat also eine Freundin?«

»Davon weiß ich nichts.«

Sebastian dachte kurz an die Pillen, die er zwei Stunden zuvor in Camilles Zimmer gefunden hatte. Pillen für die eine, Kondome für den anderen: Ob er es wollte oder nicht, seine Kinder wurden groß. Bei Jeremy erfüllte es ihn mit Genugtuung. Was seine Tochter betraf, erschreckte ihn diese Entwicklung. Er fragte sich gerade, ob er mit Nikki darüber sprechen sollte, als er auf einen zur Hälfte gerauchten Joint stieß.

»Das Haschisch stört mich mehr als der Porno! Wusstest du, dass er diesen Mist raucht?«

In die Erforschung der Kommode vertieft, begnügte sie sich mit einem Schulterzucken.

»Ich habe dich etwas gefragt!«

»Warte! Schau dir das an.« Beim Hochheben eines Stapels von Sweatshirts war sie auf ein Handy gestoßen. »Jeremy würde nie ohne sein Handy fortgehen«, versicherte sie.

Sie reichte Sebastian das Mobiltelefon. Als er es aus der Hülle zog, entdeckte er eine Kreditkarte, die zwischen Handy und Hülle steckte.

Er wäre auch nie ohne diese Kreditkarte fortgegangen … dachten beide, während sie einen ernsten Blick wechselten.

Kapitel 8

Der Duft von Rosmarin und Wildblumen erfüllte die Luft. Eine belebende Brise ließ den Lavendel und die Sträucher erzittern. Das Flachdach der ehemaligen Fabrik, das in einen Biogemüsegarten umfunktioniert worden war, bot eine überraschende Sicht auf den East River, die Skyline von Manhattan und die Freiheitsstatue.

Sichtlich nervös war Nikki auf die Aussichtsplattform gelaufen, um eine Zigarette zu rauchen. An einen Backsteinkamin gelehnt, beobachtete sie Sebastian, der zwischen den Teakholz-Pflanzkästen mit Kürbissen, Gurken, Auberginen, Artischocken und Duftkräutern herumspazierte.

»Gibst du mir auch eine?«, fragte er. Er lockerte seine Krawatte und öffnete den oberen Hemdknopf, um das Nikotinpflaster vom Schulterblatt zu entfernen.

»Das scheint mir nicht besonders vernünftig.«

Er ignorierte die Bemerkung, steckte sich die Zigarette an und nahm einen tiefen Zug, bevor er sich die Schläfen massierte. Von einer dumpfen Unruhe gequält, resümierte er in Gedanken, was die Durchsuchung von Jeremys Zimmer ergeben hatte. Er hatte gelogen, als er um die Erlaubnis bat, bei seinem Freund Simon übernachten zu dürfen, denn er hatte ja bestimmt gewusst, dass dieser sich auf einer Studienfahrt befand. Er hatte seinen Rucksack und seinen Pass mitgenommen, was auf eine Fernreise schließen ließ, vielleicht sogar per Flugzeug. Doch er hatte weder sein Handy noch die Kreditkarte dabei, die seine Mutter ihm lieh – die beiden Dinge, anhand derer jede Polizeidienststelle seine Ortsveränderungen hätte verfolgen und ihm auf die Spur kommen können …

»Er ist nicht nur ausgerissen, sondern hat auch alles getan, damit man ihn nicht findet.«

»Aber warum bloß?«, wollte Nikki wissen.

»Offenbar hat er wieder irgendwas angestellt. Und diesmal etwas wirklich Schwerwiegendes«, antwortete Sebastian.

Tränen stiegen Nikki in die Augen. Panik, die immer quälender wurde, hatte sie erfasst. Ihr Sohn war zwar intelligent und clever, aber auch sehr naiv und verträumt. Dass er klaute, gefiel ihr nicht. Und dass er verschwunden war, versetzte sie in Angst und Schrecken.

Das erste Mal im Leben bedauerte sie, ihn so frei erzogen und Werte wie Großzügigkeit, Toleranz und Offenheit derart in den Vordergrund gestellt zu haben. Sebastian hatte nicht unrecht. Die Welt von heute war zu brutal und zu gefährlich für Träumer und Idealisten. Wie konnte man überleben ohne eine gute Portion Zynismus, Gerissenheit und Härte?

Sebastian zog wieder an seiner Zigarette und stieß den Rauch in die kristallklare Luft aus. Ein Lüftungskanal hinter ihm gab ein Geräusch von sich wie das Schnurren einer Katze. Seine Angst stand in einem eigenartigen Gegensatz zu der friedlichen Atmosphäre, die trotz allem von dieser modernen Kulisse ausging.

Exponiert über den Dächern von Brooklyn, in ausreichender Entfernung von Manhattan, war man hier ungestört von dem Lärm und der Hektik der Stadt. Von den Büschen gefiltert, tauchten die Sonnenstrahlen eine kleine hölzerne Regentonne in ein goldenes Licht.

»Erzähl mir ein bisschen von Jeremys Umgang.«

Nikki drückte ihre Kippe in einem mit Erde gefüllten Krug aus.

»Er zieht immer mit denselben beiden Jungen herum.«

»Dem berühmten Simon ...«, erriet Sebastian.

»... und Thomas, seinem besten Freund.«

»Hast du ihn befragt?«

»Ich habe ihm eine Nachricht hinterlassen, aber er hat noch nicht zurückgerufen.«

»Also, worauf warten wir?«

»Wir können ihn uns schnappen, wenn er aus der Schule kommt«, beschloss Nikki, während sie auf ihre Armbanduhr schaute.

Sie verließen gleichzeitig ihren Beobachtungsposten, um über den Plattenweg, der durch den Dachgarten führte, zurückzugehen. Bevor sie das Dach verließen, deutete Sebastian auf eine Art kleiner Hütte, über die schwarze Planen gespannt waren.

»Was lagerst du da drin?«

»Nichts«, antwortete sie ein wenig zu rasch. »Das heißt, nur Werkzeug.«

Er musterte sie misstrauisch. Er hatte den besonderen Tonfall nicht vergessen, den ihre Stimme annahm, wenn sie log. Und genau das war jetzt der Fall.

Er zog die Planen auseinander und warf einen Blick in das Zelt. Vor neugierigen Augen geschützt, wuchsen dort Dutzende Cannabispflanzen in Töpfen. Der Verschlag war perfekt ausgerüstet mit Reihen von Natriumdampflampen, Belüftungs- und Bewässerungssystemen, Säcken mit Dünger und modernsten Gartengeräten.

»Das ist wirklich verantwortungslos!«, wetterte er.

»Schon gut! Du wirst doch aus dem bisschen Hasch kein Drama machen.«

»Bisschen Hasch? Du züchtest hier Drogen!«

»Ach ja, du solltest dir hin und wieder mal einen kleinen Joint reinziehen, das würde dich entspannen!«

Sebastian, der diese Art von Humor nicht schätzte, wurde noch wütender. »Sag jetzt nicht, dass du diesen Mist verkaufst, Nikki!«

»Ich verkaufe gar nichts. Das ist nur für meinen Eigenbedarf. Hundert Prozent Biohasch, selbst produziert. Bei Weitem gesünder als das Zeug, das die Dealer verhökern.«

»Das ist … der pure Leichtsinn. Dafür könntest du in den Knast kommen.«

»Warum? Hast du vielleicht die Absicht, mich zu verpfeifen?«

»Und dein Schönling, dieser Santos? Ich dachte, der arbeitet im Drogendezernat.«

»Die haben andere Dinge zu tun, glaub mir.«

»Und Jeremy? Und Camille?«

»Die Kinder kommen nie hierher.«

»Halte mich doch nicht für blöd!«, rief er erbost und deutete auf einen nagelneuen Basketballkorb, der offenbar erst kürzlich am Zaun angebracht worden war.

Sie zuckte seufzend die Achseln. »Du gehst mir auf die Nerven!«

Er wandte den Blick ab und atmete tief durch, in der Hoffnung, sich wieder zu beruhigen, aber die Wut stieg wie eine Welle in ihm hoch, brachte schmerzliche Erinnerungen mit sich, ließ schlecht verheilte Wunden wieder aufbrechen, die ihn ermahnten, Nikkis wahres Gesicht nicht zu vergessen: das einer Frau, die *niemals* verlässlich sein würde, der er *niemals* würde vertrauen dürfen.

In einer Anwandlung von Zorn packte er sie bei den Schultern und presste sie gegen ein Metallregal.

»Wenn du auch nur im Entferntesten meinen Sohn in deine Drogengeschäfte hineingezogen hast, werde ich dich vernichten, verstanden?« Er verstärkte seinen Griff, drückte beide Daumen auf ihre Kehle. »Verstanden?«, wiederholte er.

Sie bekam keine Luft und konnte nicht antworten.

Von Wut und Verbitterung überwältigt, verstärkte er

den Druck. »Schwöre mir, dass Jeremys Verschwinden nichts mit deinen Drogengeschichten zu tun hat!«

Durch einen Selbstverteidigungsgriff hatte Nikki sich befreien können. Blitzschnell nahm sie eine rostige Gartenschere und setzte deren Spitze ihrem Exmann auf die Brust.

»Wenn du es noch einmal wagst, die Hand gegen mich zu erheben, dann mache ich dich fertig, kapiert?«

Kapitel 9

Die South Brooklyn Community High School war ein großes Gebäude aus braunem Backstein an der Conover Street. Es war Mittagessenszeit. Aufgrund der Anzahl von *food trucks*, die vor der Einrichtung standen, konnte man davon ausgehen, dass das Essen der Schulkantine nicht berühmt war.

Misstrauisch näherte sich Sebastian einer dieser »rollenden Feinschmeckertheken«, die seit einigen Jahren durch die Stadt fuhren, um die New Yorker satt zu bekommen. Jeder dieser Trucks hatte seine Spezialität: Hummer-Hotdogs, Tacos, Dim Sum, Falafels. Sehr auf Hygiene bedacht, mied Sebastian in der Regel derartige Experimente, aber er hatte seit dem Vorabend kaum etwas gegessen, und sein Magen rebellierte bereits.

»Ich rate dir von den südamerikanischen Spezialitäten ab«, warnte Nikki ihn.

Aus Trotz ignorierte er diesen Hinweis und bestellte sich eine Portion Ceviche, ein peruanisches Gericht mit rohem mariniertem Fisch.

»Wie sieht dieser Thomas aus?«, fragte er, als die Schulglocke ertönte, um das Unterrichtsende anzukündigen, und die Schüler auf den Bürgersteig strömten.

»Ich gebe dir ein Zeichen«, antwortete sie und kniff die Augen zusammen, um den Jungen nicht zu übersehen.

Sebastian bezahlte sein Essen und probierte den Fisch. Er schluckte den ersten Bissen. Die extrem scharfe Marinade brannte sofort in seiner Speiseröhre, sodass er eine Grimasse schnitt.

»Ich hatte dich gewarnt.« Nikki seufzte.

Um das Feuer in seiner Kehle zu besänftigen, leerte er in einem Zug das Glas Horchata, das der Verkäufer ihm anbot. Die bräunliche Pflanzenmilch hatte einen ekligen Vanillegeschmack, der Brechreiz bei ihm auslöste.

»Da ist er!«, rief Nikki und deutete auf einen jungen Mann in der Menge.

»Welcher? Der Picklige oder das kleine Backpfeifengesicht?«

»Du lässt mich reden, einverstanden?«

»Wir werden sehen …«

Röhrenjeans, Wayfarer-Brille, knappe schwarze Jacke, lässiger Gesichtsausdruck, geschickt zerzauster Haarschopf, offenes weißes Hemd über einem schwächlichen Brustkorb. Thomas gab sich große Mühe mit seinem Erscheinungsbild. Er musste jeden Morgen stundenlang im Bad stehen, um letzte Hand an sein Outfit als jugendlicher Rocker zu legen.

»Hi! Thomas!«

»Hallo, Ma'am«, antwortete er und strich sich eine störrische Haarsträhne aus der Stirn.

»Du hast auf meine Nachricht nicht geantwortet.«

»Na ja, ich hab nicht viel Zeit.«

»Nichts von Jeremy gehört?«

»Nein. Hab ihn seit Freitag nicht gesehen.«

»Keine Mails, keine Anrufe, keine SMS?«

»Nichts.«

Sebastian sah sich den Teenager etwas genauer an. Er mochte weder den Tonfall noch das Gehabe dieses kleinen Nerds, der Gothikringe, einen Perlmuttrosenkranz und Armreifen trug. Er verbarg jedoch seine Feindseligkeit und fragte: »Hast du gar keine Idee, wo er sein könnte?«

Thomas wandte sich Nikki zu. »Wer is' das denn?«

»Ich bin der Vater, du kleiner Idiot!«

Der Junge wich einen Schritt zurück, wurde dann jedoch etwas gesprächiger. »In letzter Zeit haben wir uns seltener gesehen. Jerem' schwänzte alle Proben unserer Gruppe.«

»Warum?«

»Er spielte lieber Poker.«

»Wirklich?«, fragte Nikki beunruhigt.

»Ich denke, er brauchte Kohle. Ich glaube, er hat sogar seine Bassgitarre verkauft und seine Digitalkamera bei eBay angeboten.«

»Kohle wofür?«, wollte Nikki wissen.

»Keine Ahnung. Also ich muss dann mal gehen.«

Aber Sebastian packte den Jugendlichen an der Schulter.

»Nicht so hastig. Mit wem hat er gepokert?«

»Keine Ahnung. Irgendwelche Typen aus dem Internet …«

»Und live?«

»Müsste man Simon fragen«, wich er aus.

»Simon ist auf Studienfahrt. Das weißt du ganz genau«, antwortete Nikki.

Sebastian schüttelte ihn ein bisschen. »Also los, spuck's aus!«

»Hey, Sie dürfen mich nicht anfassen! Ich kenne meine Rechte!«

Nikki versuchte, ihren Exmann zu besänftigen, aber Sebastian verlor die Geduld. Dieser arrogante Kerl ging ihm auf die Nerven.

»Mit wem hat Jeremy gepokert?«

»Mit so komischen Typen, Rounders …«

»Was heißt das?«

»Burschen, die an Cash-Game-Tischen sitzen und auf schnelle Gewinne aus sind«, erklärte Thomas.

»Sie suchen sich unerfahrene Spieler, um sie auszunehmen, meinst du das?«

»Ja«, bestätigte der Junge. »Jeremy liebte es, den Dummen zu spielen, um sie auflaufen zu lassen. Auf die Art hat er ganz ordentlich kassiert.«

»Wie hoch waren die Einsätze?«

»Ach, nicht hoch. Wir sind ja nicht in Las Vegas. Diese Typen spielen, um ihre Rechnungen begleichen und ihre Kredite abzahlen zu können.«

Nikki und Sebastian schauten sich beunruhigt an. Alles an dieser Geschichte stank zum Himmel: illegale

Pokerrunden mit Minderjährigen, das Verschwinden, potenzielle Schulden …

»Wo fanden denn solche Partys statt?«

»In heruntergekommenen Bars in Bushwick.«

»Hast du Adressen?«

»Nein. Das hat mich nicht weiter interessiert.«

Sebastian hätte ihn gern noch etwas stärker geschüttelt, aber Nikki hielt ihn davon ab. Dieses Mal schien der junge Mann die Wahrheit zu sagen.

»Also, ich verzieh mich dann mal. Ich hab jetzt wirklich Kohldampf!«

»Eine letzte Sache noch, Thomas. Hat Jeremy eine Freundin?«

»Natürlich!«

Nikki ließ ihr Erstaunen erkennen. »Weißt du, wie sie heißt?«

»Is' 'ne ältere Frau.«

»Wirklich?«

Sebastian runzelte die Stirn. »Wir haben dich nach dem Namen gefragt.«

»Is' 'ne Seemannsbraut. Heißt Sex Doll«, antwortete er und brach in Gelächter aus.

Nikki seufzte. Sebastian packte den Jungen am Kragen und zog ihn zu sich heran.

»Du nervst mich mit deinen dämlichen Witzen. Hat er eine Freundin, ja oder nein?«

»Letzte Woche hat er mir erzählt, er hätte ein Mädchen im Internet getroffen. Ich glaube, eine Brasilianerin. Er hat mir Fotos gezeigt, eine echte Bombe, aber meiner Meinung nach war das Angeberei. Jerem' wäre nie in der Lage, so eine an Land zu ziehen.«

Sebastian entließ Thomas aus seinem Griff. Sie würden nicht mehr aus ihm herausbekommen.

»Rufst du mich an, wenn du etwas Neues erfährst?«, fragte Nikki.

»Können Sie sich drauf verlassen, Ma'am«, versicherte er im Weggehen.

Sebastian massierte sich die Schläfen. Dieser Grünschnabel hatte ihn erschöpft. Seine Stimme, seine Sprache, seine Aufmachung. Alles hatte ihn verstimmt.

»Was für ein Idiot, dieser Bengel.« Er seufzte. »Ich glaube, wir sollten in Zukunft den Umgang unseres Sohnes besser kontrollieren.«

»Dafür müssten wir ihn nur erst einmal wiederfinden«, murmelte Nikki.

Kapitel 10

Sie gingen über die Straße zu Nikkis alter Maschine, einer BMW R 27 aus den 1960er-Jahren mit Beiwagen.

Sie reichte ihm den Helm, den er auch auf der Hinfahrt getragen hatte.

»Und jetzt?«

Nikkis Gesicht war verschlossen. Die Hypothese, dass Jeremy ausgerissen war, schien sich zu bestätigen. Um sich das nötige Geld dafür zu besorgen, hatte er seine Gitarre verkauft und seine Kamera zur Versteigerung angeboten. Und bevor er sich aus dem Staub gemacht hatte, hatte er alles Nötige unternommen, um nicht gefunden zu werden. Und vor allem hatte er drei Tage Vorsprung.

»Wenn er einfach so verschwunden ist, muss er Angst gehabt haben«, sagte sie. »Große Angst.«

Sebastian hob hilflos die Arme. »Aber wovor sollte er Angst haben? Und warum hat er sich uns nicht anvertraut?«

»Weil du nicht gerade vor Verständnis strotzt.«

Er hatte eine Idee. »Und Camille? Vielleicht hat sie etwas von ihrem Bruder gehört?«

Nikkis Miene hellte sich auf. Das war ein Erfolg versprechender Ansatz. Wenn sich die Zwillinge auch nicht oft sahen, schienen sie sich doch in den letzten Monaten angenähert zu haben.

»Versuchst du, sie anzurufen?«

»Warum ich?«, fragte sie verwundert.

»Ich glaube, das ist besser. Ich erkläre es dir später ...«

Während Nikki die Nummer ihrer Tochter wählte, rief Sebastian sein Büro an. Sein Werkstattleiter Joseph hatte ihm kurz hintereinander zwei Nachrichten hinterlassen und dringend um Rückruf gebeten.

»Wir haben große Schwierigkeiten, Sebastian. Farasio hat mehrmals versucht, dich zu erreichen, und er beklagt sich, dass du dich nicht bei ihnen meldest.«

»Ich war verhindert. Ein unvorhergesehenes Problem.«

»Hör zu, sie sind unangemeldet in der Werkstatt aufgetaucht und haben gesehen, dass du nicht da bist. Sie wollen vor dreizehn Uhr eine Bestätigung von dir. Eine Bestätigung, dass du deine Expertise bis heute Abend ablieferst.«

»Und wenn nicht?«

»Wenn nicht, geben sie Furstenberg den Auftrag.«

Sebastian seufzte. Seine Pechsträhne hatte heute Morgen begonnen, und er wusste nicht mehr, wie er sie beenden sollte. Er versuchte, seine Lage in Ruhe zu überdenken. Der Verkauf der Carlo Bergonzi konnte ihm eine Kommission von bis zu einhundertfünfzigtausend Dollar einbringen. Diese Summe hatte er schon im Budget eingeplant und brauchte sie, um die Firma liquid zu halten. Aber neben dem finanziellen Faktor hätte der Verlust der Bergonzi eine gefährliche Signalwirkung. Die Geigenwelt war ein kleines Universum, in dem sich alles schnell herumsprach.

Dieser Verkauf war eine Prestigefrage, und würde er den Auftrag verlieren, wäre das zum Vorteil seines Hauptkonkurrenten Furstenberg.

Das war keine Neuigkeit für Sebastian. Er arbeitete seit über zwanzig Jahren mit Künstlern zusammen und wusste, dass sie launisch, gequält und von Selbstzweifeln zerfressen waren. Interpreten, die ebenso labil wie genial waren, Musiker mit einem übergroßen Ego, die Wert darauf legten, mit dem besten Geigenbauer zu arbeiten. Und der Beste war er! Innerhalb der letzten zwanzig Jahre hatte er *Larabee & Son* zur bekanntesten Geigenbauwerkstatt der USA gemacht. Mehr noch als Geschicklichkeit bescheinigte man ihm eine wirkliche Begabung, ein überdurchschnittliches Gehör und ein außergewöhnliches Gefühl für seine Kunden, sodass er ihnen Instrumente anbieten konnte, die perfekt zu ihrer Persönlichkeit und ihrem Spiel passten. Bei Blindtests übertrafen seine Geigen regelmäßig die Stradivaris und Guarneris. Und, das war die höchste Auszeichnung, seine Instrumente waren inzwischen ein Qualitätslabel geworden. Die Musiker kamen zu ihm, um eine »Larabee« zu kaufen. Dank dieses Rufs gehörten jetzt die Virtuosen unter den Violinisten zu seinen Kunden. Stars, die er hatte überzeugen können, weil es heute keinen Zweifel mehr daran gab, dass er der Kompetenteste war, um ihre Instrumente zu betreuen und neue für sie zu bauen. Diese Position stand jedoch auf tönernen Füßen. Sie basierte ebenso auf seinem objektiven Know-how wie auf einem gewissen Zeitgeist, auf dem richtigen Gleichgewicht zwischen Werbung und schmeichelhafter, aber unbeständiger Mund-zu-Mund-Propaganda. Und in diesen Krisenzeiten lauerten Furstenberg und andere Geigenbauer mehr denn je auf den geringsten Fehler seinerseits. Er durfte diesen Auftrag also auf keinen Fall verlieren. Schluss, aus!

»Ruf sie in meinem Namen an«, bat er Joseph.

»Sie wollen aber mit dir reden.«

»Sag ihnen, dass ich mich in einer Dreiviertelstunde, sobald ich wieder im Büro bin, melde. Und dass sie die Expertise vor heute Abend bekommen.«

Er beendete das Gespräch zur gleichen Zeit wie Nikki.

»Camille geht nicht dran«, erklärte sie. »Ich habe ihr eine Nachricht hinterlassen. Warum wolltest du sie nicht selbst anrufen?«

Statt zu antworten, erklärte er: »Hör zu, Nikki, ich muss noch einmal ins Büro.«

Verblüfft starrte sie ihn an. »Ins Büro? Dein Sohn ist verschwunden, und du gehst arbeiten!«

»Ich komme um vor Sorge, aber ich bin kein Polizist. Man müsste Nachforschungen …«

»Ich rufe Santos an«, unterbrach sie ihn. »Der weiß wenigstens, was zu tun ist!«

Gesagt, getan. Sie wählte die Nummer ihres Liebhabers und erzählte ihm in groben Zügen von Jeremys Verschwinden.

Sebastian beobachtete sie unbeeindruckt. Sie versuchte, ihn zu provozieren, doch das funktionierte nicht. Was konnte er schon tun? In welcher Richtung suchen? Unfähig, eine Entscheidung zu treffen, fühlte er sich ebenso ängstlich wie machtlos.

In dieser Situation wäre das Eingreifen der Polizei eine Erleichterung. Sie hatten die Behörden ohnehin viel zu spät informiert.

Während er wartete, bis sie zu Ende telefoniert hatte, nahm er in dem Beiwagen Platz, setzte den Lederhelm – der sicher nicht den Vorschriften entsprach – und die große Brille auf. Er fühlte sich niedergeschlagen und von den Ereignissen überrollt. Was hatte er im Beiwagen dieser alten Maschine verloren und noch dazu so lächerlich ausstaffiert? Durch welchen höllischen Mechanismus ging sein Leben plötzlich derart den Bach hinunter? Warum hatte er sich dieses »Wiedersehen« mit seiner Exfrau angetan? Warum baute sein Sohn ständig Mist? Warum bildete sich seine fünfzehnjährige Tochter ein, sie müsse mit Jungen schlafen? Warum drohte seine berufliche Situation aus dem Ruder zu laufen?

Nikki beendete das Gespräch und trat zu ihm, ohne ein Wort zu sagen. Sie stieg auf das Motorrad, gab Gas und ließ den Motor aufheulen, ehe sie in Richtung Docks losraste. Das Gesicht vom Wind gepeitscht und starr vor Angst, klammerte sich Sebastian an seinem

Sitz fest. Er hatte seinen Regenmantel in der Wohnung seiner Exfrau vergessen und zitterte in seinem zwar eleganten, aber dünnen Anzug vor Kälte. Im Gegensatz zu Nikki war er eher bequem. Er hatte keinen Hang zum Abenteuer und zog den gemütlichen Komfort seines Jaguars den Zumutungen dieser alten Klapperkiste vor. Noch dazu schien sie sich einen teuflischen Spaß daraus zu machen, vor jedem Schlagloch zu beschleunigen.

Schließlich erreichten sie das alte Fabrikgebäude, in dem sich Nikkis Wohnung befand.

»Ich komme mit rauf und hole meinen Mantel«, erklärte er, während er sich aus dem Beiwagen quälte. »Meine Autoschlüssel sind drin.«

»Mach, was du willst«, erwiderte sie, ohne ihn anzusehen. »Ich warte auf Santos.«

Er stieg hinter ihr die Treppe hinauf. Oben angekommen, schloss sie die Metalltür zu dem Loft auf und stieß einen überraschten Schrei aus.

Kapitel 11

Das Sofa war aufgeschlitzt, die Möbel waren umgeworfen, die Regale leer gefegt. Der Zustand des Wohnzimmers ließ keinen Zweifel zu: In ihrer Abwesenheit war die Wohnung verwüstet worden.

Mit klopfendem Herzen trat Nikki ein, um das Ausmaß der Katastrophe in Augenschein zu nehmen. Der Fernseher war von der Wand gerissen, die Bilder lagen am Boden, die Schubladen waren umgekippt, die Papiere überall verstreut.

Schockiert, ihre Intimsphäre so geschändet und demoliert zu sehen, zitterte sie am ganzen Leib.

»Was haben sie mitgenommen?«, fragte Sebastian.

»Schwer zu sagen. Auf alle Fälle nicht meinen Laptop, der steht auf der Küchentheke.«

Seltsam.

Auf einem der wenigen intakten Regalbretter bemerkte er eine hübsche Holzschatulle mit Intarsien.

»Ist da was Wertvolles drin?«

»Natürlich, mein Schmuck.«

Sie öffnete das Kästchen. Es enthielt unter anderem Ringe und Armbänder, die er ihr früher geschenkt hatte. Teure Stücke von Tiffany.

»Welcher Dieb ist so dumm, einen Laptop und eine offen dastehende Schmuckschatulle nicht mitzunehmen?«

»Pst!«, sagte sie und legte den Finger auf seine Lippen.

Verständnislos schwieg er, bis er ein Knarren hörte. Es war noch jemand in der Wohnung!

Mit einer Handbewegung bedeutete sie ihm, sich nicht vom Fleck zu rühren, und schlich die Metalltreppe ins obere Stockwerk hinauf. Das erste Zimmer war ihr eigenes.

Leer.

Dann kam das von Jeremy.

Zu spät.

Das Schiebefenster, das auf den Hof hinausging, war zersplittert. Nikki beugte sich vor und sah eine kräftige Gestalt über die eiserne Feuertreppe fliehen. Sie wollte hinaussteigen, um die Verfolgung aufzunehmen …

»Vergiss es«, flüsterte Sebastian und hielt sie am Arm zurück. »Er ist sicher bewaffnet.«

Widerwillig fügte sie sich und lief durch alle Räume. Der oder die Einbrecher hatten begonnen, die Wohnung systematisch zu inspizieren. Angesichts ihrer am Boden verstreuten Sachen konnte sie nur noch feststellen: »Sie wollten nichts stehlen, sondern sie suchten nach etwas Bestimmtem.«

Sebastian nahm Jeremys Zimmer näher in Augenschein: Auf den ersten Blick war nichts verschwunden. Automatisch rückte er die Computertürme zurecht, die sich in einem prekären Gleichgewicht befanden. Das war ein krankhafter, fast schon obsessiver Zug bei ihm – eine tiefe Angst vor Unordnung und ein beinahe manischer Hang zur Sauberkeit. Er richtete das Fahrrad auf, rückte ein Regal an die Wand, das zu kippen drohte, und sammelte die Spielkarten vom Boden auf. Als er nach dem Pokerkoffer aus Aluminium griff, zuckte er überrascht zurück. Die Keramikjetons waren zusammengeschweißt, sodass jeder Stapel eine Art hohle Röhre bildete. Er untersuchte das Innere – es enthielt kleine Plastikpäckchen. Er zog eines heraus. Es war mit weißem Pulver gefüllt.

Nein, das ist doch Wahnsinn …

Entsetzt leerte er die beiden Keramikröhren aus und verteilte ein Dutzend kleiner, durchsichtiger Päckchen auf dem Bett.

Kokain!

Er konnte es nicht fassen.

»Scheiße!«, entfuhr es Nikki, die zu ihm getreten war.

Sie sahen sich verblüfft an.

»Das haben die Einbrecher also gesucht. Es ist mindestens ein Kilo.«

Sebastian wollte es immer noch nicht glauben. »Das ist eine zu große Nummer, um wahr zu sein. Vielleicht ist es … ein Rollenspiel oder ein Scherz.«

Nikki schüttelte zweifelnd den Kopf. Sie riss eines der Päckchen auf und kostete das Pulver. Der bittere, stechende Geschmack hinterließ ein betäubendes Gefühl auf ihrer Zunge.

»Das ist Koks, Sebastian, ganz sicher.«

»Aber wie ...«

Sein Satz wurde vom Läuten der Türglocke unterbrochen.

»Santos!«, rief Nikki.

Verblüffung und Fassungslosigkeit waren auf ihren Gesichtern zu lesen. Zum ersten Mal seit Jahren fühlten sie sich durch ein starkes Band vereint: den Wunsch, ihren Sohn zu schützen. Ihre Herzen schlugen im Einklang. Sie empfanden dieselbe Erregung, dieselbe Beklemmung, denselben Taumel.

Die Glocke ertönte zum zweiten Mal. Der Polizist unten wurde ungeduldig.

Jetzt war keine Zeit mehr. Sie mussten eine Entscheidung treffen, und zwar schnell. Jeremy war zu einer Bewährungsstrafe verurteilt worden. Wenn es auch selbstmörderisch schien, ihre Entdeckung vor der Polizei geheim halten zu wollen, so bedeutete das Eingeständnis, dass ihr Sohn ein Kilo Kokain in seinem Zimmer versteckt hatte, eine lange Haftstrafe für ihn. Eine Gefährdung seiner Zukunft, seines Studiums und seines Eintritts ins Leben. Die Hölle einer Jugendhaftanstalt.

»Wir müssen ...«, begann Sebastian.

»... den Stoff verschwinden lassen«, ergänzte Nikki.

Einigkeit als letztes Bollwerk gegen die Gefahr.

Sebastian, der froh darüber war, nahm einige der Tütchen und warf sie in die Toilette des angrenzenden Badezimmers. Nikki half ihm und holte die anderen.

Ein drittes Klingeln.

»Mach ihm auf, ich komme nach!«

Sie nickte, und während sie die Treppe hinunterlief, betätigte er zum ersten Mal die Wasserspülung. Doch das Kokain löste sich nur mühsam auf. Statt in den Tiefen des Abflussrohrs zu verschwinden, verstopften die Beutel es nur. Der zweite Versuch blieb ebenso erfolglos. Panisch beobachtete er, wie die weiße Flüssigkeit bis zur Toilettenbrille anstieg und überzulaufen drohte.

Kapitel 12

»Du hast ja vielleicht lange gebraucht!«, sagte Santos vorwurfsvoll. »Ich habe mir schon Sorgen gemacht.«

»Ich habe das Klingeln nicht gehört«, log Nikki.

Sie trat zur Seite, um ihn hereinzulassen, doch Santos blieb beim Anblick der verwüsteten Wohnung wie angewurzelt stehen.

»Was ist denn hier los? Ist ein Wirbelsturm durch dein Wohnzimmer gefegt?«

Überrumpelt, wie sie war, wusste Nikki nicht, was sie antworten sollte. Sie spürte, wie sich ihr Herzschlag beschleunigte und sich feine Schweißperlen auf ihrer Stirn bildeten.

»Ich ... ich habe nur gerade geputzt, das ist alles.«

»Willst du mich für blöd verkaufen? Mal ernsthaft, Nikki?«

Sie war verunsichert. So, wie es hier aussah, würde sie ihn nicht überzeugen können.

»Also, erklärst du es mir nun?«, drängte er.

Von der Treppe ertönte Sebastians feste Stimme wie eine Erlösung: »Wir haben uns gestritten, so was kommt doch vor, oder?«

Verblüfft wandte sich Santos zu dem Neuankömmling um. Sebastian, der seine Rolle als eifersüchtiger Exmann mit Nachdruck spielte, hatte seine aggressive Miene aufgesetzt.

»Das nennen Sie einen Streit?«, fragte Santos und deutete auf das demolierte Wohnzimmer.

Verlegen machte Nikki die beiden miteinander bekannt.

Die Männer grüßten sich mit einem kurzen Kopfnicken. Sebastian versuchte, seine Verwunderung zu verbergen, aber im Grunde war er doch etwas erstaunt von Santos' Erscheinung. Der gut gebaute Mischling mit den feinen Gesichtszügen war einen Kopf größer als er selbst und hatte nichts von einem rauen, brutalen Bullen. Mit seinem eleganten Anzug, der vermutlich die Hälfte seines Monatsgehalts gekostet hatte, seinem korrekten Haarschnitt und den frisch rasierten Wangen wirkte er gepflegt und vertrauenerweckend.

»Wir dürfen keine Zeit verlieren«, erklärte er und sah die Eltern an. »Ich will euch ja nicht beunruhigen, aber ein Junge, der seit drei Tagen verschwunden ist, ohne ein Lebenszeichen zu geben, das ist nicht ohne.«

Er knöpfte seine Jacke auf und fuhr in belehrendem Tonfall fort: »Vermisstenmeldungen werden von den örtlichen Behörden bearbeitet, es sei denn, die Ermittlungen erstrecken sich über die Grenzen eines Bundesstaates hinweg oder es handelt sich um das Verschwinden eines Minderjährigen. In diesem Fall greift das FBI ein, und zwar über das CARD, das Child Abduction Rapid Deployment. Ich kenne dort jemanden und habe ihn angerufen, um Jeremys Verschwinden zu melden. Sie erwarten uns in ihrem Hauptquartier in Midtown, in der Nähe des MetLife Building.«

»Okay, ich komme mit«, sagte Nikki.

»Ich nehme mein eigenes Auto«, erklärte Sebastian.

»Das macht keinen Sinn, ich habe einen Dienstwagen, mit dem Blaulicht kommen wir schneller durch die Staus.«

Sebastian warf Nikki einen kurzen Blick zu.

»Wir treffen dich beide vor Ort, Lorenzo.«

»Ausgezeichnete Idee!«, erwiderte dieser ironisch. »Dann verlieren wir noch etwas mehr Zeit.«

Da ihm jedoch klar war, dass sie bei ihrem Entschluss bleiben würden, ging er zur Tür.

»Schließlich ist es euer Kind«, sagte er und schlug sie hinter sich zu.

Der Abgang des Cops milderte allerdings weder die Anspannung noch die Verwirrung. Als Nikki und Sebastian wieder allein waren, sahen sie sich zögernd an. Aus lauter Angst, eine falsche Entscheidung zu treffen, hatten sie Mühe, die gesammelten Informationen zu analysieren: Jeremys Verschwinden, seine Vorliebe für Poker, die Drogen …

Instinktiv kehrten beide in das Zimmer ihres Sohnes zurück. Gerade noch rechtzeitig war es Sebastian gelungen, das Abflussrohr der Toilette mit einem Besenstiel frei zu machen. Doch auch wenn jetzt die letzte Spur der Drogen beseitigt war, hatte sich das Problem noch lange nicht erledigt, und der Zwischenfall war nicht nur ein böser Traum.

Auf der Suche nach einem Hinweis nahm Sebastian den Alukoffer und seinen Inhalt genauer in Augenschein. Kein doppelter Boden, keine besondere Aufschrift, weder auf den Spielkarten noch auf den falschen Keramikjetons. Das Innere des Koffers war mit Noppenschaumstoff ausgekleidet und besaß eine Tasche. Er schob die Hand hinein. Nichts … außer einem Bierdeckel. Auf der einen Seite Werbung für eine Biermarke, auf der anderen eine stilisierte gekrümmte Klinge – das Emblem einer Bar

Bar Boomerang
17, Frederick Street Bushwick
Inhaber: Drake Decker

Er reichte Nikki den Untersetzer. »Kennst du die Kneipe?«

Nikki schüttelte den Kopf.

Doch Sebastian insistierte: »Dort hat er doch sicher Poker gespielt oder?«

Er suchte ihren Blick, hatte ihn aber verloren.

Nikki war plötzlich totenbleich geworden und zitterte am ganzen Körper. Sie schien völlig abwesend, ihre glänzenden Augen starrten ins Leere.

»Nikki!«, rief er

Sie rannte unvermittelt aus dem Zimmer. Auf der Treppe holte er sie ein und folgte ihr ins Bad, wo sie eine Valiumtablette einnahm.

Er legte ihr die Hände auf die Schultern.

»Beruhige dich bitte.«

Er bemühte sich, ihr seinen Plan darzulegen.

»Hör gut zu, wir werden Folgendes tun: Du hängst den Beiwagen ab und fährst mit dem Motorrad nach Manhattan. So schnell wie möglich. Du musst Camille bei Schulschluss abfangen.« Er sah auf die Uhr. »Die Schule ist um zwei Uhr zu Ende. Wenn du gleich mit dem Motorrad losfährst, kannst du es schaffen.«

»Warum machst du dir Sorgen um sie?«

»Ich weiß nicht, was das Koks in Jeremys Zimmer zu suchen hatte, aber ganz offensichtlich wollen die Typen, denen der Stoff gehört, ihn zurückhaben.«

»Sie wissen, wer wir sind.«

»Ja, sie kennen deine Adresse und sicher auch die meine. Wir sind also alle in Gefahr: du, ich, Jeremy und Camille. Ich hoffe, ich irre mich, aber ich will kein Risiko eingehen.«

Paradoxerweise schien das Aussprechen dieser Bedrohung ihnen neuen Auftrieb zu geben.

»Wohin soll ich sie bringen?«

»Zum Bahnhof. Setze sie in den Zug nach East Hampton und schicke sie …«

»… zu deiner Mutter.«

»Dort ist sie in Sicherheit.«

Kapitel 13

Das Gebäude der St. Jean Baptiste High School erinnerte an einen griechischen Tempel. Die symmetrische Fassade aus grauem Marmor wurde von Giebeldreiecken und fein behauenen dorischen Säulen geschmückt.

Scientia potestas est, Wissen ist Macht. Das in Stein gemeißelte Motto erstreckte sich stolz zu beiden Seiten des monumentalen Eingangs, der dem Schulgebäude den Anschein eines Sakralbaus verlieh. Die Härte des Steins wurde durch Vogelgesang und das Sonnenlicht gemildert, das durch das orangefarbene Laub fiel. Dieser aristokratische Ort verströmte eine Atmosphäre von Ruhe, Bildung und Wissen. Kaum zu glauben, dass man sich mitten in Manhattan befand, nur wenige Häuserblocks von den lauten und beliebten Attraktionen des Times Square entfernt.

Innerhalb weniger Sekunden aber war es mit dieser klösterlichen Stille vorbei. Eine erste Schülerin kam die Stufen der Außentreppe herunter. Anschließend verteilten sich die jungen Mädchen in kleinen Gruppen auf dem Bürgersteig.

Lachen und Rufe ertönten. Den Schuluniformen und

Bubikragen zum Trotz drehten sich die Gespräche um weniger brave Themen: Es ging um Jungen, Ausgehen, Shoppen, Diäten, Twitter und Facebook.

An den Sattel ihres Motorrads gelehnt, kniff Nikki die Augen halb zusammen und versuchte, inmitten dieses Bataillons von Schülerinnen Camille auszumachen. Ungewollt schnappte sie einige Gesprächsfetzen auf. Flüchtige Bemerkungen einer Generation, die ihr fremd geworden war. »Ich finde den Stephen echt geil!«, »Ich bin voll *in love!*«, »Diese SK-Lehrerin stresst mich irre!«, »Das kotzt mich an!«, »Ich bin total angepisst!«

Schließlich entdeckte sie erleichtert ihre Tochter.

»Was machst du denn hier, Mum?«, fragte Camille und riss die Augen auf. »Ich habe gesehen, dass du mir eine Nachricht hinterlassen hast.«

»Ich habe nicht viel Zeit, dir alles zu erklären, Schatz. Hast du in den letzten Tagen etwas von Jeremy gehört?«

»Nein«, versicherte Camille.

Nikki informierte sie über das Verschwinden ihres Bruders. Um sie nicht zu ängstigen, erwähnte sie jedoch weder die verwüstete Wohnung noch die Drogen.

»Papa möchte, dass du bei deiner Großmutter bleibst, bis die Sache geklärt ist.«

»Aber das geht nicht! Ich schreibe diese Woche mehrere Prüfungen! Und ich bin mit meinen Freundinnen verabredet.«

Nikki bemühte sich, überzeugend zu wirken. »Hör zu, Camille, ich wäre nicht hier, wenn ich nicht glauben würde, dass du in Gefahr bist.«

»In welcher Gefahr denn? Mein Bruder ist abgehauen, na und? Es ist nicht das erste Mal.«

Nikki seufzte und schaute auf ihre Armbanduhr. In einer knappen halben Stunde fuhr ein Zug nach East Hampton, der nächste erst wieder um siebzehn Uhr dreißig.

»Setz den auf!«, befahl sie und reichte ihrer Tochter einen Helm.

»Aber …«

»Kein ›aber‹. Ich bin deine Mutter. Wenn ich sage, dass du etwas tun sollst, dann tust du es! Keine Diskussion.«

»Genau wie Papa!« Camille stöhnte und nahm auf dem hinteren Motorradsitz Platz.

»Beleidige mich bitte nicht!«

Nikki schwang sich auf ihre Maschine und verließ die Upper East Side. Sie fuhr über die Lexington Avenue, durchquerte Schluchten aus Glas und Beton, blieb aber bei dem hohen Tempo äußerst konzentriert.

Vor allem keinen Unfall bauen. Nicht jetzt …

Wegen der Scheidung war ihr Verhältnis zu Camille nicht sonderlich innig. Sie liebte sie sehr, hatte jedoch keine Gelegenheit gehabt, echte Gemeinsamkeiten mit ihr aufzubauen. Schuld daran waren natürlich die absurden Trennungsbedingungen, die Sebastian ihr aufgezwungen hatte. Doch da war noch etwas anderes. Ehrlicherweise musste sie zugeben, dass sie ihrer Tochter gegenüber Komplexe hatte. Camille war ein brillantes junges Mädchen, das sich für klassische Kultur interessierte. Bereits in jungen Jahren hatte sie Hunderte von Büchern verschlungen und die meisten richtungsweisenden Filme gesehen. In dieser Hinsicht hatte Sebastian sie hervorragend erzogen. Ihm war es zu verdanken, dass sie in einem privilegierten Umfeld aufwuchs. Er nahm sie mit ins Theater, in Konzerte, Ausstellungen …

Camille war ein sympathisches Mädchen, eher bescheiden und nicht herablassend, aber Nikki fühlte sich häufig überfordert, wenn sie sich in einem Gespräch auf das Terrain der hohen Bildung wagte. Eine minderwertige Mutter. Wie jedes Mal, wenn sie daran dachte, stiegen ihr Tränen in die Augen, doch sie bemühte sich, ihren Kummer zu unterdrücken.

Sie gab Gas und fuhr am Grand Central vorbei, warf einen Blick in den Rückspiegel, bevor sie ausscherte, um einen Feuerwehrwagen zu überholen.

Schwindel, Tempo, das Gefühl, zermalmt zu werden. Sie liebte diese Stadt ebenso sehr, wie sie sie verabscheute. Das Gedränge und die ständige Bewegung nahmen ihr die Luft und betäubten sie.

Eingepfercht zwischen den senkrechten Wänden der Häuserfluchten, sauste das Motorrad dahin.

Heulende Sirenen, Gestank, gereizte Taxifahrer, Hupen, Stimmengewirr.

Nikki schaltete zurück, bog in die 39th Street und fädelte sich in den Verkehr der Fashion Avenue ein. Die Bilder flogen an ihren Augen vorbei: dicht gedrängte Menge, rissiger Asphalt, verbeulte Wagen von Hotdogverkäufern, metallischer Widerschein der Gebäude, wohlgeformte, schlanke Beine in Großaufnahme auf einem Plakat.

Beim Einbiegen auf die Pennsylvania Plaza gelang es ihr, sich zwischen zwei Autos zu drängen.

New York war die Hölle für Zweiradfahrzeuge: die Straßen waren beschädigt, und man durfte nirgendwo parken.

»Endstation, alle aussteigen!«

Camille sprang auf den Bürgersteig und half, die BMW-Maschine abzuschließen.

Vierzehn Uhr vierundzwanzig. Der Zug fuhr in zehn Minuten ab.

»Beeil dich, Liebling.«

Sie überquerten durch den dichten Verkehr hindurch die Straße und drängten sich in das reizlose Gebäude der Penn Station. Glaubte man den alten Fotografien, die in der großen Halle hingen, so war der meistfrequentierte Bahnhof der Vereinigten Staaten früher ein grandioses Gebäude gewesen, das von rosa Granitsäulen geziert wurde. Die von einem Glasdach gekrönte Vorhalle hatte die Größe einer Kathedrale gehabt mit Wasserspeiern, Buntglasfenstern und Marmorstatuen. Dieses Goldene Zeitalter war jedoch längst Vergangenheit. Unter dem Druck der Baulöwen und der Unterhaltungsindustrie war das Gebäude Anfang der 1960er-Jahre abgerissen worden, um einem seelenlosen Komplex mit Büros, Hotels und Veranstaltungssälen Platz zu machen.

Nikki und Camille bahnten sich mit den Ellbogen einen Weg zum Schalter.

»Einmal einfach nach East Hampton, bitte.«

Die Angestellte, eine Frau mit dem Gehabe eines Buddhas, ließ sich unendlich viel Zeit, um das Ticket auszustellen. Der Geräuschpegel in der Bahnhofshalle war ohrenbetäubend. Penn Station, ein Schaltzentrum der Verbindung zwischen Washington und Boston, bediente auch zahlreiche Bahnhöfe in New Jersey und Long Island.

»Vierundzwanzig Dollar. Der Zug fährt in sechs Minuten ab.«

Nikki sammelte ihr Wechselgeld ein, nahm Camille an der Hand und zog sie ins Untergeschoss, wo sich die Bahnsteige befanden.

Auf den Treppen drängten sich die Menschen. Es herrschte eine erdrückende Enge … Kindergeschrei, kollidierende Schultern, Stöße von Koffern in die Kniekehlen. Schweißgeruch.

»Gleis zwölf, das ist da drüben!«

Nikki zog ihre Tochter mit sich. Sie rannten zum richtigen Zugteil.

»Abfahrt in drei Minuten«, verkündete der Schaffner.

»Du rufst uns an, sobald du angekommen bist, ja?«

Camille nickte.

Als Nikki sich vorbeugte, um ihre Tochter zu umarmen, bemerkte sie deren Verunsicherung.

»Du verbirgst etwas vor mir, stimmt's?«

Zugleich verärgert, ertappt worden zu sein, und erleichtert, eine Last loszuwerden, gestand Camille schließlich: »Es ist wegen Jeremy. Ich musste ihm versprechen, dir nichts davon zu sagen, aber …«

»Du hast ihn gesehen?«, rief Nikki.

»Ja. Er hat mich Samstag vom Tennisunterricht abgeholt.«

Samstag, das war vor drei Tagen …

»Er schien sehr beunruhigt«, fuhr Camille fort. »Und auch sehr in Eile. Er hatte Ärger, das war offensichtlich.«

»Hat er dir erklärt, worum es ging?«

»Er hat nur gesagt, dass er Geld braucht.«

»Hast du es ihm gegeben?«

»Da ich nur wenig bei mir hatte, hat er mich nach Hause begleitet.«

»Dein Vater war nicht da?«

»Nein, er war mit Natalia im Restaurant zum Mittagessen.«

Die Türen des Zuges würden sich gleich schließen. Die letzten Reisenden kamen angerannt, um in die Wagen zu steigen.

Von ihrer Mutter gedrängt, fuhr Camille fort: »Ich habe Jeremy die zweihundert Dollar gegeben, die ich in meinem Zimmer hatte, aber da ihm das nicht genug war, wollte er Papas Safe öffnen.«

»Kennst du den Code?«

»Das ist ja einfach: unser Geburtsdatum!«

Ein akustisches Signal kündete die unmittelbar bevorstehende Abfahrt an.

»Es waren fünftausend Dollar in bar drin«, sagte Camille und sprang in den Zug. »Jeremy hat mir versprochen, es zurückzugeben, bevor Papa etwas merkt.«

Nikki, die auf dem Bahnsteig zurückblieb, war so bleich geworden, dass ihre Tochter beunruhigt fragte: »Glaubst du, ihm ist etwas passiert, Mama?«

Bei dieser Frage schlossen sich die Türen.

Kapitel 14

Der Himmel hatte sich bewölkt. Urplötzlich.

Innerhalb weniger Minuten hatte er eine bleigraue Farbe angenommen, und schwarze Wolken türmten sich am Horizont auf.

Auf dem Brooklyn-Queens Expressway fuhren die Autos Stoßstange an Stoßstange. Auf dem Weg zu der von Santos angegebenen Adresse zog Sebastian im Geist eine Trennlinie zwischen dem, was er dem FBI offenbaren, und dem, was er lieber verschweigen wollte. Die Wahl war nicht einfach. Seit er in seinem Wagen saß, versuchte er vergeblich, ein Puzzle zusammenzusetzen, von dem ihm zu viele Teile fehlten. Eine brennende Frage quälte ihn: Warum versteckte Jeremy ein Kilo Kokain in seinem Zimmer? Auf diese Frage fand er nur eine Antwort: Weil er es gestohlen hatte. Wahrscheinlich dem Chef dieser Kneipe namens *Boomerang*. Als ihm die Tragweite seiner Tat bewusst wurde, war er vermutlich in Panik geraten und geflohen, um dem Dealer zu entkommen.

Aber wie hatte er in diesen Albtraum abgleiten können? Sein Sohn war kein Dummkopf. Die Vorfälle, bei denen er bisher mit der Justiz zu tun gehabt hatte, waren nur ein kleiner Diebstahl und eine harmlose Sachbeschädigung gewesen. Nichts, was auch nur im Entferntesten mit einem Schwerverbrechen Ähnlichkeit hatte.

Plötzlich konnte man wieder schneller fahren. Der Expressway verschwand in einem langen Tunnel, bevor er am Ende der Kais des East River erneut ans Tageslicht führte.

Sebastians Handy vibrierte in seiner Tasche. Es war Joseph.

»Es tut mir leid«, erklärte der Werkstattleiter, »aber wir haben den Auftrag verloren. Furstenberg wird die Expertise für die Bergonzi erstellen.«

Sebastian akzeptierte diese Information ungerührt. Momentan erschien ihm das alles lächerlich. Er nutzte die Gelegenheit, um Joseph unvermittelt zu fragen: »Hast du eine Vorstellung, wie viel ein Kilo Kokain kostet?«

»Wie bitte? Machst du Witze? Was ist los mit dir?«

»Das ist eine lange Geschichte. Ich werde es dir später erklären. Also?«

»Ich habe keine Ahnung«, gestand Joseph. »Ich komme eher mit einem zwanzigjährigen Single Malt auf Touren …«

»Für Scherze habe ich jetzt keine Zeit, Joseph.«

»Okay … das dürfte von Qualität und Herkunft abhängen …«

»Darauf bin ich auch schon gekommen. Kannst du im Internet recherchieren?«

»Warte, ich rufe mal Google auf. Da haben wir es. Was soll ich eingeben?«

»Mir egal, aber beeil dich.«

Das Mobiltelefon zwischen Ohr und Schulter geklemmt, erreichte Sebastian einen Baustellenbereich. Ein Arbeiter, der mit der Verkehrsregelung beauftragt war, machte ihm ein Zeichen, eine Umleitung zu nehmen. Eine Kurve, die ihn Richtung Süden führte, wo ein erneuter Stau die Ausfahrt blockierte.

»Ich habe einen Artikel gefunden, der hilfreich sein könnte«, sagte Joseph nach einigen Augenblicken. »Hier, hör mal zu: ›Neunzig Kilo Kokain im Wert von schätzungsweise etwas über fünf Millionen Dollar wurden in einem Parkhaus in Washington Heights sichergestellt.‹«

Sebastian dachte nach.

»Wenn neunzig Kilo mehr als fünf Millionen wert sind, ist ein Kilo …«

»… etwas weniger als sechzigtausend Dollar wert«, ergänzte Joseph. »Kannst du mir jetzt erklären …«

»Später, Joseph. Ich muss Schluss machen. Ich danke dir.«

Sebastian hatte einen Plan. Das war zwar eine große, nicht aber unerschwingliche Summe. Jedenfalls konnte er sie sich rasch in bar beschaffen. Er würde folgendermaßen vorgehen: Er würde ins *Boomerang* gehen und diesem Drake Decker einen Deal vorschlagen, den der nicht ablehnen könnte: Er würde ihm den gesamten Wert der Drogen ersetzen und zusätzlich eine Provision von vierzigtausend Dollar zahlen als Ausgleich für die Unannehmlichkeiten und gegen das Versprechen, Jeremy zu vergessen.

»Geld ist die einzige Macht, vor der die gesamte Menschheit auf die Knie fällt«, pflegte man in seiner Familie zu sagen. Diesen Ausspruch hatte sein Großvater wohl einem Buch entnommen und daraus eine Art Mantra gemacht, eine Familiendevise, die das Leben der Larabees seit Jahrzehnten prägte. Lange hatte Sebastian diese Denkweise verachtet, heute aber diente sie ihm als Orientierung. Nun hatte er wieder volles Vertrauen in die Zukunft. Die Dinge würden sich regeln. Er würde den Dealer bezahlen, um die Gefahr von seiner Familie abzuwenden. War die Bedrohung erst einmal gebannt, würde er seinen Sohn wiederfinden und dessen Erziehung in die Hand nehmen und seine Freunde überprüfen. Es war noch nicht zu spät. Letztlich könnte sich diese Episode sogar als heilsam erweisen.

Gut. Seine Entscheidung stand fest. Er hatte keine Minute zu verlieren.

Er erreichte das Autobahnkreuz, von dem aus man die Manhattan Bridge erreichte, aber anstatt auf die Brücke zu fahren, machte er kehrt und fuhr in Richtung Brooklyn.

Er steuerte das *Boomerang* an.

Kapitel 15

»Verpiss dich mit deiner Kiste, Dreckskerl!«

Diese Begrüßung galt Sebastian, als er an einigen Obdachlosen vorbeifuhr, die die Mülltonnen der *Pizza-Hut*-Filiale in der Frederick Street durchwühlten. Sie tranken aus ihren Bierdosen, verborgen in Papiertüten, und markierten ihr Territorium, indem sie die Passanten und Autofahrer, die zu ihnen herüberschielten, mit ihren Flüchen bedachten.

»Idiot!«

Ein gefüllter Pappbecher landete auf seiner Windschutzscheibe. Sebastian schloss das Fenster und betätigte den Scheibenwischer.

Reizend …

Er begab sich zum ersten Mal in diesen Stadtteil. Und, wie er hoffte, auch zum letzten Mal.

Die Luft roch nach puerto-ricanischer Küche. Karibische Rhythmen dröhnten aus verschiedenen Fenstern. Dominikanische Fahnen schmückten die Außentreppen der Häuser. Es war nicht zu übersehen, dass Bushwick eine Latinohochburg war. Das Viertel dehnte sich in alle Richtungen über Dutzende Häuserblocks aus und hatte sich seinen rauen Charakter bewahrt. Die alternativ angehauchten, jüngeren Wohlstandsbürger, die Williamsburg in Beschlag genommen hatten, waren noch nicht in diesen Sektor vorgedrungen. Hier gab es keine reichen Youngsters, keine angesagten Künstlerkneipen oder Biorestaurants, sondern lediglich eine Abfolge von Lagerhäusern, von Wellblechbaracken, graffitibesprühten Backsteingebäuden und Brachflächen, überwuchert von Unkraut.

Die Avenue war breit und menschenleer. Sebastian entdeckte das *Boomerang*, zog es jedoch vor, den Jaguar in einer Parallelstraße zu parken. Er sperrte den Wagen ab, und als er zurück zur Frederick Street lief, fielen die ersten Regentropfen, die Bushwick noch grauer und trister erscheinen ließen.

Das *Boomerang* hatte nichts von einer gemütlichen Inlounge. Es war eine düstere, versiffte Vorstadtkneipe, in der billiger Whiskey und Burger zu zwei Dollar angeboten wurden. Ein Schild, das mit Klebeband an dem eisernen Rollgitter befestigt war, informierte darüber, dass der Ausschank erst ab siebzehn Uhr öffnete. Das Gitter stand jedoch zu drei Vierteln offen, sodass man vor die Eingangstür des Lokals treten konnte.

Als Sebastian an die Rauchglasscheibe klopfte, wurde der Regen immer stärker.

Keine Antwort.

Er nahm allen Mut zusammen, schob das Gitter ganz nach oben und versuchte, die Tür zu öffnen.

Sie leistete keinen Widerstand.

Von dem Schauer durchnässt, zögerte er einen kurzen Moment. Der Ort war düster, der Raum lag im Halbdunkel. Schließlich beschloss er, einzutreten, und zog sogleich die Tür hinter sich zu, um nicht von Passanten gesehen zu werden.

»Ist da jemand?«, fragte er, während er sich behutsam vortastete.

Nach wenigen Schritten schlug er die Hand vor den Mund. Ein abscheulicher Gestank stieg ihm in die Nase und drehte ihm fast den Magen um. Ein durchdringender Geruch …

Nach Blut.

Er war versucht, die Flucht zu ergreifen, beherrschte jedoch seine Angst. Er wich an die Wand zurück und tastete nach einem Schalter.

Als sich das trübe Licht im Raum verteilte, packte ihn das nackte Entsetzen.

Die Theke war voller Blut, der Boden mit schwarzen, klebrigen Flecken übersät, die Backsteinwand dunkelrot gesprenkelt, die Holzvertäfelung besudelt. Die Spritzer reichten bis zu den Regalbrettern hinter der Theke hinauf, auf denen dicht gedrängt Flaschen standen.

Ein wahres Gemetzel.

Hinten im Raum lag ein Mann in einer Blutlache.

Drake Decker?

Sebastians Herz hämmerte in seiner Brust. Trotz der Panik und des Ekels trat er zu der Leiche. Der Billardtisch, auf dem der Körper lag, erinnerte an einen Altar, einen erhöhten liturgischen Tisch für finstere Opferrituale. Der Tote war ein kahlköpfiger, bärtiger Koloss, der vermutlich zwei Zentner wog. Dickbäuchig und behaart, erinnerte er an gewisse Mitglieder der *Bears*, eines Zweigs der Homosexuellengemeinschaft, die ihre Männlichkeit ostentativ zur Schau stellten. Seine einstmals khakifarbene Stoffhose war mit dunklem Blut durchtränkt. Aus seinem karierten Hemd, das über Brust und Bauch aufklaffte, quollen die Eingeweide und ein dickflüssiger Brei.

Sebastian konnte nicht länger an sich halten. Die Hände auf die Knie gestützt, erbrach er bittere gelbe Galle, die aus seinem leeren Magen aufstieg. In dieser Position verharrte er eine Weile. Schweißgebadet und mit brennendem Gesicht rang er nach Luft.

Er überwand jedoch seine Panik. Aus der Hemdtasche des Toten schaute ein Lederetui. Es gelang Sebastian, es herauszuziehen. Ein Blick auf den Führerschein bestätigte, dass es sich tatsächlich um Drake Decker handelte.

Während er versuchte, die Brieftasche wieder zurückzuschieben, wurde Drakes Körper plötzlich von einem Krampf durchzuckt.

Sebastian fuhr zusammen. Das Blut pochte in seinen Schläfen.

Eine letzte Kontraktion *post mortem*?

Er beugte sich über das blutige Gesicht.

Der Mann öffnete unvermittelt die Augen. Sebastian wich zurück und stieß einen erstickten Schrei aus.

Scheiße!

Drake lag im Sterben, aber ein letzter Atemhauch

mischte sich unter das dünne Blutrinnsal, das seinem Mund entwich.

Was tun?

Panik. Benommenheit. Beklemmungsgefühl.

Er zog sein Handy heraus und wählte den Notruf. Er weigerte sich, seine Identität preiszugeben, forderte nur einen Krankenwagen zur Nummer 17 in der Frederick Street an.

Er legte auf und zwang sich, das Gesicht und den Körper von Drake erneut zu betrachten. Man hatte ihn ganz offensichtlich gefoltert, ihm nichts erspart. Das Blut hatte den grünen Filzbelag auf der Schieferplatte des Billardtisches durchtränkt. Inzwischen war der Mann wohl wirklich tot.

Magensäure brannte in Sebastians Speiseröhre. Sein Mund war trocken. Seine Knie waren weich. In seinem Kopf überschlugen sich die Gedanken.

Er musste schleunigst von hier verschwinden. Nachdenken könnte er später. Während er sich vergewisserte, dass er keine Spuren hinterlassen hatte, bemerkte er auf der Theke eine Flasche Bourbon neben einem halb gefüllten Glas. Ein Stück Orangenschale und zwei große Eiswürfel schwammen in dem Whiskey. Bei diesem letzten Detail blieben seine Gedanken hängen. Wer hatte aus diesem Glas getrunken? Sicher der »Schlächter«, der Drake gefoltert hatte. Die Tatsache, dass die Eiswürfel noch nicht geschmolzen waren, bedeutete jedoch, dass der Angreifer den Ort gerade erst verlassen hatte.

Oder, dass er sich noch im Raum befand …

Während er auf die Tür zueilte, vernahm er ein Knacken. Er erstarrte. Und wenn nun Jeremy in den Fängen dieses Abschaums war?

Er wandte sich um und bemerkte einen Schatten, der sich hinter einem Paravent bewegte.

Plötzlich sprang ein Koloss hervor und stürzte auf ihn zu.

Kupferfarbene Haut, breite Schultern, das Gesicht tätowiert wie ein Maorikrieger und ein zweischneidiges Kampfmesser in der Hand.

Wie gelähmt blieb Sebastian stehen.

Er hob nicht einmal zum Schutz die Arme, als die Klinge auf ihn zuschoss.

Kapitel 16

»Runter mit dem Messer!«, schrie Nikki, die soeben in die Kneipe hineingeplatzt war.

Verblüfft hielt der Koloss in seiner Bewegung inne. Nikki nutzte den Überraschungseffekt, um sich auf ihn zu stürzen und ihm einen Fußtritt zu verpassen, der die Flanke des Riesen traf, ohne ihn allerdings aus dem Gleichgewicht zu bringen. Der Killer hatte sich sofort wieder gefasst. Diese beiden Gegner erschreckten ihn nicht übermäßig. Sein sadistisches Grinsen ließ vermuten, dass die Situation durch die Ankunft der Frau für ihn sogar eine pikante Note bekam.

Sebastian hatte die Ablenkung genutzt, um nach hinten zu flüchten. Weniger aus Feigheit als wegen der Unfähigkeit, mit einer derartigen Situation klarzukommen. Noch nie in seinem Leben hatte er sich geprügelt. Noch nie einen Faustschlag eingesteckt oder ausgeteilt.

Nikki musste sich allein zur Wehr setzen. Mit einer geschmeidigen Bewegung wich sie erst einem, dann einem weiteren Messerstich aus. Ausleger, kleiner Sprung, schnelle Drehung, Finte. Sie setzte alles ein, was sie beim Boxsport gelernt hatte. Der Koloss würde jedoch nicht mehr lang ins Leere stoßen.

Sie musste ihn, koste es, was es wolle, entwaffnen. Den Blutgeruch ignorieren. Die tödliche Angst vergessen. Nicht an Jeremy denken.

Ich darf nicht sterben, bevor ich meinen Sohn wiedergefunden habe.

Sie griff nach einem Billardstock, der am Tisch lehnte. Zwar nicht so effizient wie ein Messer, würde es der Stock ihrem Gegner jedoch erschweren, sie zu treffen. Und nach mehreren Versuchen versetzte sie dem »Maori« einen geschickt platzierten Schlag mitten ins Gesicht. Dieser stieß daraufhin ein verärgertes Grunzen aus und schlug unvermittelt so heftig zu, dass der Billardstock in der Mitte auseinanderbrach. Aus dem Konzept gebracht, schleuderte ihm Nikki die beiden Holzstücke ins Gesicht, die der »Maori« jedoch mit einer Armbewegung abwehrte.

Sebastian, der sah, dass Nikki in Schwierigkeiten war, fühlte sich von neuer Kraft beseelt. Er ergriff einen Feuerlöscher, der an der Wand hing, und zog den Sicherungsring.

»Friss das!«, schrie er und sprühte dem Angreifer den Schaum ins Gesicht.

Überrascht schützte dieser seine Augen, ohne jedoch das Messer loszulassen. Nikki nutzte seine vorübergehende Blindheit, um ihm kräftig zwischen die Beine zu treten, während Sebastian ihn mit dem Feuerlöscher attackierte.

Einer seiner Schläge traf den Tätowierten am Kopf, was ihn nur noch wütender machte. Er holte aus und warf sein Messer in Nikkis Richtung. Es verfehlte allerdings sein Ziel und prallte an der Wand ab.

Sebastian vergaß seine Angst, getötet zu werden, und wurde von einer plötzlichen Euphorie ergriffen. Mit einer gewissen Leichtfertigkeit beschloss er, den »Maori« frontal anzugreifen, rutschte bei diesem Versuch jedoch in einer Blutlache aus. Er rappelte sich gleich wieder auf und ballte die Faust, um einen Haken zu landen. Zu spät: Eine meisterlich ausgeführte Gerade beförderte ihn unsanft hinter die Theke. Um den Sturz zu mildern, versuchte er, sich am Rand des Regals festzuhalten, wobei er die Flaschen und den großen Spiegel mit sich riss, die mit lautem Getöse zersplitterten. Von dem heftigen Aufprall benommen, blieb er liegen, unfähig, sich aufzurappeln.

Der Hüne, der wieder Oberwasser bekam und beschloss, die Sache schnellstmöglich zu beenden, packte Nikki an der Kehle, um sie auf den Billardtisch zu werfen. Ihr Kopf landete in einer klebrigen Blutlache. Sie stieß einen Schrei des Entsetzens aus, als sie sich wenige Zentimeter von Drakes Leiche wiederfand.

Der »Maori« schlug ihr mit der Faust ins Gesicht.

Ein Schlag, zwei Schläge, drei Schläge.

Nikki lief Gefahr, das Bewusstsein zu verlieren. In einer letzten Anstrengung streckte sie den Arm aus, um den erstbesten Gegenstand zu ergreifen.

Den zerbrochenen Billardstock.

Verzweifelt sammelte sie ihre letzten Kräfte und rammte die Stockhälfte, die spitz wie ein Pfeil war, in das Gesicht des Riesen. Die Spitze riss die Haut auf und grub sich in die Augenhöhle, wobei der Augapfel mit einem dumpfen Geräusch zerplatzte.

Der Zyklop stieß vor Schmerz einen grauenvollen Schrei aus und ließ von seiner Beute ab. Er zog den spitzen Stock aus seinem Auge und begann, sich taumelnd um die eigene Achse zu drehen.

Das Letzte, was er sah, war Sebastian, der sich ihm, bewaffnet mit einer Scherbe des zerbrochenen Spiegels, näherte.

Glänzend wie eine Klinge, scharf wie ein Schwert, zerschnitt ihm das Glas die Halsschlagader.

Kapitel 17

»Nikki! Wir müssen weg von hier!«

Die Luft war zum Ersticken.

Das Blut schoss stoßweise aus der Schlagader des »Maori« und verwandelte den Tresen, vor dem der Mann zu Boden gesunken war, in eine Schlachtbank.

Draußen prasselte der Regen gegen die Scheiben. Der Wind pfiff heftig, jedoch nicht laut genug, um die heulende Sirene des Krankenwagens zu übertönen, der die Straße heraufjagte.

»Steh auf«, drängte Sebastian. »Die Rettungskräfte kommen, und die Polizei wird auch jeden Augenblick eintreffen.« Er half Nikki hoch und fasste sie um die Taille. »Es muss einen Hinterausgang geben.«

Durch eine Tür am Ende der Theke gelangten sie in den Hof, der in eine Gasse führte. Als sie aus der Hölle auftauchten, schien ihnen der Kontakt mit der Luft und dem Regen wie ein Segen. Nach dem, was sie durchgemacht hatten, würden sie lange duschen müssen, um das Blut abzuspülen, das an ihrer Haut klebte.

Sebastian zog Nikki zu dem Jaguar, ließ den Motor an und gab Gas, während die Blaulichter im düsteren Grau Bushwicks aufblitzten.

Sie fuhren, bis sie das Gefühl hatten, in Sicherheit zu sein. Dann hielt Sebastian vor einem Baustellenzaun in einer verlassenen Straße von Bedford-Stuyvesant an.

Er stellte den Motor ab. Das Wageninnere wurde von einem dichten Regenvorhang umschlossen.

»Verflucht, was hattest du dort verloren!«, brüllte Nikki, einem Nervenzusammenbruch nah. »Wir hatten vereinbart, uns bei der Polizei zu treffen!«

»Beruhige dich, ich flehe dich an! Ich dachte, ich könnte die Angelegenheit allein regeln. Ich habe mich getäuscht. Aber was ist mit dir, woher wusstest du, dass …«

»Ich wollte eine Vorstellung von diesem Ort bekommen, bevor mich die Beamten des CARD ausfragen. Das war ja wohl gut so, oder?« Nikki zitterte am ganzen Leib. »Wer waren diese Typen?«

»Der Bärtige ist Drake Decker. Über das tätowierte Ungeheuer weiß ich nichts.«

Sie klappte die Sonnenblende herunter und betrachtete sich im Spiegel. Ihr Gesicht war geschwollen, ihre Kleidung zerrissen und ihr Haar blutverklebt.

»Wie konnte Jeremy in einen derartigen Albtraum geraten?«, fragte sie mit erstickter Stimme.

Sie schloss die Augen, und plötzlich barst ein Damm in ihrem Inneren, und sie brach in Tränen aus. Sebastian legte ihr eine Hand auf die Schulter, um sie zu trösten, aber sie schob sie weg.

Er seufzte und massierte sich die Schläfen. Sein Kopf war schwer. Von einer heftigen Migräne gepeinigt, zitterte auch er jetzt in seinem durchnässten Hemd. Er konnte nicht glauben, dass er soeben einen Menschen getötet, ihm die Kehle durchgeschnitten hatte. Wie hatte er so schnell in dieses Räderwerk der Gewalt geraten können?

Am Morgen war er in seinem behaglichen Haus aufgewacht. Wohltuend hatte das Sonnenlicht sein Schlafzimmer durchflutet. Und nun hatte er Blut an den Händen, stand mit einem Bein im Gefängnis und hatte keine Nachricht von seinem Sohn.

Trotz der unerträglichen Kopfschmerzen, die ihm Übelkeit bereiteten, bemühte er sich, Ordnung in seine Gedanken zu bringen. In seinem Gehirn überlagerten sich die Bilder: sein Wiedersehen mit Nikki, die Drogen, Drakes verstümmelte Leiche, die bestialische Gewalt des »Maori«, das scharfe Glasstück, das er diesem in die Kehle gestoßen hatte …

Donner grollte, und der Regen nahm an Intensität weiter zu. Mit dem Ärmel wischte Sebastian die Feuchtigkeit von der Scheibe. Man sah keine drei Meter weit.

»Wir können der Polizei nicht länger verheimlichen, was wir wissen«, sagte er.

Nikki schüttelte den Kopf. »Wir haben jemanden umgebracht! Wir haben einen Punkt erreicht, an dem es kein Zurück mehr gibt. Es kommt nicht infrage, auch nur irgendetwas zu enthüllen!«

»Nikki, Jeremy befindet sich in einer viel größeren Gefahr, als wir befürchtet haben.«

Sie strich sich ein paar Haarsträhnen aus dem Gesicht. »Die Cops werden uns nicht helfen, Sebastian. Mach dir da keine Illusionen. Sie finden zwei Leichen und brauchen einen Schuldigen.«

»Das war Notwehr!«

»Es wird schwierig, das zu beweisen, glaube mir. Und die Presse wird entzückt sein, einen angesehenen Bürger in ihren Fängen zu haben.«

Er dachte über ihre Argumente nach. Im Grunde wusste er, dass sie recht hatte. Was vor ihrer Ankunft in der Kneipe passiert war, war nicht nur die Begleichung einer einfachen Rechnung zwischen zwei Dealern gewesen, sondern eine wahrhafte Hinrichtung. Und selbst wenn sie noch nicht wussten, welche Rolle Jeremy in dieser Geschichte spielte, hatte sich das Blatt doch eindeutig gewendet. Nun fürchteten sie nicht mehr nur, ihr Sohn könne verhaftet und ins Gefängnis gesteckt werden, sondern viel mehr, ihn tot aufzufinden …

Ihre Handys klingelten gleichzeitig. *Partita* von Bach bei ihm, *Riff* von Jimi Hendrix bei ihr. Nikki schaute auf ihr Display: Es war Santos, der beim CARD ungeduldig auf sie wartete. Sie beschloss, den Anruf zu ignorieren. Sie würde sich später bei ihm melden.

Sie warf einen Blick auf Sebastians Handy. Die Vorwahl zeigte einen internationalen Anruf an. Er runzelte die Stirn, um ihr zu bedeuten, dass er die Nummer nicht kannte. Nach kurzem Zögern entschied er sich jedoch, das Gespräch anzunehmen, und schaltete den Lautsprecher ein.

»Mister Larabee?«, fragte eine männliche Stimme mit ausländischem Akzent.

»Am Apparat.«

»Mein kleiner Finger sagt mir, dass Sie gern etwas von Ihrem Sohn hören würden.«

Sebastian fühlte einen Kloß im Hals. »Wer sind Sie? Was haben Sie mit ihm …«

»Viel Spaß bei dem kleinen Film, Mister Larabee!«, unterbrach ihn die Stimme, bevor aufgelegt wurde.

Sie schauten sich schweigend an, ebenso verblüfft wie beunruhigt.

Ein helles Klingeln ließ sie zusammenfahren.

Auf Nikkis Handy war eine E-Mail eingegangen. Absender unbekannt. Sie öffnete die Meldung: Sie war leer, abgesehen von einer Anlage, die einige Zeit brauchte, ehe sie sich öffnete.

»Es ist ein Video«, stellte sie fest.

Zitternd drückte sie auf die *Play*-Taste.

Instinktiv suchte ihre Hand Sebastians Unterarm, um sich irgendwo festhalten zu können.

Der Film begann.

Sie rechnete mit dem Schlimmsten.

Draußen prasselte der Regen weiter auf das Autodach herab.

Kapitel 18

Die Abteilung des FBI, die auf vermisste Minderjährige spezialisiert war, hatte ihre Büros in der sechsundfünfzigsten Etage des MetLife Building eingerichtet, eines gewaltigen Wolkenkratzers, der die Park Avenue mit seinem kantigen, klobigen Bau fast erdrückte.

Ungeduldig rutschte Lorenzo Santos auf einem Stuhl im Wartesaal hin und her, einem langen Gang aus Chrom und Glas mit Blick über den Osten Manhattans.

Der Lieutenant schaute nervös auf seine Armbanduhr. Seit über einer Stunde wartete er jetzt schon auf Nikki. Wollte sie das Verschwinden ihres Sohnes nicht mehr melden? Warum? Ihr Verhalten war völlig unlogisch. Und es wäre ihre Schuld, wenn er in den Augen seines Kollegen vom FBI, bei dem er dringend um diesen Termin gebeten hatte, wie ein Idiot dastehen würde.

Santos zog sein Handy heraus und hinterließ Nikki erneut eine Nachricht. Es war der dritte Versuch, aber offenbar ignorierte sie seine Anrufe. Das machte ihn wütend. Mit Sicherheit war das Sebastian Larabee, ihrem Exmann, zuzuschreiben, dessen erneutes Auftauchen ihm ohnehin ein Dorn im Auge war.

Verflucht! Er durfte Nikki unter keinen Umständen

verlieren! Seit sechs Monaten war er hoffnungslos in sie verliebt. Er belauerte alle ihre Aktivitäten und versuchte, ihre Gedanken zu erraten und jedes ihrer Worte zu deuten. Seither stand er unter ständiger Anspannung und lebte mit dem Gefühl von Mangel und Angst. Diese Frau übte auf ihn eine magische Anziehungskraft aus, die ihn in einen erbärmlichen Liebesjunkie verwandelt hatte.

Santos verspürte plötzlich heftige Angst. Ihm wurde heiß, er begann zu schwitzen.

Nikki löste keine heitere und friedliche Liebe in ihm aus, sondern eine fieberhafte Leidenschaft, die ihn völlig verrückt machte, süchtig nach ihrer Haut, ihrem Geruch, ihrem Blick. Sie führte wie die schlimmste Droge zu schwerer Abhängigkeit, zu Schmerz. Schwach und charakterlos, wenn es um sie ging, hatte er die Falle zuschnappen lassen. Nun war es zu spät für einen Rückzug.

Unruhig und wütend stand er auf, um ans Fenster zu treten. Der Raum war zwar kalt und unpersönlich, die Aussicht jedoch atemberaubend. In der Perspektive folgten die Stahlspitze und die stilisierten Adler des Chrysler Building, die Williamsburg Bridge und die Anleger auf dem East River aufeinander. Dahinter erstreckten sich, so weit das Auge reichte, die anonymen Dächer von Queens.

Der Cop seufzte. Er hätte sich so gern von dieser Frau gelöst. Warum übte Nikki diese Wirkung auf ihn aus? Warum gerade *sie*? Was hatte sie, was andere nicht hatten?

Wie so oft versuchte er, Vernunft anzunehmen, aber er wusste, dass es vergebliche Mühe war, dass man einem Zauber nicht mit Vernunft begegnen konnte. Die unbezähmbare und widerspenstige Nikki verbarg in ihren Augen ein Feuer, das besagte: *Ich werde immer frei sein. Niemals werde ich dir gehören*. Ein Feuer, das ihn um den Verstand brachte.

Er kniff die Augen zusammen. Es hatte aufgehört zu regnen. Blasse Wolken zogen über den Himmel. Zu Beginn dieser zermürbenden Nacht gingen die Lichter der Stadt nach und nach an. Aus zweihundert Meter Höhe betrachtet, wirkte New York leer und friedlich wie ein regloser Dampfer, eingetaucht in unwirkliches Licht.

Santos ballte die Hände zu Fäusten.

Weder sentimental noch romantisch veranlagt, hatte er sich sehr schnell einen Platz im NYPD erobert. Er war durchaus ehrgeizig, kannte die Stadt und kam in seinem Zuständigkeitsbereich gut zurecht. Er hatte auch bereits wichtige Fälle gelöst und dabei nicht gezögert, mit Gaunern Kontakt aufzunehmen, um sich ein solides Netz an Informanten aufzubauen. Die Drogenabteilung war ein schwieriges und riskantes Terrain, doch er hatte sich ein ausreichend dickes Fell zugelegt, um in diesem Milieu klarzukommen. Wie hatte einer wie er derart der Leidenschaft verfallen können? Er war nicht der Typ, der sich in Selbstmitleid erging, aber er musste zugeben, dass er heute mit einer ständigen subtilen Angst lebte. Mit dem Schreckgespenst, Nikki zu verlieren und, schlimmer noch, vielleicht gar an einen anderen Mann.

Das Klingeln seines Handys ließ ihn zusammenfahren. Zu früh gefreut. Es war nur Mazzantini, sein Assistent.

»Santos«, meldete er sich.

Vom Sirenengeheul und den Verkehrsgeräuschen überdeckt, war die Stimme seines Mitarbeiters kaum zu hören.

»Wir haben einen Notfall, Lieutenant: einen Doppelmord in Bushwick. Ich bin auf dem Weg.«

Ein Doppelmord …

Der Cop-Instinkt gewann bei Santos sofort wieder die Oberhand.

»Wie ist die Adresse?«

»*Boomerang*, eine Bar in der Frederick Street.«

»Die Bar von Drake Decker?«

»Den Sanitätern zufolge hat es dort ein regelrechtes Gemetzel gegeben.«

»Ich komme.«

Er legte auf, verließ den Korridor und fuhr mit dem Lift in die Tiefgarage, um seinen Dienstwagen zu holen.

Siebzehn Uhr dreißig.

Ein albtraumhafter Zeitpunkt, um Manhattan mit dem Auto zu verlassen. Kurz entschlossen schaltete Santos Blaulicht und Sirene ein.

Union Square, Greenwich Village, Little Italy.

Zwei Leichen bei Drake Decker …

Seit Santos in Bushwick arbeitete, hatte er »Grizzly

Drake« bereits mehrfach festgenommen, doch der Inhaber des *Boomerang* war kein großer Dealer. Innerhalb der Pyramidenstruktur des Drogenhandels tauchte er nicht als Befehlsgeber auf. Er war eher ein vorsichtiger und etwas feiger Zulieferer, der häufig für die Polizei Spitzeldienste leistete.

Dieser neue, mysteriöse Fall beschäftigte Santos eine Weile, aber es dauerte nicht lang, und Nikkis Gesicht tauchte erneut auf und nahm sein Denken in Anspruch. Er warf einen Blick auf das Display seines Handys. Noch immer keine Nachricht.

Von innerer Unruhe getrieben, fuhr er über die Brooklyn Bridge, den Kopf voller Fragen. Wo war sie gerade? Mit wem? Er brannte darauf, es zu erfahren.

Natürlich musste er sich auf seine Ermittlungen konzentrieren, aber als er am anderen Ende der Brücke angekommen war, fand er, dass die beiden Leichen gut noch ein wenig warten konnten, und steuerte in Richtung Red Hook, das Viertel, in dem Nikki lebte.

Kapitel 19

Brooklyn.

Nachdem Nikki und Sebastian in die verwüstete Wohnung zurückgekehrt waren, ließen sie sich in der Küche hinter der Theke nieder, auf der ihr Laptop stand. Nikki schaltete ihn ein und rief ihre E-Mails ab, um an das Video zu kommen. Auf den ersten Schreck waren Fragen und die Suche nach Hinweisen gefolgt, um den Film entschlüsseln zu können. Auf dem winzigen Display des Handys war jedoch alles im Ungewissen geblieben.

Nikki bearbeitete die Aufzeichnung mit einer Software für digitale Videos.

»Wo hast du das gelernt?«, fragte Sebastian, der überrascht war, dass sie sich so gut auskannte.

»Ich bin bei einer Amateurtheatertruppe in Williamsburg«, erklärte sie. »Ich filme Sequenzen und baue sie in unsere Vorführungen ein.«

Sebastian nickte. Er hatte von diesem neuen Trend gehört, doch die Kombination von Theater und Film hatte ihn nie überzeugen können. Jetzt aber war nicht der richtige Moment, um darüber zu diskutieren.

Nikki spielte das Video im Vollbildmodus ab. Auf dem Siebzehn-Zoll-Monitor war das Bild stark verpixelt.

Sie passte die Größe so lange an, bis eine brauchbare Qualität erreicht war. Der Film war ohne Ton, fleckig, leicht grünlich und wurde von Querstreifen durchzogen. Er stammte offensichtlich aus der Überwachungskamera einer U-Bahn-Station.

Ein weiteres Mal betrachteten sie das Video in normaler Geschwindigkeit. Der Film dauerte nur knapp vierzig Sekunden, die Kürze machte die Szene jedoch nicht weniger schmerzlich. Die Aufzeichnung begann mit der Einfahrt eines Zuges in den Bahnhof. Kaum hatten sich die Türen automatisch geöffnet, verließ ein junger Mann – Jeremy – den Wagen und flüchtete über den Bahnsteig. Man sah, wie er sich mit den Ellbogen durch die Menge kämpfte. Dann tauchten zwei Männer auf, die ihn verfolgten. Die Jagd dauerte nur etwa dreißig Meter und endete am Fuß der Treppe, wo er von seinen Angreifern auf den Boden gedrückt wurde. Während der letzten Sekunden sah man, wie einer von ihnen, dessen Gesicht von einem unheimlichen Grinsen verzerrt wurde, sich die Zeit nahm, sich umzudrehen und in das Kameraobjektiv zu blicken.

Dann brach die Aufzeichnung ab, und auf dem Bildschirm war nur noch ein Flimmern zu sehen.

Angst überwältigte Nikki. Sie versuchte jedoch, ihre Gefühle im Zaum zu halten, um überhaupt die Chance zu haben, den Film auszuwerten.

»Wo ist das, was glaubst du?«, fragte sie.

Sebastian kratzte sich am Kopf.

»Keine Ahnung. Das kann überall sein.«

»Gut, ich spiele die Sequenz in Zeitlupe ab, und wenn nötig, schauen wir sie Bild für Bild an, um möglichst viele Hinweise zu sammeln.«

Er nickte und konzentrierte sich.

Nikki hatte den Film kaum wieder anlaufen lassen, als Sebastian mit dem Finger auf den Monitor deutete. »Unten rechts im Bild ist ein Datum eingeblendet.« Er kniff die Augen zusammen. »Dreizehnter Oktober«, las er.

»Das war gestern …«

Im Vordergrund sah man den U-Bahn-Wagen, der am Bahnsteig hielt. Sie drückte auf »Pause«, um die Szene anzuhalten und den Wagen genauer zu betrachten.

»Kannst du ihn heranzoomen?«

Offenbar handelte es sich um ein altes Modell, dessen weiße und jadegrüne Wagen noch Chromgriffe besaßen.

»Da ist ein Logo zu sehen! Unten am Wagen.«

Mittels Trackpad markierte sie den Bereich und korrigierte anschließend die Schärfe. Das Emblem war zwar noch unscharf, man erkannte jedoch deutlich ein stilisiertes Gesicht, das nach oben schaute.

»Sagt dir das etwas?«, fragte er.

Sie schüttelte verneinend den Kopf, besann sich dann jedoch. »Also zumindest glaube ich nicht …«

Sie ließ das Video weiterlaufen. Die Türen öffneten sich vor einem Jugendlichen, der mit einem Teddyblouson aus Wolle und Leder bekleidet war.

Nikki hielt den Film erneut an, um das Bild zu vergrößern. Der junge Mann hielt den Kopf gesenkt, das Gesicht wurde durch eine Baseballkappe der Mets verborgen.

»Man kann nicht einmal sicher sein, dass es *wirklich* Jeremy ist«, stellte Sebastian fest.

Sie widersprach: »Da bin ich mir vollkommen sicher. Es ist seine Haltung, seine Kappe, es sind seine Klamotten.«

Zweifelnd beugte sich Sebastian zu dem Monitor vor. Der Teenager trug Röhrenjeans, T-Shirt und Converse-Boots. Wie alle Teenager dieser Welt …

»Glaube meinem mütterlichen Instinkt«, bekräftigte Nikki.

Als Beweis für ihre Behauptung schnitt Nikki das Bild so aus, dass in der Mitte das T-Shirt des Jungen genauer zu sehen war. Sie isolierte weiter die wesentlichen Details. Immer deutlicher war auf der schwarzen Baumwolle in roten Buchstaben zu lesen: *THE SHOOTERS*.

»Jeremys Lieblingsrockband!«, rief Sebastian.

Sie nickte stumm und ließ den Film wieder anlaufen.

Verwirrt sprang Jeremy aus dem Wagen und lief durch die Menge, um seinen Verfolgern zu entkommen. Schließlich tauchten die beiden Männer im Blickfeld der Kamera auf. Sie waren sicher aus einem benachbarten Wagen gestiegen, man sah sie jedoch nur von hinten.

Die Augen starr auf den Monitor gerichtet, sahen sie sich die Sequenz mehrmals an, wegen der vielen Menschen und der Entfernung blieb das Bild jedoch unscharf.

Dann folgte die schlimmste Szene, in deren Verlauf ihr Sohn am Ende des Bahnsteigs, kurz bevor er die Treppe erreichte, gewaltsam zu Boden gedrückt wurde. Die letzten fünf Sekunden waren am bedeutsamsten: Nachdem sie Jeremy überwältigt hatten, drehte sich der eine Angreifer um, suchte die Kamera, um dann spöttisch zu grinsen.

»Dieser Schweinehund weiß, dass er gefilmt wird!«, rief Sebastian. »Er verhöhnt uns!«

Nikki zoomte auf das Gesicht und versuchte alle möglichen Manipulationen, um es schärfer zu bekommen: hämisches Grinsen, buschiger Bart, langes fettiges Haar, rauchfarbene Brille und eine bis zu den Ohren herabgezogene Skimütze. Nachdem sie die bestmögliche Einstellung gefunden hatte, druckte sie das Bild hochauflösend auf Fotopapier aus.

Während sie warteten, fragte Sebastian: »Warum schicken sie uns das? Es gibt keine Anweisungen, keine Lösegeldforderung. Das ist doch unlogisch.«

»Vielleicht kommt das noch.«

Er nahm das Porträt aus dem Drucker und betrachtete prüfend dieses Gesicht auf der Suche nach einem Detail, das ihn auf die Spur der Identität des Angreifers bringen könnte. Der Mann schien geschminkt zu sein. Kannte er ihn? Wahrscheinlich nicht, doch mit Gewissheit ließ es sich nicht sagen, so unscharf war das Bild, so verformt das Gesicht, das mit Brille, Mütze und einem vermutlich falschen Bart maskiert war.

Nikki ließ den Film erneut anlaufen.

»Konzentrieren wir uns auf den Hintergrund. Wir müssen unbedingt herausfinden, wo das ist.«

Sebastian versuchte, die Gesichter und Bewegungen außer Acht zu lassen und sich ganz auf den Bahnhof zu konzentrieren. Es war eine unterirdische Haltestelle mit zwei Gleisen, an den Wänden kleine weiße Keramikkacheln und Werbeplakate.

»Kannst du diese Werbung heranzoomen?«

Es handelte sich um ein rotes Plakat, auf dem das Musical *My Fair Lady* angekündigt wurde. Nikki konnte entziffern: »Châtelet. Théâtre musical de Paris.«

Sebastian fehlten die Worte.

Paris …

»Wozu sollte Jeremy nach Frankreich geflogen sein? Das ist völlig absurd.«

Und doch …

Ihm fiel ein, wo er das Symbol des nach oben gewandten Gesichts bereits gesehen hatte: bei seiner einzigen Reise nach Paris vor siebzehn Jahren. Er öffnete ein neues Fenster, rief den Internet Explorer auf, tippte »Metro Paris« bei Google ein und befand sich mit zwei Klicks auf der Internetseite der RATP.

»Das Logo auf den Waggons ist das der Pariser Verkehrsbetriebe.«

»Ich werde die Haltestelle herausfinden«, versicherte

Nikki, während sie auf dem Monitor auf ein blaues Schild im Hintergrund deutete, auf dem in weißen Buchstaben der Name der Metrostation stand.

Der Vorgang dauerte mehrere Minuten. Der Name der Haltestelle – lang und kompliziert – tauchte nur ganz kurz und bruchstückhaft auf. Nach einer Schnellsuche im Netz kamen sie zu dem Schluss, dass es sich wahrscheinlich um »Barbès-Rochechouart« handelte.

Eine Haltestelle im Norden der Hauptstadt.

Sebastians Verwirrung nahm zu. Auf welchem Weg hatte dieses Video zu ihnen gelangen können? Das gesamte Netz der Pariser Metro mit all seinen Gängen und Bahnsteigen musste, wie das von New York, mit Tausenden von Kameras ausgestattet sein. Diese Bilder waren jedoch nicht frei zugänglich. Die Kameras waren mit Sicherheits-PCs verbunden, die die Filme normalerweise nur streng nach Vorschrift an Polizeidienststellen übermittelten.

»Versuch noch einmal, sie anzurufen«, schlug Nikki vor.

Sie meinte die Ziffern, die auf dem Display zu sehen gewesen waren, bevor die Stimme drohte: *Mein kleiner Finger sagt mir, dass Sie gern etwas von Ihrem Sohn hören würden.*

Sie hatten unmittelbar, nachdem sie das Video entdeckt hatten, versucht zurückzurufen – aber ohne Erfolg.

Diesmal war es jedoch anders.

Nachdem es dreimal geläutet hatte, hob jemand ab und sagte fröhlich: »*La Langue au Chat, bonjour!*«

Sebastian besaß nur sehr rudimentäre Französischkenntnisse. Nach mehreren Erklärungen seines Gesprächspartners verstand er endlich, dass *La Langue au Chat* ein Café im 4. Arrondissement in Paris war.

Sein Gesprächspartner, ein einfacher Bistroinhaber, hatte mit dieser Geschichte überhaupt nichts zu tun. Eine Stunde zuvor hatte offenbar jemand von seinem Lokal aus telefoniert, was bei dem Mann Unverständnis und bei Sebastian Wut auslöste.

»Sie machen sich über uns lustig! Sie spielen mit uns!«

»Jedenfalls führen alle Spuren nach Paris«, stellte Nikki fest. Sie schaute auf ihre Armbanduhr, bevor sie fragte: »Hast du deinen Pass bei dir?«

Sebastian nickte. Als er jedoch merkte, worauf sie hinaus wollte, stieß er hervor: »Du willst doch hoffentlich nicht sagen, dass du vorhast, heute noch nach Paris zu fliegen?«

»Das ist das Einzige, was wir tun können. Du denkst zu viel, tust aber nichts!«

»Warte! Glaubst du nicht, dass wir da etwas überstürzen? Wir wissen weder, mit was für Leuten wir es zu tun haben, noch, was sie überhaupt wollen. Wenn wir genauso handeln, wie sie es von uns erwarten, begeben wir uns in die Höhle des Löwen.«

Sie war jedoch fest entschlossen. »Tu, was du willst, Sebastian, ich fliege auf jeden Fall.«

Er stützte den Kopf in die Hände. Die Situation entglitt ihm. Er wusste sehr gut, dass es ihm nicht gelingen würde, Nikki zur Vernunft zu bringen. Ob er ihr nun folgte oder nicht, sie würde sich nicht von ihrem Plan abbringen lassen. Aber welche Alternative konnte er ihr vorschlagen?

»Ich bestelle unsere Tickets.« Er kapitulierte und rief die Seite von Delta Airlines auf.

Sie dankte ihm mit einem Kopfnicken und ging in ihr Zimmer hinauf, um schnell ein paar Sachen zusammenzupacken.

BESTÄTIGEN SIE BITTE IHRE BANKDATEN

Um diese Jahreszeit hatte Sebastian keine Mühe, zwei Plätze für den Flug um einundzwanzig Uhr fünfzig zu bekommen. Er bezahlte online, druckte die Belege und Bordkarten aus. Als er sich eben anschickte, zu Nikki zu gehen, ließ ihn der fröhliche Klingelton der Türglocke zusammenfahren. Reflexartig klappte er den Laptop zu, schlich auf Zehenspitzen zur Eingangstür und schaute durch den Spion.

Santos.

Der fehlte gerade noch!

Leise nahm er die Tickets und schlich die Treppe hinauf zu Nikki. Sie stopfte gerade einige Kleidungsstücke in eine Sporttasche. Er formte geräuschlos das Wort »San-tos«, legte einen Finger auf den Mund und bedeutete ihr mit der anderen Hand, ihm in Jeremys Zimmer zu folgen.

Auf dem Weg zum Fenster blieb sie plötzlich stehen, wandte sich zum Schreibtisch um, nahm den MP3-Player ihres Sohnes – einen roten iPod – und schob ihn in die Tasche.

Sebastian verdrehte die Augen.

»Was ist? Ich habe Flugangst! Wenn ich nicht Musik hören kann, bekomme ich einen Panikanfall.«

»Beeil dich!«, drängte er sie.

Sie holte ihn ein und half ihm, das Schiebefenster zu öffnen.

Er kletterte als Erster hinaus und reichte ihr die Hand, um ihr auf die Eisentreppe zu helfen.

Dann flüchteten sie in die Nacht.

Kapitel 20

»Mach auf, Nikki!« Santos trommelte an die metallene Eingangstür des Lofts. »Ich weiß, dass du da bist!«

Wütend versetzte er der Tür einen Faustschlag, dessen einzige Konsequenz ein stechender Schmerz in seiner Hand war.

Verdammte Scheiße!

Während ihrer sechsmonatigen Beziehung hatte sich Nikki beharrlich geweigert, ihm ihren Schlüssel zu geben.

Um diese verdammte Tür aufzubringen, bräuchte man ein Brecheisen …

Er ging zurück auf die Straße und lief um das Haus herum. Wie vermutet, brannte in den beiden oberen Stockwerken noch Licht. Also kletterte er die Feuerleiter hinauf, stellte, oben angekommen, fest, dass ein Fenster offen war, und stieg in Jeremys Zimmer.

»Nikki?«

Er ging auf den Flur und dann weiter von einem Raum zum nächsten. Die Wohnung war leer, aber völlig verwüstet. Dieser Mistkerl von Larabee hatte ihn ganz schön hinters Licht geführt mit seinem Gerede von wegen Streit!

Er versuchte zu begreifen, was sich zugetragen hatte. Mit Sicherheit ein Einbruch, aber warum hätte Nikki das vor ihm verbergen wollen?

Sein Handy vibrierte in der Tasche. Mazzantini wurde ungeduldig. Santos wusste, dass die Zeit drängte und er sich unverzüglich zum Verbrechensschauplatz im *Boomerang* begeben musste. Dennoch beschloss er, den Anruf seines Assistenten zu ignorieren. Ohne wirklich zu wissen, wonach er suchte, ließ er sich von seinem Ermittlerinstinkt leiten und begann, die Zimmer unter die Lupe zu nehmen. Ganz offensichtlich war die Wohnung bis in den letzten Winkel durchforstet worden. Hatte das etwas mit dem Verschwinden des Jungen zu tun? Er sah sich den Pokerkoffer, der auf dem Bett stand, genauer an, entdeckte sofort die falschen Keramikjetons und begriff, ohne dass ihm der Sinn klar gewesen wäre, dass er dieser Spur nachgehen musste. Als er ins Bad trat, verwunderte ihn die Unordnung weniger als das Wasser um die Toilette herum und die Abdrücke von Schuhsohlen. Er beugte sich hinab und bemerkte auf der Toilettenbrille Reste von weißem Pulver.

Er war sich ziemlich sicher, dass es sich nicht um Scheuerpulver handelte.

Kokain …

Gewissenhaft, wie er war, nahm er mit einem Wattestäbchen eine kleine Probe und schob sie in eines der Plastiktütchen, die er stets bei sich trug.

Obwohl es erstaunlich erschien, war er doch davon

überzeugt, dass die Analyse seine Vermutung bestätigen würde.

Trotz des Zeitdrucks gab er sich noch fünf Minuten, um seine Durchsuchung fortzusetzen. Er ging ein Stockwerk tiefer, sah sich im Wohnzimmer um, inspizierte Schubladen und Regale. Als er gerade gehen wollte, fiel sein Blick auf Nikkis Laptop, der auf der Küchentheke stand. Er trat näher, öffnete ihn und hatte die Seite von Delta Airlines vor sich. Er klickte sich in die verschiedenen Menüpunkte und gelangte schließlich zu einem PDF-Dokument, das zwei abgespeicherte Flugtickets enthielt.

Er fluchte und klappte den Laptop wütend zu.

Nikki und ihr Exmann planten, an diesem Abend nach Paris zu fliegen …

Kapitel 21

Es war Nacht geworden. Der Jaguar bog von der Schnellstraße in die Ausfahrt zum Terminal 3 des Flughafens JFK, fuhr durch die Schranke für »Langzeitparker« und über die geschwungene Rampe, die zu den sechs unterirdischen Decks führte.

»Du musst dich unbedingt umziehen«, erklärte Sebastian, während er rückwärts in eine Parklücke setzte.

Sie waren überstürzt aufgebrochen, ohne sich vorher Zeit zum Duschen zu nehmen. Nikki betrachtete ihre zerrissene und blutbefleckte Kleidung. Dann musterte sie ihr Bild im heruntergeklappten Spiegel: Das Gesicht war von den Schlägen voller blauer Flecken, die Lippe aufgeplatzt, das Haar verklebt.

»Wenn du so durch den Terminal läufst, dauert es keine drei Minuten, bis uns die Polizei anhält.«

Sie griff nach der Sporttasche auf dem Rücksitz und zwängte sich in eine saubere Hose, zog ein Kapuzensweatshirt und ein Paar Turnschuhe an und band ihr Haar zusammen. Dann nahmen sie den Aufzug zur Abflughalle und passierten die Sicherheitskontrolle, die zu den Gates führte.

Als sie in die Maschine stiegen, vibrierte Sebastians

Handy. Es war Camille. Sie saß noch im Zug auf dem Weg zu ihrer Großmutter. Wie so oft hatte die Long Island Rail Road Verspätung, aber sie war fröhlich und schien vor allem nicht mehr wütend auf ihn.

»Ich freue mich schon darauf, dass Großmama mir Kastanien im Kamin röstet!«, rief sie begeistert.

Erleichtert über die gute Laune seiner Tochter, lächelte Sebastian. Kurz tauchte die Erinnerung an die glücklichen Momente auf, als Nikki und er mit den Kindern in den Wald von Maine gefahren waren, um Kastanien zu sammeln: die Spaziergänge an der frischen Luft, das Knacken der Schale, wenn man sie einritzte, die Glut im Kamin, das metallische Klirren der Maronenpfanne, der köstliche Geruch, der den Raum erfüllte, die fleckigen Finger, die prickelnde Angst, sich beim Schälen der gerösteten Früchte zu verbrennen …

»Habt ihr etwas von Jeremy gehört?«

Camilles Frage brachte ihn in die Gegenwart zurück.

»Wir werden ihn finden, Liebes, mach dir keine Sorgen.«

»Ist Mama bei dir?«

»Ja, ich gebe sie dir.«

Sebastian reichte seiner Exfrau das Telefon und lief durch den Mittelgang des Airbusses. An ihren Plätzen angekommen, verstaute er die Koffer in den Gepäckfächern und setzte sich.

»Vergiss nicht, uns Bescheid zu geben, wenn sich dein Bruder bei dir meldet«, erinnerte Nikki ihre Tochter.

»Aber wo seid ihr denn?«, wollte Camille wissen.

»Ähm … in einem Flugzeug«, stammelte sie.

»Alle beide? Wohin wollt ihr denn?«

Hektisch und überstürzt beendete Nikki das Gespräch. »Ich muss aufhören, mein Schatz. Wir starten gleich. Ich hab dich lieb.«

»Aber Mama …?«

Nikki legte auf, gab ihrem Exmann das Handy zurück und nahm ihren Platz am Fenster ein.

Sebastian sah, wie sie sich in den Sitz drückte und an den Lehnen festklammerte. Schon zu Beginn ihrer Beziehung hatte sie unter Flugangst gelitten, woran sich ganz offensichtlich nichts geändert hatte.

Angespannt und misstrauisch beobachtete Nikki die Stewardessen und die anderen Mitreisenden sowie das Treiben draußen rund um das Flugzeug. Beim geringsten ungewöhnlichen Geräusch ging ihre Phantasie mit ihr durch, und sie malte sich ein Katastrophenszenario nach dem anderen aus.

Sebastian versuchte, sie zu beruhigen. »Das Flugzeug ist das sicherste Transportmittel …«

»Erspare mir dieses Gerede«, unterbrach sie ihn schroff und kauerte sich in ihrem Sitz zusammen.

Sie seufzte und schloss die Augen. Die Müdigkeit, der Stress, die Angst um ihren Sohn und alles, was sie in den letzten Stunden erlebt hatten, lasteten auf ihr. Sie hätte jetzt zwanzig Kilometer joggen oder auf einen Sandsack einschlagen müssen, statt mit einer ihrer schlimmsten Ängste konfrontiert zu sein.

Sie atmete stoßweise, die Kehle war trocken. Natürlich hatte sie keine Zeit gehabt, ein Beruhigungsmittel einzupacken. Um sich von der Realität abzuschotten, setzte sie den Kopfhörer von Jeremys iPod auf, ließ sich von der Musik tragen und fand nach und nach ihren normalen Atemrhythmus wieder.

Als sie sich gerade zu entspannen begann, bat die Stewardess sie, das Gerät auszuschalten.

Widerwillig gehorchte Nikki. Der gigantische Airbus 380 erreichte den Anfang der Startbahn und legte eine kurze Pause ein, ehe er das Tempo beschleunigte.

»*Cabin crew prepare for take-off*«, verkündete der Flugkapitän.

Die Maschine jagte über den Asphalt, der zu beben schien.

Nikki, die wieder die Augen geschlossen hatte, war der Ohnmacht nahe.

Sie hatte nie begriffen, wie ein Koloss von fünfhundert Tonnen zum Fliegen gebracht werden konnte. Sie litt zwar nicht unter Klaustrophobie, ertrug es aber nicht, sechs oder sieben Stunden auf einem Sitz festgeschnallt zu sein, ohne sich bewegen zu können. Dieses Unbehagen konnte schnell in ein Angstgefühl oder gar in Panik umschlagen.

Außerdem hatte sie, sobald sie in ein Flugzeug stieg, das Gefühl, jegliche Freiheit aufzugeben und die Situation nicht mehr kontrollieren zu können. Da sie gelernt hatte, im Leben nur auf sich selbst zu zählen, ertrug sie es nicht, sich einem unbekannten und noch dazu für sie nicht sichtbaren Piloten auszuliefern.

Am Ende der Startbahn hob die schwere Maschine vom Boden ab. Nervös und nach Luft ringend, rutschte Nikki auf ihrem Sitz hin und her, bis das Flugzeug eine Höhe von fünfzehntausend Fuß erreicht hatte. Sobald es erlaubt war, schaltete sie den MP3-Player wieder ein und kuschelte sich unter eine Decke. Zehn Minuten später schlummerte sie wider Erwarten tief und fest.

Sobald Sebastian sicher war, dass Nikki schlief, schaltete er die Leselampe aus, zog die Decke über ihre Schultern und drehte die Lüftung herunter, damit sie sich nicht erkältete.

Ohne es zu wollen, betrachtete er die Schlafende eine Weile. Sie schien so zerbrechlich, und doch hatte sie am Nachmittag tapfer ihrer beider Leben verteidigt. Ein Steward bot ihm etwas zu trinken an. Er kippte seinen Wodka in einem Zug hinunter und bestellte einen zweiten. Seine Augen brannten vor Müdigkeit, ein dumpfer, anhaltender Schmerz lähmte seinen Nacken und vermittelte ihm das Gefühl, sein Hinterkopf sei in einen Schraubstock eingespannt.

Er massierte seine Schläfen, um den Schmerz zu mildern. Er suchte in dem Durcheinander und Chaos, die in seinem Gehirn herrschten, nach einem Sinn für diese absurde Situation.

Auf welche Gefahren flogen sie zu? Gegen welchen Gegner kämpften sie? Warum hatte man es auf Jeremy abgesehen? Warum war er, Sebastian, so verrückt gewesen, nicht die Hilfe der Polizei in Anspruch zu nehmen? Wie konnte diese ganze Geschichte anders als im Gefängnis enden?

Die letzten zwölf Stunden waren die schwersten seines Lebens gewesen. Und auch die überraschendsten. Er, der stets alles bis ins letzte Detail geplant, gegen alles Unvorhergesehene angekämpft hatte und bemüht gewesen war, seine Existenz in sicheren Bahnen zu halten, war jetzt komplett dem Unbekannten ausgeliefert.

Heute Nachmittag hatte er eine aufgeschlitzte Leiche entdeckt, sich in einem Meer von Blut geprügelt und schließlich einem Koloss, der doppelt so groß war wie er selbst, die Kehle durchgeschnitten. Und heute Abend flog er mit einer Frau nach Europa, die er eigentlich für immer aus seinem Leben hatte streichen wollen.

Er zog seine Schuhe aus und schloss die Augen, war aber zu aufgewühlt, um einschlafen zu können. In seinem Kopf überschlugen sich die Bilder des Gemetzels und prallten mit denen des Videos von dem Angriff auf Jeremy aufeinander. Dennoch bemächtigte sich seiner, ausgelöst durch die Müdigkeit und das Dröhnen des Flugzeugs, nach und nach eine Mattigkeit, die seine Sinne lähmte. Der Versuch, zu verstehen, was sich an diesem Tag zugetragen hatte, führte ihn zurück zu jenem Tag, an dem er Nikki zum ersten Mal begegnet war.

Ein rein zufälliges Zusammentreffen …

Das war vor siebzehn Jahren gewesen.

An einem 24. Dezember.

In New York.

Wenige Stunden vor dem Heiligen Abend …

Sebastian
siebzehn Jahre früher …

Warum habe ich mich nicht eher gekümmert?

Macy's nimmt den ganzen Häuserblock vom Broadway bis zur Seventh Avenue ein. Und an diesem 24. Dezember herrscht Hochbetrieb im »größten Kaufhaus der Welt«. Der Schnee, der seit dem Nachmittag in dichten Flocken fällt, hat weder die New Yorker noch die Touristen davon abhalten können, hier ihre letzten Weihnachtseinkäufe zu tätigen. Vor dem Christbaum in der riesigen Eingangshalle singt ein Chor Weihnachtslieder, während sich Kunden und Schaulustige auf den Rolltreppen drängen, bevor sie sich über die zehn Stockwerke dieser ehrwürdigen Institution verteilen. Kleidung, Parfümerieartikel, Uhren, Schmuck, Bücher, Spielzeug – in diesem Konsumtempel gibt es für jeden etwas.

Was habe ich hier verloren?

Ein aufgeregtes Kind rempelt mich an, eine Großmutter tritt mir auf den Fuß, von der Menschenmenge wird mir ganz schwindlig. Ich hätte mich nicht auf dieses feindliche Terrain begeben dürfen. Am liebsten würde ich umkehren, aber ich kann mir nicht vorstellen, am Heiligen Abend im Kreise der Familie ohne ein Geschenk für meine Mutter dazustehen. Ich zögere. Vielleicht ein Seidentuch? Aber habe ich ihr nicht erst letztes Jahr eines geschenkt? Eine Handtasche? Viel zu teuer. Also ein Parfüm? Aber welche Marke?

Bei meinem Vater ist das einfacher. Wir haben stillschweigend ein bequemes Abkommen geschlossen: In den geraden Jahren schenke ich ihm eine Kiste Zigarren, in den ungeraden eine Flasche Cognac.

Ich seufze und sehe mich inmitten all dieser zielstrebigen Menschen ein wenig verloren um. Ich unterdrücke einen Fluch: Eine ungeschickte Verkäuferin hat mich mit einem Damenduft angesprüht! Diesmal ist meine Toleranzschwelle überschritten. Ich greife nach dem erstbesten Parfümflakon und gehe zur nächsten Kasse.

In der Warteschlange wische ich mein Gesicht ab und verfluche die Angestellte, der ich es zu verdanken habe, dass ich jetzt wie eine Tunte stinke.

»Dreiundfünfzig Dollar, der Herr.«

Als ich zum Zahlen mein Portemonnaie herausziehe, geht eine schlanke Gestalt wenige Meter an mir vorbei. Ein hübsches Mädchen, das sich anschickt, die Parfümerieabteilung zu verlassen. In ihrem lässigen Wollcape wirkt sie sehr feminin und sexy: graue Mütze, kurzer, hautenger Rock, hohe Absatzstiefel, modische Handtasche.

»Hallo?«

Während ich in der Jackentasche nach meiner Brille

suche, holt mich die Kassiererin in die Realität zurück. Ich reiche ihr meine Kreditkarte, ohne die schöne Unbekannte aus den Augen zu lassen, und sehe, wie sie von einem Kaufhausdetektiv angesprochen wird. Mit dem Walkie-Talkie bewaffnet, befiehlt ihr der Mann, ihr Cape zu öffnen. Sie wehrt sich und gestikuliert so heftig, dass ein Schminktäschchen unter ihrem Mantel hervorrutscht, auf den Boden fällt und ihren Diebstahl verrät.

Der Detektiv packt sie beim Arm und ruft über Funk Verstärkung herbei.

Ich nehme meinen Einkauf und trete zu ihr. Ich bemerke ihre Sommersprossen, die grünen Augen, die langen Lederhandschuhe. Normalerweise drehe ich mich nicht nach Frauen um, denn in Manhattan wimmelt es von hübschen Mädchen, und ich glaube nicht an Liebe auf den ersten Blick. Aber dies hier ist etwas anderes. Es ist einer jener merkwürdigen Augenblicke, die wir alle schon einmal erlebt haben. Der verwirrende Eindruck, verabredet zu sein. Ein seltener Moment.

Ich habe drei Sekunden, um mich zu entscheiden und meine Chance nicht zu verpassen. Jetzt oder nie. Ich öffne den Mund, ohne zu wissen, was ich sagen werde. Die Worte kommen von ganz allein, als wären sie ferngesteuert.

»Also, Madison, du glaubst wohl, du wärst noch auf dem Land!«, rufe ich und versetze ihr einen Rippenstoß.

Sie sieht mich an, als käme ich vom Mars.

Ich wende mich an den Detektiv. »Das ist meine Cousine Madison. Sie kommt aus Kentucky.« Ich blicke auf das Schminktäschchen. »Ist das Ding das Einzige, was du als Geschenk für Tante Beth gefunden hast? Da hast du dich ja nicht gerade übertroffen, meine Liebe!« Dann sage ich in verschwörerischem Ton zu dem Detektiv: »Außer Walmart kennt sie nicht viel. Sie denkt, dass die Kassen immer im Erdgeschoss sind.«

Er glaubt mir zwar keine Sekunde, aber da im ganzen Geschäft festliche Stimmung herrscht, hat er offenbar keine große Lust auf einen Skandal. Ich biete an, das Täschchen zu bezahlen und die ganze Sache zu vergessen. Zu der jungen Frau sage ich: »Du kannst es mir später zurückgeben, Madison!«

»Schon in Ordnung, schon in Ordnung«, brummt der Detektiv genervt.

Ich bedanke mich mit einem Lächeln für sein Verständnis und folge ihm zur Kasse. Dann bezahle ich schnell, doch als ich mich umdrehe, ist die schöne Unbekannte verschwunden.

—

Ich renne die Rolltreppe in die falsche Richtung hinunter, laufe durch die Spielzeugabteilung und remple ein paar Kinder an, dann stehe ich auf der 34th Street.

Der Schnee fällt in dicken Flocken.

Wohin mag sie gegangen sein? Nach rechts? Nach links?

Die Chancen stehen fifty-fifty. Ich beschließe, mich nach links zu wenden. Ich hatte keine Zeit, meine Brille aufzusetzen, und bin blind wie ein Maulwurf. Ich werde sie nie wiederfinden, das ist sicher.

Der Asphalt ist glatt wie eine Eisbahn. Mit meinem Mantel und meinen Paketen habe ich Mühe, schnell zu laufen. Trotz des dichten Verkehrs gehe ich auf der Straße, um die Menschenmenge zu überholen, doch angesichts der vielen Autos bedauere ich diesen Entschluss sehr bald. Mit einem Sprung versuche ich, auf den Bürgersteig zurückzugelangen, gleite dabei aber aus. Meine Schlitterpartie wird von einer Passantin aufgehalten, die ich zu Boden reiße.

»Entschuldigung«, sage ich und rapple mich auf.

Ich suche in meiner Manteltasche nach der Brille, setze sie auf und …

Sie ist es!

»Schon wieder Sie!«, schimpft sie, während sie aufsteht. »Sie sind ja völlig krank, so auf die Leute zuzustürzen!«

»Hey! Sie könnten sich erst mal bei mir bedanken! Ich habe Ihnen aus der Patsche geholfen!«

»Ich habe Sie um nichts gebeten. Und außerdem, sehe ich etwa wie ein Landei aus Kentucky aus?«

Unverschämt! Ich bin fassungslos. Sie fröstelt. Ich sehe, wie sie sich mit den Händen die Arme reibt.

»Gut, hier erfriert man ja. Bis irgendwann mal«, sagt sie und geht weiter.

»Warten Sie! Vielleicht können wir etwas trinken?«

»Ich muss zur U-Bahn«, sagt sie, verzieht das Gesicht und deutet auf den Eingang der Subway Station Herald Square auf der anderen Straßenseite.

»Ach, nur ein kleines Gläschen guten Wein im *Bryant Park Café*. Das ist nicht weit, da können Sie sich aufwärmen.«

Sie zögert kurz. »Na gut. Aber machen Sie sich keine Illusionen. Sie sind ganz und gar nicht mein Typ …«

—

Das *Bryant Park Café* liegt hinter der New York Public Library. Im Sommer ist der Park eine kleine grüne Oase inmitten all der Wolkenkratzer von Midtown. Studenten und Angestellte des Viertels kommen hierher, um ein Konzert oder eine Lesung zu hören, Schach zu spielen oder eine Kleinigkeit zu essen. An diesem winterlichen Spätnachmittag aber gleicht die Landschaft einer Skistation. Durch die Scheiben der verglasten Veranda erkennt man in dicke Parkas gekleidete Passanten, die sich durch den Schnee kämpfen wie Eskimos auf einer Eisbank.

»Bevor Sie mir die Frage stellen: Ich heiße Nikki.«

»Sebastian Larabee, sehr erfreut.«

Das Café ist überfüllt. Zum Glück wird ein kleiner Tisch mit Blick auf die Schlittschuhbahn frei.

»Der Wein ist etwas herb, oder?«, fragt sie und stellt ihr Glas ab.

»Herb? Das ist ein Gruaud-Larose 1982!«

»Schon gut, ich wollte Sie nicht verärgern.«

»Wissen Sie, wie viel der kostet? Und welche Note er im *Guide Parker* bekommen hat?«

»Nein, und das ist mir auch ziemlich egal. Sollte er mir schmecken, nur weil er teuer ist?«

Ich schüttle den Kopf und wechsle das Thema. »Was machen Sie an Heiligabend?«

Gleichgültig antwortet sie: »Wir haben mit ein paar Freundinnen ein altes Haus in der Nähe der Docks besetzt. Wir werden trinken und ein paar Joints rauchen. Wenn Sie Lust haben, kommen Sie doch vorbei …«

»Mich mit Squattern betrinken? Nein danke …«

»Ihr Problem. Hier darf man nicht rauchen oder?«

»Ich glaube nicht.«

»Schade.«

»Was machen Sie? Sind Sie Studentin?«

»Ich nehme Schauspielunterricht und mache Fotos für eine Modelagentur. Und Sie?«

»Ich bin Geigenbauer.«

»Wirklich?«

»Ich stelle Geigen her und repariere sie.«

»Danke. Denken Sie, ich weiß nicht, was ein Geigenbauer tut? Wofür halten Sie mich? Für ein Landei aus Kentucky?« Sie nippt an ihrem Wein.

»Eigentlich gar nicht so schlecht, der Wein. Für wen ist das Parfüm? Für Ihre Freundin?«

»Für meine Mutter.«

»Die Ärmste. Fragen Sie mich nächstes Mal um Rat, dann vermeiden Sie Geschmacksverirrungen.«

»Genau. Ich werde mir Rat bei einer Diebin einholen.«

»Warum gleich so harte Worte?«

»Mal ernsthaft, machen Sie so was oft?«

»Wissen Sie, wie teuer ein Lippenstift ist? Glauben Sie mir, Diebe sind nicht diejenigen, die man dafür hält«, behauptet sie unbeeindruckt.

»Das kann Ihnen ernsthafte Probleme machen.«

»Darum ist es ja so aufregend!«, ruft sie und zeigt mir ihre Tasche.

Ich mache große Augen: Sie ist voller Kosmetikprodukte, von denen sie sorgfältig den Strichcode entfernt hat.

Ich schüttle den Kopf. »Das verstehe ich nicht. Verdienen Sie nicht genug?«

»Das hat nichts mit Geld zu tun. Das kommt einfach so, ein nicht zu unterdrückender Drang, zu stehlen, ein unkontrollierbarer Trieb.«

»Sie sind krank.«

»Allenfalls Kleptomanin.« Sie zuckt die Achseln. »Probieren Sie es mal aus. Das Risiko, der Adrenalinstoß. Es ist höchst amüsant.«

»Ich habe irgendwo gelesen, dass nach Ansicht der Psychologen Kleptomanie dazu dient, ein unerfülltes Sexualleben auszugleichen.«

Belustigt winkt sie ab. »Trivialpsychologie! Da sind Sie auf dem Holzweg.«

Zwischen den vielen Kosmetika entdecke ich ein altes, zerlesenes Taschenbuch, das mit Anmerkungen versehen ist. *Die Liebe in den Zeiten der Cholera* von Gabriel García Márquez.

»Mein Lieblingsroman«, rufe ich überrascht.

»Ich liebe dieses Buch auch!«

Für ein paar Minuten finden dieses seltsame Mädchen und ich endlich eine Gemeinsamkeit – ein Zustand von kurzer Dauer.

»Und was machen Sie heute Abend?«

»Weihnachten ist ein Familienfest. Ich fahre in einer Stunde mit dem Zug zu meinen Eltern und feiere mit ihnen in ihrem Haus in den Hamptons.«

»Wow, das klingt ja echt nach Fun.« Sie kichert. »Stellen Sie Ihren Schuh unter den Christbaum und reichen dem Weihnachtsmann eine Tasse warme Milch?«

Sie sieht mich verschmitzt an und lächelt frech, bevor sie erneut zum Angriff übergeht.

»Wollen Sie nicht Ihren Hemdkragen öffnen? Leute, die den obersten Knopf geschlossen haben, machen mir Angst.«

Ich seufze und verdrehe die Augen.

»Und Ihre Frisur, die gefällt mir auch nicht«, fährt sie fort. »Viel zu brav und akkurat. Langweilig!«

Sie fährt mir mit der Hand durchs Haar und zerzaust es.

»Und Ihre Weste! Hat Ihnen niemand gesagt, dass wir nicht mehr im Jahr 1930 leben? Warum dann nicht auch gleich noch eine Taschenuhr?«

Jetzt ist sie zu weit gegangen.

»Hören Sie, wenn ich Ihnen so sehr missfalle, sind Sie nicht verpflichtet zu bleiben!«

Sie trinkt ihr Glas aus und erhebt sich. »Sie haben recht. Aber ich habe Sie ja gewarnt, dass das keine gute Idee ist.«

»Genau. Ziehen Sie Ihr Batman-Cape an und verschwinden Sie! Ich verabscheue Leute Ihres Schlages.«

»Oh, dabei war das noch gar nichts«, sagt sie geheimnisvoll.

Sie knöpft ihr Cape zu und verlässt das Café.

Durch das Fenster beobachte ich, wie sie sich eine Zigarette anzündet, einen Zug nimmt, mir ein letztes Mal zublinzelt und verschwindet.

—

Ich bleibe noch eine Weile sitzen, trinke langsam meinen Bordeaux aus und denke über das nach, was gerade geschehen ist. Ich öffne den obersten Knopf, fahre mir durchs Haar und knöpfe meine Weste auf, die mich einengt. Es stimmt, dass ich so besser atmen kann.

Ich bitte um die Rechnung, suche in meiner Jacke nach meiner Brieftasche. Dann in meinem Mantel.

Seltsam.

Beunruhigt durchwühle ich sämtliche Taschen, dann muss ich den Tatsachen ins Auge sehen.

Dieses Miststück hat mir meine Brieftasche geklaut!

Upper East Side
drei Uhr morgens

Ein durchdringender Ton reißt mich aus dem Schlaf. Ich öffne die Augen und sehe auf den Wecker. Irgendjemand klingelt an der Eingangstür Sturm. Ich nehme meine Brille vom Nachtkästchen und gehe hin. Das Haus ist leer und kalt. Weil ich den Diebstahl meiner Brieftasche anzeigen wollte, habe ich den Zug nach Long Island verpasst und den Abend allein in Manhattan verbracht.

Wer mag das sein, mitten in der Nacht? Ich öffne die Tür. Im Windfang steht meine Diebin mit einer Flasche Alkohol in der Hand.

»Meine Güte, wie sexy er in seinem Pyjama aussieht«, neckt sie mich.

Sie stinkt nach Wodka.

»Was wollen Sie? Eine ganz schöne Frechheit, hier aufzutauchen, nachdem Sie meine Brieftasche geklaut haben!«

Sie schiebt mich beiseite und tritt leicht schwankend ein. In ihrem Haar hängen Schneeflocken. Wo hat sie sich bei dieser Kälte herumgetrieben?

Sie geht ins Wohnzimmer und gibt mir meine Brieftasche zurück, dann lässt sie sich aufs Sofa fallen.

»Ich wollte Wein kaufen, Ihren Château Dingsda, aber ich habe nur das gefunden«, erklärt sie und schwenkt eine halb leere Wodkaflasche.

Ich gehe kurz nach oben und komme mit einem

Handtuch und einer Decke zurück. Während ich versuche, Feuer zu machen, reibt sie ihr Haar trocken, wickelt sich in die Decke und kommt zu mir vor den Kamin. Als sie neben mir steht, streckt sie die Hand aus und streichelt mein Gesicht. Ich erhebe mich langsam. Ihre Augen funkeln eigenartig und faszinierend. Sie nimmt mich in die Arme.

»Hören Sie auf, Sie sind betrunken!«

»Eben, und Sie sollten die Gelegenheit nutzen«, provoziert sie mich.

Sie reckt sich auf die Zehenspitzen, und ihre Lippen berühren die meinen. Im Zimmer herrscht Halbdunkel.

Das Feuer beginnt zu lodern und verströmt ein schwaches, zitterndes Licht. Sie zieht ihr Cape aus, und ich sehe, wie sich ihre Brust unter der Bluse hebt. Trotz meiner Erregung fühle ich mich unwohl und versuche einen letzten Widerstand.

»Sie wissen nicht, was Sie tun.«

»Du gehst mir auf die Nerven mit deinen Skrupeln«, sagt sie, küsst mich leidenschaftlich und schiebt mich zum Sofa.

An der Zimmerdecke vereinen sich die Schatten unserer Körper.

—

Als ich am nächsten Morgen aufwache, ist mein Kopf schwer, meine Lider sind geschwollen, und ich habe einen metallischen Geschmack im Mund. Nikki ist verschwunden, ohne eine Adresse zu hinterlassen. Ich stehe auf und schleppe mich zu der Fensterfront. Noch immer fällt Schnee und verwandelt New York in eine Phantomstadt. Es ist eiskalt. Der Wind wirbelt die Asche des Kamins durch das Zimmer. Ein unerträglicher Mangel schnürt mir den Magen zusammen. Verwirrt hebe ich die Wodkaflasche auf.

Leer.

Langsam komme ich wieder zu mir und entdecke auf dem Louis-Philippe-Spiegel einen mit Lippenstift geschriebenen Satz. Es handelt sich um ein antikes Stück mit Blattgoldauflage, für das meine Mutter bei einer Versteigerung ein Vermögen bezahlt hat. Ich suche meine Brille, finde sie aber nicht. Also trete ich näher und entziffere die Nachricht.

Frei nach Jean Renoir: Die einzig wichtigen Momente im Leben sind die, an die man sich erinnert.

Zweiter Teil
Allein gegen alle

Frauen verlieben sich,
wenn sie einen Mann kennenlernen.
Bei den Männern ist es genau umgekehrt:
Wenn sie eine Frau schließlich kennen,
sind sie bereit, sie zu verlassen.

James Salter, *American Express*

Kapitel 22

TATORT – BETRETEN VERBOTEN.

Die langen, gelben Bänder, mit denen der Tatort abgesperrt war, flatterten im zuckenden Schein der Blaulichter im Wind. Seinen Dienstausweis in der Hand, bahnte sich Santos einen Weg durch die Schar der Schaulustigen und Uniformierten bis zu seinem Assistenten.

»Ein wahres Gemetzel, Sie werden sehen, Lieutenant!«, warnte Mazzantini und hob das Absperrband an.

Und es war in der Tat kein schöner Anblick, der sich dem Cop beim Betreten der Bar bot.

Decker lag mit verdrehten Augen, vor Entsetzen verzerrtem Mund und aufgeschlitztem Bauch auf dem Billardtisch. Am Boden, einen Meter entfernt, eine weitere Leiche: ein Koloss mit kupferfarbenem Teint und Tätowierungen im Gesicht, dem man die Kehle mit einer langen Glasscherbe durchgeschnitten hatte.

»Wer ist das?«, fragte er und kniete sich neben den Toten.

»Keine Ahnung«, erwiderte Mazzantini. »Ich habe ihn durchsucht und weder Brieftasche noch Papiere entdeckt. Hingegen habe ich in einem Etui an seinem Knöchel ein Messer gefunden.«

Santos untersuchte den Inhalt der transparenten Plastiktüte, die sein Mitarbeiter ihm hinhielt. Es handelte sich um ein Messer mit Ebenholzgriff und einer scharfen Klinge.

»Er hat es nicht benutzt«, fuhr Mazzantini fort, »aber wir haben noch eine andere Entdeckung gemacht.«

Santos nahm das neue Beweisstück in Augenschein: ein KA-BAR-Kampfmesser mit einem breiten Ledergriff und einer fünfzehn Zentimeter langen Stahlklinge, wie es bei der amerikanischen Armee verwendet wurde. Mit dieser Waffe war vermutlich Drake Decker getötet worden.

Santos runzelte die Stirn. In Anbetracht der Lage der Leichen musste mindestens ein weiterer Mann zugegen gewesen sein.

»Hast du nicht gesagt, jemand hätte den Notruf alarmiert?«

»Ja, warte, ich habe die Aufzeichnung hier. Der Anruf wurde von einem Handy aus getätigt. Wir verfolgen die Spur, es wird nicht lange dauern.«

»Okay«, sagte Santos und erhob sich. »Sag Cruz, er soll möglichst deutliche Aufnahmen von der Gesichtstätowierung des Typen machen und auch das Messer fotografieren. Sobald du die Bilder hast, leite sie mir per Mail weiter. Ich will sie Reynolds vom Dritten Revier zeigen. Sie haben eine Anthropologin in ihrer Abteilung, die uns vielleicht weiterhelfen kann.«

»In Ordnung, Lieutenant, ich kümmere mich darum.«

Bevor er die Kneipe verließ, sah sich Santos noch einmal um: Weiße Overalls, Latexhandschuhe, Mundschutz – die Kriminaltechniker verrichteten schweigend ihre Arbeit. Mit UV-Lampen, Pinseln und Pulver bewaffnet, sammelten sie alle möglichen Beweisspuren, ehe der Ort versiegelt würde.

»Alles voller Fingerabdrücke, Lieutenant«, sagte Cruz, der Einsatzleiter.

»Auch an der Glasscherbe?«

»Ja, an der Außenseite. Sie sind frisch und deutlich. Amateurarbeit. Wenn der Kerl registriert ist, können wir innerhalb weniger Stunden seine Identität feststellen.«

Kapitel 23

Die Maschine der Delta Airlines landete um elf Uhr vormittags bei strahlendem Sonnenschein auf dem Flughafen Charles-de-Gaulle. Vor Erschöpfung hatten Nikki und Sebastian fast den ganzen Flug über geschlafen. Die paar Stunden Ruhe hatten ihnen gutgetan und gaben ihnen die Möglichkeit, den neuen Tag mit klarem Kopf zu beginnen.

Sie verließen das Flugzeug und warteten vor der Zollabfertigung.

»Und womit sollen wir anfangen?«, fragte Nikki und schaltete ihr Handy wieder ein.

»Lass uns zunächst zur Metrostation Barbès fahren. Wir könnten die Angestellten befragen und versuchen herauszufinden, woher der Film aus dieser Überwachungskamera kommt. Das ist doch eigentlich unsere einzige Spur.«

Sie nickte wortlos und zeigte dem Beamten ihren Pass.

Dann gingen sie an den Gepäckbändern vorbei in die Ankunftshalle. Hinter der Absperrung drängten sich die Menschen: Familien, die es eilig hatten, ihre Angehörigen zu sehen, Verliebte, die ungeduldig auf ihren Partner warteten, Fahrer, die Namensschilder in die Höhe hielten. Während Sebastian auf die Taxis zusteuerte, hielt ihn Nikki am Ärmel zurück.

»Sieh mal da!«

Inmitten der Menge hielt ein Mann in einem tadellosen Anzug eine Tafel in die Höhe.

Mr & Mrs LARABEE

Verblüfft sahen sie sich an. Niemand wusste, dass sie in Paris waren … außer den Entführern von Jeremy.

Mit einem Kopfnicken kamen sie überein, sich zu erkennen zu geben. Vielleicht führte diese Spur zu ihrem Sohn.

Der Mann empfing sie herzlich und sagte mit leichtem Oxford-Akzent: »Willkommen in Paris. Mein Name ist Spencer. Wenn Sie mir bitte folgen wollen.«

»Warten Sie mal, was soll das Theater? Wo fahren wir hin?«, fragte Sebastian beunruhigt.

Stoisch, aber ein wenig hochmütig, zog Spencer ein Papier aus der Innentasche seiner Jacke, faltete es auseinander und setzte seine Hornbrille auf.

»Ich habe den Auftrag, Mister und Misses Sebastian Larabee um elf Uhr von dem Delta-Airlines-Flug aus New York abzuholen. Das sind Sie doch, oder?«

Die beiden nickten erstaunt.

»Wer hat den Wagen reserviert?«, erkundigte sich Nikki.

»Das weiß ich nicht, Madame. Da müssen Sie im

Sekretariat des *Luxury Cab* nachfragen. Das Einzige, was ich Ihnen sagen kann, ist, dass die Reservierung heute Morgen in unserer Firma bestätigt worden ist.«

»Und wo sollen Sie uns hinbringen?«

»Nach Montmartre, Monsieur. Zum *Grand Hôtel de la Butte*, und das ist, wenn ich mir die Bemerkung erlauben darf, eine hervorragende Wahl für einen romantischen Urlaub.«

Sebastian musterte ihn. Innerlich kochte er vor Wut.

Ich bin nicht zu einem romantischen Urlaub hier. Ich bin hier, um meinen Sohn zu finden!

Nikki beruhigte ihn mit einer Handbewegung. Der Chauffeur war vermutlich nur eine Randfigur in einem groß angelegten Spiel, von dem er nichts wusste. Es war besser, das Risiko einzugehen, ihm zu folgen, ohne Aufsehen zu erregen, und zu sehen, wohin er sie bringen würde.

Also gingen sie mit ihm, wenn auch äußerst skeptisch.

Der Mercedes fuhr über die Autoroute du Nord.

Spencer hatte einen Klassiksender eingestellt und bewegte den Kopf im Rhythmus von Vivaldis *Vier Jahreszeiten*.

Im Fond des Wagens sahen Sebastian und Nikki die Ortsschilder auf dem Weg zur Hauptstadt vorbeiziehen: Tremblay-en-France, Garges-lès-Gonesses, Le Blanc-Mesnil, Stade de France …

Sie waren seit siebzehn Jahren nicht mehr in Paris

gewesen. Sie erinnerten sich an diese erste Reise, doch die Sorge um ihren Sohn hinderte sie daran, den Bildern nachzuhängen.

Der Wagen fuhr über den Périphérique und dann über die Boulevards des Maréchaux zum alten Montmartre. Die Bäume hatten ihr Herbstgewand angelegt, und leuchtend rot gefärbtes Laub bedeckte die Bürgersteige.

Spencer bog in eine Sackgasse, die von Villen gesäumt war. Nachdem sie durch ein schmiedeeisernes Tor gefahren waren, erreichten sie einen üppigen, wilden Garten – eine ländliche Insel im Herzen der Hauptstadt. Die Limousine hielt vor dem Hotel: ein großes weißes Gebäude von schlichter Eleganz.

»Ich wünsche den Herrschaften einen wundervollen Aufenthalt«, sagte der Chauffeur und lud ihr Gepäck aus.

Noch immer auf der Hut, betraten Nikki und Sebastian die Halle. Der Retroswing eines Jazztrios empfing sie. Das Interieur war stilvoll und behaglich wie ein liebevoll eingerichtetes Privathaus. Die geometrischen Formen des Art-déco-Mobiliars erinnerten an die 1920er- und 1930er-Jahre: Klubsessel, Buffet aus Maulbeerfeige, Le-Corbusier-Lampen, Konsolen aus poliertem Holz, Einlegearbeiten aus Elfenbein und Perlmutt.

Die Rezeption war verwaist. Zur Linken des Eingangs lag ein kleiner Salon, der in eine Bibliothek überging und zum Lesen einlud, zur Rechten befand sich ein langer Mahagonitresen, der als Cocktailbar diente.

Als sie das Klappern von Absätzen auf dem gefliesten Boden hörten, drehten sich die beiden um und erblickten in der Tür zum Speisesaal die elegante Erscheinung der Hausherrin.

»Ich nehme an, Sie sind Monsieur und Madame Larabee? Wir haben Sie erwartet. Herzlich willkommen im *Grand Hôtel de la Butte*«, sagte sie in perfektem Englisch.

Mit ihrem Pagenkopf, der knabenhaften Silhouette und dem Laméschlauchkleid, das über dem Knie endete, schien sie direkt einem Roman von Francis Scott Fitzgerald entsprungen. Sie trat hinter die Rezeption, um mit dem Ausfüllen der Papiere zu beginnen.

»Moment, entschuldigen Sie bitte«, sagte Sebastian, »aber woher kennen Sie uns?«

»Wir haben nur fünf Zimmer, und das Hotel ist ausgebucht. Sie waren die Einzigen, die noch nicht angereist sind.«

»Wissen Sie, wer unser Zimmer reserviert hat?«

Die Frau antwortete verwundert: »Das waren doch Sie selbst, Monsieur Larabee!«

»Ich?«

Sie sah auf den Bildschirm ihres Computers. »Die Reservierung wurde vor einer Woche über unsere Homepage vorgenommen.«

»Ist das Zimmer schon bezahlt?«

»Ja. Am Tag der Reservierung mit einer American Express Card auf den Namen Mister Sebastian Larabee.«

Ungläubig beugte sich Sebastian zu dem Bildschirm

vor. Transaktion und Kartennummer waren deutlich zu erkennen. Kein Zweifel war möglich: Sein Konto war ausspioniert worden.

Verunsichert sah er Nikki an. Welches perverse Spiel spielten diejenigen, die sie hierher gelockt hatten?

»Ist etwas nicht in Ordnung?«

»Nein, nein«, antwortete Sebastian.

»Dann können Sie jetzt in Ihr Zimmer gehen, es ist die Nummer 5 im letzten Stock.«

In dem engen Aufzug drückte Nikki den Knopf zur obersten Etage.

»Wenn die Reservierung vor einer Woche getätigt wurde, muss Jeremys Entführung von langer Hand geplant gewesen sein.«

»Ja, sieht ganz so aus. Aber warum sind sie das Risiko eingegangen, für die Reservierung mein Konto auszuspionieren?«

»Vielleicht, um Lösegeld zu erpressen?«, mutmaßte sie. »Durch das Hacken deiner Konten wissen sie genau, wie viel Geld du besitzt und wie viel sie verlangen können.«

Oben angekommen, öffneten sie die Tür zu ihrem Zimmer und betraten eine riesige Suite – ein ausgebauter Dachstuhl mit Mezzanin.

»Hm, sie hätten sich was Hässlicheres aussuchen können«, meinte Nikki flapsig, um ihre Angst zu überspielen.

King-Size-Bett, frei stehende Wanne im Bad, in Pastelltönen gehaltene Wände. Der Raum war geschmackvoll eingerichtet und besaß den Charme eines Künstlerateliers. Naturbelassener Holzboden, großer ovaler Spiegel und kleine Terrasse, die auf den Garten blickte.

Vor allem das Licht war außergewöhnlich. Leicht durch Efeu und Laub der Bäume gefiltert, verlieh es dem Zimmer eine warme Atmosphäre. Man hatte nicht den Eindruck, sich in einem Hotel zu befinden, sondern in einem romantischen Urlaubsrefugium von Freunden.

Sie traten auf die Terrasse mit der grandiosen Aussicht auf die Stadt zu ihren Füßen.

Doch beide konnten sich nicht wirklich an dem Anblick erfreuen, zu groß war ihre Unruhe.

»Und jetzt?«, fragte Sebastian.

»Ich weiß nicht. Wenn sie uns hierher gelockt haben, dann doch wahrscheinlich deshalb, um mit uns Verbindung aufzunehmen, oder?«

Auf der Suche nach einer eventuellen Nachricht konsultierten sie ihre Handys, erkundigten sich bei der Rezeption und sahen sich in der Suite um. Nichts.

Nach einer halben Stunde wurde das Warten unerträglich.

»Ich fahre nach Barbès«, entschied Sebastian und griff nach seiner Jacke.

»Ich komme mit! Ich bleibe auf keinen Fall allein hier!«

»Nein. Du hast es doch gerade selbst gesagt: Höchstwahrscheinlich werden sie versuchen, hier Kontakt mit uns aufzunehmen.«

»Wir hatten abgemacht, dass wir uns nicht trennen«, rief Nikki.

Doch Sebastian hatte das Zimmer bereits verlassen.

Kapitel 24

New York, 87. Revier

Santos nahm den Plastikbecher aus dem Getränkeautomaten. Die Sonne war noch nicht über Brooklyn aufgegangen, und der Lieutenant trank bereits seinen dritten Kaffee. Die Nacht war wieder einmal anstrengend gewesen: Einbrüche, häusliche Gewalt, verwüstete Geschäfte, verhaftete Prostituierte … Seit zehn Jahren stellten die Medien New York als friedliche und sichere Stadt dar. Das mochte für das Zentrum von Manhattan zutreffen, für die Außenbezirke hingegen weniger.

Da das Kommissariat nicht genügend Zellen besaß, glich der Gang, auf dem sich der Getränkeautomat befand, einem Flüchtlingslager: Angeklagte, die mit Handschellen an die Bänke gekettet waren, Zeugen, die sich auf den zerschlissenen Polstersitzen drängten, in Decken gehüllte Kläger. Der in fahles Neonlicht getauchte Flur war schmutzig und laut, die Stimmung angespannt.

Santos verließ diese Kloake und flüchtete sich in sein Büro. Er verabscheute das verdreckte, lärmende Revier und hatte nicht die Absicht, seine Karriere hier zu beenden. Auch sein Arbeitszimmer war wenig ansprechend:

ein winziger, schlecht isolierter Raum, der nicht sehr praktisch eingerichtet war und auf einen düsteren Hof hinausführte. Santos trank einen Schluck von dem dünnen Kaffee und biss in einen alten Donut, den er nicht herunterbrachte.

Nachdem er das Gebäck in den Papierkorb geworfen hatte, griff er zum Telefon, um das Labor anzurufen, das die toxikologische Analyse vornahm. Der Mann am anderen Ende bestätigte seine Vermutung: Bei dem Pulver, das er bei Nikki gefunden hatte, handelte es sich in der Tat um Kokain. Er legte die Akte zur Seite und bat darum, mit Hans Tinker verbunden zu werden.

Im Laufe der Jahre war es Santos gelungen, sich ein umfangreiches Netzwerk aufzubauen. In den verschiedenen Dienststellen des weitverzweigten NYPD gab es zahlreiche Menschen, die ihm einen Gefallen schuldeten. Für ihn war es eine Selbstverständlichkeit, einem Kollegen zu helfen, wenn er konnte. Zunächst mochte das selbstlos erscheinen, doch es gab immer wieder Situationen, in denen er einen Gefallen einforderte.

»Hallo, hier Tinker.«

Hans Tinker, der Leiter des kriminaltechnischen Labors, war vielleicht sein interessantester Kontakt. Zwei Jahre zuvor hatten Santos' Männer bei einer Routinekontrolle Tinkers ältesten Sohn, damals mitten in der Pubertät, mit einer großen Menge Shit geschnappt. Ganz offensichtlich begnügte sich der Sprössling nicht damit, heimlich in seinem Zimmer zu rauchen, sondern er dealte auch für seine Freunde. Santos hatte ein

Auge zugedrückt und die Sache ad acta gelegt. Seither war ihm Tinker unglaublich dankbar.

»Hallo, Hans, gibt's was Neues bei dem Doppelmord?«

»Wir kommen voran, aber es wird dauern. Wir müssen die unzähligen Fingerabdrücke am Tatort auswerten.«

»Ja klar, aber ich brauche dringend die an dem KA-BAR, der Glasscherbe und dem Billardstock.«

»Die haben wir schon. Ich schicke dir innerhalb der nächsten zwei Stunden einen Bericht.«

»Nicht nötig! Leite sie mir einfach per Mail weiter. Ich will sie so schnell wie möglich mit dem IAFIS abgleichen.«

Seinen Laptop unter dem Arm, klopfte Mazzantini an die Scheibe und steckte dann den Kopf durch die Tür. Santos machte ihm ein Zeichen, einzutreten. Der Assistent wartete, bis sein Chef aufgelegt hatte, und erklärte: »Es gibt Neues, Lieutenant. Wir haben die Aufzeichnung des Telefonats zur Notrufzentrale. Hören Sie sich das an.«

Er klappte sein Notebook auf und startete den Mediaplayer. Man hörte die Stimme eines Mannes, der ganz offensichtlich in Panik war und einen Krankenwagen zum *Boomerang* verlangte, ohne seine Identität preiszugeben zu wollen.

»*Hier liegt ein Mann im Sterben! Er hat überall Messerstiche! Kommen Sie schnell! Kommen Sie schnell!*«

»Er spricht nur von einer Leiche, merkwürdig, nicht wahr?«, meinte Mazzantini.

Santos antwortete nicht. Wo hatte er diese Stimme schon einmal gehört?

»Wir haben den Mann ausfindig gemacht«, fuhr sein Assistent fort. »Das Handy gehört Sebastian Larabee, einem reichen Geigenbauer, der in der Upper East Side wohnt. Ich habe mir sein Vorstrafenregister angeschaut – völlig leer. Das heißt, fast: ein einziges Strafmandat wegen Widerstands gegen die Staatsgewalt nach einer Geschwindigkeitsüberschreitung. Aber damals war er noch Student. Vermutlich weiß er nicht einmal, dass er registriert ist.«

Santos' Gesichtszüge entgleisten.

»Soll ich eine Streife hinschicken, um ihn festzunehmen, Chef?«

Santos nickte schweigend. Er wusste, dass Sebastian Larabee in Paris war, brauchte aber Zeit zum Nachdenken.

»Ja gut, fahren Sie«, sagte er und schloss die Tür hinter Mazzantini.

Den Blick ins Leere gerichtet, trat er ans Fenster. Diese Enthüllung gab ihm Rätsel auf. Was hatte Sebastian Larabee mit dem Fall Drake Decker zu tun?

Der kurze Klingelton, der das Eintreffen einer E-Mail ankündigte, riss ihn aus seinen Gedanken. Er setzte sich an den Computer und sah den Posteingang durch. Eine Nachricht von Tinker, die die Fingerabdrücke betraf.

Die Kriminaltechniker hatten gute Arbeit geleistet. Bei jedem Beweisstück waren die Abdrücke gut zu erkennen und konnten sofort verwendet werden. Santos speicherte sie auf seiner Festplatte und loggte sich in die zentrale Datenbank der digitalen Fingerabdrücke ein. Die Ermittler der New Yorker Polizei hatten direkten Zugang zu den Karteien des FBI, vor allem zum IAFIS: Das war eine wahre Goldgrube, in der mehr als siebzig Millionen Personen registriert waren, die auf amerikanischem Hoheitsgebiet festgenommen oder verurteilt worden waren. Er begann mit den Abdrücken, die auf dem Kampfmesser gefunden worden waren. Der Algorithmus startete und durchsuchte in Rekordgeschwindigkeit die abgespeicherten Daten.

MATCH NOT FOUND

Fehlanzeige! Santos fuhr mit den Abdrücken auf der langen blutbefleckten Glasscherbe fort, mit der allem Anschein nach der Tätowierte getötet worden war. Diesmal hatte er mehr Glück. Es dauerte keine zwei Sekunden, bis das Programm eine Antwort lieferte. Es handelte sich um die Fingerabdrücke von … Sebastian Larabee. Er schickte gleich eine Anfrage für die Abdrücke auf dem Billardstock hinterher. Fast augenblicklich wurde das Foto einer jungen Frau angezeigt. Mit zitternden Händen druckte Santos die Datei aus.

Name: Nikovski
Vorname: Nikki
Geboren am 24. August 1970 in Detroit, Michigan
Geschieden von Sebastian Larabee

In den 1990er-Jahren war Nikki wiederholt wegen Diebstahls, Trunkenheit in der Öffentlichkeit und Drogenbesitzes verhaftet worden. Zwar war sie nie zu einer Gefängnisstrafe verurteilt worden, hatte aber zahlreiche Bußgelder zahlen und mehrere Stunden gemeinnützige Arbeit absolvieren müssen. Der letzte Konflikt mit dem Gesetz ging auf das Jahr 1999 zurück. Seither hatte sie sich unauffällig verhalten.

Santos spürte, wie sein Herz schneller schlug.

In welche Sache ist Nikki da hineingeraten?

In Anbetracht ihres Vorstrafenregisters würde man ihr die gesamte Schuld zuschieben. Glücklicherweise hatte er die Karten in der Hand. Wenn er geschickt vorging, könnte er vielleicht sogar die Frau, die er liebte, zurückerobern und sich Larabee endgültig vom Hals schaffen.

Alles, was Nikki belasten könnte, ließ er beiseite und sammelte das, was gegen Sebastian sprach: der Notruf, den er getätigt hatte, seine Fingerabdrücke auf der Mordwaffe, das Flugticket nach Paris, das ihn der Flucht verdächtig machte.

Das ergab eine solide Anklage, die ausreichen dürfte, um einen Richter dazu zu bewegen, eiligst ein internationales Rechtshilfeersuchen zu stellen. Um Öl ins Feuer zu gießen, würde er einigen ausgewählten Journalisten Informationen zukommen lassen. Ein ehrbarer Bürger, in Paris auf der Flucht, nachdem er zuvor in einer üblen Kneipe einen Mord begangen hatte – ein gefundenes Fressen für die Medien! Die Larabees waren eine angesehene, alteingesessene New Yorker Familie, aber in diesen Zeiten der Krise waren die Inhaber wirtschaftlicher Macht nicht mehr unantastbar. Ganz im Gegenteil. Seit einem Jahr schrie die »Occupy Wall Street«-Bewegung ihre Wut offen heraus. Hunderte von Demonstranten hatten bereits mehrmals die Brooklyn Bridge besetzt. Der Unmut der Mittelschicht wuchs und verbreitete sich über das ganze Land.

Die Zeiten änderten sich.

Die Mächtigen von gestern würden nicht mehr die von morgen sein.

Darüber hinaus war Sebastian Larabee kein erfahrener Flüchtiger.

Sobald seine Festnahme angeordnet wäre, würde man ihn sofort schnappen.

Kapitel 25

Paris, 19. Arrondissement

Sebastian verließ das Hotel und lief zu Fuß die Avenue Junot hinunter. Es war zwar Mitte Oktober, doch das Wetter war spätsommerlich. Auf den Terrassen der Cafés saßen Touristen und Einheimische und genossen die Sonne.

Doch Sebastian war unempfänglich für diese Stimmung, er dachte nur an seinen Sohn. Die rustikal-romantische Atmosphäre im Hotel hatte ihn aus dem Gleichgewicht gebracht. Je mehr er sich im Unbekannten verlor, desto mehr wuchs in ihm die Überzeugung, dass Nikki und er sich in großer Gefahr befanden. Eine lastende Bedrohung, deren Ausmaß er nicht zu erfassen vermochte. Mehrmals drehte er sich um, um sich davon zu überzeugen, dass ihm niemand folgte. Anscheinend war es nicht der Fall, aber wie konnte er sicher sein?

An der Place Pecqueur blieb er vor einem Geldautomaten stehen. Mit seiner Black Card konnte er maximal zweitausend Euro abheben. Er steckte die Scheine ein und lief zur Metrostation Lamarck-Caulaincourt, die er auf dem Weg vom Flughafen entdeckt hatte.

Der Eingang, zu dessen beiden Seiten es je eine der für Montmartre so typischen Treppen gab, erinnerte ihn an den Film *Die fabelhafte Welt der Amélie*, den er sich mit Camille auf DVD angeschaut hatte. Er kaufte ein Carnet Metrotickets und suchte auf dem Plan die Station Barbès-Rochechouart. An der Grenze des 9., 10. und 18. Arrondissements gelegen, war sie nur wenige Haltestellen entfernt. Er verzichtete auf den Aufzug und lief eilig die Wendeltreppe hinunter, die zu den fünfundzwanzig Meter tiefer gelegenen Bahnsteigen führte. Er nahm den nächsten Zug Richtung Mairie d' Issy und wechselte in Pigalle in die Linie 2, die ihn nach Barbès-Rochechouart brachte.

Die Station, in der sein Sohn entführt worden war …

Er stieg aus und folgte dem Strom der Passanten zu den Schaltern. Nachdem er einige Minuten in der Reihe gewartet hatte, befragte er die Angestellte und zeigte ihr Jeremys Foto und das Video von dem Angriff, das er auf sein Smartphone geladen hatte.

»Ich kann leider nichts für Sie tun. Da müssen Sie sich an die Polizei wenden.«

Er insistierte, aber es war zu laut, und vor allem war die Schlange, die sich hinter ihm gebildet hatte, zu lang. Es war keine böse Absicht der Frau, doch sie sprach sehr schlecht Englisch und verstand nicht wirklich, was Sebastian von ihr wollte. Radebrechend teilte sie ihm mit, in den letzten Tagen sei, außer den üblichen Taschendiebstählen, kein tätlicher Angriff gemeldet worden.

»*No agression, Sir! No agression*!«, wiederholte sie.

Barbès …

Kaum stand er auf der Straße, offenbarte sich Sebastian ein Paris, das nichts mit dem der Reiseführer zu tun hatte. Hier gab es keine Passanten mit Baskenmütze, die das obligatorische Baguette unter den Arm geklemmt hatten, keine traditionellen Käsegeschäfte oder Bäckereien an den Straßenecken. Es war auch nicht das Paris des Eiffelturms oder des Triumphbogens, sondern ein multikulturelles Paris, rau und bunt zusammengewürfelt, das an den *melting pot* New York erinnerte.

Auf dem Bürgersteig streifte ihn ein Typ, ein anderer rempelte ihn an, er glaubte, eine Hand zu spüren.

Ein Taschendieb!

Als er erschrocken zurückwich, bot ihm ein fliegender Händler Zigaretten an.

»Marlboro! Marlboro! Drei Euro! Drei Euro!«

Er winkte ab und überquerte die Straße. Auf der anderen Seite dasselbe Theater, es wimmelte von Händlern geschmuggelter Zigaretten.

»Schnäppchen! Marlboro! Drei Euro! Drei Euro!«

Und weit und breit war kein Polizist zu sehen …

Neben der oberirdisch verlaufenden Metro entdeckte er einen Zeitungskiosk. Wieder zog er das Foto seines Sohnes aus der Tasche und zeigte es dem Inhaber.

»Mein Name ist Sebastian Larabee. Ich bin Amerikaner. Dies ist ein Foto meines Sohnes Jeremy. Er wurde hier vor zwei Tagen gekidnappt. Haben Sie irgendetwas gesehen oder gehört?«

Der Mann nordafrikanischen Ursprungs betrieb seinen Kiosk hier seit vielen Jahren und kannte das Viertel wie seine Westentasche.

»Nein, von dieser Sache habe ich nichts gehört.«

»Sind Sie sicher? Schauen Sie sich das Video an!«, bat Sebastian ihn und zeigte ihm den Film auf seinem Smartphone.

Der Zeitungsverkäufer putzte mit dem Hemdzipfel seine Brille und setzte sie wieder auf.

»Ich kann kaum was erkennen«, klagte er, »das Display ist wirklich klein.«

»Bitte, schauen Sie es sich noch mal an.«

Das Gedränge war groß, die Atmosphäre angespannt, und Sebastian wurde ständig angerempelt. Der Bürgersteig vor dem Kiosk und dem Metroausgang war von Schwarzhändlern bevölkert. »Marlboro! Marlboro! Drei Euro!« Der schrille Refrain bereitete ihm Kopfschmerzen.

»Tut mir leid, das sagt mir nichts«, meinte der Mann und reichte ihm das Handy zurück. »Aber geben Sie mir Ihre Nummer. Ich frage meinen Angestellten Karim, ob er etwas gehört hat. Er hat am Montag den Kiosk abgeschlossen.«

Um ihm zu danken, zog Sebastian das Bündel Geldscheine heraus und wollte ihm fünfzig Euro geben, doch der Mann hatte seinen Stolz.

»Stecken Sie die Kohle weg, und halten Sie sich nicht länger hier auf«, sagte er und wies auf das zwielichtige Gesindel in der Nähe.

Sebastian gab ihm seine Karte, auf der er seine Handynummer unterstrichen und Jeremys Namen und Alter notiert hatte.

»Wenn der Angriff gefilmt worden ist, dann müsste die Bahnpolizei Bescheid wissen«, meinte der Mann noch.

»Gibt es in der Nähe eine Polizeistation?«

Der Verkäufer verzog das Gesicht. »Ja, die von la Goutte-d'Or etwa zweihundert Meter entfernt, aber das ist nicht gerade die angenehmste der Stadt …«

Sebastian bedankte sich noch einmal und nickte ihm zu.

Im Moment kam es sowieso nicht infrage, zur Polizei zu gehen. Als er gerade ins Hotel zurückkehren wollte, kam ihm plötzlich eine Idee.

»Schnäppchen! Schnäppchen! Drei Euro!«

Die Straßenhändler trieben sich den ganzen Tag am Eingang zur Metro herum. Es gab doch keinen besseren Beobachtungsposten, um die gesamte Station im Blick zu haben. Bei ihnen würde er leichter Informationen bekommen als bei der Polizei!

Entschlossen bahnte sich Sebastian einen Weg durch die Menge von Einheimischen und den wenigen Touristen, die auf dem Weg nach Montmartre waren.

»Marlboro! Drei Euro!«

Die Nikotinjungs waren ständig in Bewegung und rissen nur von Zeit zu Zeit ihre Jacken auf, um die Stangen voller schlechtem Tabak in ihren Innentaschen zu zeigen. Sie waren nicht wirklich aggressiv, aber doch so aufdringlich, dass man den Wunsch verspürte, das Weite zu suchen. Sebastian indes folgte seiner Intuition.

»Marlboro! Drei Euro!«

Er zog Jeremys Foto aus der Tasche und hielt es in die Höhe. »Wer hat diesen Jungen gesehen?«

»Verschwinde von hier! Lass uns arbeiten!«

Sebastian aber ließ sich nicht entmutigen, setzte seine Runde um die Kreuzung von Barbès-Rochechouart fort und zeigte den illegalen Verkäufern das Foto seines Sohnes.

Als er schon fast aufgeben wollte, flüsterte eine Stimme in seinem Rücken: »Das ist Jeremy, nicht wahr?«

Kapitel 26

»Das ist Jeremy, nicht wahr?«

Sebastian wandte sich zu dem Mann um, der ihn angesprochen hatte.

»Ja, das ist mein Sohn. Haben Sie ihn gesehen?«, fragte er hoffnungsvoll.

Sein Gegenüber fiel inmitten der illegalen Straßenhändler aus dem Rahmen: sauberes Hemd, Anzugjacke, korrekter Haarschnitt, abgetragene, aber blitzblanke Schuhe. Trotz seines miserablen Jobs bemühte er sich um ein tadelloses Erscheinungsbild.

»Mein Name ist Youssef«, stellte er sich vor. »Ich bin aus Tunesien.«

»Haben Sie meinen Sohn gesehen?«

»Ja. Ich glaube, vor zwei Tagen ...«

»Wo?«

Der Tunesier schaute sich misstrauisch um. »Ich kann jetzt nicht reden«, fuhr er fort.

»Bitte! Es ist wichtig.«

Auf Arabisch bedachte Youssef zwei seiner Kollegen, die etwas zu genau zu ihm herschauten, mit einer Flut von Flüchen. »Hören Sie ...«, sagte er zögernd. »Warten Sie im *Fer à cheval* auf mich. Das ist ein kleines Café in der Rue Belhomme, hundert Meter von hier, direkt hinter dem Kaufhaus Tati. Wir treffen uns dort in einer Viertelstunde.«

»Einverstanden! Danke!«

Sebastian glaubte, endlich Hoffnung schöpfen zu können. Er hatte recht gehabt, hartnäckig zu bleiben! Dieses Mal hatte er eine echte Spur.

Er ging über die Straße zum Boulevard Barbès und dann vorbei an dem riesigen Kaufhaus mit dem Logo im rosa-weißen Vichymuster: *Tati*. Dieses Unternehmen, ein Pionier im harten Discountgeschäft, gab es seit über fünfzig Jahren hier im Viertel. Auf der Jagd nach Schnäppchen suchten die Kunden in den großen Körben, die vor den Schaufenstern standen. Kleider, Hosen, Hemden, Taschen, Wäsche, Pyjamas, Bälle, Spielzeug …

Auf der anderen Straßenseite hatten weitere Schwarzhändler ihre Stände aufgestellt und boten gefälschte Louis-Vuitton-Taschen und nachgemachte Parfüms an.

Sebastian lief über die Rue Bervic weiter zur Rue Belhomme. Barbès war ein quirliges Viertel: viele Menschen, ein hoher Lärmpegel. Selbst verschiedene architektonische Stilrichtungen existierten hier nebeneinander: In einem einzigen Häuserblock gab es Fassaden im haussmannschen Stil, Kalksteingebäude und Sozialbauten.

Endlich stand er vor dem Café, in dem er mit Youssef verabredet war. Es war ein Bistro mit schmalem Fenster, eingezwängt zwischen einem Geschäft mit preiswerter

Brautmode und einem afrikanischen Friseur. Die Bar war leer. Ein starker Geruch nach Ingwer, Zimt und gekochtem Gemüse hing in dem Raum.

Sebastian setzte sich an einen Tisch in Fensternähe und bestellte einen Kaffee. Er zögerte, ob er Nikki anrufen sollte. Er hatte große Lust, ihr von seiner Entdeckung zu erzählen, beschloss jedoch, zu warten, bis er mehr wüsste, um keine falschen Hoffnungen zu wecken. Er trank seinen Espresso, blickte auf seine Armbanduhr und begann dann, nervös an den Nägeln zu kauen. Die Wartezeit erschien ihm lang. Am Fenster hing ein kleines Plakat, das die Dienste eines Marabouts, eines moslemischen Heiligen, anbot.

Doktor Jean-Claude
Exorzismus
Unterwerfung unsteter Ehepartner
Endgültige Rückkehr des geliebten Wesens
in den Schoß der Familie

Das wäre doch sehr nützlich, dachte er gerade ironisch, als Youssef das Bistro betrat.

»Ich habe nicht viel Zeit«, informierte ihn der Tunesier und nahm ihm gegenüber Platz.

»Danke, dass Sie gekommen sind«, antwortete Sebastian und legte das Foto von Jeremy auf den Tisch. »Sind Sie sicher, meinen Sohn gesehen zu haben?«

Youssef betrachtete das Foto aufmerksam.

»Ganz sicher. Das ist der junge Amerikaner, vielleicht

fünfzehn oder sechzehn Jahre alt, der sich als Jeremy vorgestellt hat. Ich habe ihn vorgestern Abend bei Mounir, einem unserer ›Bankiers‹, gesehen.«

»Einem Bankier?«

Youssef trank einen Schluck von dem Kaffee, den er beim Eintreten bestellt hatte.

»Jeden Tag werden am Umschlagplatz Barbès-Rochechouart mehrere Hundert Stangen geschmuggelte Zigaretten verkauft«, erklärte er. »Der Tabakhandel ist genauso strukturiert wie der mit Drogen. Großhändler kaufen ihre Ware bei chinesischen Lieferanten. Morgens bringen sie ihren Bestand vor Ort und verstecken ihn irgendwo: in Mülleimern, Nischen, auf Verkaufsständen, im Kofferraum von Autos, die an strategisch günstigen Stellen geparkt sind. Unsere Aufgabe ist es dann, die Stangen auf der Straße zu verkaufen.«

»Und die ›Bankiers‹?«

»Das sind die Leute, die das Geld einsammeln.«

»Aber was hatte Jeremy bei diesem Mounir zu suchen?«

»Keine Ahnung, aber er sah nicht aus, als würde er gegen seinen Willen dort festgehalten.«

»Wo wohnt der Mann?«

»Rue Caplat.«

»Ist das weit von hier?«

»Nicht wirklich.«

»Kann man zu Fuß hingehen?«

»Ja, aber da möchte ich Sie gleich warnen. Mounir ist ein unangenehmer Zeitgenosse und …«

»Bitte, bringen Sie mich zu ihm! Ich werde allein mit ihm sprechen.«

»Das ist keine gute Idee, wenn ich es Ihnen doch sage!«

Der Tunesier hatte sichtlich Angst. Angst, seinen Job zu verlieren? Angst, einen unbequemen Gangsterboss gegen sich aufzubringen?

Sebastian versuchte, ihn zu beruhigen.

»Sie sind ein prima Typ, Youssef. Bringen Sie mich zu Mounir. Ich muss meinen Sohn wiederfinden.«

»Okay.« Der Tunesier kapitulierte.

Sie verließen das Café, um zur Station Barbès zurückzukehren. Es war vierzehn Uhr. Auf dem Boulevard wimmelte es von Menschen … Einige Frauen waren verschleiert, andere trugen Miniröcke.

»Wo haben Sie Englisch gelernt, Youssef?«

»An der Universität von Tunis. Ich hatte dort gerade meinen Master in englischer Literatur und Kulturgeschichte gemacht, als ich vor sechs Monaten aus meinem Land flüchten musste.«

»Ich dachte, es ginge inzwischen besser in Tunesien …«

Youssef schüttelte den Kopf. »Der Sturz von Ben Ali und die Jasminrevolution haben keine Arbeitsplätze herbeigezaubert«, erklärte er bitter. »Die Lage ist weiterhin schwierig. Selbst mit Diplom haben junge Menschen wenig Perspektiven. Ich habe es vorgezogen, mein Glück hier in Frankreich zu versuchen.«

»Haben Sie Papiere?«

Er schüttelte den Kopf. »Keiner von uns hat welche. Wir sind alle im letzten Frühjahr über Lampedusa gekommen. Ich suche eine qualifizierte Arbeit, aber ohne Papiere ist das nicht einfach. Ich bin nicht stolz darauf, aber dieser Schwarzhandel ist das Einzige, was ich finden konnte. Hier herrschen das Gesetz der Straße und das Recht des Stärkeren. Du musst deinen Platz finden zwischen Taschendiebstahl, Cannabishandel, Hehlerei mit Handys, gefälschten Papieren, dem Verkauf von Glimmstängeln.«

»Und die Polizei?«

Der Tunesier grinste. »Um ihr Gewissen zu beruhigen, machen die Bullen alle zehn Tage eine Razzia. Du bleibst eine Nacht in Polizeigewahrsam, zahlst eine Geldstrafe, und am nächsten Tag bist du wieder auf der Straße.«

Youssef lief sehr schnell, er hatte es eilig, seine Aufgabe zu erledigen. Sebastian konnte dem Tunesier kaum folgen. Je weiter sie kamen, desto unruhiger wurde er. War das alles nicht zu schön, um wahr zu sein? Aus welchem Grund sollte sein Sohn in das Hauptquartier eines obskuren Zigarettenschmugglers geraten sein, sechstausend Kilometer von New York entfernt?

Als sie auf einen kleinen, sonnigen Platz kamen, zog sein Begleiter ihn in eine schmale, schattige Gasse.

»Tut mir leid«, entschuldigte sich Youssef und zückte sein Messer.

»Aber …«

Der Tunesier pfiff, und sofort tauchten hinter Sebastian zwei Männer auf.

»Ich hatte Sie gewarnt: Hier gilt das Recht des Stärkeren.«

Der Amerikaner öffnete den Mund, doch ein kräftiger Fausthieb traf seine Leber. Er versuchte einen Gegenschlag; Youssef aber kam ihm zuvor: Eine Faust landete mitten in seinem Gesicht, sodass er zu Boden ging.

Die beiden Komplizen des Maghrebiners zogen ihn hoch, um ihn besser in die Zange nehmen zu können. Und dann begann eine handfeste Prügelei: Ellbogen in die Magengrube, Fußtritte und Ohrfeigen, Beleidigungen. Sebastian, der nicht in der Lage war, sich zu schützen, schloss die Augen und steckte die Schläge ein, die auf ihn niederprasselten. Er erlebte diese Hiebe wie eine Sühne, wie einen schmerzlichen Kreuzweg – wie seine Via dolorosa …

Er hatte sich reinlegen lassen. Nachdem er so gedankenlos seine Geldscheine gezeigt hatte, bekam er nun, was er verdiente. Natürlich war der Tunesier Jeremy niemals begegnet. Er hatte den Vornamen gehört, als Sebastian ihn bei seinem Gespräch mit dem Zeitungsverkäufer vor dem Kiosk erwähnt hatte. Dort, wo er so unbedacht seine Brieftasche gezückt hatte. Youssef hatte seine Leichtgläubigkeit ausgenutzt, und für ihn, Sebastian, gab es keine Entschuldigung. Er hatte weder Weitsicht noch Verstand bewiesen, sondern sich blind in die Höhle des Löwen gestürzt! Mit seinem Bündel Geldscheine, seinem Anzug und seinem idiotischen amerikanischen Gehabe war er das perfekte Opfer.

Nachdem sie ihn verprügelt und ausgeraubt hatten, machte Youssef seinen Komplizen ein Zeichen. Die beiden Männer ließen von ihm ab und rannten davon.

Mit aufgeplatzter Augenbraue, geschwollenen Lippen und Lidern kam Sebastian langsam wieder zu sich. Er versuchte, ein Auge zu öffnen. Verschwommen nahm er das Stimmengewirr der Menschenmenge wahr und, weiter entfernt, den Verkehr auf dem Boulevard. Mühsam rappelte er sich hoch.

Mit seinem Jackenärmel wischte er das Blut ab, das aus Mund und Nase rann.

Man hatte ihm alles weggenommen. Seine Brieftasche, sein Geld, sein Handy, seinen Pass, seinen Gürtel, seine Schuhe. Sogar die Sammleruhr, die er von seinem Großvater geerbt hatte.

Tränen der Demütigung und des Verdrusses stiegen ihm in die Augen. Was sollte er Nikki erzählen? Wie hatte er so leichtgläubig sein können? Und besaß er bei allem guten Willen tatsächlich den nötigen Mut, um seinen Sohn zu finden?

Kapitel 27

Die Terrasse lag über dem Hotelgarten.

An die Balustrade gelehnt, lauschte Nikki dem besänftigenden Murmeln des alten Marmorbrunnens und versuchte, zur Ruhe zu kommen. Dichtes Grün umgab das Haus. Zwei Reihen Zypressen, die sich über das gesamte Gelände erstreckten, erinnerten an eine toskanische Landschaft. Wilder Wein in herbstlichen Farben rankte sich entlang der Mauer und wetteiferte mit dem Jasmin, dessen weiße Blüten ihren betäubenden Duft bis ins Zimmer hinauf verbreiteten.

Von einem Gefühl der Machtlosigkeit ergriffen, drehten sich Nikkis Gedanken im Kreis, seit Sebastian gegangen war. Unter anderen Umständen hätte sie die Poesie und Stille dieses Ortes genossen, nun aber nagte die Angst an ihr und machte ihr das Herz schwer.

Da es ihr nicht gelingen wollte, sich zu entspannen, kehrte sie ins Zimmer zurück und ließ sich ein Bad einlaufen.

Während das Wasser in die Wanne floss und den Raum mit leichtem Dampf erfüllte, ging Nikki zu dem alten Plattenspieler, der in der Mitte eines weißen Holzregals stand. Es war ein Phonokoffer, ein typisches

Exemplar der 1960er-Jahre mit abnehmbarem Deckel, in dem ein Lautsprecher integriert war. Daneben eine Sammlung von etwa fünfzig alten Vinyl-Langspielplatten. Rasch schaute Nikki die Hüllen durch, die nur Kultalben enthielten: *Highway 61* von Bob Dylan, *Ziggy Stardust* von David Bowie, *The Dark Side of the Moon* von *Pink Floyd, The Velvet Underground & Nico* …

Schließlich entschied sie sich für *Aftermath*, ein Album aus der Zeit, als die *Stones* noch wirklich die *Stones* gewesen waren. Sie legte die Platte auf den Teller und setzte die Abspielnadel in die Rille. Und auf der Stelle ließen die Marimbariffs und die Basslinie von *Under My Thumb* das Zimmer vibrieren. Es hieß, Mick Jagger habe dieses Stück geschrieben, um mit dem Model Chrissie Shrimpton abzurechnen, mit der er damals liiert war. Den Feministinnen hatte der Text, in dem die Frau erst mit einem »zappeligen Hund« und später mit einer »Siamkatze« verglichen wurde, natürlich nicht gefallen.

Nikki fand das Stück komplexer. Es handelte von dem Versuch der Dominanz in einer Paarbeziehung, von dem Wunsch nach Rache, wenn aus Liebe Hass wird.

Sie stellte sich vor den großen ovalen schmiedeeisernen Spiegel, zog sich aus und betrachtete sich kritisch.

Ein Sonnenstrahl fiel durch das Fenster auf ihren Nacken. Sie schloss kurz die Augen und wandte ihr Gesicht dem Licht zu, spürte, wie ihre Haut sich unter der Wärme belebte. Mit den Jahren hatte sich ihre Figur leicht gerundet, dank ihres intensiven Sportprogramms war ihr Körper jedoch straff geblieben. Ihre Brüste waren noch fest, ihre Beine sehnig, und ihre Taille war schlank.

Dieser sinnliche Moment gab ihr wieder Selbstvertrauen.

Bei der Wahl zur Miss Cougar hast du noch alle Chancen, Mrs Robinson …

Sie drehte den Hahn zu und ließ sich in das warme Badewasser gleiten. Wie in alten Zeiten hielt sie den Atem an und tauchte mit dem Kopf unter Wasser. Früher hatte sie die Luft beinahe zwei Minuten anhalten können. Diese Zeit in der Schwebe nutzte sie jetzt, um Ordnung in ihre Gedanken zu bringen.

Zehn Sekunden …

Der Wunsch, jung zu bleiben, verdarb ihr das Leben. Seit Jahren arbeitete sie wie besessen daran, ihre Attraktivität zu erhalten. Die Wahrheit war, dass sie sich nur durch ihr Äußeres dazu in der Lage fühlte, Männer zu verführen. Sie gefiel ihnen, weil sie sexy war. Stets nahmen sie zuerst ihren Körper wahr, niemals ihren Charme, niemals ihren Intellekt, ihren Humor oder ihre Bildung …

Zwanzig Sekunden …

Aber ihre Jugend verabschiedete sich. Auch wenn auf den Titelseiten der Frauenzeitschriften stand: »Vierzig Jahre sind heute wie dreißig Jahre!«, war das alles nur Blödsinn. Gefragt waren Jugend und frisches Fleisch. Auf der Straße merkte sie bereits, dass die Männer sich nicht mehr so oft nach ihr umdrehten. Vor einem Monat hatte sie sich in einem Geschäft in Greenwich durch die Aufmerksamkeit des Verkäufers geschmeichelt gefühlt, eines jungen, charmanten und gut gebauten Burschen, bis sie begriff, dass sein Interesse nicht ihr galt, sondern … Camille.

Dreißig Sekunden …

Es fiel ihr schwer, es sich einzugestehen, aber das Wiedersehen mit Sebastian hatte sie berührt. Er war noch immer genauso unausstehlich, schwerfällig, ungerecht und verbohrt, aber sie war froh, ihn in dieser Situation an ihrer Seite zu wissen.

Vierzig Sekunden …

Als sie noch verheiratet waren, hatte sie sich ihm nie ebenbürtig gefühlt. Sie war felsenfest davon überzeugt gewesen, dass ihre Liebe nur auf einem Missverständnis beruhte – früher oder später würde Sebastian seinen Irrtum bemerken und sie so sehen, wie sie tatsächlich war –, und hatte in der steten Angst gelebt, verlassen zu werden.

Fünfzig Sekunden …

Ihre Trennung erschien ihr derart unabwendbar, dass sie sie geradezu provoziert hatte, indem sie sich immer wieder mit Liebhabern eingelassen und so zwangsläufig ihre Beziehung zerstört hatte, was ihre größte Sorge bestätigte, ihr jedoch zugleich eine paradoxe Erleichterung verschaffte: Da sie ihn verloren hatte, musste sie nicht mehr fürchten, ihn zu verlieren.

Eine Minute …

Der Countdown lief. Das Leben zerrann ihr zwischen

den Fingern. In zwei oder drei Jahren würde Jeremy zum Studium nach Kalifornien gehen. Sie würde allein bleiben. Allein. Allein. Allein. Immer diese panische Angst, verlassen zu werden. Woher rührte diese Wunde? Aus der Kindheit? Aus früherer Zeit? Sie zog es vor, nicht daran zu denken.

Eine Minute zehn Sekunden …

Ein Schauder erfasste sie, und sie spürte ein Zittern in ihrem Unterbauch. Sie brauchte Sauerstoff. Der Refrain des Songs von den *Stones* erreichte ihr Ohr verzerrt, überlagert von einem … Riff von Jimi Hendrix!

Mein Handy!

Sie tauchte unvermittelt aus dem Wasser auf und griff nach ihrem Telefon. Es war Santos. Seit dem Vortag hatte er ihr zahlreiche Nachrichten hinterlassen, mal wütend, mal verliebt. In der Aufregung der Ereignisse hatte sie es vorgezogen, ihm nicht zu antworten.

Sie zögerte. In letzter Zeit erwies sich Santos als ein Liebhaber, der ihr zunehmend die Luft zum Atmen nahm, er war jedoch auch ein guter Cop. Wenn er eine Spur in Zusammenhang mit Jeremys Verschwinden entdeckt hatte?

»Ja?«, meldete sie sich außer Atem.

»Nikki? Endlich! Seit Stunden versuche ich, dich zu erreichen. Was ist das für ein Spielchen, verdammt noch mal?«

»Ich war beschäftigt, Lorenzo.«

»Was treibst du in Paris?«

»Woher weißt du, wo ich bin?«

»Ich habe bei dir zu Hause vorbeigeschaut. Dort bin ich auf zwei Flugtickets gestoßen.«

»Woher nimmst du dir das Recht, in meiner Wohnung …?«

»Zum Glück war ich es und nicht einer meiner Kollegen«, erwiderte er gereizt. »Ich habe nämlich auch das Kokain im Bad gefunden!«

Kleinlaut geworden, sagte sie lieber nichts. Er trieb sie in die Enge.

»Wach auf, meine Liebe! Am Tatort eines üblen Verbrechens hat man deine Fingerabdrücke und die deines Exmanns gefunden. Du steckst bis zum Hals in der Scheiße.«

»Wir können nichts dafür!«, verteidigte sie sich. »Drake Decker war schon tot, als wir hinkamen. Bei dem anderen war es Notwehr.«

»Aber was hattest du in diesem Rattenloch überhaupt verloren?«

»Ich habe versucht, meinen Sohn zu finden! Hör zu, ich erkläre dir das, sobald es mir möglich ist. Hast du nichts von Jeremy gehört?«

»Nein, aber ich bin der Einzige, der dir noch helfen kann.«

»Wie?«

»Ich kann versuchen, die Ermittlungen zu den Morden bei Decker zu verzögern, allerdings unter der Bedingung, dass du so schnell wie möglich nach New York zurückkommst. Einverstanden, Nikki?«

»Einverstanden, Lorenzo.«

»Und lass dich nicht von Sebastian beeinflussen«, sagte er drohend.

Sie schwieg.

Er bemühte sich um einen besänftigenden Tonfall. »Du … du fehlst mir, Darling. Ich werde alles tun, um dich zu schützen. Ich liebe dich.«

Einen Augenblick lang wartete Santos auf ein »Ich dich auch«, das Nikki jedoch nicht über die Lippen brachte.

Ein Signalton informierte sie über einen gleichzeitig eingehenden Anruf. Sie nutzte ihn, um das Gespräch zu beenden.

»Ich muss aufhören, ein anderer Anruf. Ich melde mich bald.« Sie nahm das neue Gespräch an, ohne Santos Zeit zum geringsten Protest zu lassen.

»Hallo?«

»Misses Larabee?«

»*Speaking.*«

»Hier ist die Pariser Schifffahrtsgesellschaft«, verkündete eine Frau. »Ich rufe Sie an, um die Buchung für heute Abend zu bestätigen.«

»Welche Buchung?«

»Ihre Reservierung für ein Luxusabendessen um zwanzig Uhr dreißig auf unserem Schiff *L'Amiral.*«

»Ähm … sind Sie sicher, dass da kein Irrtum vorliegt?«

»Vor einer Woche ist ein Tisch auf den Namen Mister und Misses Larabee bestellt worden«, präzisierte die

Hostess. »Soll ich das so verstehen, dass Sie den Termin nicht wahrnehmen möchten?«

»Nein, wir kommen. Zwanzig Uhr dreißig, sagten Sie? Wo gehen wir an Bord?«

»Am Pont de l'Alma im 8. Arrondissement. Abendgarderobe ist erwünscht.«

»Sehr gut«, erwiderte Nikki.

Sie legte auf. In ihrem Kopf herrschte die totale Verwirrung. Unordnung. Chaos. Was hatte dieser neue Termin zu bedeuten? Würde man am Pont de l'Alma endlich Kontakt mit ihnen aufnehmen? Und ihnen vielleicht Jeremy zurückgeben …

Sie schloss die Augen und tauchte erneut mit dem Kopf unter Wasser.

Um klarer zu sehen, hätte sie ihr Gehirn gern wie einen Computer neu gestartet. Einfach die *Reset*-Taste gedrückt.

Ctrl-Alt-Del

Ihr Gehirn wurde von negativen Gedanken bombardiert, von Horrorbildern, die direkt aus einem Albtraum stammten. Langsam bezähmte sie ihre Angst, indem sie sich konzentrierte, wie sie es in der Meditation gelernt hatte. Nach und nach entspannten sich ihre Muskeln. Es tat ihr gut, den Atem anzuhalten. Der Kontakt mit dem warmen Wasser wirkte wie ein schützender Kokon. Der Sauerstoffmangel diente als Filter, er löschte allen Schmutz aus ihrem Bewusstsein.

Schließlich blieb nur noch ein Bild. Eine alte, lang verdrängte Erinnerung. Ein in der Zeit abgekapseltes

Bild, ein alter Amateurfilm, der sie fast siebzehn Jahre zurückversetzte.

In die Zeit ihrer zweiten Begegnung mit Sebastian.

Im Frühjahr 1996.

In Paris …

Nikki
siebzehn Jahre früher …

Jardin des Tuileries
Paris
Frühjahr 1996

»Eine letzte Aufnahme, Mädels! Auf die Plätze. Achtung … Kamera läuft!«

Vor dem Louvre stellt sich ein Bataillon von Models zum zehnten Mal zu einer ausgeklügelten Choreografie auf. Das Modehaus hat für diese Werbung eine Menge Geld lockergemacht: renommierter Regisseur, prachtvolle Kostüme, grandiose Kulisse, eine Fülle an Statisten, die den Star einrahmen, den das Modelabel zu seiner Ikone auserkoren hat.

Ich heiße Nikki Nikovski, ich bin fünfundzwanzig Jahre alt und eines dieser Mädchen. Nicht das Supermodel im Vordergrund, nein. Nur eine dieser Namenlosen in der vierten Reihe. Mitte der 1990er-Jahre hat eine Handvoll Topmodels – Claudia, Cindy oder Naomi – den Durchbruch geschafft und häuft langsam, aber sicher ein Vermögen an. Ich lebe jedoch nicht in ihrer Welt. Mein Agent Joyce Cooper hat mir dies übrigens schonungslos beigebracht: »Du kannst dich schon glücklich schätzen, dass du überhaupt mit nach Paris darfst.«

Mein Leben hat nichts von diesen verlockenden Märchen, wie sie Starmodels in Frauenzeitschriften beschreiben. Ich wurde nicht mit vierzehn Jahren an einem Strand oder in einem Einkaufszentrum vom Fotografen einer Eliteagentur entdeckt, der »zufällig« in mein Kaff in Michigan kam. Nein, ich habe erst spät mit dem Modeln angefangen, nämlich als ich mit zwanzig Jahren nach New York kam. Sie haben mich noch nie auf einem Cover von *Elle* oder *Vogue* gesehen, und wenn ich gelegentlich über den Laufsteg gehe, dann für zweitrangige Modeschöpfer.

Wie lange wird mein Körper das aushalten?

Meine Füße und mein Rücken schmerzen. Mir ist, als würden meine Knochen gleich brechen, aber ich reiße mich zusammen, um eine gute Figur zu machen. Ich habe gelernt, mein Lächeln gefrieren zu lassen, meine wohlgeformten Beine und meinen Busen zur Geltung zu bringen und mit einem wiegenden Gang jeder meiner Bewegungen etwas Elfenhaftes zu verleihen.

An diesem Abend ist die Elfe jedoch erschöpft. Ich bin in aller Früh per Flugzeug angekommen und reise morgen wieder ab. Mit Urlaub hat das nichts zu tun! Die letzten Monate waren schwierig. Den Winter habe ich damit zugebracht, mit meiner Mappe unter dem Arm von einem Casting zum nächsten zu ziehen. Vorortzug nach Manhattan um sechs Uhr morgens, Shootings in schlecht geheizten Studios, Low-Budget-Drehs für Billigwerbung. Jeden Morgen werde ich etwas stärker mit dieser unverrückbaren Tatsache konfrontiert: Mir fehlt dieser kleine Funke, der es mir erlauben würde, eine Christy Turlington oder Kate Moss zu werden. Und vor allem altere ich. So weit ist es bereits.

»Fertig!«, ruft der Regisseur. »Okay, Mädels! Ihr könnt jetzt feiern! Paris gehört euch!«

Von wegen!

Die Produktionsfirma hat Garderoben in Zelten eingerichtet. Das Licht ist schön an diesem Spätnachmittag, aber es herrscht eine Eiseskälte.

Als ich mich, im Durchzug stehend, gerade abschminke, spricht mich eine Praktikantin von Joyce Cooper an: »Tut mir leid, Nikki, im *Royal Opéra* war kein Platz mehr. Man hat dich in ein anderes Hotel umbuchen müssen.« Sie reicht mir einen Zettel, auf dem die Adresse eines Hotels im 13. Arrondissement ausgedruckt ist.

»Soll das ein Witz sein? Noch weiter draußen habt ihr wohl nichts gefunden! Warum nicht gleich in der tiefsten Provinz!«

Zum Zeichen der Machtlosigkeit breitet sie die Arme aus. »Tut mir wirklich leid. Es sind Schulferien. Alles ist ausgebucht.«

Ich seufze, ziehe mir andere Klamotten und andere Schuhe an. Die Stimmung ist geradezu elektrisch aufgeladen. Die Mädchen sind außer Rand und Band: Im Garten des *Ritz* steigt eine Party. Lagerfeld und Galliano werden da sein.

Als ich dort ankomme, steht mein Name nicht auf der Gästeliste.

»Kommst du mit was trinken, Nikki?«, fragt mich einer der Studiofotografen.

Er ist in Begleitung eines Kollegen, eines Kameramanns, der mich seit dem Vormittag anmacht.

Ich habe nicht die geringste Lust, diesen Idioten zu folgen, aber ich sage nicht Nein. Zu groß ist meine Angst, allein zu sein. Zu groß mein Bedürfnis, mich begehrt zu fühlen, und sei es von Leuten, die ich verachte.

Ich gehe mit ihnen in eine Kneipe an der Rue d'Alger. Wir trinken einen heimtückischen Drink nach dem anderen, »Kamikaze«-Cocktails mit Wodka, Cointreau und Limette. Der Alkohol wärmt und entspannt mich und steigt mir schnell zu Kopf.

Ich lache, mache Witze, gebe eine gute Figur ab. Trotzdem verabscheue ich diese perversen Fotografen, die auf der Jagd nach Frischfleisch sind. Ich kenne ihre Methode: Mädchen betrunken machen, ihnen etwas Koks geben, nicht lockerlassen, ihre Erschöpfung und Einsamkeit, ihre Verwirrung ausnutzen. *You're so sexy! So glamorous!* Sie betrachten mich als leichte Beute, und ich tue nichts, um sie vom Gegenteil zu überzeugen. Davon lebe ich: Von dem Feuer, das ich in den Männern entzünde, selbst bei solchen abgehalfterten Typen wie diesen. Einem Vampir gleich ernähre ich mich von ihrem Begehren.

Die Modewelt hat ihre Faszination für mich inzwischen verloren. Heute ist alles nur noch Erschöpfung, Müdigkeit, Konkurrenz. Ich habe begriffen, dass ich lediglich ein Bild war, eine Wegwerffrau, ein Produkt kurz vor dem Verfallsdatum.

Die Typen rücken näher, berühren mich, ihre Anmache wird immer gewagter. Einen Augenblick lang bilden sie sich ein, ich würde ihre Pläne für einen Dreier gutheißen.

Als draußen die Lichter angehen, beginnen die Typen, wirklich aufdringlich zu werden. Ich will gehen, solange mir noch etwas von meinem klaren Verstand geblieben ist. Ich verlasse die Kneipe und ziehe meinen Koffer hinter mir her. In meinem Rücken höre ich ihre Beleidigungen: Aufreißerin, Nutte … *Business as usual.*

Unmöglich, in der Rue de Rivoli ein Taxi zu finden. Ich muss die Metro nehmen. Haltestelle Palais Royal. Nach einem Blick auf den Fahrplan besteige ich einen Zug und lasse mich mit der Linie 7 von einer Station zur nächsten bringen: Pont Neuf, Châtelet … Jussieu … Les Gobelins …

Als ich an der Place d'Italie ankomme, ist es bereits dunkel. Ich gehe davon aus, dass mein Hotel ganz in der Nähe ist, tatsächlich liegt jedoch ein langer Fußmarsch vor mir. Es fängt an zu regnen. Ich frage nach dem Weg, doch man lässt mich abblitzen, weil ich kein Französisch spreche. Merkwürdiges Land! Ich gehe die Rue Bobillot entlang und zerre meinen Koffer, dessen Räder blockieren, hinter mir her. Der Regen wird immer stärker.

An diesem Abend fühle ich mich erschöpft und verletzlich. So allein wie noch nie. Der Regen rinnt über meinen Körper, und in meinem Inneren scheint alles rissig zu werden. Ich denke an die Zukunft. Habe ich überhaupt eine? Ich besitze keinen roten Heller. In den fünf Jahren meiner Berufstätigkeit habe ich nicht einen Dollar auf die hohe Kante legen können. Der Fehler liegt in dem System, das einen in Abhängigkeit hält. Die Modelagenturen beherrschen dieses Spiel perfekt, und oft verdiene ich nur so viel, dass ich ihre Provision und die Reisekosten bezahlen kann.

Als ich auf den Bürgersteig trete, bricht einer meiner Absätze ab, und ich erreiche die Butte aux Cailles schließlich humpelnd, die Schuhe in der Hand, mein Selbstbewusstsein schwer angeschlagen.

Noch nie habe ich von diesem auf einem Hügel liegenden Viertel gehört. Es gleicht noch einem kleinen, zeitlosen Dorf. Hier findet man keine breiten Avenuen oder haussmannschen Bauten, sondern kleine Pflasterstraßen und Provinzhäuser. Ich komme mir vor wie Alice »hinter den Spiegeln«.

Mein Hotel in der Rue des Cinq Diamants ist ein altes schmales Haus mit einer etwas heruntergekommenen Fassade. Erschöpft und durchnässt betrete ich die schäbige Hotelhalle und reiche der Wirtin den Ausdruck meiner Reservierung.

»Zimmer 21, Mademoiselle. Ihr Cousin ist vor einer Stunde angekommen«, verkündet sie mir, ohne mir meinen Schlüssel zu geben.

»Mein Cousin? Was reden Sie da?«

Ich verlange ein anderes Zimmer, sie antwortet mir, das Hotel sei ausgebucht. Ich bitte sie, die Polizei zu rufen, sie sagt mir, der Mann habe die Rechnung bereits bezahlt.

Was hat diese verrückte Geschichte zu bedeuten?

Wütend steige ich die Treppe hinauf, lasse meinen Koffer auf halber Höhe stehen und gehe in den zweiten Stock, um gegen die Tür von Zimmer 21 zu trommeln.

Keine Antwort.

Ohne mich aus der Fassung bringen zu lassen, gehe ich hinaus auf die Straße und umrunde das Hotel. Ich suche das Zimmerfenster des Eindringlings und schleudere einen meiner Pumps hinauf. Ich verfehle mein Ziel, aber ich habe ja noch einen zweiten Schuh. Dieses Mal prallt er gegen die Scheibe. Einige Sekunden verstreichen, bis ein Mann das Fenster öffnet und den Kopf herausstreckt.

»Machen Sie hier diesen Radau?«, beklagt er sich.

Ich kann es nicht glauben. Es ist … Sebastian Larabee, der verklemmte Geigenbauer aus Manhattan. Ich kann meine Wut kaum bezähmen.

»Was tun Sie in meinem Zimmer?«

»Stellen Sie sich vor, ich versuchte zu schlafen. Zumindest … bevor Sie einen derartigen Lärm gemacht haben.«

»Und nun werden Sie mir den Gefallen tun, das Weite zu suchen!«

»Nein, das glaube ich nicht«, antwortet er gelassen.

»Mal im Ernst, warum sind Sie in Paris?«

»Um Sie zu sehen.«

»Um mich zu sehen? Aber warum? Und wie haben Sie mich überhaupt gefunden?«

»Ich habe Ermittlungen durchgeführt.«

Ich seufze. Na gut, der Typ hat sie nicht alle. Er muss auf mich fixiert sein. Es ist nicht das erste Mal, dass ich einem Verrückten begegne. Dabei war mir dieser hier ganz normal erschienen, freundlich, sanft …

Ich bemühe mich um eine gleichgültige Miene.

»Was genau erwarten Sie von mir?«

»Eine Entschuldigung.«

»Ach ja? Und warum?«

»Erstens, weil Sie mir vor drei Monaten meine Brieftasche gestohlen haben.«

»Die habe ich Ihnen doch zurückgegeben! Das war ein Spiel. Eine Möglichkeit, Ihre Adresse herauszufinden.«

»Sie hätten mich nur danach fragen müssen, ich hätte Sie vielleicht sogar eingeladen!«

»Ja, aber das wäre weniger lustig gewesen.«

Eine Straßenlaterne beleuchtet das nasse Pflaster der Sackgasse. Sebastian Larabee bedenkt mich mit seinem schönsten Lächeln.

»Weiterhin werfe ich Ihnen vor, sich davongemacht zu haben, ohne Ihre Adresse zu hinterlassen.«

Ich schüttle den Kopf. »Was hat das schon zu bedeuten?«

»Immerhin haben wir miteinander geschlafen, wenn ich mich recht erinnere.«

»Ja und? Ich schlafe mit jedem«, erwidere ich, um ihn zu provozieren.

»Dann schlafen Sie heute eben draußen.« Damit beendet er das Gespräch und schließt das Fenster.

Es ist dunkel und kalt. Ich bin erschöpft, aber verblüfft. Jedenfalls habe ich nicht die Absicht, mich von diesem Typ so behandeln zu lassen.

»Na gut, Sie wollten es nicht anders!«

An der Hauswand steht ein Plastikcontainer. Trotz meiner Müdigkeit steige ich darauf und ziehe mich an der Regenrinne hoch. Auf einem Blumenkasten abgestützt, lege ich im ersten Stockwerk eine Pause ein, bevor ich meine Kletterpartie fortsetze. Als ich nach oben blicke, sehe ich Sebastian hinter der Scheibe, dessen Gesicht sich verzerrt. Mit weit aufgerissenen Augen starrt er mich entsetzt an.

»Sie brechen sich noch das Genick!«, ruft er, nachdem er das Fenster aufgerissen hat.

Überrascht weiche ich zurück und verliere fast das Gleichgewicht. In letzter Sekunde halte ich mich an der Hand fest, die er mir entgegenstreckt.

»Sie sind leichtsinnig!«, schimpft er und zieht mich auf das Fensterbrett.

Sobald ich außer Gefahr bin, packe ich ihn am Kragen und hämmere mit den Fäusten auf seine Brust.

»Ich bin leichtsinnig, Sie kranker Typ? Sie hätten mich beinah umgebracht!«

Von meiner Heftigkeit verwirrt, befreit er sich, so gut er kann. Wütend packe ich seinen Koffer, der offen am Fuß des Bettes steht, um ihn aus dem Fenster zu werfen. Aber er nimmt mich in die Arme.

»Beruhigen Sie sich!«, fleht er mich an.

Sein Gesicht ist nur wenige Zentimeter von meinem entfernt. Sein Blick ist offenherzig und aufrichtig. Er strahlt eine besänftigende Menschlichkeit aus. Er riecht gut nach einem Eau de Cologne, das vermutlich Männer der Generation von Cary Grant benutzt haben.

Plötzlich bin ich sehr erregt. Ich beiße ihn in die Lippe, stoße ihn auf die Matratze und reiße seine Hemdknöpfe auf.

—

Am nächsten Morgen.

Das Klingeln des Telefons lässt mich aus dem Schlaf hochschrecken. Die Nacht war kurz. Verschlafen greife ich nach dem Hörer und setze mich auf.

Am anderen Ende bemüht sich die Wirtin, einige Sätze in Englisch zu sprechen.

Ich blinzle. Ein sanftes Licht dringt durch die Spitzenvorhänge des winzigen Zimmers. Während ich allmählich zu mir komme, stoße ich mit dem Fuß die Badezimmertür auf.

Niemand …

Sollte Sebastian Larabee mich verlassen haben?

Ich bitte die Besitzerin, es nochmals zu wiederholen.

»Ihr Cousin wartet in dem Coffeeshop um die Ecke auf Sie.«

Mein »Cousin« erwartet mich im Café an der Ecke.

Na gut, soll er warten.

Ich springe auf, dusche und sammle meine Sachen zusammen. Ich gehe die Treppe hinunter, nehme meinen Koffer, der in der Hotelhalle steht. Ich gehe an der Wirtin vorbei und stecke den Kopf zur Tür hinaus. Das Café befindet sich etwa hundert Meter weiter links. Ich gehe rechts Richtung Metrostation. Als ich etwa zwanzig Meter gelaufen bin, holt die Wirtin mich ein.

»Er hat Ihren Pass mitgenommen …«, sagt sie mit unbewegter Miene.

—

Das Café *Le Feu verre* ist von der Moderne verschont geblieben und wirkt wie aus den 1950er-Jahren: Zinktheke, Tischdecken mit Vichykaro, Kunstlederbänke, Resopaltische. An der Wand lehnt eine Schiefertafel, auf der die Gerichte geschrieben stehen, die am Vortag angeboten wurden: *steak au poivre, coq au vin, filet de bœuf*.

Als ich wütend in die Kneipe stürme, sehe ich Sebastian an einem Tisch hinten im Lokal sitzen. Ich baue mich vor ihm auf und sage drohend: »Sie geben mir sofort meinen Pass zurück!«

»Guten Morgen, Nikki. Ich hoffe, du hast gut geschlafen«, antwortet er und reicht mir den Pass. »Setz dich doch bitte. Ich war so frei, etwas für dich zu bestellen.«

Ausgehungert, wie ich bin, kapituliere ich angesichts des üppigen Frühstücks: Milchkaffee, Croissants, Toast, Konfitüren. Ich nehme einen Schluck Kaffee und greife nach meiner Serviette, wobei ich ein Päckchen mit einer Schleife entdecke.

»Was ist denn das?«

»Ein Geschenk.«

Ich verdrehe die Augen. »Sie müssen mir doch kein Geschenk machen, nur weil wir zweimal miteinander geschlafen haben. Wie war noch Ihr Name?«

»Mach es auf. Ich hoffe, es gefällt dir. Keine Sorge, es ist kein Verlobungsring.«

Ich reiße seufzend das Geschenkpapier auf. Es ist ein Buch. Eine limitierte Auflage von *Die Liebe in den Zeiten der Cholera*. Illustriert, wunderschön gebunden und von Gabriel García Márquez signiert.

Ich schüttle den Kopf, bin jedoch ganz berührt von der Idee. Ich habe Gänsehaut. Es ist das erste Mal, dass mir ein Mann ein Buch schenkt. Ich spüre, wie mir die Tränen in die Augen steigen, dränge sie aber tapfer zurück. Diese Geste geht mir mehr unter die Haut, als mir lieb ist.

»Was soll das Ganze eigentlich?«, frage ich und schiebe den Roman zur Seite. »Der hat doch sicher ein Vermögen gekostet. Ich kann das nicht annehmen.«

»Warum?«

»Wir kennen uns nicht.«

»Wir können uns kennenlernen.«

Ich blicke aus dem Fenster. Ein betagtes Paar überquert die Straße, und man hätte nicht sagen können, wer wem als Stütze dient.

»Was geht dir durch den Kopf?« Unerfahren und kühn wagt sich Sebastian vor. »Seit vier Monaten wache ich jeden Morgen mit deinem Bild vor Augen auf. Ich denke ständig an dich. Nichts anderes zählt mehr …«

Bestürzt schaue ich ihn an. Mir ist klar, dass dies nicht nur schöne Worte sind, dass er tatsächlich daran glaubt. Warum ist dieser Typ so naiv? So anhänglich?

Ich stehe auf, um zu gehen, aber er hält mich am Arm zurück.

»Gib mir vierundzwanzig Stunden, um dich zu überzeugen.«

»Wovon zu überzeugen?«

»Dass wir füreinander geschaffen sind.«

Ich setze mich wieder und nehme seine Hand. »Hör zu, Sebastian, du bist nett und ein guter Liebhaber. Ich fühle mich geschmeichelt, dass du dich in mich verliebt hast, und finde es sehr romantisch, dass du diese Reise unternommen hast, um mich zu finden …«

»Aber?«

»Aber seien wir realistisch, wir haben keine Chance, uns gemeinsam etwas aufzubauen. Ich glaube nicht an das Märchen von Aschenputtel und …«

»Du wärst sehr sexy als Aschenputtel.«

»Sei doch mal ernst, bitte! Wir haben nichts gemeinsam: Du bist ein Intellektueller aus der oberen Gesellschaftsschicht, deine Eltern sind Millionäre, du lebst in einem Dreihundert-Quadratmeter-Haus und verkehrst mit der High Society der Upper East Side …«

»Ja und?«, unterbricht er mich.

»Ja und? Ich weiß nicht, was du in mich hineinprojizierst, aber ich bin nicht diejenige, die du dir vorstellst. Es gibt nichts, was du an mir *wirklich* lieben könntest.«

»Übertreibst du nicht ein wenig?«

»Nein. Ich bin labil, untreu und egoistisch. Es wird dir nicht gelingen, mich in ein freundliches Frauchen zu verwandeln, das aufmerksam und zuvorkommend ist. Und ich werde mich nie in dich verlieben.«

»Gib mir vierundzwanzig Stunden«, bittet er. »Vierundzwanzig Stunden, nur du und ich in Paris.«

Ich nicke. »Ich habe dich gewarnt.«

Er lächelt wie ein Kind.

Ich bin fest davon überzeugt, dass er es rasch leid sein wird.

Ich weiß noch nicht, dass ich soeben der Liebe begegnet bin. Der wahren, leidenschaftlichen Liebe. Derjenigen, die alles gibt, bevor sie alles wieder nimmt, die ein Leben verzaubert, bevor sie es für immer zerstört.

Kapitel 28

Barfuß, mit blutverschmierter Nase und zerrissenem Jackett betrat Sebastian die Eingangshalle des *Grand Hôtel*. Die Besitzerin starrte ihn verblüfft an.

»Was ist passiert, Monsieur Larabee?«

»Ich hatte ... einen Unfall.«

Besorgt griff sie zum Telefon. »Ich rufe einen Arzt.«

»Das ist nicht nötig.«

»Wirklich?«

»Ja, ja, es geht mir gut«, versicherte er.

»Wie Sie wünschen. Ich hole Ihnen Kompressen und Alkohol zum Desinfizieren. Falls Sie sonst noch etwas benötigen, lassen Sie es mich wissen.«

»Vielen Dank.«

Trotz seiner Erschöpfung und seiner Schmerzen zog er es vor, zu Fuß zu gehen und nicht den Lift zu nehmen.

Oben angekommen, betrat er die Suite. Von Nikki keine Spur, obwohl die *Rolling Stones* auf voller Lautstärke liefen. Er ging ins Bad und fand seine Exfrau in der Badewanne vor – Kopf unter Wasser, Augen geschlossen.

Erschrocken zog er sie an den Haaren heraus.

Sie stieß überrascht einen Schrei aus. »Hey! Du Grobian! Du hättest mich fast skalpiert!«, rief sie und verbarg ihre Brüste.

»Ich dachte, du ertrinkst! Was soll das Spielchen, meine Güte? Die kleine Meerjungfrau – in deinem Alter!«

Als sie ihn mit einem bitterbösen Blick bedachte, bemerkte sie die Verletzungen in seinem Gesicht.

»Hast du dich geprügelt?«, fragte sie besorgt.

»Man hat *mich* verprügelt, wäre die zutreffendere Formulierung«, antwortete er missmutig.

»Dreh dich um, ich steige aus der Wanne. Und nutze das bloß nicht aus, um Stielaugen zu machen!«

»Ich hab dich bereits nackt gesehen, wenn ich dich daran erinnern darf.«

»Ja, in einem anderen Leben.«

Er drehte den Kopf zur Seite und reichte ihr ein Duschtuch. Sie wickelte sich hinein und schlang sich ein kleineres um den Kopf.

»Setz dich, ich versorge deine Verletzungen.«

Während sie die Wunden mit Seifenwasser reinigte, erzählte er ihr von seinem Missgeschick in Barbès. Sie wiederum berichtete ihm von den beiden Anrufen, die sie erhalten hatte: dem von Santos und dem rätselhafteren der Pariser Schifffahrtsgesellschaft.

»Aua!«, rief er, als sie ein Antiseptikum auf die Schnittwunden auftrug.

»Stell dich nicht so an! Ich hasse das!«

»Aber es brennt!«

»Ja, ja, das tut weh, wenn man drei oder vier Jahre alt ist, aber du bist doch erwachsen, oder?«

Er wollte gerade etwas entgegnen, als es klopfte.

»Hier ist der Etagenboy«, ertönte eine Stimme.

Nikki machte Anstalten, das Bad zu verlassen, doch er hielt sie zurück.

»Du wirst doch in diesem Aufzug nicht die Tür aufmachen!«

»Wie, in diesem Aufzug?«

»Du bist fast nackt!«

Sie verdrehte die Augen.

»Du hast dich tatsächlich nicht verändert«, knurrte er und ging öffnen.

»Du auch nicht!«, rief sie und schlug die Badezimmertür zu.

Ein Hotelpage in roter Hose und Jacke mit Goldknöpfen stand vor ihm. Er war schmächtig und verschwand beinahe unter einer Fülle von Tüten und Paketen mit den Logos großer Luxusmarken: Yves Saint Laurent, Christian Dior, Zegna, Jimmy Choo …

»Diese Pakete wurden für Sie abgegeben, Monsieur.«

»Das muss ein Irrtum sein, wir haben nichts bestellt.«

»Ich erlaube mir, darauf zu bestehen, Monsieur: Die Lieferung lautet auf Ihren Namen.«

Zweifelnd trat Sebastian zurück, um ihn die Tüten ins Zimmer tragen zu lassen. Als der Boy sich bereits wieder entfernte, wühlte Sebastian auf der Suche nach einem Trinkgeld in seiner Tasche, bis ihm einfiel, dass man ihm alles gestohlen hatte. Nikki kam ihm zu Hilfe und reichte dem Pagen einen Fünfdollarschein, bevor sie die Tür schloss.

»Warst du auf Einkaufstour, Darling?«, fragte sie ironisch, als sie die Pakete entdeckte.

Von Neugier getrieben, half er ihr, die Sachen auf dem Bett auszupacken. Es waren insgesamt sechs große Tüten, die Abendkleidung enthielten: einen Anzug, ein Kleid, ein Paar Schuhe …

»Diese Botschaft verstehe ich nicht.«

»Einmal Damengarderobe, einmal Herrengarderobe«, erklärte Nikki und erinnerte sich an die Worte der Hostess von der Pariser Schifffahrtsgesellschaft, die von Abendkleidung gesprochen hatte.

»Aber warum sollen wir genau *diese* Klamotten tragen?«

»Vielleicht sind sie mit einer Wanze versehen. Einem Sender, mit dem sie uns verfolgen können …«

Er dachte über dieses Argument nach und fand es stichhaltig. Es war sogar sehr plausibel. Er griff nach dem Jackett und tastete es ab – vergeblich. Heutzutage war diese Art von Geräten vermutlich mikroskopisch klein. Und warum versuchen, sie zu entfernen, wenn so vielleicht ein Kontakt zu den Geiselnehmern ihres Sohnes hergestellt würde?

»Ich denke, wir können nichts anderes tun, als uns anzuziehen«, meinte Nikki.

Sebastian nickte.

Zuerst ging er duschen und blieb eine Weile unter dem heißen Wasserstrahl stehen, bevor er sich von Kopf bis Fuß einseifte, als wolle er das demütigende Erlebnis in Barbès von seinem Körper abwaschen.

Anschließend probierte er die neue Kleidung. Er fühlte sich sofort wohl darin. Das weiße Hemd passte und war gut geschnitten, der Anzug war klassisch, aber schick, die Krawatte streng, das Paar Schuhe von guter Qualität, aber nicht extravagant. Kleidung, wie er sie selbst ausgewählt hätte.

Als er ins Zimmer zurückkam, wurde es bereits dunkel. Im Dämmerlicht bemerkte er Nikkis Silhouette in einem langen roten Kleid mit tiefem Rückenausschnitt und einem schwindelerregenden, von Perlen gesäumten Dekolleté.

»Kannst du mir bitte helfen?«

Schweigend trat er hinter sie und schloss, wie in früheren Jahren, den Reißverschluss. Die Berührung von Sebastians Fingern verursachte Nikki Gänsehaut. Wie hypnotisiert hatte Sebastian Mühe, den Blick von der blassen samtigen Haut seiner Exfrau abzuwenden. Plötzlich legte er seine Hand auf ihr Schulterblatt und deutete eine Liebkosung an. Er blickte in den ovalen Spiegel, der ihm das Model auf dem Titelblatt eines Modemagazins zu zeigen schien – das täuschende Bild eines idealen Paares.

Nikki öffnete den Mund, um etwas zu sagen, als ein Windstoß das Fenster heftig zuschlug. Der Zauber war gebrochen.

Um ihre Verwirrung zu verbergen, zog sie die Schuhe an, die ihr Outfit vervollständigten. Er versuchte, die

Fassung zurückzugewinnen, indem er die Hände in die Taschen steckte. In der rechten befand sich ein Etikett. Er zog es heraus, um es in den Papierkorb zu werfen, hielt dann aber plötzlich inne.

»Sieh mal!«

Es war kein Etikett.

Sondern ein zusammengefalteter Zettel.

Ein Ticket für ein Schließfach an der Gare du Nord.

Kapitel 29

19. Arrondissement

Das Quartier d'Amérique – einst waren dies die Steinbrüche, in denen Gips- und Silikatgestein abgebaut wurden – ist den meisten Parisern nur wenig bekannt. Seinen Namen bekam es von der Legende, man habe aus diesem Gestein die Freiheitsstatue und das Weiße Haus erbaut. Das stimmt zwar nicht, ist aber eine schöne Geschichte. Während der *Trente Glorieuses,* der dreißig goldenen Nachkriegsjahre, wurde zwecks sogenannter Modernisierung der größte Teil des Stadtviertels abgerissen. An seine Stelle traten deprimierende Häuserblocks und hässliche Türme, die jetzt den Norden der ehemaligen Gemeinde Belleville verschandelten. Zwischen dem Parc des Buttes-Chaumont und dem Périphérique eingezwängt, lag als letztes Relikt einer vergangenen Zeit die Rue Mouzaïa. Auf einer Länge von über dreihundert Metern gingen von ihr gepflasterte Sackgassen ab, die von kleinen Häuschen und ihren Gärten gesäumt waren.

In der Nummer 23 *bis,* einem Backsteinbau, klingelte das Telefon zum dritten Mal innerhalb von zehn Minuten, ohne dass jemand abgehoben hätte.

Dabei lag Constance Lagrange in ihrem Sessel im Wohnzimmer. Doch die halb geleerte Flasche Whiskey hatte sie so betrunken gemacht, dass sie, von der Welt abgeschnitten, vor sich hin dämmerte.

Drei Monate zuvor, am Tag ihres siebenunddreißigsten Geburtstags, hatte Constance drei Neuigkeiten erfahren – zwei gute und eine schlechte.

Als sie am 25. Juli morgens zur Arbeit gekommen war, hatte ihr Vorgesetzter, Hauptkommissar Sorbier, ihr ihre Beförderung zur Kommissarin in der angesehenen *Brigade nationale de recherche des fugitifs*, der Spezialeinheit zur Fahndung nach flüchtigen Straftätern, mitgeteilt.

Mittags hatte ihre Bank angerufen, um sie zu informieren, dass ihr Kreditantrag positiv beschieden worden war. Das gab ihr die Möglichkeit, endlich ihr Traumhaus in der Rue Mouzaïa, in jenem Viertel zu kaufen, das sie so sehr liebte.

Damals hatte Constance sich gesagt, dies sei ihr Glückstag. Doch am späten Nachmittag hatte sie von ihrem Arzt erfahren, dass bei der Computertomografie, die sie hatte machen lassen, ein Gehirntumor festgestellt worden war. Ein Glioblastom im fortgeschrittenen Stadium. Die schlimmste aller Krebsarten. Aggressiv, schnell wachsend und nicht operierbar. Man hatte ihr noch vier Monate gegeben.

Das Telefon, das am Boden lag, klingelte erneut. Diesmal drang der Ton bis in ihren unruhigen, von finsteren

Bildern wuchernder Krebszellen bevölkerten Schlaf vor. Constance öffnete die Augen und wischte sich die Schweißperlen von der Stirn. Sie verharrte einige Sekunden reglos, kämpfte mit ihrer Übelkeit und wartete auf ein erneutes Klingeln, bevor sie die Hand ausstreckte. Sie sah die Nummer, die das Display anzeigte. Es war Sorbier, ihr ehemaliger Boss. Sie hob ab und ließ ihn reden.

»Was treiben Sie denn, Lagrange?«, schimpfte er. »Ich versuche schon seit einer halben Stunde, Sie zu erreichen.«

»Darf ich Sie daran erinnern, dass ich gekündigt habe, Chef?«, erwiderte sie und rieb sich die Augen.

»Was ist los? Haben Sie gesoffen oder was? Sie stinken nach Alkohol!«

»Reden Sie keinen Unsinn, wir sind am Telefon.«

»Sie sind sturzbetrunken, das riecht man bis hierher!«

»Also, was wollen Sie?«, fragte sie und rappelte sich mühsam auf.

»Wir müssen einem internationalen Amtshilfeersuchen der New Yorker Behörden Folge leisten. Zwei Amerikaner sind unverzüglich festzunehmen. Ein Mann und seine Exfrau. Eine große Sache, es geht um Drogen, Doppelmord und Flucht …«

»Warum hat sich der Richter nicht an die Pariser Kripo gewandt?«

»Keine Ahnung, ist mir auch egal. Alles, was ich weiß, ist, dass wir die Arbeit erledigen müssen.«

Constance schüttelte den Kopf. »*Sie* müssen … ich gehöre nicht mehr zu Ihrer Dienststelle.«

»Also, das reicht, Lagrange«, ereiferte sich der Hauptkommissar. »Sie gehen mir auf die Nerven mit Ihrer blöden Kündigung. Sie haben persönliche Probleme? Schön, ich habe Sie zwei Wochen in Ruhe gelassen, aber jetzt ist Schluss mit diesem Unsinn!«

Constance seufzte. Sie überlegte kurz, ihm alles zu erzählen: von dem Krebs, der ihr Gehirn zerfraß, von den wenigen Wochen, die ihr noch zu leben blieben, und dem nahen Tod, der ihr so viel Angst machte. Doch dann entschied sie sich dagegen. Sorbier war ihr Mentor, einer der letzten großen »Bullen« alten Schlages, einer, den man bewunderte. Sie wollte nicht sein Mitleid erregen oder ihn in eine unangenehme Situation bringen. Und im Übrigen hatte sie keine Lust, sich bei ihm auszuheulen.

»Schicken Sie lieber jemand anders. Warum nicht Botsaris?«

»Kommt nicht infrage! Sie wissen genau, wie heikel die Zusammenarbeit mit den USA ist. Ich will keine Probleme mit der Botschaft. Also finden Sie das Paar und nehmen Sie es noch heute fest, haben Sie verstanden?«

»Ich habe Nein gesagt!«

Sorbier tat, als hätte er nichts gehört. »Ich habe Botsaris die Akte gegeben, aber ich will, dass Sie die Operation überwachen. Ich maile Ihnen eine Kopie auf Ihr Handy.«

»Scheren Sie sich zum Teufel«, schrie Constance und legte auf.

Sie schleppte sich ins Badezimmer und erbrach in die Toilette Galle. Seit wann hatte sie nichts mehr gegessen? Auf jeden Fall seit mehr als vierundzwanzig Stunden. Am Vorabend hatte sie beschlossen, ihre Angst im Alkohol zu ertränken, und vorher absichtlich nichts zu sich genommen, um die Wirkung gleich bei den ersten Gläsern zu spüren. Sozusagen ein »Express-Rausch«, der sie für fünfzehn Stunden ins Land der Träume versetzt hatte.

Das Wohnzimmer war in das spätnachmittägliche Herbstlicht getaucht. Constance war vor drei Wochen hier eingezogen, hatte aber noch keinen einzigen der Umzugskartons ausgepackt, die sich, mit Klebeband verschlossen, hier und dort in den leeren Räumen stapelten.

Wozu auch?

In einem Schrank fand sie eine angebrochene Packung Granola. Sie nahm sie, setzte sich auf einen Hocker an die Küchentheke und zwang sich, einige der Kekse zu essen.

Wie soll man die Zeit totschlagen, wenn sie es doch ist, die einen tötet?

Wer hatte das gesagt? Sartre? Beauvoir? Aragon? Sie konnte sich nicht erinnern. Das hatte sie übrigens zu der Untersuchung veranlasst. Zunächst hatte es einige kleine Anzeichen gegeben: Übelkeit, Erbrechen, Kopfschmerzen, aber wer hatte das nicht von Zeit zu Zeit? Man konnte ihren Lebensstil nicht wirklich als gesund bezeichnen, und so hatte sie sich weiter keine Sorgen gemacht. Doch dann war es zu wiederholten Aussetzern und Gedächtnislücken gekommen, die sie bei ihrer Arbeit behindert hatten. Sie war auch impulsiv geworden und hatte leicht die Selbstbeherrschung verloren. Und schließlich hatte der Schwindel eingesetzt, der sie veranlasste, einen Spezialisten aufzusuchen.

Die Diagnose war brutal gewesen.

Auf der Holztheke lag eine dicke medizinische Akte. Eine grausame Zusammenfassung ihrer Krankheit. Constance öffnete sie zum x-ten Mal und betrachtete voller Abscheu die Computeraufnahme ihres Gehirns. Man erkannte klar den riesigen Tumor und die Wucherung der Krebszellen, die bereits den linken Frontallappen erfasst hatte. Die Ursache der Erkrankung war unklar, und niemand konnte erklären, warum die Zellteilung plötzlich verrückt spielte und Chaos in ihrem Schädel anrichtete.

Sie schob die Aufnahme in den Ordner zurück, zog ihre Lederjacke an und ging in den Garten.

Es war noch schön draußen. Ein leichter Wind rauschte in den Blättern. Sie zog den Reißverschluss zu, setzte sich auf einen Stuhl und legte die Beine auf einen verblichenen Teakholztisch. Sie drehte sich eine Zigarette und betrachtete die rote Fassade. Mit dem schmiedeeisernen Vordach über der Treppe wirkte das Ganze wie ein Puppenhaus.

Constance spürte, wie ihr Tränen in die Augen stiegen. Sie liebte diesen Garten mit seinem Feigen- und Aprikosenbaum, der Fliederhecke, den Forsythien und der Glyzinie so sehr.

Als sie zum ersten Mal mit dem Makler hier gewesen war, hatte sie, noch ehe sie das Haus betrat, gewusst, dass sie hier leben … und eines Tages vielleicht auch ein Kind großziehen wollte. Dies sollte ihr Zufluchtsort werden, eine Enklave, geschützt vor Umweltverschmutzung, Beton und dem Wahnsinn der Menschen.

Von der Ungerechtigkeit des Lebens niedergeschmettert, brach sie in Schluchzen aus. Sosehr sie sich auch einzureden versuchte, dass der Tod unvermeidbar war und zum Leben gehörte, ihre Angst vermochte sie doch nicht zu überwinden.

Nicht so früh, verdammt noch mal!

Nicht jetzt …

Sie verschluckte sich am Rauch ihrer Zigarette.

Sie würde ganz allein sterben. Wie ein räudiger Hund. Es wäre niemand da, der ihre Hand halten würde.

Die Situation kam ihr irreal vor. Man hatte sie nicht einmal ins Krankenhaus eingewiesen, ihr nur gesagt: »Es ist vorbei. Da ist nichts mehr zu machen. Keine Bestrahlungen, keine Chemotherapie.« Nur Schmerzmittel und kurz vor dem Ende, wenn sie wollte, ein Hospizaufenthalt. Sie hatte geantwortet, sie sei bereit zu kämpfen, doch man hatte ihr zu verstehen gegeben, dass der Kampf schon im Vorfeld verloren war. »Es ist nur eine Frage von Wochen.«

Ein Todesurteil.

Ohne Aussicht auf Begnadigung.

Vor zwei Wochen war sie eines Morgens halb gelähmt aufgewacht. Sie sah alles verschwommen, ihre Kehle war zugeschnürt. Da war ihr klar geworden, dass sie nicht mehr arbeiten konnte, und sie hatte ihre Kündigung eingereicht.

An diesem Tag hatte sie wirklich begriffen, was Angst bedeutet. Seither wechselte ihr Zustand ständig. Manchmal war sie völlig benommen und konnte ihre Bewegungen nicht mehr koordinieren, dann wieder waren die Lähmungserscheinungen weniger stark und gewährten ihr einen Aufschub, der allerdings illusorisch war.

Ihr Handy vibrierte und verkündete das Eintreffen mehrerer E-Mails. Sorbier war fest entschlossen, sie nicht in Ruhe zu lassen. Er wollte ihr unbedingt die Akte der beiden Amerikaner aufs Auge drücken. Widerwillig öffnete Constance die Anlagen und begann, sie zu lesen. Der Flüchtige hieß Sebastian Larabee, seine Exfrau Nikki Nikovski. Sie vertiefte sich eine halbe Stunde in die Zusammenfassung ihrer Flucht und hob dann plötzlich den Blick. Wie auf frischer Tat ertappt. Hatte sie nichts Wichtigeres zu tun? Sollte sie die Zeit, die ihr blieb, nicht lieber nutzen, um alles zu regeln, ihre Familie noch einmal zu besuchen oder über den Sinn des Lebens nachzudenken?

Bullshit!

Wie die meisten Polizisten hing sie an ihrem Job. Daran änderte auch die Krankheit nichts. Sie brauchte noch einen letzten Adrenalinstoß. Sie suchte nach einer Ablenkung von der Angst, die sie umzingelte.

Entschlossen drückte sie ihre Zigarette aus und kehrte ins Haus zurück. Sie nahm ihre Dienstwaffe – die vorgeschriebene SIG Sauer –, die sie noch nicht zurückgegeben hatte. Als sie den Kolben der halbautomatischen Pistole in der Hand hielt, empfand sie ein vertrautes und beruhigendes Gefühl. Sie schob die Waffe in das Holster, nahm ein zusätzliches Magazin mit und ging zur Tür.

Wenn sie auch ihren Dienstwagen abgegeben hatte, blieb ihr doch ihr eigenes Peugeot-Coupé RCZ. Die kleine Bombe mit den klaren Formen und dem geschwungenen Dach hatte einen guten Teil des Geldes verschlungen, das sie von ihrer Großmutter geerbt hatte. Als sie sich ans Steuer setzte, zögerte Constance noch einmal kurz. War sie in der Lage, diese letzte Ermittlung zu führen? Würde sie durchhalten oder nach hundert Metern vor Müdigkeit oder durch die einsetzende Lähmung zusammenbrechen? Sie schloss kurz die Augen und atmete tief durch. Dann ließ sie den Motor an, und alle Zweifel waren verflogen.

Kapitel 30

Constance Lagrange fuhr in ihrem Coupé Richtung Montmartre.

Sie hatte gerade mit Botsaris telefoniert. Er hatte nicht auf sie gewartet, sondern unverzüglich mit den Ermittlungen begonnen. Nach seinen Informationen war Sebastian Larabees Kreditkarte am frühen Nachmittag an einem Geldautomaten an der Place Pecqueur benutzt worden.

Constance kannte den baumbestandenen, schattigen Platz zwischen der Avenue Junot und dem Kabarett *Lapin Agile,* zwei Schritte vom touristischen Montmartre entfernt.

Merkwürdiger Ort, um sich zu verstecken, dachte sie, während sie einen Scooter überholte.

Wo mochten sich der Amerikaner und seine Exfrau verkrochen haben? In einem Unterschlupf, einem besetzten Haus? Wohl eher in einem Hotel …

Sie rief Botsaris noch einmal an, um sicherzugehen, dass er eine Fahndungsmeldung an die Taxi-Innung und den Verband der Autovermieter herausgegeben hatte. Er hatte alles Nötige veranlasst, doch die Antworten trafen nur tröpfchenweise ein.

»Ich warte auch noch auf die Bilder der Überwachungskameras vom Flughafen Roissy.«

Constance legte auf und gab im GPS ihres iPhones die Koordinaten der Place Pecqueur ein, um eine Liste der umliegenden Hotels zu bekommen. Es waren zu viele, um sie einzeln aufzusuchen.

Dennoch entschloss sie sich, im *Relais Montmartre* vorbeizufahren. Es lag in der Rue Constance.

Wie ihr Vorname …

Sie glaubte an Vorzeichen, Zufälle und günstige Umstände.

Aber das wäre zu schön, um wahr zu sein, dachte sie und parkte in zweiter Reihe vor dem Hotel.

Ganz offensichtlich durfte man sich keine Illusionen machen. Zehn Minuten später kehrte sie ohne Ergebnis zu ihrem Wagen zurück. Sie beschloss, noch zum *Timhotel* an der Place Goudeau zu fahren. Das Hotel könnte Amerikanern gefallen. Erneut Fehlanzeige. Wahrscheinlich zu offensichtlich.

Als sie gerade den Wagen wieder anlassen wollte, erhielt sie einen Anruf von Botsaris.

»Hören Sie sich das an! Ein Chauffeur von *Luxury Cab* versichert, die Larabees heute Morgen vom Flughafen zum *Grand Hôtel de la Butte* gebracht zu haben. Das ist ganz in der Nähe der Place Pecqueur. Passt alles bestens zusammen.«

»Freu dich nicht zu früh, Botsaris.«

»Soll ich ein Einsatzteam hinschicken?«

»Nein, ich kümmere mich darum. Ich will erst die

Örtlichkeiten erkunden. Ich halte dich auf dem Laufenden.«

Constance drehte um und fuhr zurück zur Rue Junot. Dann bog sie in die kleine Sackgasse, die zum Hotel führte. Das schmiedeeiserne Tor stand offen, da die Gärtner gerade herausfuhren. Constance nutzte die Gelegenheit, um auf das Grundstück zu gelangen, ohne sich anmelden zu müssen. Das Peugeot-Coupé fuhr über den Weg und parkte vor der eindrucksvollen weißen Villa.

Als sie die Treppe hinaufging, suchte Constance in ihrer Tasche nach ihrem Dienstausweis – dem Sesam-öffne-dich.

»Kommissar Lagrange, *Brigade nationale de recherche des fugitifs*«, stellte sie sich an der Rezeption vor.

Die Hotelbesitzerin war nicht eben gesprächig. Sie musste ihr drohen, um Informationen zu bekommen. Ja, Sebastian Larabee und seine Frau hatten hier gewohnt, aber sie hatten das Hotel vor einer Stunde verlassen.

»Und Sie behaupten, sie hätten das Zimmer vor einer Woche reserviert?«

»Genau. Über unsere Internetseite.«

Constance verlangte das Zimmer zu sehen. Auf dem Weg dorthin sagte sie sich, dass dieses Detail nicht zu dem passte, was sie in der Akte gelesen hatte. Eine Reservierung bedeutet eine Vorausplanung, doch die Ergebnisse der amerikanischen Ermittlungen deuteten eher darauf hin, dass die Larabees New York überstürzt verlassen hatten.

Als sie die Suite betrat, bewunderte sie zunächst die geschmackvolle, erlesene Einrichtung. Nie würde ein Mann sie zu einem Aufenthalt in einem solchen Haus einladen …

Doch die Ermittlerin gewann schnell wieder die Oberhand. Im Badezimmer entdeckte sie ein Herrenhemd und ein Jackett, beide blutbefleckt. Im Schlafzimmer eine Reisetasche und Einkaufstüten von großen Markengeschäften.

Die Sache wurde immer eigenartiger …

Als befänden sich die Larabees eher auf einer Hochzeitsreise als auf der Flucht.

»Wie waren sie angezogen, als sie das Hotel verlassen haben?«

»Ich erinnere mich nicht«, antwortete die Besitzerin.

»Wollen Sie mich zum Narren halten?«

»Sie trugen Abendkleidung.«

»Und Sie haben keine Vorstellung, wohin sie gegangen sein könnten?«

»Ich habe nicht die geringste Ahnung.«

Constance rieb sich die Augen. Sie war sich sicher, dass die Frau log. Um sie zum Reden zu bringen, hätte sie mehr Zeit gebraucht, doch genau die hatte sie nicht.

Blieb die Methode *Dirty Harry*. Hatte sie nicht insgeheim schon immer davon geträumt, die einmal anzuwenden? Jetzt oder nie.

Sie zog ihre SIG Sauer, packte die Frau beim Nacken und drückte ihr den Lauf an die Schläfe.

»Wohin sind sie gegangen?«, schrie sie.

Entsetzt schloss die Hotelbesitzerin die Augen. Ihr Kinn zitterte.

»Zur Gare du Nord. Von dort wollten sie, glaube ich, zum Pont de l' Alma.«

»Warum zum Pont de l'Alma?«

»Ich bin mir nicht sicher ... sie sprachen von einer Bootsfahrt auf der Seine. Ich glaube, sie hatten eine Reservierung für heute Abend.«

Constance ließ die Frau los und trat vor die Tür. Auf der Treppe rief sie Botsaris an. Diese Geschichte mit dem Abendessen auf der Seine gab ihr Rätsel auf. Wie auch immer, man musste unbedingt verhindern, dass die Larabees den Zug nahmen. Von der Gare du Nord aus konnte man mühelos nach England, Belgien oder Holland gelangen.

Sie geriet an die Mailbox ihres Assistenten und hinterließ ihm eine Nachricht.

»Ruf am Bahnhof Paris-Nord an, gib eine Personenbeschreibung der Larabees durch und veranlasse eine verstärkte Überwachung der Züge Richtung Ausland. Und finde heraus, welche Gesellschaft ihre Schiffe am Pont de l'Alma liegen hat. Überprüfe auch, ob sie vielleicht eine Reservierung von unseren beiden Amerikanern haben. Und beeil dich!«

Als sie in ihren Wagen stieg, sah sie die Hotelbesitzerin am Fenster der Suite stehen. Sie hatte sich vom Schrecken erholt und schrie wütend: »Glauben Sie bloß nicht, dass Sie so davonkommen! Ich werde mich bei

Ihren Vorgesetzten beschweren und Sie anzeigen. Dies ist Ihr letzter Fall!«

Das weiß ich bereits … dachte Constance und ließ den Motor an.

Kapitel 31

Immer in Bewegung bleiben.

Bloß nicht anhalten, zögern oder gar stehen bleiben. Mit ihrem Abendkleid und den hohen Absätzen fiel Nikki in der hektischen Atmosphäre der Gare du Nord auf.

Schon auf dem Vorplatz war die Hölle los. Sie hatten sofort den Eindruck gehabt, von einer menschlichen Woge aufgesogen und mitgerissen zu werden.

Sebastian, der das Schließfachticket in der Hand hielt, hatte Mühe, sich zu orientieren. SNCF, RATP, Eurostar, Thalys … Der Bahnhof war verzweigt, weitläufig und von einer bunten Menschenmenge bevölkert: Arbeiter, die an den Stadtrand heimfuhren, Touristen, die sich nicht zurechtfanden, eilige Geschäftsleute, Gruppen von Jugendlichen, die vor den Vitrinen herumlungerten, Obdachlose, patrouillierende Polizisten …

Sie brauchten lange, bis sie die Schließfächer im ersten Untergeschoss gefunden hatten. Es war ein düsterer, fensterloser Raum, der von trüben Lampen erhellt wurde und in dem es nach schlecht gelüfteten Umkleidekabinen roch.

Sie liefen zwischen den Reihen mit grauen Metallschränken hin und her und suchten nach den Zahlen, die auf ihrem Schein angegeben waren. Die erste Ziffer gab die Reihe an, die zweite das Fach und die dritte die Zahlenkombination zum Öffnen.

»Hier, das ist es!«, rief Nikki.

Sebastian tippte die vier Ziffern in die metallene Tastatur. Dann öffnete er die Tür und starrte ängstlich ins Innere.

Das Fach enthielt einen blassblauen Rucksack mit dem Logo *Chuck Taylor.*

»Das ist Jeremys! Ich bin mir ganz sicher!«, stieß Nikki hervor.

Sie öffnete ihn – er war leer. Erfolglos durchsuchte sie ihn bis in den letzten Winkel.

»Gibt es keine Innentasche?«

Sie nickte. In der Aufregung hatte sie den Reißverschluss im Futter übersehen. Die letzte Chance. Mit zitternden Fingern zog sie ihn auf und entdeckte …

»Ein Schlüssel?«

Sie betrachtete ihn und reichte ihn dann Sebastian. Es handelte sich in der Tat um einen kleinen Schlüssel. Aber wozu passte er?

Es folgte ein Moment der Entmutigung. Der unangenehme Eindruck, wieder und wieder in die Irre geführt zu werden. Jedes Mal, wenn sie glaubten, eine Spur zu haben, löste sich diese in Luft auf. Jedes Mal, wenn sie glaubten, ihr Ziel zu erreichen, rückte es wieder in weite Ferne.

Doch die Enttäuschung dauerte nicht lang an.

Nikki hatte sich als Erste wieder im Griff.

»Wir haben keine Zeit zu verlieren«, erklärte sie mit einem Blick auf die Wanduhr. »Wenn wir zu spät zum Pont de l'Alma kommen, wird das Schiff nicht auf uns warten.«

Kapitel 32

Seit einer Dreiviertelstunde lief Constance Lagrange mit einer kleinen Gruppe von Beamten der Bahnpolizei durch den Bahnhof Gare du Nord.

Die Überwachung des Bahnhofs war verstärkt worden, doch die Larabees blieben unauffindbar. Vielleicht hatten sie angesichts der vielen Uniformierten ihre Reisepläne einfach aufgegeben.

Außer, sie hätten nie die Absicht gehabt, wegzufahren.

Constance' Handy vibrierte. Das war Botsaris.

»Ich weiß, wohin sie gehen«, erklärte ihr Assistent. »Sie haben für halb neun einen Tisch auf einem Schiff der *Compagnie des Croisières Parisiennes* reserviert.«

»Soll das ein Witz sein?«

»Das würde ich nie wagen.«

»Und das wundert dich nicht? Wenn du in Paris auf der Flucht wärst, hättest du nichts Besseres zu tun, als dich schick anzuziehen und auf einem Bateau Mouche zu essen?«

»Da haben Sie recht.«

»Bleib dran.«

Constance entschuldigte sich bei der Bahnpolizei, bat sie, wachsam zu sein, und ging zum Parkplatz.

»Botsaris?«, fragte sie und setzte das Gespräch fort.

»Ja?«

»Wir treffen uns am Pont de l'Alma.«

»Soll ich mit einem Team kommen?«

»Nein, ich will sie auf die sanfte Tour erwischen. Nur du und ich.«

Constance schloss ihren Sicherheitsgurt und warf einen Blick auf die Uhr am Armaturenbrett.

»Schon ein bisschen spät, um sie vor der Abfahrt festzunehmen, oder?«

»Ich kann die Gesellschaft bitten, das Ablegen zu verzögern.«

»Nein, wenn die Verdächtigen merken, dass das Schiff Verspätung hat, bekommen sie es vielleicht mit der Angst zu tun und entwischen uns.«

»Soll ich vorsichtshalber die Wasserpolizei verständigen?«

»Du verständigst niemanden, sondern wartest auf mich, kapiert?«

Kapitel 33

Das Taxi setzte Nikki und Sebastian am Pont de l'Alma ab. Es war schon dunkel geworden. Nach Barbès und der Gare du Nord war Sebastian erleichtert, ein etwas freundlicheres Paris wiederzufinden: das der Seine und des Eiffelturms.

Zu Fuß liefen sie am rechten Ufer entlang in Richtung Port de la Conférence, der Sammelstelle der Ausflugsschiffe der *Compagnie des Croisières Parisiennes.*

Die ersten Anleger, an denen sie vorbeikamen, waren von Touristen belagert, die sich auf den Weg zurück zu ihren Reisebussen machten. Sie gingen weiter zu jenem Kai, der den Restaurantschiffen vorbehalten war.

»Ich glaube, da ist es!«, rief Nikki und zeigte auf ein großes verglastes Schiff mit Doppeldeck.

Am Anleger der *L'Amiral* angelangt, nannten sie ihre Namen einer Hostess, die sie willkommen hieß und ihnen einen Prospekt überreichte.

»Wir legen gleich ab«, erklärte sie und führte sie zu ihrem Tisch.

Auf dem mit großen Seitenfenstern versehenen Innendeck herrschte eine romantische Stimmung. Gedämpfte Beleuchtung und leise Musik, dunkles Parkett, flackernde Windlichter zwischen den Gedecken. Bis hin zur Anordnung der Stühle hatte man alles getan, um eine intime Atmosphäre zu schaffen. Nikki und Sebastian waren zunächst verunsichert angesichts dieser Nähe. Sebastian warf einen Blick in die Karte, die eine »innovative Küche mit frischen Produkten, zusammengestellt von unserem Sternekoch« anpries.

Schön wär's …

»Guten Abend, die Herrschaften«, begrüßte sie eine Bedienung mit üppiger Afrofrisur, um die ein Schal geschlungen war.

Sie öffnete eine Flasche Clairette de Die, die in einem mit Eiswürfeln gefüllten Kühler stand, schenkte ihnen zwei Gläser ein und bat sie, ihre Bestellung aufzugeben.

Sebastian überflog die Karte mit verächtlicher Miene. Die Situation war vollkommen lächerlich. Aus Höflichkeit übernahm es Nikki, für sie beide zu bestellen. Die Bedienung tippte die Gerichte in ihr elektronisches Bestellgerät ein und wünschte ihnen einen schönen Abend.

Alle Tische waren besetzt. Viele Amerikaner, Asiaten und Franzosen, die die Hauptstadt besuchten. Einige verbrachten offenbar gerade ihre Flitterwochen, andere feierten ihren Hochzeits- oder Geburtstag, alle freuten sich, hier zu sein. Am Nebentisch scherzte eine Familie aus Boston mit ihren Kindern. Auf der anderen Seite flüsterte sich ein japanisches Paar verliebte Worte ins Ohr.

»Ich komme um vor Durst!«, sagte Nikki, trank ihr drittes Glas Sekt und schenkte sich gleich nach.

»Ist zwar kein Champagner, aber auch nicht schlecht.«

Plötzlich wurde der Motor lauter, ein leichter Benzingeruch stieg vom Wasser auf, und das Bateau Mouche legte vom Pont de l'Alma ab, in seinem Kielwasser weiße Vögel.

Nikki drückte die Nase an die Scheibe. An diesem Abend war einiges los auf der Seine: Lastenkähne, die tief im Wasser lagen, Schnell- und Schlauchboote der Wasserpolizei und der Feuerwehr. Vor den Gärten des Trocadéro fuhren sie an einem kleinen, unter Platanen und Pappeln gelegenen Hafen vorbei. Auf einigen der Hausboote saßen die Besitzer an Deck und prosteten den Passagieren des Restaurantschiffs zu, von denen die meisten den freundlichen Gruß erwiderten.

»Hier kommt Ihre Vorspeise: Foie gras aus Les Landes mit Konfitüre von Feigen aus der Provence.«

Sebastian reagierte zunächst ablehnend, verschlang die Gänseleber dann aber mit wenigen Bissen. Seit dem abscheulichen rohen Fisch, den er vor Jeremys Schule gekauft hatte, hatte er nichts mehr gegessen. Nikki erging es nicht anders. Auch wenn der Toast kalt und die Salatportion winzig war, vertilgte sie alles und genehmigte sich dazu ein Glas Bordeaux.

»Trink nicht zu viel«, knurrte Sebastian, als er bemerkte, dass sie sich das fünfte Glas an diesem Abend einschenkte.

»Wie ich sehe, bist du noch immer derselbe Spielverderber …«

»Darf ich dich daran erinnern, dass wir auf der Suche nach unserem Sohn sind und ein Rätsel zu lösen haben?«

Nikki verdrehte die Augen, zog aber den Schlüssel, den sie in dem Schließfach gefunden hatten, aus ihrer Tasche. Sie betrachteten ihn von allen Seiten, konnten jedoch nichts Besonderes entdecken. Auf dem Kopf befand sich die Aufschrift »ABUS Sicherheit«. Das war der einzige Hinweis, den sie hatten.

Sebastian seufzte. Diese Schnitzeljagd ermüdete ihn. Die ständigen Rätsel setzten ihm zu und hinderten ihn daran, zur Ruhe zu kommen und Abstand zu gewinnen. Innerhalb weniger Stunden war er in einen Zustand der Paranoia abgeglitten: Misstrauisch musterte er jeden Kellner, jeden Passagier und sah in ihnen einen potenziellen Kidnapper. Alles schien ihm verdächtig.

»Ich werde ein paar Recherchen vornehmen«, sagte Nikki und zog ihr Smartphone hervor.

Sie loggte sich ins Internet ein, rief Google auf und tippte »ABUS Sicherheit« ein. Die ersten Einträge verwiesen allesamt auf dieselbe Internetseite. ABUS war eine deutsche Firma, die auf alle Arten von Sicherheitssystemen, vor allem aber auf Vorhängeschlösser und Videoüberwachung spezialisiert war.

»Aber welchen Zusammenhang könnte es zwischen diesem Schlüssel und der Seinefahrt geben?«

»*Souriez pour la photo! Smile for the camera!* Lächeln Sie für das Foto!«

Mit seiner Kamera bewaffnet, lief der Fotograf der Schifffahrtsgesellschaft von Tisch zu Tisch und verewigte die Paare aus aller Herren Länder.

Sebastian wollte sich natürlich nicht fotografieren lassen, doch der polyglotte Paparazzo drängte: »*You make such a beautiful couple!*«

Er seufzte und posierte schließlich, um kein Aufsehen zu erregen, mit gezwungenem Lächeln neben seiner Exfrau.

»*Cheese!*«, rief der Fotograf.

Geh zum Teufel ... dachte Sebastian.

»*Thank you! Be back soon*«, versprach der Mann, während die Kellnerin die Teller abräumte.

Die stählernen Kolonnaden des Metroviadukts Bir-Hakeim zeichneten sich in der Nacht ab.

Auf dem Schiff kamen die Gäste langsam in Stimmung. Auf einer Holzbühne in der Mitte des unteren Decks gab ein Double von Adamo, begleitet von einem Pianisten und einem Violinisten, einige Standards zum Besten: *Les feuilles mortes, Fly Me to the Moon, Mon amant de Saint-Jean, The Good Life* ...

Die Touristen sangen mit, während die *L'Amiral* die Ufer der Île aux Cygnes erreichte. In jedem Tisch war ein Bildschirm eingelassen, der als Videoguide diente und den Passagieren Informationen und Anekdoten zu den Bauwerken lieferte, an denen sie vorbeifuhren. Nikki schaltete auf die englische Version um.

An der Spitze der Île aux Cygnes erhebt sich die berühmte Kopie der New Yorker Freiheitsstatue. Viermal kleiner als ihre Schwester, blickt sie in Richtung Vereinigte Staaten und symbolisiert die französisch-amerikanische Freundschaft.

Am Ende der Insel angelangt, hielt das Schiff kurz an, damit die Passagiere die Statue fotografieren konnten, und machte dann kehrt, um am linken Flussufer zurückzufahren.

Sebastian schenkte sich ein Glas Wein ein.

»Es ist zwar kein Gruaud-Larose, aber er ist trotzdem nicht schlecht«, meinte er.

Nikki lächelte belustigt. Ungewollt ließ er sich nach und nach von der entspannten Stimmung und der schönen Kulisse betören.

Das Schiff glitt langsam am Champ de Mars mit dem hell erleuchteten Eiffelturm vorbei. Selbst blasierte Menschen wie er konnten sich dem märchenhaften Charme des Ortes nicht entziehen. Das Essen war mittelmäßig, die Musik unerträglich, doch der Zauber von Paris überwog alles.

Sebastian trank noch einen Schluck Bordeaux und beobachtete die Familie aus Boston am Nachbartisch. Das Paar war Mitte vierzig, also etwa in ihrem Alter. Die beiden Kinder, die um die fünfzehn Jahre alt sein mochten, erinnerten ihn an Camille und Jeremy. Sebastian lauschte der Unterhaltung und verstand, dass der Vater Arzt und die Mutter Musiklehrerin am Konservatorium war. Sie vermittelten das Bild einer harmonischen Familie: Umarmungen, Schulterklopfen, Späße, gemeinsame Bewunderung der Bauwerke.

Das hätten wir sein können, dachte Sebastian traurig. Warum waren manche Menschen so ausgeglichen, während andere in Konflikten versanken? Waren nur Nikkis Verhalten und ihr Charakter schuld am Scheitern der Familie, oder hatte er selbst mit zu diesem Schiffbruch beigetragen?

Nikki bemerkte den traurigen Blick ihres Exmannes und erriet seine Gedanken.

»Das erinnert dich doch nicht etwa an uns?«

»An eine mögliche Version von uns ...«

Nikki erklärte, als würde sie laut denken: »Das Problem war nicht unsere Unterschiedlichkeit, sondern die Art, wie wir damit umgegangen sind: unsere Unfähigkeit, uns in der Frage der Kindererziehung zu einigen, deine Weigerung, die Entscheidungen hinsichtlich ihrer Zukunft gemeinsam zu treffen, dieser Hass, den du gegen mich entwickelt hast ...«

»Moment mal, nun verdreh bitte nicht die Tatsachen! Soll ich dich daran erinnern, was letztlich zu unserer Trennung geführt hat?«

Sie sah ihn an, verblüfft, dass er diese alte Geschichte wieder ansprach, doch er fuhr gereizt fort: »Du hast ›vergessen‹, die Kinder von der Schule abzuholen, weil du es am anderen Ende von Brooklyn mit deinem Liebhaber getrieben hast!«

»Hör auf damit!«, befahl sie.

»Nein, ich höre nicht auf!«, erwiderte er wütend. »Weil es die Wahrheit ist! Als Jeremy und Camille gemerkt haben, dass du nicht kamst, haben sie sich allein auf den Heimweg gemacht. Erinnerst du dich, was dann passiert ist?«

»Du bist wirklich ungerecht …«

»Camille lag zwei Tage im Koma, weil sie von einem Taxi angefahren wurde!« Bebend vor Zorn, konnte er sich nicht mehr zurückhalten. »Und als du ins Krankenhaus gekommen bist, hast du nach Alkohol gestunken. Es ist ein Wunder, dass Camille nichts zurückbehalten hat. Durch dein Verschulden wäre sie fast gestorben, das verzeihe ich dir nie!«

Nikki erhob sich abrupt.

Dieses Gespräch musste ein Ende haben, es ging über ihre Kräfte.

Noch immer außer sich vor Wut, machte Sebastian keine Anstalten, sie zurückzuhalten. Er sah zu, wie sie die Treppe zum Oberdeck ansteuerte.

Kapitel 34

Das Peugeot-Coupé fuhr die Rampe zum Port de la Conférence herunter.

Constance parkte neben Botsaris' Dienstwagen. Ihr Assistent lehnte am Kühler und rauchte eine Zigarette, während er auf sie wartete.

»Ein auffälligeres Auto hast du wohl nicht gefunden, was? Warum nicht gleich noch Blaulicht und Sirene?«

»Regen Sie sich nicht auf, Chefin. Ich habe den Wagen erst geparkt, nachdem das Schiff abgelegt hat.«

Constance sah auf ihre Uhr – zwanzig Uhr fünfundfünfzig.

»Sind sie auch wirklich auf dem Schiff?«

»Ja. Die Angestellte hat mir bestätigt, dass sie gekommen sind.«

»Vielleicht haben sie Komplizen geschickt. Können wir sicher sein, dass sie es wirklich sind?«

Botsaris wusste, wie anspruchsvoll Lagrange war. Er zog zwei Fotos, Ausdrucke von der Überwachungskamera, aus seiner Jacke und zeigte sie ihr.

Constance blinzelte. Das waren tatsächlich die Larabees. Sie im Abendkleid, er im dunklen Anzug – wie eine Modewerbung.

»Hübsche Frau, was?«, sagte Botsaris und deutete auf Nikki.

In Gedanken versunken, antwortete Constance nicht. Etwas passte nicht bei dieser Ermittlung, und sie versuchte herauszufinden, was.

»Ich habe mich erkundigt«, fuhr ihr Assistent fort. »Die Fahrt dauert knapp zwei Stunden. Wenn alles gut geht, können wir sie in einer halben Stunde festnehmen.«

Constance schloss die Augen und massierte sich die Schläfen. Bis jetzt hatte sie durchgehalten, doch nun quälte eine Migräne sie.

»Alles in Ordnung?«, fragte Botsaris.

Sie öffnete schnell wieder die Augen und nickte.

»Wenn ich ehrlich bin, machen sich alle im Büro Sorgen um Sie.«

»Ich sage doch, dass es geht«, fuhr sie ihn an und klaute ihm eine Zigarette.

Aber sie wussten beide, dass sie nicht die Wahrheit sagte.

Kapitel 35

Ein leichter Wind umspielte das offene Oberdeck, das den Passagieren einen Rundumblick über die Seine bot.

Nikki lehnte an der Reling und rauchte, den Blick in die Ferne auf den prächtigen Pont Alexandre III gerichtet. Die von Statuen und Vergoldungen überfrachtete Brücke spannte sich in einem Bogen über den Fluss.

Sebastian trat zu ihr. Sie spürte ihn hinter sich, erriet aber, dass er nicht gekommen war, um sie um Verzeihung zu bitten.

»Ich bin verantwortlich für Camilles Unfall«, gestand sie ein, ohne sich umzudrehen, »aber du darfst den damaligen Kontext nicht vergessen. Mit unserer Beziehung ging es den Bach herunter, und wir haben uns nur noch gestritten. Du hast mich nicht mehr angesehen …«

»Dein Verhalten ist nicht zu entschuldigen«, unterbrach er sie.

»Ach, und dein Verhalten findest du wohl entschuldbar?«, erwiderte sie wütend.

Ihr Streit erregte die Aufmerksamkeit der anderen Passagiere, die sich an Deck befanden. Ein Paar, das sich zankt, bietet oft ein unterhaltsames Schauspiel …

Mit unverminderter Aggressivität fuhr Nikki fort: »Nach der Scheidung hast du mich aus deinem Leben verbannt, dabei hätten wir weiter eine Beziehung aufrechterhalten können, natürlich nicht als Liebende, aber als Eltern.«

»Hör auf mit diesem Psychogeschwätz – entweder ist man ein Paar oder eben nicht.«

»Da teile ich deine Meinung nicht. Wir hätten ein gutes Verhältnis wahren können. Es gibt viele Menschen, die das fertigbringen.«

»Ein gutes Verhältnis? Willst du mich zum Narren halten?«

Sie wandte sich zu ihm um. In ihrem Blick verbarg sich hinter der Müdigkeit und dem Zorn noch ein Hauch von Liebe.

»Es hat wunderbare Phasen in unserer Beziehung gegeben«, beharrte sie.

»Und ebenso viele schmerzliche«, sagte er.

»Aber du musst zugeben, dass du dich bei unserer Trennung nicht wie ein verantwortungsbewusster Erwachsener verhalten hast.«

»Du verdrehst die Tatsachen«, antwortete Sebastian knapp.

Nikki erwiderte: »Ich glaube, die Folgen deines Verhaltens sind dir noch immer nicht klar. Du hast unsere Zwillinge voneinander getrennt! Du hast mir meine Tochter genommen und dich von deinem Sohn entfernt! Das ist unvorstellbar!«

»Aber du warst einverstanden, Nikki!«

»Weil ich dazu gezwungen war! Mit deiner Heerschar von Anwälten und deinen Millionen von Dollar hättest du sonst noch das Sorgerecht für beide Kinder bekommen.«

Sie schwieg kurz und beschloss dann, ihn mit etwas zu konfrontieren, was sie bislang stets ausgespart hatte.

»Du wolltest das Sorgerecht für Jeremy gar nicht, nicht wahr?«, fragte sie leise.

Sebastian schwieg.

»Warum lehnst du deinen Sohn so sehr ab?«, beharrte sie, und Tränen stiegen ihr in die Augen. »Er ist ein lieber Junge, sehr sensibel und empfindsam. Er wartet ständig auf Anerkennung oder Aufmerksamkeit deinerseits, aber es kommt nie etwas.«

Sebastian steckte den Vorwurf kommentarlos ein, denn er wusste, dass er gerechtfertigt war.

Doch Nikki wollte verstehen. »Warum hast du nie versucht, ihn kennenzulernen?«

Er zögerte kurz und antwortete dann resigniert: »Es war zu hart.«

»Was war zu hart?«

»Er ist dir zu ähnlich. Er hat deinen Gesichtsausdruck, dein Lächeln, deinen Blick, deine Art zu sprechen. Wenn ich ihn sehe, sehe ich dich. Das ist unerträglich«, gestand er und wandte den Blick ab.

Damit hatte Nikki nicht gerechnet. Verblüfft stieß sie schließlich hervor: »Du hast auf Kosten deines Sohnes deine Eigenliebe gepflegt?«

»Mein Teil der Arbeit war Camille«, sagte er trotzig. »Sie ist reif, intelligent und gut erzogen.«

»Willst du die Wahrheit hören, Sebastian?«, rief Nikki, Tränen in den Augen. »Camille ist eine Zeitbombe. Bis jetzt hast du sie unter Kontrolle gehalten, aber das wird nicht so weitergehen. Und wenn sie dann gegen dich aufbegehrt, kannst du was erleben.«

Sebastian dachte an die Pillen, die er im Zimmer seiner Tochter gefunden hatte, trat zu ihr und legte den Arm um sie.

»Du hast recht, Nikki. Bitte, lass uns nicht mehr streiten. Wir müssen diese Situation gemeinsam durchstehen. Ich werde mein Verhalten gegenüber Jeremy ändern, und du kannst Camille sehen, so oft du willst. Ich verspreche dir, alles wird gut.«

»Nein, es ist zu spät. Der Schaden ist nicht mehr zu reparieren.«

»Man kann alles wiedergutmachen«, entgegnete er voller Überzeugung.

Während das Schiff unter dem Pont Neuf hindurchfuhr, hielten sie sich kurz in den Armen.

Dann gingen sie beide wieder auf Distanz.

Sie kamen an den Ständen der Bouquinisten am Quai Saint-Michel vorbei. Auf der Île de la Cité erkannte man die Conciergerie und am anderen Ende die gotische Silhouette von Notre-Dame. In der Ferne zeichneten sich auf der Île Saint-Louis die prachtvollen Stadthäuser ab.

»Lass uns versuchen, das Rätsel dieses Schlüssels zu

lösen«, schlug Nikki vor, nachdem sie ihre dritte Zigarette ausgedrückt hatte. »Es gibt mit Sicherheit einen Hinweis, den wir übersehen haben. Diese Inszenierung hat einen Sinn. Wir müssen herausfinden, zu welchem Schloss dieser Schlüssel passt …«

Gemeinsam liefen sie auf dem Oberdeck auf und ab und suchten erfolglos nach einem passenden Schloss. Der Wind blies stärker, und es wurde kalt. Da Nikki fröstelte, legte ihr Sebastian seine Jacke um die Schultern. Zunächst lehnte sie ab, doch da er darauf beharrte, gab sie schließlich nach.

»Sieh mal!«, rief er und deutete auf eine Reihe von Metalltruhen, in denen die Schwimmwesten aufbewahrt wurden. Es gab mindestens ein halbes Dutzend, und jede war mit einem Vorhängeschloss versehen. Nervös probierten sie ein Schloss nach dem anderen aus, doch der Schlüssel passte zu keinem.

Verdammt …

Entmutigt zündete sich Nikki eine neue Zigarette an, die sie, an das Geländer gelehnt, schweigend teilten. Das Ufer war dicht bevölkert: Familien bei einem Picknick, Verliebte küssten sich, ältere Paare tanzten wie in einem Film von Woody Allen. Etwas weiter saßen Clochards herum, Gruppen Jugendlicher zeigten den Passagieren des Schiffs den Stinkefinger, ein Punk mit einem Hund rauchte einen Joint. Und überall wurde Alkohol getrunken: Bier, Wein, Wodka.

»Komm, lass uns wieder reingehen«, murmelte sie. »Mir ist kalt.«

Sie kehrten auf das untere Deck zurück. Im Salon herrschte ausgelassene Stimmung. Waren die Gäste zu Anfang des Essens noch zurückhaltend gewesen, so sangen sie jetzt aus voller Kehle die Lieder mit. Soeben hatte ein amerikanischer Tourist seiner Freundin mit einem Kniefall einen Heiratsantrag gemacht.

Nikki und Sebastian setzten sich wieder an ihren Tisch. Inzwischen war der Hauptgang serviert worden. Auf Sebastians Teller lag ein kaltes Steak neben einer erstarrten Sauce béarnaise, auf dem von Nikki zierten ein paar erbärmliche Gambas ein Häufchen Risotto. Als sie in dem Essen herumstocherten, trat der Violinist zu ihnen und spielte die ersten Takte der *Hymne à l'amour*. Diesmal vertrieb ihn Sebastian ohne Umschweife.

»Schenke mir noch Wein nach«, sagte Nikki.

»Hör auf zu trinken, sonst bist du gleich blau. Außerdem ist unsere Flasche leer.«

»Na und! Wenn ich Lust habe, mich zu betrinken, ist das immer noch meine Sache! Meine Art, mit dem fertigzuwerden, was uns widerfährt.«

Nikki erhob sich und sah sich auf der Suche nach einer Flasche um. Auf einem Serviertisch in der Nähe der Bar entdeckte sie schließlich eine kaum angebrochene und brachte sie mit.

Unter dem konsternierten Blick ihres Exmannes füllte sie ihr Glas erneut.

Verärgert schaute er aus dem Fenster. Es folgte ein weiterer Höhepunkt der Bootsfahrt: Das Schiff erreichte die Stahlbrücke Pont Charles-de-Gaulle. Moderner als die anderen glich sie einem Flugzeugflügel, bereit, die Luft zu zerteilen.

Dann erhellten die starken Scheinwerfer das Ufer und enthüllten ein unerwartetes Elend. Unterhalb der Brücke hatten sich zahlreiche Obdachlose mit ihren Habseligkeiten, Zelten und Kohlebecken eingerichtet. Bei diesem Anblick fühlten sich die Passagiere unwohl, und die bislang fröhliche Stimmung wurde vorübergehend getrübt. Allerdings dauerte das Unbehagen nicht lange an. Die Fahrt ging weiter zu den verglasten Türmen der Grande Bibliothèque, dann wurde auf der Höhe von Bercy gewendet, und das Schiff fuhr am rechten Seineufer entlang zum historischen Paris, das man von Postkarten und Broschüren kannte, und man vergaß den Zwischenfall.

Wieder ein Schluck Wein.

Der Alkohol trübte zwar Nikkis Bewusstsein, doch er steigerte auch ihre Sensibilität. Sie war überzeugt davon, etwas ganz Offensichtliches übersehen zu haben. Nicht die rationale Analyse, sondern ihr mütterlicher Instinkt würde ihr helfen, Jeremy wiederzufinden. In solchen Situationen war die Intelligenz des Herzens nützlicher als Logik und Vernunft.

Statt zu versuchen, ihre Gefühle zu unterdrücken, gab sie sich ihnen hin. Sie ließ ihren Tränen und den Bildern in ihrem Kopf freien Lauf. Gegenwart und Vergangenheit vermischten sich. Aber sie durfte sich nicht von ihren Emotionen mitreißen lassen, sondern musste sie konstruktiv einsetzen, um die geheime Nachricht entschlüsseln zu können.

Aufmerksam sah sie nach draußen. In ihrem Kopf überschlugen sich die Gedanken, sodass ihr fast übel wurde. Die Erinnerungen drehten sich wie ein Strudel, verformten, vermischten und überlagerten sich.

Die Musik war zu laut. Um sie herum klatschten die Leute im Takt. Auf der Tanzfläche hatte jetzt das Personal die Animation übernommen. Kellner und Bedienungen tanzten zu einer russischen Melodie.

Kalinka, kalinka, kalinka moja …

Sie trank noch einen Schluck Wein. Trotz der Hitze fröstelte Nikki. Zusammen mit dem zuckenden Licht bereitete ihr der Refrain Kopfschmerzen.

Kalinka, kalinka, kalinka moja …

Das Schiff steuerte seinen Ausgangspunkt an. Draußen sah sie die Aussichtstürmchen und Maskaronen des Pont Neuf und dahinter den Pont des Arts. Sie betrachtete das Geländer der Fußgängerbrücke. Es blitzte und funkelte. Sie kniff die Augen zusammen und erkannte Hunderte, ja Tausende von Vorhängeschlössern, die entlang der Brücke angebracht waren.

»Ich weiß, zu welchem Schloss der Schlüssel gehört!«

Sie deutete auf den in der Tischplatte eingelassenen Videoguide. Beide beugten sich vor und lasen den Text zu diesem Bauwerk.

Nach dem Vorbild des Ponte Pietra in Verona oder der Luschkowbrücke in Moskau ist der Pont des Arts seit einigen Jahren zum bevorzugten Ort der Verliebten geworden, die hier zum Zeichen ihrer ewigen Bindung »Liebesschlösser« anbringen.

Das inzwischen weitverbreitete Ritual ist immer gleich: Das Paar bringt sein Vorhängeschloss am Geländer an, wirft dann den Schlüssel über die Schulter ins Wasser und besiegelt seine Liebe mit einem Kuss.

»Wir müssen sofort aussteigen!«

Sie erkundigten sich beim Oberkellner. Das Schiff würde in knapp fünf Minuten den Pont de l'Alma erreichen.

Aufgeregt liefen Nikki und Sebastian zur Reling, um, sobald das Schiff anlegte, als Erste aussteigen zu können. Die *L'Amiral* glitt am Louvre und am Port des Champs-Élysées vorbei und erreichte ihren Liegeplatz.

Als sie gerade auf den Steg eilen wollten, hielt Nikki Sebastian am Arm zurück.

»Warte! Da ist die Polizei!«

Sebastian suchte den Kai ab. Eine Frau in einem Lederblouson und ein junger Mann steuerten mit entschlossenem Schritt auf die Gangway zu.

»Meinst du?«

»Das sind Bullen! Glaub mir!«

Dann entdeckte er etwas weiter einen Peugeot 307 in den Farben der französischen Polizei.

Sebastians Blick traf den der Frau. Die beiden Cops

begriffen, dass er sie erkannt hatte, und stürzten auf die Landungsbrücke.

Nikki und Sebastian drehten um. Auf dem Weg zum Oberdeck griff Sebastian nach einem großen Messer, mit dem vermutlich das Rinderfilet geschnitten worden war.

Kapitel 36

Als ihre Blicke sich begegneten, wusste Constance sofort, dass der Amerikaner sie entdeckt hatte, und zog ihre Dienstpistole.

»Bloß nicht voreilig schießen!«, befahl sie Botsaris, als sie den Salon erreichten.

Beim Anblick der Waffen stießen einige Passagiere erschrockene Schreie aus. Die beiden Beamten stürmten in das Restaurant. Während Constance ihm Deckung gab, rannte Botsaris als Erster die Treppe zum Oberdeck hinauf, doch es gelang ihm nicht, die Tür zu öffnen.

»Sie haben den Eingang versperrt!«, rief er.

Constance trat den Rückzug an. Sie hatte im hinteren Teil des Schiffs einen anderen Zugang entdeckt: eine Eisenleiter, die nach oben führte. In null Komma nichts hatte sie die Sprossen erklommen. Sie sah Larabee, der ins Ruderhaus eingedrungen war. Mit einem Messer bewaffnet, bedrohte er den Kapitän, um ihn zu zwingen, Gas zu geben. Sie näherte sich ein paar Schritte, wartete dann aber, bis Botsaris hinter ihr war, um die Flüchtigen in die Zange zu nehmen.

»Keine Bewegung!«, rief sie in dem Moment, als das Schiff an Geschwindigkeit zulegte.

Constance hätte fast das Gleichgewicht verloren, konnte sich aber an Botsaris' Schulter festhalten. Sie kniff die Augen zusammen. Der Amerikaner stand jetzt auf dem Ruderhaus und redete auf seine Exfrau ein, zu ihm zu kommen.

»Halte dich an mir fest, Nikki!«

»Nein, das schaffe ich nicht!«

»Wir haben keine andere Wahl, Darling!«

Constance beobachtete, wie er sie bei den Händen fasste und mit einem kräftigen Ruck nach oben zog.

Sie wiederholte ihre Anordnung – erfolglos.

Sie hatte die beiden zwar in der Schusslinie, zögerte aber, abzudrücken.

Was hatten sie vor? Der Pont d'Iéna war noch weit. Das Schiff näherte sich jetzt der Passerelle Debilly, einer Fußgängerbrücke, die sich in einem Bogen über die Seine spannte und die Avenue de New York mit dem Quai Branly verband.

Die wollen sich doch wohl nicht dort festklammern?

Die Brücke war zwar nicht sehr hoch, aber doch hoch genug, um ein solches Unterfangen, vor allem bei diesem Tempo, unmöglich oder zumindest äußerst gefährlich zu machen. Constance erinnerte sich an die Filme ihrer Kindheit, in denen Belmondo halsbrecherische Stunts vollführte. Aber Sebastian Larabee war nicht Belmondo. Er war ein New Yorker Geigenbauer, der in Upper East Side wohnte und sonntags Golf spielte.

»Soll ich ihm ins Bein schießen?«, schlug Botsaris vor.

»Nicht nötig, das schaffen die nie! Die Brücke ist zu hoch, und das Schiff fährt zu schnell. Sie fallen garantiert ins Wasser. Informiere die Wasserwacht vom Quai Saint-Bernard. Sie sollen Verstärkung schicken, damit wir sie herausfischen können.«

Das Bateau Mouche setzte seinen Weg auf die beleuchtete Brücke zu fort. Die Betonpfeiler in der Nähe des Ufers ausgenommen, war die gesamte Konstruktion aus Stahl mit einem Boden aus dunklen Holzplanken. Wie der Eiffelturm gehörte sie zu den Prototypen jener für den Anfang des zwanzigsten Jahrhunderts typischen Bauwerke. Zunächst als Provisorium geplant, hatte sie die Zeit überdauert.

Instinktiv sprang Sebastian plötzlich hoch, um sich an einem der Stahlträger festzuhalten. Nikki, die ihre Pumps ausgezogen hatte, folgte seinem Beispiel und klammerte sich an der Taille ihres Exmanns fest.

Unverschämtes Anfängerglück …

Mit einem Satz war Constance auf dem Ruderhaus. Zu spät! Das Schiff hatte die Brücke bereits hinter sich gelassen und fuhr auf die Trocadéro-Gärten zu.

Sie stieß wütend einen Fluch aus, während sich die beiden Gestalten in der Ferne auf die Brücke hinaufzogen.

Kapitel 37

Hand in Hand und außer Atem rannten Nikki und Sebastian über die Schnellstraße am linken Flussufer. Sie schlängelten sich zwischen den Autos hindurch und erreichten schließlich die kleine Gasse, die am Musée des Arts Premiers entlangführte, und die Rue de l'Université.

»Wirf dein Smartphone und alles andere weg, womit sie uns orten könnten«, befahl Sebastian.

Ohne stehen zu bleiben, entledigte sich Nikki ihres Handys. Sie hinkte. Während ihrer gefährlichen Flucht von dem Schiff hatte sich ihr Fuß in ihrem Rocksaum verfangen und war gegen die eiserne Brüstung geschlagen.

Was tun? Wohin gehen?

Unter einem Portalvorbau hielten sie an, um zu Atem zu kommen. Nun waren sie auf der Flucht und hatten die Polizei auf den Fersen. Durch einen wundersamen Zufall waren sie der Verhaftung entkommen, aber wie lange würden sie noch frei sein?

Zunächst einmal mussten sie zum Pont des Arts, um dort das rätselhafte Vorhängeschloss zu finden. Auch wenn Wachsamkeit geboten war, durften sie sich also nicht allzu weit von der Seine entfernen.

Sie verließen die großen Straßen des 7. Arrondissements und verloren sich in kleinen Gassen. Sobald sie einen Uniformierten sahen, machten sie kehrt, bei der geringsten verdächtigen Menschenansammlung wechselten sie die Straßenseite, und so brauchten sie fast eine Stunde, um ihr Ziel zu erreichen.

Trotz der Jahreszeit lag noch ein Hauch von Sommer über dem Pont des Arts.

Die metallene Brücke, die Fußgängern vorbehalten war, bot eine außergewöhnliche Aussicht: Mit einem Blick umfasste man die Bögen des Pont Neuf, den Square du Vert-Galant und die weißen Türme von Notre-Dame.

Nikki und Sebastian blieben wachsam, als sie die Brücke betraten. Für Mitte Oktober war es noch erstaunlich warm. In kleinen Gruppen saßen leicht bekleidete Jugendliche auf dem Boden beim Picknick, erfanden die Welt neu oder spielten auf der Gitarre und sangen dazu. Die Atmosphäre war kosmopolitisch – das Essen mehr als einfach: Chips, Sandwichs, Brathähnchen, Schokoriegel.

Und, in den USA unvorstellbar: Alkohol wurde in aller Öffentlichkeit konsumiert. Die meist noch recht jungen Leute – einige waren sicher nicht einmal volljährig – tranken in beeindruckendem Tempo und direkt aus der Flasche Bier und Wein. Die Stimmung war ausgelassen und friedlich.

Die »Liebesschlösser« hingen auf der ganzen Länge

der Brücke zu beiden Seiten an den Geländern. Wie viele mochten es sein? Zweitausend? Dreitausend?

»Das schaffen wir nie ...«, sagte Nikki resigniert und holte den Schlüssel aus ihrer Tasche.

Sebastian kniete sich hin und betrachtete die Vorhängeschlösser, von denen die meisten mit wasserfestem Filzstift beschriftet oder mit Gravuren versehen waren. Zumeist waren es zwei Initialen oder Namen, gefolgt von einem Datum:

T + L – 14. oct 2011
Elliott & Hena – 21 octobre

Innerlich musste Sebastian schmunzeln. An sich waren diese ewigen Liebesversprechen schön. So miteinander verbunden, schienen die Herzen der Liebenden für die Ewigkeit zusammengeschweißt. Doch wie viele dieser feierlichen Gelübde überdauerten tatsächlich die Zeit?

Nikki hockte sich neben ihn und nahm nun ihrerseits die *love locks* in Augenschein. Einige waren bemalt, andere in Herzform gegossen und mit den üblichen Schwüren versehen:

Je t'aime / Ti amo / Te quiero

Andere kündeten von einer weniger konventionellen Form der Liebe:

B + F + A

Oder noch freizügiger:

John + Kim + Diane + Christine

Wieder andere gaben sich nostalgisch:

Die Zeit vergeht, doch die Erinnerung bleibt …

Manche auch aggressiv:

Anna Scordelo ist ein Miststück.

»Wir dürfen keine Zeit verlieren«, rief Sebastian sie beide zur Ordnung.

Sie teilten sich die Arbeit auf: Sebastian suchte nach ABUS-Vorhängeschlössern, und Nikki probierte dann den Schlüssel aus. Sie stellte fest, dass alle Inschriften neueren Datums waren. Die Stadt ließ also offenbar die Liebesschlösser regelmäßig entfernen, um das Gitter zu erhalten.

Doch ihr mühsames Unterfangen blieb nicht unbemerkt und zog neugierige Blicke an.

ABUS – ABUS – ABUS – ABUS … diese deutsche Firma, von der sie nie zuvor gehört hatten, schien den Markt zu beherrschen; fast jedes zweite Schloss trug diese Aufschrift.

»Selbst wenn wir die ganze Nacht weitersuchen, kommen wir nicht durch!«, klagte Sebastian.

»*Attention!*«

Sie zuckten gleichzeitig zurück, doch offenbar waren die beiden uniformierten Polizisten nur gekommen, um die Feiernden daran zu erinnern, dass es verboten war, auf dieser Brücke Alkohol zu konsumieren. Die jungen Leute räumten folgsam ihre Flaschen weg – um sie wieder herauszuholen, sobald ihnen die Beamten den Rücken zugewandt hatten.

Das entging zwar den Polizisten nicht, doch sie hatten offensichtlich weder die Mittel noch die Anweisung, das Gesetz strikt durchzusetzen. Sie kümmerten sich um einen Betrunkenen, der drohte, ins Wasser zu springen, und versuchten, mit ihm zu diskutieren und ihn zur Vernunft zu bringen, doch der Trunkenbold beschimpfte sie und wurde gewalttätig. Schließlich griff einer von beiden nach seinem Funkgerät und forderte Verstärkung an.

»In zwei Minuten wimmelt es hier von Polizisten«, sagte Sebastian beunruhigt. »Wir müssen verschwinden.«

»Nicht, bevor wir das Schloss gefunden haben!«

»Du bist wirklich ein Sturkopf! Wenn wir im Knast sitzen, kommen wir gar nicht mehr weiter!«

»Warte, ich habe eine Idee! Such nur die Schlösser heraus, die etwas persönlicher gestaltet sind – entweder bemalt, mit Schleife versehen oder sich irgendwie unterscheiden.«

»Warum?«

»Ich bin überzeugt, dass man uns einen Hinweis hinterlassen hat.«

Sie machten sich erneut ans Werk. Einige der Schlösser waren in den Farben einer Fußballmannschaft angemalt – »*Viva Barcelona! Viva Messi!*« –, andere bekannten sich zu einer politischen Richtung – »*Yes we can*« – oder einer sexuellen Vorliebe: die bunte Fahne von »*Gay friendly*«.

»Sieh dir das an!«

Am Ende der Brücke hing auf halber Höhe ein besonders großes Vorhängeschloss mit zwei Aufklebern: der eine zeigte eine Geige, der andere das bekannte Logo I♥NY, das auf so vielen T-Shirts zu sehen war.

Das war eindeutig.

Nikki drehte den Schlüssel im Schloss um, und es öffnete sich.

Sie wollte es sich im Licht der Straßenlaterne genauer ansehen, doch schon bevölkerten Polizisten die Brücke.

Sebastian zog sie am Arm. »Wir müssen schnell von hier verschwinden!«

Kapitel 38

Die faszinierende Welt der Maoritätowierungen

In seinem kleinen Büro legte Lorenzo Santos das Buch beiseite, in das er sich einen guten Teil des Nachmittags vertieft hatte.

Er hatte viele interessante Dinge erfahren, aber nichts, was seine Ermittlungen weiterbrachte.

Frustriert rieb er sich die Augen und trat auf den Flur, um sich ein Mineralwasser aus dem Getränkeautomaten zu holen.

OUT OF ORDER

Auch das noch!

Wütend versetzte er dem Automaten einen Faustheb.

Gibt es in diesem verdammten Land noch irgendwas, das funktioniert?

Er trat auf den Hinterhof hinaus, um ein paar Bälle in den Basketballkorb zu werfen – das beruhigte ihn normalerweise. Es wurde allmählich dunkel in Brooklyn. Durch den Gitterzaun betrachtete er die untergehende Sonne am geröteten Himmel. Er griff nach einem Ball und versuchte seinen ersten Korb. Der Ball traf den

Metallring, schien einen Moment zu zögern und fiel dann auf der falschen Seite herunter.

Wirklich nicht mein Glückstag …

Seine Ermittlungen kamen nicht voran. Auch die Hinweise der Kriminaltechniker hatten ihn nicht weitergebracht. Dabei hatte er am späten Vormittag den detaillierten Bericht eines Experten zur Auswertung der Blutspritzer erhalten. Der Mann hatte den Verbrechensschauplatz sehr detailliert interpretiert und den Tathergang genau rekonstruiert. Zunächst war Drake Decker von dem »Maori«, dessen Fingerabdrücke man an dem Kampfmesser gefunden hatte, aufgeschlitzt worden. Der »Maori« war dann später seinerseits ermordet worden – von Sebastian Larabee mit der Glasscherbe. Nikkis Fingerabdrücke wiederum waren an verschiedenen Gegenständen festgestellt worden, vor allem an dem Billardstock, mit dem man dem »Maori« das Auge ausgestochen hatte.

Doch all das sagte weder etwas über die Motive der Täter noch über die Identität des dritten Mannes aus. Der tätowierte »Maori« war in keiner Datenbank der Polizei registriert. Die Zeit drängte, und Santos war immer mehr davon überzeugt, dass es sich nicht um einen Polynesier handelte. Er hatte die Unterstützung von Keren White, der Anthropologin des NYPD, die im Dritten Revier arbeitete, angefordert, doch sie hatte ihn noch nicht zurückgerufen. Da er sich viel von der Identifizierung der Tätowierung erhoffte, hatte er versucht, selbst weiterzukommen – ohne Erfolg.

Jetzt landete Santos einen Korbwurf nach dem anderen, fand langsam sein Selbstvertrauen wieder und baute seinen Stress ab.

Mehrmals in seiner Laufbahn hatte er beim Joggen oder Basketballspielen die richtige Intuition gehabt. Durch die körperliche Anstrengung erschienen ihm gewisse Details in einem neuen Licht, scheinbar zusammenhanglose Fakten fügten sich zu einer logischen Abfolge. Warum sollte das diesmal nicht auch funktionieren?

Der Cop versuchte also, die Ereignisse aus einem anderen Blickwinkel zu sehen.

Und wenn nun der Schlüssel des Geheimnisses nicht in der Identität des »Maori«, sondern in der Person von Drake Decker läge?

Was wusste er wirklich über den Besitzer des *Boomerang*? Drake war ein kleiner Ganove, dessen Familie seit mindestens zwei Generationen im kriminellen Milieu verankert war: Sein Vater Cyrius saß eine lebenslängliche Haftstrafe auf Rikers Island ab, während sein kleiner Bruder Memphis seit fünf Jahren auf der Flucht war, um einer Inhaftierung wegen Drogenhandels zu entgehen. Auch Decker hatte mit Drogen zu tun, und seine Kneipe war eine mehr oder minder illegale Spielhölle, doch die örtlichen Polizisten hatten stets ein Auge zugedrückt, weil Decker ihnen nebenbei als Spitzel diente.

Aber welchen Zusammenhang gab es zwischen dieser Sache und den Larabees?

Vielleicht Jeremy …

Santos kannte Nikkis Sohn. Der Junge mochte ihn nicht, eine Antipathie, die auf Gegenseitigkeit beruhte.

Er warf einen letzten Korb und kehrte dann in sein Büro zurück, entschlossen, die Fakten abzugleichen. Er gab beide Namen in seinen Computer ein und startete die Suche. Nach kurzer Zeit erhielt er ein Ergebnis.

Es gab tatsächlich eine Überschneidung!

Vor einem Monat war Drake auf die Wache gebracht worden, weil einer seiner Gäste Anzeige wegen Körperverletzung und Bedrohung mit der Waffe erstattet hatte. Man hatte ihn schnell und ohne weitere Auflagen wieder freigelassen.

Zu diesem Zeitpunkt hatte sich auch Jeremy auf dem Revier befunden, weil er in einem Einkaufszentrum ein Videospiel geklaut hatte.

Aus der Lektüre der beiden Polizeiberichte ergab sich, dass Drake und der Junge eine Viertelstunde dieselbe Zelle geteilt hatten.

Sind sie sich dort zum ersten Mal begegnet?

Plötzlich war Santos der Überzeugung, dass jene Viertelstunde die Lösung des Rätsels barg. An diesem Abend war irgendetwas zwischen Jeremy und Decker vorgefallen. Ein Gespräch? Ein Deal? Eine Auseinandersetzung?

Auf alle Fälle etwas, was wichtig genug war, um die Ereignisse auszulösen, die drei Wochen später zu einem Blutbad und zwei Leichen geführt hatten.

Kapitel 39

»Ich kann nicht mehr. Mein Fuß tut zu weh!«, klagte Nikki und setzte sich auf den Bürgersteig der Rue Mornay.

Sebastian kniete sich neben sie.

»Ich glaube, es ist eine Prellung«, erklärte sie und massierte ihren Knöchel.

Er sah sich das Gelenk an. Es war geschwollen, und ein leichter Bluterguss begann sich abzuzeichnen. Der Schmerz war in den letzten zwei Stunden noch erträglich gewesen, jetzt aber wurde er so heftig, dass Nikki kaum noch laufen konnte.

»Halte durch, wir haben es fast geschafft. Wir müssen einen Unterschlupf für die Nacht finden.«

»Und weißt du auch, wo?«

Verärgert fragte er, ob sie eine Idee habe.

»Nein«, gab sie zu.

»Dann vertrau mir.«

Er gab ihr die Hand, um ihr aufzuhelfen, und bot ihr seinen Arm an. Hinkend erreichten sie den Boulevard Bourdon.

»Sind wir noch immer am Seineufer?«, fragte sie verwundert.

»So ungefähr«, erwiderte er.

Sie überquerten die Straße und standen an einer weißen Kaimauer. Nikki beugte sich vor. Eine lange Promenade führte am Wasser entlang.

»Wo genau sind wir?«

»Am Jachthafen Arsenal. Der liegt zwischen dem Canal Saint-Martin und der Seine.«

»Und du zauberst diesen Ort so einfach aus dem Hut?«

»Ich habe auf dem Flug im Bordmagazin einen Artikel gelesen. Den Namen habe ich mir gemerkt, weil auch Camilles englische Lieblingsfußballmannschaft so heißt.«

»Hast du ein Boot, das hier vor Anker liegt?«, fragte sie spöttisch.

»Nein, aber wir können eines finden … vorausgesetzt, du kannst trotz deiner Schmerzen über den Zaun klettern.«

Sie sah ihn an und konnte sich trotz der ernsten Lage ein Lächeln nicht verkneifen. Wenn sie beide in dieser Verfassung waren, fühlte sie sich unbesiegbar.

Der Zaun war etwa einen Meter fünfzig hoch, und ein großes Schild erinnerte daran, dass der Zutritt zum Hafen zwischen dreiundzwanzig und sechs Uhr verboten war und ein Wächter mit Hund regelmäßig seine Runde machte.

»Was glaubst du, was das für ein Hund ist? Vielleicht ein Pudel?«, fragte sie belustigt, während sie sich an dem Gittertor hochzog.

Sie überwand das Hindernis ohne Probleme, und er folgte ihr auf den Kai. Es war erstaunlich ruhig an diesem Ort, an dem rund hundert Schiffe verschiedenster Größe – vom luxuriösen Hausboot bis zum renovierungsbedürftigen Kahn – lagen. Der Hafen erinnerte Nikki an die Kanäle von Amsterdam, die sie während ihrer Zeit als Model kennengelernt hatte.

Sie liefen über den Kai und begutachteten aufmerksam die Schiffe.

»Darf ich dich daran erinnern, dass wir nicht hier sind, um eines zu kaufen«, meinte Sebastian ungeduldig, »sondern um einen Schlafplatz für ein paar Stunden zu finden?«

»Das da scheint nicht schlecht, was meinst du?«

»Zu luxuriös. Ich wette, es hat eine Alarmanlage.«

»Na schön, dann das.«

Sie deutete auf eine kleine Tjalk, eines jener holländischen Segelschiffe von etwa zehn Meter Länge mit schmalem Rumpf und abgerundetem Bug.

Sebastian sah sich um. Alle anderen Boote schienen verwaist, und am Fenster hing ein Schild *Zu verkaufen*. Es schien in der Tat geeignet. Mit einer Leichtigkeit, die Nikki verblüffte, sprang er an Deck und öffnete mit einem kräftigen Fußtritt die Holztür zum Ruderhaus.

»Sieht ganz so aus, als hättest du das dein ganzes Leben lang gemacht«, sagte sie. »Ich kann mir kaum vorstellen, dass du noch vor zwei Tagen an den Geigen in deiner Werkstatt herumgebastelt hast …«

»Darauf kommt es doch jetzt auch nicht mehr an, oder? Vermutlich werde ich auf zwei Kontinenten wegen Mordes gesucht, ganz zu schweigen von meiner Flucht, Drogenhandel und dem Angriff auf den Kapitän des Bateau Mouche.«

»Genau, wir sind wie Bonnie und Clyde!«, erwiderte sie belustigt und trat in das Ruderhaus. Von dort gelangte man in die Kajüte, die zu beiden Seiten eine Bank hatte. Die Tjalk war ein ehemaliger Lastkahn, der zu einer Jacht umgebaut worden war. Die Innenausstattung war einfach, aber eher gemütlich – vorausgesetzt, man mochte den Stil »alter Seewolf«. Überall waren Freibeuterfahnen, Schiffsmodelle in Flaschen, Petroleumlampen, Tauwerk angebracht …

Dahinter lag die Schlafkabine. Nachdem sie sich davon überzeugt hatte, dass die Laken sauber waren, ließ sich Nikki aufs Bett fallen. Offensichtlich schmerzte ihr Fuß stark. Sebastian schob zwei Kopfkissen darunter, um ihn hoch zu lagern.

»Ich bin gleich wieder da.«

Im vorderen Teil des Boots entdeckte er eine kleine Küche, die mit einer Lamellentür abgeteilt war. Glücklicherweise war der Kühlschrank eingeschaltet. Er leerte die Eiswürfelbehälter in eine Plastiktüte und kehrte zu Nikki zurück.

»Puh, ist das kalt!«, rief sie, als er das Eis auf ihren schmerzenden Knöchel legte.

»Stell dich nicht so an. Dadurch geht die Schwellung zurück.«

Fast augenblicklich ließ der Schmerz nach, und Nikki zog das *love lock* aus ihrer Tasche.

»Sehen wir uns das mal genauer an.«

Das Schloss an sich hatte nichts Besonderes, außer den Aufklebern waren nur zwei Abfolgen von Zahlen untereinander eingraviert.

48 54 06
2 20 12

»Ich halte diese Rätsel à la *Da Vinci Code* nicht mehr aus!«, erregte sich Sebastian.

»Vielleicht hat ja Dan Brown Jeremy entführt«, scherzte Nikki, um die Stimmung aufzulockern.

Das war ihre Art. Um schwierige Situationen zu meistern, suchte sie oft Zuflucht im Humor. Es war wie eine zweite Natur.

Doch Sebastian, dem der Sinn nicht danach stand, bedachte sie mit einem vernichtenden Blick, ehe er sagte: »Vielleicht eine Telefonnummer?«

»Mit der Vorwahl achtundvierzig? Das würde mich wundern. Zumindest passt die weder für Frankreich noch für die USA.«

»Ich weiß nicht, ob du schon davon gehört hast, aber es gibt noch andere Länder auf der Welt.«

Aufgebracht verließ er die Kabine. Inmitten des Durcheinanders fand er ein verstaubtes Telefonbuch und brachte es mit.

»Die Achtundvierzig entspricht der Vorwahl von Polen«, las er vor.

Nikki war aufgeregt. »Wir müssen gleich anrufen!«

Aber wie? Sebastians Handy war gestohlen worden, und sie hatte ihres weggeworfen, damit man sie nicht orten konnte.

»Ich habe noch meine Kreditkarte«, sagte sie.

Ihre Augen glänzten vor Müdigkeit. Sebastian legte ihr die Hand auf die Stirn, die fiebrig glühte.

»Das versuchen wir morgen von einer öffentlichen Telefonzelle aus«, erklärte er. »Jetzt musst du dich erst einmal ausruhen.«

Er ging in die Badkabine, wo er eine Schachtel Ibuprofen fand, und gab Nikki eine Tablette. Danach schlief sie sofort ein. Er schaltete die kleine Heizung ein, stellte sie ans Fußende des Bettes, knipste das Licht aus und trat durch die Schwingtür hinaus.

Der Kühlschrank war leer, ausgenommen eine vor zehn Tagen abgelaufene Packung Joghurt und ein Bier, Marke Mort Subite. Sebastian öffnete die Flasche und nahm sie mit an Deck.

Im Hafen war alles ruhig. Eine Enklave, nur wenige Hundert Meter von der quirligen Place de la Bastille entfernt. Sebastian setzte sich auf den Boden und lehnte sich an den hölzernen Rumpf. Er streckte die Beine aus, trank einen Schluck Bier und legte das Vorhängeschloss zurück in Nikkis Tasche. Dabei entdeckte er eine Schachtel Zigaretten, zündete sich eine davon an und nutzte die Gelegenheit, um ihre Brieftasche zu durchsuchen. Wie erwartet fand er ein neueres Foto ihrer

Kinder. Wenn sie auch am gleichen Tag geboren waren, war es doch schwierig, eine Ähnlichkeit festzustellen. Jeremy war ein Nikovski, Camille eine Larabee – ihrer Mutter glich sie nicht im Geringsten. Sie war zwar hübsch, hatte aber ein rundes Gesicht mit Grübchen und Stupsnase. Jeremy hatte hingegen Nikkis polnischen Einschlag geerbt. Eine kühle, unnahbare Schönheit, gerade Nase, sehr helle Augen, glattes Haar, großer, schlanker Körperbau. Diese Ähnlichkeit hatte sich mit der Zeit noch verstärkt und bereitete Sebastian Unbehagen.

Er zog wieder an seiner Zigarette und erinnerte sich an das, was Nikki ihm vorhin vorgeworfen hatte. Hatte er wirklich egoistisch seine Eigenliebe über die Liebe zu seinen Kindern gestellt? Sicher war die Behauptung übertrieben, aber es war auch etwas Wahres daran.

Von seinen eigenen Blessuren verblendet, hatte er unbewusst vor allem versucht, sich an Nikki zu rächen. Von seinem Groll angetrieben, hatte er sie bestrafen, sie für das Scheitern ihrer Beziehung und ihre Trennung bezahlen lassen wollen. Dabei hatte er sicher seinen Kindern am meisten geschadet. Sein Wunsch, die Erziehung der Zwillinge strikt zu trennen, war absurd und unverantwortlich. Das war ihm natürlich nicht erst seit heute klar, doch vorher hatte er stets gute Gründe zur Rechtfertigung seines Verhaltens gefunden.

Im Mondlicht starrte Sebastian auf das Foto seines Sohnes. Ihre Beziehung war distanziert, unbestimmt und von Missverständnissen geprägt. Natürlich liebte

Sebastian ihn, aber auf eine abstrakte Art, der es an Wärme und Herzlichkeit mangelte.

Das war zum großen Teil seine Schuld. Er hatte seinen Sohn nie mit Wohlwollen betrachtet. Er verglich ihn ständig mit Camille, und diese Gegenüberstellung fiel nicht zu Jeremys Vorteil aus. Zu schnell hatte er ihm misstraut, ihn als schwarzes Schaf abgestempelt. So unsinnig das auch sein mochte, war er doch stets davon ausgegangen, dass Jeremy ihn nur enttäuschen könnte, ähnlich wie vorher seine Mutter, der er so sehr glich.

Bei ihren letzten Begegnungen hatte es keine Gemeinsamkeiten mehr gegeben. Manchmal hatte er ihn in eine Ausstellung oder ein Streicherkonzert mitgenommen, aber eigentlich nur, um Jeremys mangelndes Interesse an solchen kulturellen Ereignissen zu bedauern. Das war ungerecht, weil er sich nie die Zeit genommen hatte, ihn zur Kunst oder klassischen Musik hinzuführen.

Als er mit Nikki sein Zimmer durchsucht hatte, war er erstaunt gewesen über die vielen Filmbücher in den Regalen. Sicher aus Angst vor seinem Sarkasmus hatte Jeremy ihm nichts von seinem Wunsch erzählt, eine Filmhochschule zu besuchen und Regisseur zu werden. Er war von seinem Vater nie in irgendeiner Entscheidung bestärkt worden.

Sebastian trank sein Bier aus und betrachtete die Säule der Bastille, die in der Ferne schimmerte.

War noch Zeit, seine Fehler und Irrtümer wiedergutzumachen? Konnte er den Dialog mit seinem Sohn erneut aufnehmen? Vielleicht, aber dazu musste er ihn zunächst einmal finden.

Am Stummel seiner Zigarette zündete er sich eine neue an und beschloss, nicht bis zum nächsten Tag zu warten, um die polnische Telefonnummer zu wählen.

Er überzeugte sich davon, dass Nikki fest schlief, und steckte das Vorhängeschloss in seine Tasche.

Dann verließ er das Boot.

Kapitel 40

Ob es in Paris überhaupt noch Telefonzellen gibt?, fragte er sich, als er über den Boulevard oberhalb des Kais lief.

Zunächst glaubte er an sein Glück, als er eine der für die Hauptstadt typischen Kabinen aus Glas und Aluminium entdeckte. Aber sein Optimismus war nur von kurzer Dauer, denn die Kabine war demoliert und der Hörer abgerissen.

Er erreichte die Place de la Bastille, hielt sich aber nicht länger dort auf, da vor der Oper zwei Mannschaftswagen der Bereitschaftspolizei standen.

In der Rue du Faubourg-Saint-Antoine gab es wieder eine Telefonzelle, doch ein Obdachloser hatte sich mit Kartons und Decken darin zum Schlafen eingerichtet.

Sebastian setzte seine Suche fort und wurde vor der Metrostation Ledru-Rollin fündig.

Er schob Nikkis Kreditkarte in den Apparat und wählte die in das Schloss gravierte Nummer.

Um ins Ausland zu telefonieren, musste er vor der Landeskennzahl zwei Nullen wählen. Er versuchte es erneut:

00 48 54 06 2 20 12

»*Guten Tag, die gewählte Rufnummer ist nicht vergeben.*«

Er hatte sich geirrt. Er hatte geglaubt, die polnische Vorwahl zu erkennen, und sich auf diese Spur gestürzt, doch es handelte sich nicht um eine Telefonnummer.

Was ist es dann?

Als er die Karte herausziehen wollte, dachte er daran, Camille anzurufen. In Paris war es ein Uhr nachts, das heißt, an der Ostküste neunzehn Uhr.

Er zögerte.

Nach dem Mord an Decker und an dem »Maori« hatte man ihn international zur Fahndung ausgeschrieben. Es war also nicht unwahrscheinlich, dass das Telefon seiner Tochter abgehört wurde. Aber vielleicht nicht das seiner Mutter. Er seufzte. Die Cops wussten ja ohnehin schon, dass er in Frankreich war. Ob sie die Telefonzelle ausfindig machen konnten, weil er eine Kreditkarte benutzte? Sicher sogar. Aber das würde dauern. Inzwischen hätten Nikki und er den Port de l'Arsenal längst verlassen.

Er beschloss, es zu versuchen, und wählte die Nummer seiner Mutter in den Hamptons. Sie antwortete beim zweiten Klingelton.

»Aber wo steckst du denn, Sebastian? Heute Nachmittag war die Polizei hier, um mich zu befragen …«

»Mach dir keine Sorgen, Mama.«

»Natürlich mache ich mir Sorgen! Warum sagen sie, du hättest zwei Menschen umgebracht?«

»Das ist kompliziert …«

»Das ist bestimmt wieder wegen Nikki, ja? Ich

mochte diese Frau nie, das weißt du ja! In was hat sie dich da hineingezogen?«

»Bitte, darüber reden wir ein andermal ...«

»Und wo ist Camille? Die Polizei sucht auch sie.«

Sebastian spürte, wie ihn eine Woge von Angst überflutete. Mühsam stieß er hervor: »Aber ist sie denn nicht bei dir? Sie hat gestern den Zug genommen, um dich zu besuchen.«

Sein Herz schlug zum Zerspringen. Noch ehe seine Mutter etwas sagen konnte, wusste er die Antwort.

»Nein, Sebastian, Camille ist nicht bei mir. Sie hat mich nicht besucht.«

Dritter Teil
Die Geheimnisse von Paris

Die Zeit, das weiß er jetzt, heilt überhaupt nichts. Die Zeit ist lediglich ein Fenster, durch das man seine Irrtümer sehen kann, denn allem Anschein nach sind sie das Einzige, an das man sich deutlich erinnert.

R. J. Ellory, *A Quiet Vendetta*

Kapitel 41

Sieben Uhr morgens.

Es war kühl.

An der Ecke Rue des Lilas/Rue de Mouzaïa hatte das kleine Café soeben das Eisengitter geöffnet. Die Stühle standen noch auf den Tischen, die Kaffeemaschine erwachte langsam zum Leben, und die Heizung verbreitete, kaum spürbar, ein wenig Wärme im Lokal. Tony, der Wirt, unterdrückte ein Gähnen, bevor er seinem ersten Gast das Frühstück brachte.

»So, bitte sehr, Madame la Commissaire.«

Constance, die sich auf einer Bank niedergelassen hatte, dankte ihm mit einem Kopfnicken.

Sie nahm die Tasse zwischen beide Hände, um sich daran zu wärmen.

Verärgert über ihren Misserfolg, hatte sie die ganze Nacht über Polizeifunk gehört und sich in die Akte Larabee vertieft. Stundenlang hatte sie alle Dokumente, über die sie verfügte, genau unter die Lupe genommen und nach einem Hinweis gesucht, der ihr hätte helfen können, die Spur des amerikanischen Paars zurückzuverfolgen. Gefunden hatte sie nichts, und auch ihre Kollegen hatten nicht mehr Erfolg gehabt: Obgleich eine

Personenbeschreibung der beiden New Yorker veröffentlicht worden war, hatte man sie nirgends entdeckt.

Ihr Exchef Sorbier hatte sie im Morgengrauen einbestellt, um ihr Vorgehen zu kritisieren. Sie hatte die Rüge kommentarlos eingesteckt. Ihre Krankheit entschuldigte nicht alles. Diese Sache war unverzeihlich. Trotz ihrer strikten Arbeitsauffassung hatte sie durch zu große Vertrauensseligkeit einen groben Fehler begangen und ihren Gegner unterschätzt wie eine blutige Anfängerin. Seltsame Art, sich die ersten Sporen als Kommissarin zu verdienen. Zugegebenermaßen hatten Larabee und seine Exfrau Glück gehabt, dabei aber auch Initiative und Kaltblütigkeit an den Tag gelegt. Qualitäten, die ihr selbst völlig gefehlt hatten.

Constance war die einzige Frau in dem kleinen Ermittlerteam der BNRF. Diese Eliteeinheit, die häufig mit amerikanischen Marshals verglichen wurde und darauf spezialisiert war, flüchtige Kriminelle aufzuspüren, war in Europa einmalig.

Constance kam von der Kripo und war eine routinierte Polizistin. Jahrelang war es ihr Ziel gewesen, dieser Abteilung anzugehören. Ihr Beruf war ihr Lebensinhalt. Sie hatte glänzende Erfolge verzeichnen können, indem sie entscheidend zur Festnahme mehrerer »berühmter« Flüchtiger beigetragen hatte, die man nach schweren Straftaten oder nach spektakulären Gefängnisausbrüchen gesucht hatte. Zumeist waren es Franzosen gewesen, aber auch einige Ausländer, nach denen mit internationalem Haftbefehl gefahndet worden war. Sie nahm einen großen Schluck Kaffee, biss in ein Croissant und fuhr mit ihrer Arbeit auf dem Laptop fort. Die erste Partie hatte sie verloren, sie war aber fest entschlossen, die nächste zu gewinnen.

Constance, die sich in Tonys WLAN eingeloggt hatte, sammelte einige zusätzliche Informationen im Internet. Der Name Sebastian Larabee war im Netz reichlich vertreten. Er war in seinem Fach ein echter Star. Sie klickte einen Link an, der zu einem Porträt führte, das die *New York Times* zwei Jahre zuvor über ihn gebracht hatte. Der Titel lautete: »Der Mann mit den goldenen Händen«. Mit ungewöhnlich gutem Gehör und bemerkenswertem Know-how begabt, war Larabee dem Artikel zufolge in der Lage, herausragende Geigen zu bauen, die bei Blindtests sogar die Stradivaris auf deren ureigenem Terrain schlugen. Larabees Äußerungen waren fesselnd und voller ungewöhnlicher Details über die Geschichte des Geigenbaus und über die leidenschaftliche Beziehung, die einige Violinvirtuosen mit ihrem Instrument verbindet. Mehrere Fotos illustrierten den Artikel. Man sah Larabee, sehr elegant gekleidet, in seiner Werkstatt. Beim Betrachten dieser Fotos konnte man sich ihn nur schwer vorstellen, wie er in einer schmutzigen Bar von Brooklyn einem Drogenhändler die Kehle durchschnitt …

Constance unterdrückte ein Gähnen und machte einige Dehn- und Streckübungen. Bisher war es ihr gelungen, Müdigkeit und Lähmungserscheinungen von sich fernzuhalten. Solange sie sich mit ihren Ermittlungen beschäftigte, fühlte sie sich sicher, aber sie musste unter Spannung bleiben und vorankommen.

Sie schloss die Augen, um sich besser konzentrieren zu können. Wo hatten Larabee und seine Exfrau die Nacht verbracht? Jetzt war ihnen die Polizei auf den Fersen, also war Schluss mit komfortablen Luxushotels und Dinner auf Ausflugsschiffen. Früher oder später würde man sie schnappen. Früher oder später würde es ihnen an Geld, Hilfe und Kontakten mangeln. Auf der Flucht zu sein ist die Hölle, vor allem für Menschen, die keine knallharten Kriminellen sind. Unter normalen Umständen wäre Constance nicht beunruhigt gewesen. Sie hätte einfach nur wie eine Spinne ihr Netz weben und auf eine falsche Bewegung lauern müssen. Instinkt und Glück waren wichtig, aber Fälle wie diese löste man vor allem mit Geduld und Disziplin. Also mit Zeit. Die war in einem solchen Fall der beste Verbündete. Aber Zeit war genau das, was ihr fehlte. Sie musste die beiden *heute* schnappen.

Theoretisch konnte die BNRF die Mitarbeit anderer Polizeiabteilungen in Frankreich und der Gendarmerie beantragen, um sehr schnell Telefonüberwachungen einzurichten, Leute zu beschatten und sofortigen Zugriff auf alle Unterlagen in Zusammenhang mit dem Fall zu erhalten. Internationale Angelegenheiten waren hingegen schwieriger zu bearbeiten. Die Informationen aus dem Ursprungsland waren häufig bruchstückhaft und trafen nicht sofort ein.

Bei der Aktenprüfung hatte sie bemerkt, dass die Ermittlungen in New York hauptsächlich von einem gewissen Lieutenant Lorenzo Santos vom 87. Revier in Brooklyn durchgeführt wurden. Sie schaute auf ihre Armbanduhr. In New York war es zwei Uhr morgens. Zu spät, um Santos anzurufen. Es sei denn …

Sie beschloss, ihr Glück zu versuchen, rief die Zentrale des Kommissariats an und bat in fast perfektem Englisch, mit dem Lieutenant verbunden zu werden.

»Santos«, meldete sich eine angenehme tiefe Stimme.

Glück gehabt.

Kaum hatte Constance ihren Dienstgrad genannt, als sich der New Yorker Beamte nach dem neuesten Stand der Ermittlungen erkundigte. Der Typ war aus demselben Holz geschnitzt wie sie: ein Jäger, der nur für seinen Beruf lebte. Er äußerte sein Bedauern, als Constance ihm erklärte, dass die Larabees noch immer flüchtig seien, und stellte ihr viele Fragen über die Fortschritte ihrer Nachforschungen. Constance nutzte die Gelegenheit, um ihm ihr Anliegen vorzutragen. Sie hätte gern Einsicht in die letzten Telefonrechnungen und Kontoauszüge von Sebastian Larabee erhalten.

»Diese Unterlagen liegen mir vor«, bestätigte Santos. »Lassen Sie mir einen offiziellen Antrag zukommen, dann schicke ich sie Ihnen.«

»Ich brauche sie sofort!«, beharrte sie.

Sie gab ihm ihre E-Mail-Adresse, aber er legte auf, ohne etwas zu versprechen.

Die Kommissarin hatte gerade einmal Zeit, ihr Croissant fertig zu essen und einen neuen Kaffee zu bestellen, als ihr ein melodisches Klingeln anzeigte, dass sie eine E-Mail erhalten hatte.

Santos hatte keine Zeit verloren.

»Hast du einen Drucker, Tony?«, fragte sie, während sie die Daten herunterlud.

Kapitel 42

»Wach auf, Nikki!«

»Hm…«

»Ich habe dich so lang wie möglich schlafen lassen, doch jetzt müssen wir weg von hier.« Sebastian zog eines der Rollos hoch. »Es wird allmählich voll auf dem Kai«, drängte er. »Schau, ich habe etwas zum Anziehen für dich gefunden.«

Nikki stand auf und machte vorsichtig einige Schritte.

»Geht es deinem Fuß besser?«, erkundigte er sich besorgt.

Sie nickte. Ihr Knöchel war abgeschwollen, schmerzte zwar noch, aber nicht mehr so schlimm wie am Vortag.

»Wo hast du denn die Klamotten her?«, fragte sie, als sie die über den Stuhl gelegte Kleidung sah.

»Ich habe sie von einer Schiffsbrücke geklaut. Und sag jetzt bitte nicht, dass es nicht deine Größe oder dass die Farbe nicht nach deinem Geschmack ist!«

Sie zog die Jeans an, den Rollkragenpullover und die Turnschuhe. Tatsächlich passte ihr nichts richtig. Sie biss sich auf die Zunge, konnte sich jedoch die Bemerkung nicht verkneifen: »Siehst du mich wirklich in Größe zweiundvierzig?«

»Die Auswahl war nicht gerade üppig!«, erwiderte er genervt. »Entschuldige vielmals, dass ich nicht in der Avenue Montaigne vorbeigeschaut habe!«

Er ergriff ihre Hand und half ihr vom Boot herab.

Die Luft war trocken und frisch. Der klare Himmel, der in einem kräftigen Blau leuchtete, erinnerte an den von Manhattan.

»Hör auf, an meinem Arm zu reißen!«

»Wir müssen schnellstens weg von hier. Ich habe heute Nacht deine Kreditkarte zum Telefonieren benutzt. Vielleicht wurde mein Anruf geortet.«

Während sie die Rue Saint-Antoine entlangliefen, erzählte er ihr von seinen nächtlichen Entdeckungen: von der falschen Fährte mit der polnischen Telefonnummer und vor allem von Camille, die nicht bei ihrer Großmutter angekommen war.

Als Nikki hörte, dass jetzt auch ihre Tochter verschwunden war, bekam sie einen Panikanfall. Unfähig, normal zu atmen, blieb sie abrupt mitten auf dem Bürgersteig stehen, ihr Körper erstarrte, ihre Hände verkrampften sich. Schweißperlen traten ihr auf die Stirn. Sie bekam Herzflattern, das ihr den Atem nahm.

»Ich bitte dich, halte durch«, flehte Sebastian sie an. »Hol tief Luft, Nikki. Beruhige dich.«

Doch es nützte nichts. Von Panik überwältigt und von immer heftigerem Schluchzen geschüttelt, drohte Nikki auf offener Straße zusammenzubrechen. Da zog Sebastian seine letzte Karte. Er fasste sie fest an den Schultern.

»Schau mich an, Nikki, beruhige dich. Ich weiß, was das für Zahlen auf dem Schloss sind. Verstehst du? Ich habe herausgefunden, was diese Zahlen bedeuten!«

Kapitel 43

Da Nikki sich erholen musste, hatten sie sich, ein wenig unvorsichtig, in ein Café in der Rue Vieille-du-Temple gesetzt. Das Lokal mitten in dem Viertel Marais war trotz der frühen Stunde bereits gut besucht.

Sebastian zählte jede einzelne Münze in Nikkis Portemonnaie. Am Vorabend hatte er an der Gare du Nord fünfzig Dollar gewechselt, aber er hatte sie für das Taxi zum Pont de l'Alma gebraucht. Ihre gesamte Barschaft belief sich momentan auf armselige sechs Euro. Gerade genug, um sich einen Milchkaffee und einen Toast zu teilen.

»Hast du etwas zum Schreiben?«

Nikki kramte in ihrer Handtasche und fand einen Federhalter mit dünnen Perlmutt-Einlegearbeiten. Sebastian erkannte ihn sofort als ein früheres Geschenk von ihm, verkniff sich jedoch eine Bemerkung.

Er schrieb die beiden Zahlenreihen so auf die Papiertischdecke, wie sie auf dem Vorhängeschloss gestanden hatten.

48 54 06

2 20 12

»Ich hätte früher darauf kommen müssen«, sagte Sebastian bedauernd. »Es war im Grunde offensichtlich.«

»Was war offensichtlich?«

»Grad, Minuten, Sekunden ...«, erklärte er.

»Schön, würdest du jetzt bitte das Geheimnis lüften?«

»Es handelt sich ganz einfach um geografische Koordinaten, dargestellt im Sexagesimalsystem ...«

»Es macht dir wohl Spaß, den gelehrten Professor zu spielen?«

»... anders gesagt, Breitengrad und Längengrad«, ergänzte er.

Breite: 48° 54' 06" N
Länge: 2° 20' 12" E

Sie verarbeitete diese Information und stellte die Frage, die sich aufdrängte: »Und zu welchem Ort gehören diese Koordinaten?«

»Das weiß ich noch nicht«, bekannte er, plötzlich kleinlaut. »Man müsste sie in ein GPS eingeben.«

Sie ließ einige Sekunden verstreichen, bevor sie fragte: »Fühlst du dich in der Lage, ein Auto zu klauen?«

Er zuckte die Achseln.

»Ich denke, wir haben keine Wahl.«

Sie tranken ihren Milchkaffee bis auf den letzten Tropfen aus und erhoben sich von der Bank.

Auf dem Weg zum Ausgang bemerkte Sebastian einen leeren Tisch, auf dem ein Gast seine Zeitung hatte liegen lassen. Die Aufnahme auf der ersten Seite erregte seine Aufmerksamkeit. Ängstlich griff er danach.

Sein Foto auf der Titelseite von *Le Parisien!* Ein Amateurfilmer hatte offenbar die »Entführung« des Ausflugsschiffs festgehalten. Sebastian starrte auf das Bild, als handelte es sich um einen Fremden. Und doch war er es, der, mit einem Messer bewaffnet, den Schiffskapitän bedrohte. Die Bildunterschrift ließ zudem keinen Zweifel:

HORROR AUF DER SEINE!

Ein idyllischer Abend hat sich gestern in einen Albtraum verwandelt, als ein flüchtiges amerikanisches Pärchen den Kapitän eines Bateau Mouche, auf dem zweihundert Menschen beim Abendessen saßen, als Geisel genommen hat. Weitere Fotos und Zeugenaussagen Seite 3.

»Wer weiß, vielleicht können wir eines Tages darüber lachen«, sagte Nikki.

»Ich fürchte, das wird noch lange dauern. Aber im Moment sind wir auf der Suche nach unseren beiden Kindern.«

Sie liefen die Rue de Rivoli Richtung Place de l'Hôtel-de-Ville hinunter.

»Gut, ich übernehme das Kommando!«, erklärte Nikki.

»Warum? Bist du auf Autodiebstähle spezialisiert?«

»Nein, aber ich möchte auch gern mal ein Foto von mir in *Le Parisien* sehen.«

Sie bezogen Stellung vor dem Fußgängerübergang, der zum Rathaus des 4. Arrondissements führte. Sie ließen mehrere Rotphasen verstreichen. Nikki lauerte auf die perfekte Beute, die in der Person eines Fünfzigjährigen mit Stirnglatze am Steuer eines nagelneuen Wagens deutschen Fabrikats auftauchte.

»Lass mich machen, aber halte dich bereit.«

Die Ampel zeigte für die Autofahrer Rot. Nikki setzte eine ungezwungene Miene auf, ging einige Meter auf dem Zebrastreifen und wandte sich dann plötzlich zu dem Fahrer um. Ihr hübsches Gesicht begann zu strahlen.

»Hallo!«, rief sie dem Mann zu und machte ihm ein Handzeichen.

Er schaute sich um, nicht sicher, auch wirklich gemeint zu sein, und drehte sein Autoradio leise.

Sie trat an seine Tür. »Was für ein Zufall, dass ich dich hier treffe!«, sagte sie und blickte ihm tief in die Augen.

Der Mann ließ die Scheibe herunter, überzeugt, verwechselt worden zu sein. »Ich glaube, Sie verwechseln mich mit jemand anderem …«

»Sei nicht albern! Erinnerst du dich nicht mehr an mich?«

Die Ampel schaltete auf Grün.

Der Mann zögerte. Hinter ihm hupte jemand. Er

konnte den Blick kaum von dieser jungen Frau abwenden, die ihn wie einen olympischen Gott anstrahlte. Wie lange war es her, dass jemand ihn so angeschaut hatte?

Sebastian beobachtete die Szene. Er wusste, dass Nikki diese Gabe besaß. Sie brauchte nur irgendwo zu erscheinen, und alle drehten sich nach ihr um. Sie machte Frauen eifersüchtig und brachte Männer aus dem Gleichgewicht. Einfach so, ohne etwas zu sagen, ohne etwas zu tun. Eine kaum merkliche Kopfbewegung und ein Aufblitzen in den Augen, die anzeigten, dass der Jagdinstinkt des Mannes geweckt war.

»Warten Sie, ich parke da drüben«, sagte der Fahrer.

Nikki lächelte ihn erfreut an, machte Sebastian jedoch, sobald der Wagen anfuhr, ein Zeichen, das bedeutete: Jetzt bist du dran!

Leichter gesagt als getan …, dachte er, während er sich der Limousine näherte, die soeben in einer kleinen Parkbucht der Place Baudoyer anhielt. Der Mann stieg aus dem Wagen und schloss ihn ab. Sebastian stürzte auf ihn zu und rempelte ihn heftig an, um ihn zu Fall zu bringen.

»Pardon, Monsieur«, sagte er und beugte sich über ihn, um die Schlüssel an sich zu nehmen.

Er entriegelte die Türen und ließ Nikki ans Steuer.

»Los, steig schnell ein!«, rief sie.

Sebastian war noch ganz benommen und auch

besorgt, weil er den Unbekannten niedergeschlagen hatte, dessen einzige Schuld darin bestand, im falschen Augenblick am falschen Ort gewesen zu sein.

»Tut mir wirklich leid«, flüsterte er und vergewisserte sich, dass der Mann nicht bewusstlos war. »Glauben Sie mir, es ist ein Notfall, und wir werden gut aufpassen auf Ihr …«

»Beeil dich!«, rief Nikki.

Er öffnete die Beifahrertür, und kaum hatte er Platz genommen, gab sie Gas, um in die Rue des Archives abzubiegen.

Während sie das 4. Arrondissement durchquerten, schaltete Sebastian das GPS ein. Nach ein paar schnellen Handgriffen gab er die Koordinaten ein, die auf dem Vorhängeschloss gestanden hatten:

Breite: 48° 54' 06" N
Länge: 2° 20' 12" E

Anschließend wechselte er vom Sexagesimal-Format ins GPS-System.

»Hoffentlich habe ich mich nicht geirrt«, flüsterte er, während die Software die Daten verarbeitete.

Nikki konzentrierte sich auf die Straße, warf aber immer wieder auch einen Blick auf das Display. Nach kurzer Zeit blinkte ein Ziel auf, bald gefolgt von einer Adresse: 34 *bis*, Rue Lécuyer in Saint-Ouen!

Sie wurden von einer plötzlichen Erregung ergriffen.

Der Ort war ganz in der Nähe. Dem Navi zufolge nur sechs bis sieben Kilometer entfernt!

Nikki beschleunigte, als sie die Place de la République verließen.

Welche neuen Gefahren mochten sie dort erwarten?

Kapitel 44

»Tony, noch einen doppelten Espresso«, bat Constance.

»Sie haben schon drei getrunken, Madame la Commissaire …«

»Na und? Zu deinem Schaden ist es ja nicht! Ich allein sorge bereits für den halben Umsatz in diesem Lokal!«

»Das stimmt natürlich«, gab der Wirt zu.

»Und bring mir auch eine Brioche.«

»Tut mir leid, ich habe nur Croissants.«

»Deine Croissants sind knochentrocken, also setz dich in Bewegung und …«

»Okay, okay, Madame la Commissaire. Deshalb müssen Sie nicht gleich unhöflich werden. Ich hole Ihnen eine Brioche beim Bäcker.«

»Wenn du schon dort bist, bring mir auch gleich noch ein Rosinenbrötchen mit. Und die Zeitung.«

Seufzend schlüpfte Tony in seine Jacke und setzte seine Kappe auf.

»Sonst noch Wünsche, Madame?«

»Kannst du die Heizung etwas höher schalten? Man friert sich hier ja alles ab.«

Während er ihrem Wunsch nachkam, ging Constance, ihren Laptop unter dem Arm, hinter die Theke.

»Ich passe inzwischen auf deinen Laden auf.«

»Werden Sie das auch ganz allein schaffen, falls plötzlich 'ne Menge Gäste was wollen?«, fragte Tony zweifelnd.

Sie ließ den Blick durch den Raum schweifen.

»Siehst du außer mir noch viele Leute hier?«

Gekränkt verzog Tony das Gesicht und verließ das Café.

Als Constance allein war, wechselte sie den Radiosender, um die Nachrichten auf *France Info* zu hören. Am Ende der Kurzmeldungen berichtete die Journalistin knapp von einer versuchten Geiselnahme am Vorabend auf einem Pariser Ausflugsschiff.

»*Da die beiden Flüchtigen als sehr gefährlich eingestuft werden, wird von der Polizei intensiv nach ihnen gefahndet.*«

Intensiv beschäftigt war Constance in der Tat. Sie hatte die Aufstellungen ausgedruckt, die Lorenzo Santos, ihr Kollege von der New Yorker Polizei, ihr geschickt hatte. Mit einem Textmarker und einem Stift bewaffnet, markierte und kommentierte sie Larabees Telefonate und die Kontobewegungen, die ihr verdächtig erschienen.

Sie fand bestätigt, was ihr die Besitzerin des *Grand Hôtel de la Butte* gesagt hatte. Offenbar hatte er dort vor einer Woche eine Suite reservieren lassen. Aber hatte er die Überweisung tatsächlich selbst getätigt? Nichts war einfacher, als die Nummern einer Bankkarte auszuspionieren. Jeder in seinem Umfeld hätte diese Überweisung erledigen können. Aber warum? Constance hätte gern auch Einsicht in die Kontoauszüge und Telefonlisten von Nikki Nikovski gehabt, aber Santos hatte ihr nur die Unterlagen zu Larabee geschickt. In gewisser Weise war das korrekt, denn der Haftbefehl galt nur für ihn.

Sie hob die Tasse zum Mund, um ihren Kaffee zu trinken, bevor er kalt wurde, stellte sie jedoch plötzlich wieder ab. Eine Zeile in Sebastians Kontoauszügen erregte ihre Aufmerksamkeit. Eine PayPal-Überweisung mit dem Datum der Vorwoche. Zweitausendfünfhundert Euro zugunsten des Geigenbauers. Hektisch blätterte sie in der Aufstellung weiter. Santos hatte ganze Arbeit geleistet: Dank der Transaktionsnummer war es ihm gelungen, herauszufinden, woher die Überweisung stammte. Von einer französischen Bank, einer Filiale der BNP in Saint-Ouen, die den Betrag im Auftrag eines Kunden überwiesen hatte: der Buchhandlung *Des Fantômes et des Anges*.

Constance tippte den Namen in Google Maps ein. Es handelte sich um eine Buchhandlung in der 34 *bis*, Rue Lécuyer in Saint-Ouen, die auf den Verkauf seltener, meist antiquarischer Bücher spezialisiert war.

Mit einer entschlossenen Bewegung klappte sie ihren Laptop zu, sammelte ihre Papiere zusammen, packte alles in ihre Tasche und stürzte aus dem Café.

Brioche hin oder her …

Kapitel 45

In Höhe der Porte de Clignancourt traten bei der Limousine erste Komplikationen auf. Als Nikki und Sebastian dem Boulevard des Maréchaux folgten, ging plötzlich die Warnblinkanlage des Wagens an. Nikki versuchte, sie abzustellen, ohne Erfolg.

»Deutsche Qualität ist auch nicht mehr das, was sie mal war«, meinte Sebastian ironisch, um die Atmosphäre zu entspannen.

Nikki hatte es eilig und beschleunigte, als sie unter dem Boulevard Périphérique hindurchfuhren, um nach Saint-Ouen zu gelangen.

Sie befanden sich nun im Südteil des berühmten Flohmarktes, in dem Paradies der Trödler war jedoch nur am Wochenende Betrieb, zu dieser morgendlichen Stunde hatte noch keiner der kleinen Möbel- und Klamottenläden geöffnet. Immer wieder das Navi im Blick, bog Nikki auf die Rue Fabre ab, die parallel neben dem Périphérique verlief. Als der Wagen an den mit Graffiti besprühten Eisenläden der Verkaufsbuden entlangfuhr, ertönte plötzlich lautstark die Hupe.

»Was ist jetzt los?«, fragte sie beunruhigt.

»Die Kiste ist wohl mit einem Tracker ausgerüstet«,

vermutete Sebastian. »Ich habe auch so einen Diebstahlschutz in meinem Jaguar. Wird der Wagen gestohlen, aktiviert ein Funksender aus der Ferne Hupe und Warnlichter.«

»Das hat ja gerade noch gefehlt! Die Leute schauen schon!«

»Vor allem meldet der Alarm der Polizei die Position des Wagens! Aber sie dürfen uns jetzt auf keinen Fall schnappen …«

Nikki bremste unvermittelt und fuhr auf den Bürgersteig. Sie verließen das Auto, dessen Hupe weiterhin ertönte, und liefen knapp einen Kilometer zu Fuß, bis sie die Rue Lécuyer erreichten.

Zu ihrem großen Erstaunen war die Hausnummer 34 *bis* die Adresse einer … Buchhandlung. *Des Fantômes et des Anges* war der Pariser Ableger eines amerikanischen Antiquariats. Sebastian und Nikki öffneten die Tür des Ladens, misstrauisch und auch neugierig.

Kaum hatten sie die Schwelle überschritten, wurden sie vom speziellen Geruch alter Bücher in eine andere Zeit versetzt: die der *Lost Generation* und der *Beat Generation*. Von der Straße aus betrachtet, schien die Buchhandlung winzig zu sein, im Inneren jedoch wirkte sie durch die hohen Regale, die sich über Dutzende von Metern erstreckten, wie eine Bibliothek.

Die Bücher machten sich überall breit. Auf zwei Etagen bedeckten Zigtausend Bände verschiedenster Formate die Wände. Zusammengedrängt auf dunklen

Holzregalen, aufgetürmt zu Stapeln, die bis zur Decke reichten, oder auf Verkaufsständern präsentiert, nahmen sie noch den kleinsten verfügbaren Platz ein.

Ein Duft von Pfefferkuchen, Zimt und Tee lag in der Luft, leise Jazzmusik ertönte. Sebastian näherte sich den Regalen und überflog die Autorennamen: Ernest Hemingway, Francis Scott Fitzgerald, Jack Kerouac, Allen Ginsberg, William Burroughs, aber auch Dickens, Dostojewski, Vargas Llosa ... Folgte die Anordnung einer Logik, oder wurde sie nur vom Gesetz des Chaos regiert? Auf jeden Fall hatte dieser Ort eine Seele, eine Atmosphäre, die ihn ein wenig an seine Geigenbauwerkstatt erinnerte. Dieselbe Beschaulichkeit, derselbe Eindruck, die Zeit befinde sich in der Schwebe.

»Ist da jemand?«, fragte Nikki.

Hinten im Erdgeschoss war ein Raum als Kuriositätenkabinett eingerichtet, das an die Stimmung der Erzählungen von Lovecraft, Poe oder Conan Doyle erinnerte. Auf wenigen Quadratmetern befanden sich dort ein Herbarium, ein geschnitztes Schachspiel, verschiedene ausgestopfte Tiere, eine Mumie mit Totenmaske, erotische Drucke und eine Fossiliensammlung, die versuchte, sich einen Platz inmitten der gebundenen Werke zu sichern. Nikki streichelte eine Siamkatze, die auf einem durchgesessenen Sessel lag. Von der Atmosphäre dieses Ortes überwältigt, strich sie leicht über die Elfenbein- und Ebenholztasten eines alten Klaviers. Man war in einer anderen Epoche, weit entfernt von Internet, digitalen Tablets und E-Books zu Billigpreisen.

An einem Ort, der einem Museum glich, der jedoch leider nichts mit dem Verschwinden von Jeremy zu tun hatte. Sie waren offenbar auf dem Holzweg.

Plötzlich knackte der Boden im oberen Stockwerk. Nikki und Sebastian hoben gleichzeitig den Kopf. Mit einem Brieföffner in der Hand kam ein betagter Buchhändler die wacklige Treppe herunter, die in den Verkaufsraum führte.

»Kann ich Ihnen helfen?«, fragte er etwas mürrisch.

Eindrucksvolle Statur, rotes Haar, kreidebleiches Gesicht: Der Mann wirkte kraftvoll, sein wildes Aussehen erinnerte an einen alten Shakespeare-Schauspieler ...

»Wir haben uns wohl geirrt«, entschuldigte sich Sebastian in fehlerhaftem Französisch.

»Sind Sie Amerikaner?«, erkundigte sich der Mann mit seiner rauen Stimme. Er setzte seine Brille auf und musterte seine Besucher. »Aber ich kenne Sie doch!«, rief er.

Sofort dachte Sebastian an sein Porträt auf der Titelseite von *Le Parisien*. Vorsichtig wich er einen Schritt zurück und bedeutete Nikki, seinem Beispiel zu folgen.

Mit katzenartiger Behändigkeit, die mit seinem Gewicht kontrastierte, sprang der alte Mann hinter seine Theke und wühlte in einer Schublade, um ein Foto herauszuholen.

»Das sind Sie doch, oder?«, fragte er und hielt Sebastian das Bild hin.

Es handelte sich nicht um den Zeitungsartikel, sondern um ein etwas verblasstes Foto von ihm und Nikki, das von den Jardins des Tuileries aus gemacht worden war, das Musée d'Orsay im Hintergrund. Er drehte das Foto um und erkannte auf der Rückseite seine eigene Schrift: *Paris, Quai des Tuileries, Frühjahr 1996*. Das Foto stammte von ihrer ersten Frankreichreise. Damals waren sie jung und verliebt gewesen. Sie lächelten, und das Leben schien sie zu umarmen.

»Woher haben Sie dieses Foto?«, fragte Nikki.

»Na, aus dem Roman!«

»Aus welchem Roman?«

»Den ich vor einigen Tagen via Internet gekauft habe«, erklärte er und ging zu einer Vitrine.

Nikki und Sebastian, die an seinen Lippen hingen, folgten ihm.

»Übrigens kein schlechtes Geschäft«, fuhr der Buchhändler fort. »Ein Verkäufer hat es mir für die Hälfte seines Wertes angeboten.«

Vorsichtig öffnete er die Vitrine, bevor er ein Buch mit einem eleganten Einband in Rosa und Schwarz herausnahm.

»Eine limitierte Auflage von *Die Liebe in den Zeiten der Cholera* von Gabriel García Márquez. Vom Autor signiert. Davon gibt es weltweit nur dreihundertfünfzig Exemplare.«

Ungläubig nahm Sebastian das Buch in Augenschein. Es war das Exemplar, das er Nikki nach ihrer Nacht in dem kleinen Hotel der Butte aux Cailles geschenkt hatte. Nach ihrer Scheidung war er nicht gerade ein guter Verlierer gewesen. Aus dem Bedürfnis heraus, seine Liebe zu verleugnen, hatte er sich das Buch zurückgeben lassen, das im Internet für mehrere tausend Dollar gehandelt wurde. Aber wie konnte es sich in dieser Buchhandlung befinden, da er es doch bei sich in Manhattan im Safe aufbewahrte?

»Wer hat Ihnen das Buch verkauft?«

»Ein gewisser Sebastian Larabee«, erklärte der Buchhändler, nachdem er sein Notizbuch konsultiert hatte. »Das wenigstens hat der Verkäufer in seiner E-Mail behauptet.«

»Völlig unmöglich: Larabee, das bin ich, und ich habe Ihnen nichts verkauft!«

»Wenn das so ist, muss sich jemand widerrechtlich Ihre Identität angeeignet haben, aber da kann ich nichts für Sie tun.«

Nikki und Sebastian tauschten verständnislos einen Blick. Welchen Sinn hatte dieses erneute Rätsel? Welche Spur sollten sie nun weiterverfolgen? Nikki nahm eine Lupe, die auf der Theke lag, und untersuchte das Foto genauer. Die Sonne ging an einem purpurroten Himmel unter. An der Fassade des Musée d'Orsay erkannte man die beiden großen Uhren, die halb sieben anzeigten. Eine Uhrzeit, ein Ort: der Jardin des Tuileries um achtzehn Uhr dreißig. Vielleicht war dies ein neuer Treffpunkt …

Sie öffnete gerade den Mund, um Sebastian ihre Überlegungen mitzuteilen, als jemand die Tür der Buchhandlung aufstieß. Sie hoben den Kopf und schauten zu dem Neuankömmling. Es war eine junge blonde Frau in Jeans und Lederjacke.

Die Polizistin, die sie am Vorabend auf dem Schiff hatte festnehmen wollen …

Kapitel 46

Des Fantômes et des Anges.

Seltsamer Name für eine Buchhandlung, dachte Constance, als sie die schwere Kunstschmiedetür aufstieß. Kaum hatte sie den Fuß über die Schwelle gesetzt, staunte sie über die Wände voller Bücher, die ein faszinierendes Labyrinth des Wissens bildeten. Sie schaute die Regale entlang und bemerkte eine Gruppe von drei Personen. Ein korpulenter älterer Herr, dessen Gesicht hinter einer dicken Hornbrille verschwand, unterhielt sich in der Nähe der Theke mit zwei Kunden. Die Polizistin und das Paar wechselten einen Blick, und ehe es sich Constance versah, ergriffen die beiden bereits die Flucht.

Es waren die Larabees!

Sie zog die Waffe und machte sich an die Verfolgung. Die Buchhandlung erstreckte sich über eine Länge von mehr als zwanzig Metern. Um ihren Fluchtweg zu sichern, stießen die beiden Amerikaner hinter sich alles um: Regale, Verkaufsständer, Nippes, Lampen, Leitern, Karteikästen. Die Kommissarin sprang über ein Sofa, konnte jedoch dem Holzhocker nicht ausweichen, den Nikki in ihre Richtung warf. Im letzten Augenblick hielt sie schützend die Arme vor das Gesicht, um dem Wurfgeschoss zu entgehen. Der Hocker prallte gegen ihren Ellenbogen, sodass sie die Waffe mit einem Schmerzensschrei fallen ließ.

Dieses Miststück!, fluchte sie innerlich und hob ihre SIG Sauer wieder auf.

Am Ende des Ladens führte eine Tür auf einen kleinen Hof, der an einen brach liegenden Garten grenzte. Den Larabees dicht auf den Fersen, kletterte Constance über das Mäuerchen, das auf die Rue Jules Vallès führte. Hier präsentierten sich die Dinge schon besser: Die Flüchtigen waren genau in ihrer Schusslinie.

»Halt, stehen bleiben!«, rief sie.

Da die Amerikaner ihre Aufforderung ignorierten, gab sie einen Schuss in die Luft ab, der jedoch keine Wirkung zeigte. Die Sonne stand bereits hoch am Himmel. Geblendet hob sie die Hand über die Augen und sah das Paar, das an der Straßenecke abbog. Constance nahm die Verfolgung wieder auf, fest entschlossen, die Larabees um jeden Preis festzunehmen.

Außer Atem lief sie mit gezogener Waffe in die Werkstatt Pelissier an der Ecke zur Rue Paul Bert. Die Halle, die zum Bürgersteig hin geöffnet war, beherbergte ein Dutzend Tuk-Tuks. Diese für Indien und Thailand typischen motorisierten Dreiräder sah man seit einigen Monaten immer häufiger in der Hauptstadt – Touristen und auch Einheimische hatten ihren Spaß daran. Nebeneinander aufgereiht warteten diese exotischen Gefährte darauf, überholt, aufgetankt oder repariert zu werden.

»Kommen Sie heraus!«, rief Constance und setzte, den Finger am Abzug, vorsichtig einen Fuß vor den anderen.

Je weiter sie vordrang, desto schwächer wurde das Licht, das Halleninnere verschwand zunehmend im Dunkeln. Sie stolperte über einen Werkzeugkasten und hätte beinahe das Gleichgewicht verloren. Plötzlich vernahm sie das Motorengeräusch eines Mopeds und fuhr herum. Sie richtete die Waffe auf die Maschine, das Tuk-Tuk raste jedoch direkt auf sie zu. Sie rollte sich auf dem Boden zur Seite und sprang sofort wieder auf. Die Frau hatte das Lenken übernommen und gab kräftig Gas! Dieses Mal sparte Constance sich jede Vorwarnung. Sie schoss auf die Windschutzscheibe, die in Scherben zerbarst, ohne jedoch das Dreirad zu stoppen. Sie versuchte, die Verfolgung aufzunehmen, zu Fuß war die Jagd allerdings von vornherein verloren.

Verdammter Mist!

Ihr Wagen war vor der Buchhandlung geparkt. Sie rannte dorthin, ließ sich auf den Ledersitz fallen und raste los. Ein kurzes Stück jagte sie in falscher Richtung durch eine Einbahnstraße.

Keine Spur von den Larabees.

Beruhige dich …

Eine Hand ums Lenkrad geklammert, die andere am Schalthebel, fuhr sie in die Unterführung unter dem Périphérique. Das Coupé schoss aus dem Tunnel und erreichte das 18. Arrondissement.

Auf der langen Geraden der Rue Binet gab Constance

erneut Gas und entdeckte in der Ferne erleichtert das Tuk-Tuk. Als sie in den Boulevard Ornano einbog, glaubte sie, das Schlimmste überstanden zu haben: Sie fuhr einen Rennwagen, während das Gefährt der Larabees im Schneckentempo dahintuckerte. Eine eindeutige Sache!

Sie hielt das Lenkrad mit beiden Händen umklammert und konzentrierte sich auf die Straße. Der Verkehr war flüssig, der Boulevard so breit wie die großen haussmannschen Verkehrsadern. Constance beschleunigte, um auf Höhe des Tuk-Tuks zu kommen. Die Maschine ähnelte einem Motorroller mit einer Rückbank, die von einem Verdeck geschützt war. Nikki saß auf dem Fahrersitz, während Sebastian sich an das Dach klammerte.

Bloß einen kühlen Kopf bewahren …

Sie überholte das Dreirad, um ihm unvermittelt den Weg abzuschneiden, was Nikki jedoch geschickt zu umgehen wusste, indem sie auf die Busspur wechselte.

Constance stieß einen Fluch aus und fuhr wieder geradeaus. Schnell hatte sie das Dreirad eingeholt, doch die Larabees ignorierten an einer Kreuzung die rote Ampel. Um nicht abgehängt zu werden, folgte sie ihnen über die Kreuzung und provozierte dabei heftige Bremsmanöver und ein ohrenbetäubendes Hupkonzert.

Am Anfang der Rue Hermel hatte sie das Tuk-Tuk fast wieder eingeholt. Diese Einbahnstraße war schmaler, vor allem jedoch wurde der Verkehr durch mehrere Baustellen behindert. Absperrungen, Metallzäune, mobile Ampeln, Temposchwellen, Baugerüste und Fassadennetze: Alles schien sich zu verbünden, um den Peugeot RCZ aufzuhalten.

Constance ärgerte sich, weder Sirene noch Blaulicht dabeizuhaben. Sie hielt die Hupe gedrückt und fuhr über den Bürgersteig, um dem Stau zu entgehen, der sich gerade bildete. Die Arbeiter, die auf einer der Baustellen tätig waren, beschimpften sie, sie setzte jedoch unbeeindruckt ihre Verfolgung fort und erwog kurz, Botsaris anzurufen und um Verstärkung zu bitten, verzichtete dann jedoch darauf. Ihre sportliche Fahrweise verlangte volle Konzentration.

Das Tuk-Tuk schlängelte sich geschickt zwischen den Fahrzeugen hindurch, kam aber nur mühsam wieder in Fahrt, seine Beschleunigung würde nicht ausreichen, um dem Coupé zu entkommen. Constance schaffte es erneut, sich auf Höhe des Dreirads vorzuarbeiten. Schon meinte sie, die Flüchtigen bald dingfest machen zu können, als sie sah, wie Sebastian das Verdeck aus Tuch und Metall abmontierte.

Er wird doch wohl nicht …

Als sich Constance der Gefahr bewusst wurde, ließ Larabee bereits das Verdeck auf ihre Windschutzscheibe fallen.

Vorsicht!

Eine junge Frau, die einen Kinderwagen schob, hatte soeben den Zebrastreifen betreten, um die Straße zu überqueren. Constance bemerkte sie erst im letzten Moment. Sie trat das Bremspedal durch, riss das Lenkrad mit aller Kraft herum und konnte dem Kinderwagen gerade noch ausweichen. Der Peugeot geriet ins Schleudern und prallte heftig gegen die Bordsteinkante. Die Stoßstange löste sich auf einer Seite, was Constance zum Anhalten zwang. Sie sprang aus dem Wagen, entfernte das Verdeck des Tuk-Tuks, das sich in ihren Scheibenwischern verfangen hatte, und riss mit einem Fußtritt die Stoßstange ab, um weiterfahren zu können.

Die Larabees wussten sich wirklich zu helfen …

Doch dieser Widerstand gab Constance Auftrieb. Es war eine Art Katz-und-Mausspiel, aus dem sie siegreich hervorgehen würde, versteht sich: Mit einer Höchstgeschwindigkeit von dreißig Stundenkilometern konnte das Dreirad nicht unendlich lang vor ihr flüchten. Mit durchgedrücktem Gaspedal näherte sich Constance dem Motorroller wieder. Als die beiden Fahrzeuge die Rue Custine erreicht hatten, rammte der RCZ genau in dem Augenblick das kleine Fahrzeug von hinten, als von rechts die Touristenbahn von Montmartre eintraf. Nikki verlor die Kontrolle über das Tuk-Tuk, das gegen einen Wagen des Zugs prallte. Constance hielt mitten auf der Straße an und sprang aus ihrem Coupé.

Sie zog die Pistole aus ihrer Jackentasche, umfasste den Griff mit beiden Händen und richtete die Waffe auf das Dreirad.

»Absteigen und Hände hoch!«, rief sie.

Dieses Mal hatte sie gewonnen.

Kapitel 47

»Los, los!«, befahl Constance.

Die Arme vorgestreckt, hielt sie die SIG Sauer mit beiden Händen auf Sebastian Larabee und seine Exfrau gerichtet.

Sie warf einen raschen Blick in die Runde, um die Situation einzuschätzen.

Offensichtlich befanden sich keine Kinder in dem Zug. Der Zusammenstoß war zwar spektakulär gewesen, doch alle Passagiere hatten sich wieder aufgerappelt. Ein Japaner klagte über Schmerzen in seiner Schulter, eine Frau rieb sich das Knie, und ein Jugendlicher massierte seine Halswirbel.

Die Verletzungen waren leicht, Schreck und Irritation hingegen groß.

Mehr Angst als tatsächlicher Schaden.

Nachdem der erste Schock überwunden war, kam die digitale Kultur zu ihrem Recht. Die Leute holten ihre Handys heraus, um Hilfe anzufordern, die Familie zu informieren oder die Szene zu filmen.

Das kam Constance gelegen, denn so würde sie im Handumdrehen die nötige Verstärkung erhalten.

Sie trat zu den Flüchtigen und zog ein Paar Handschellen aus der Hosentasche. Diesmal würden ihr die Larabees nicht entwischen. Bei der geringsten Bewegung würde sie ihnen in die Beine schießen, das schwor sie sich.

Sie öffnete den Mund, um ihren Befehl zu wiederholen, doch ihr Kiefer war plötzlich wie gelähmt. Die ausgestreckten Arme begannen zu zittern, die Beine drohten, ihr den Dienst zu versagen.

Nein …

Der anhaltende Stress der Verfolgungsjagd hatte eine erneute Krise ausgelöst. Sie versuchte zu schlucken und lehnte sich an die Autotür, um nicht zusammenzubrechen. Eine unsichtbare Last legte sich auf ihre Brust, sie rang nach Luft, Schweiß trat auf ihre Stirn. Ohne die Waffe loszulassen, wischte sie ihn mit dem Ärmel ab und kämpfte gegen die Ohnmacht an. Heftige Übelkeit überkam sie, in ihren Ohren begann es zu rauschen, und ihr Blick trübte sich.

Mit letzter Kraft klammerte sie sich an ihrer Pistole fest, doch die Welt um sie herum schwankte.

Dann wurde alles schwarz, und sie verlor das Bewusstsein.

Kapitel 48

South Brooklyn
Red Hook
Sechs Uhr morgens

Lorenzo Santos parkte seinen Wagen vor dem roten Ziegelbau, in dem Nikki wohnte. Er schaltete den Motor aus, zog eine Zigarette aus seiner Jackentasche, schob sie zwischen die Lippen und zündete sie an. Dann schloss er die Augen und nahm einen tiefen Zug. Der herbe Geschmack des Rauchs erfüllte seine Kehle und verschaffte ihm ein Gefühl der Entspannung, das jedoch nicht von Dauer war. Nervös nahm er einen neuen Zug Nikotin und betrachtete das vergoldete Sturmfeuerzeug, das Nikki ihm geschenkt hatte. Er wog das elegante rechteckige Gehäuse, das seine Initialen trug und mit Krokoleder überzogen war, in der Hand. Sein Blick verlor sich, er ließ mehrmals den Deckel aufschnappen und lauschte dem metallischen Klicken.

Was war bloß mit ihm los?

Er hatte wieder eine schlaflose Nacht in seinem Büro verbracht und auf das Bild der Frau gestarrt, die er liebte und die er sich in den Armen eines anderen Mannes vorstellte. Seit vierundzwanzig Stunden hatte er nichts mehr von ihr gehört, und das brachte ihn fast um den Verstand. Seine Leidenschaft überwältigte und zerfraß ihn. Eine krankhafte Liebe, die ihn verrückt machte und langsam zerstörte. Er wusste, dass diese Frau Gift für ihn war, dass ihr Einfluss auf seine Karriere und sein Leben fatal sein könnte, doch er saß in der Falle und konnte nicht zurück.

Er rauchte seine Zigarette bis zum Filter, warf den Stummel aus dem Fenster, stieg aus dem Ford Crown und betrat die zu Lofts umgebaute Fabrik.

In der vorletzten Etage angelangt, sperrte er mit dem Schlüssel, den er bei seinem letzten Besuch mitgenommen hatte, die Brandschutztür auf.

In dieser Nacht war ihm eines klar geworden: Wenn er Nikki irgendwie zurückerobern wollte, musste er ihren Sohn finden. Er musste dort Erfolg haben, wo Larabee ganz offensichtlich versagte. Wenn es ihm gelänge, Jeremy zu retten, wäre Nikki ihm ewig dankbar.

Der Tag war noch nicht angebrochen. Er trat in den Salon und schaltete das Licht ein. Es war eiskalt in der Wohnung. Um sich aufzuwärmen, kochte er sich einen Kaffee, zündete sich eine neue Zigarette an und begab sich ins obere Stockwerk. Eine Viertelstunde lang durchsuchte er gründlich das Zimmer des Jungen nach irgendwelchen Indizien, ohne etwas Wichtiges zu finden – ausgenommen vielleicht das Handy, das Jeremy auf dem Schreibtisch hatte liegen lassen. Das war ihm beim ersten Mal nicht aufgefallen, doch jetzt kam es ihm merkwürdig vor. Er wusste, welchen immensen Stellenwert Smartphones bei Jugendlichen hatten, und so wunderte es ihn, dass Nikkis Sohn es nicht mitgenommen hatte. Er nahm es und klickte sich, da es nicht passwortgeschützt war, eine gute Weile durch die verschiedenen Apps und Spiele, bis er auf etwas Interessanteres stieß: ein Programm, das man als Diktafon benutzen konnte. Neugierig konsultierte er das Archiv und entdeckte verschiedene nummerierte Dateien, die immer gleich benannt waren:

DrMarionCrane1
DrMarionCrane2
(...)
DrMarionCrane10

Santos runzelte die Stirn. Der Name war ihm nicht unbekannt. Er hörte die erste Aufnahme ab und begriff sofort, worum es ging. Bei Jeremys Prozess hatte der Richter neben der Strafe eine psychologische Behandlung angeordnet. Marion Crane war seine Therapeutin gewesen, und der Junge hatte die Sitzungen aufgenommen!

Aber zu welchem Zweck? Hatte er das heimlich getan, oder gehörte es zur Therapie?

Eigentlich auch unwichtig, dachte der Cop und zuckte die Achseln. Wie ein Voyeur hörte er sich ohne Skrupel die Aufnahmen an. Der Junge sprach über sein Familienleben.

Doctor Crane: Willst du mir etwas über deine Eltern erzählen, Jeremy?

Jeremy: Meine Mutter ist toll. Sie ist immer gut gelaunt, optimistisch und ermutigend. Selbst wenn sie Sorgen hat, zeigt sie das nie. Sie macht Witze und ist komisch. Sie nimmt alles mit Humor. Schon als meine Schwester und ich noch Kinder waren, verkleidete sie uns als Märchenfiguren und studierte kleine Theateraufführungen mit uns ein.

Doctor Crane: Sie ist also verständnisvoll? Kannst du mit ihr über deine Probleme sprechen?

Jeremy: Ja, sie ist wirklich cool. Sie ist Künstlerin, jemand, der meine Freiheit respektiert. Sie lässt mich ausgehen, sie vertraut mir. Sie kennt meine besten Freunde. Ich spiele ihr meine Gitarrenkompositionen vor. Sie interessiert sich für meine Leidenschaft fürs Kino …

Doctor Crane: Und gibt es momentan einen Mann in ihrem Leben?

Jeremy: Ja, einen Cop. Der ist jünger als sie. Heißt Santos. Ein richtiger Lackaffe …

Doctor Crane: Du scheinst ihn nicht sonderlich zu mögen?

Jeremy: Sehr scharfsinnig …

Doctor Crane: Warum?

Jeremy: Weil er neben meinem Vater ein Versager ist. Aber die Beziehung wird sowieso nicht andauern.

Doctor Crane: Wie kannst du dir da so sicher sein?

Jeremy: Weil sie alle halbe Jahre ’nen neuen Typen hat. Eines müssen Sie wissen, Doc, meine Mutter ist eine schöne Frau. Wirklich sehr schön. Sie übt eine Anziehungskraft aus, die Männern den Verstand raubt. Wo auch immer sie ist, es funktioniert garantiert. Ich weiß nicht, warum, aber sie macht sie völlig verrückt. Ein bisschen wie beim Wolf von Tex Avery: hängende Zunge, Augen, die aus den Höhlen zu quellen scheinen, verstehen Sie, was ich meine?

Doctor Crane: Und ist dir das unangenehm?

Jeremy: Ihr ist es unangenehm. Das behauptet sie zumindest. Ich denke, das ist nicht so eindeutig. Man muss nicht Psychiater sein, um zu verstehen, dass sie das braucht, dass es ihr Sicherheit gibt. Ich denke, das ist auch einer der Gründe, warum mein Vater sie verlassen hat …

Doctor Crane: Lass uns über deinen Vater reden.

Jeremy: Das ist ganz einfach, er ist genau das Gegenteil von meiner Mutter. Ernsthaft, steif, rational. Er liebt Ordnung und Planung. Mit ihm gibt es nicht viel zu lachen, das ist sicher …

Doctor Crane: Verstehst du dich gut mit ihm?

Jeremy: Nicht wirklich. Zum einen, weil wir uns wegen der Scheidung selten sehen. Und ich denke, er hat gehofft, dass ich ein besserer Schüler wäre. So wie Camille. Er ist sehr kultiviert und kennt sich auf allen Gebieten aus: Politik, Geschichte, Wirtschaft. Meine Schwester hat ihm übrigens den Spitznamen »Wikipedia« verpasst …

Doctor Crane: Ist es schlimm für dich, ihn zu enttäuschen?

Jeremy: Nicht allzu schlimm. Na ja, vielleicht ein bisschen …

Doctor Crane: Interessierst du dich für seine Arbeit?

Jeremy: Er hat den Ruf, einer der besten Geigenbauer der Welt zu sein. Seine Geigen klingen wie Stradivaris, und das ist schon klasse. Er verdient einen Haufen Kohle, aber ich glaube, im Grunde ist ihm das alles egal, sowohl die Geigen als auch das Geld.

Doctor Crane: Das verstehe ich nicht.

Jeremy: Ich denke, meinem Vater ist alles egal. Die Liebesbeziehung zu meiner Mutter war das Einzige, was ihn in seinem Leben je wirklich angetörnt hat. Sie hat ihm die Phantasie gebracht, die seinem Leben gefehlt hat. Seit sie sich getrennt haben, lebt er wieder in seiner Schwarz-Weiß-Welt.

Doctor Crane: Aber er hat doch jetzt eine neue Lebensgefährtin, nicht wahr?«

Jeremy: Ja, Natalia, eine Balletttänzerin. Ein Knochengestell. Er sieht sie von Zeit zu Zeit, aber sie wohnen nicht zusammen, und ich denke, das strebt er auch nicht an.

Doctor Crane: Wann hast du dich deinem Vater zum letzten Mal nahe gefühlt?

Jeremy: Weiß nicht mehr …

Doctor Crane: Streng dich bitte an.

Jeremy: Vielleicht, als ich sieben Jahre alt war. In diesem Sommer haben wir alle zusammen verschiedene Nationalparks besucht: Yosemite, Yellowstone, Grand

Canyon … Wir sind durchs ganze Land gereist. Das war der letzte Urlaub vor der Scheidung.

Doctor Crane: Erinnerst du dich an eine besondere Begebenheit?

Jeremy: Ja, eines Morgens sind wir fischen gegangen, nur wir beide, und er hat mir erzählt, wie er meine Mutter kennengelernt hat. Warum er sich unsterblich in sie verliebt hat, wie er ihr nach Paris gefolgt ist und wie es ihm gelungen ist, sie zu erobern. Ich erinnere mich an den Satz: »Wenn du jemanden wirklich liebst, ist keine Festung uneinnehmbar.« Das klingt gut, aber ich bin nicht sicher, dass es stimmt.

Doctor Crane: Lass uns über die Scheidung deiner Eltern sprechen. Für dich war das sehr schwer, nicht wahr? Ich habe in deinem Schülerblatt gesehen, dass du Mühe hattest, das Lesen zu lernen, und dass du Legastheniker warst …

Jeremy: Ja, die Scheidung war der Horror für mich. Ich konnte nicht glauben, dass sie für immer getrennt waren. Ich dachte, mit der Zeit würden sie wieder aufeinander zugehen, sich wieder zusammentun. Aber das war nicht so. Im Gegenteil, mit der Zeit entfernen sich die Menschen immer mehr voneinander, und es wird immer schwieriger, wieder eine Verbindung aufzubauen.

Doctor Crane: Wenn sich deine Eltern haben scheiden lassen, dann deshalb, weil sie nicht mehr glücklich miteinander waren.

Jeremy: Das ist doch Quatsch! Glauben Sie, dass sie

jetzt glücklicher sind? Meine Mutter schluckt Tabletten, und mein Vater ist todtraurig. Der einzige Mensch, der ihn zum Lachen bringen konnte, war meine Mutter. Es gibt jede Menge Fotos aus der Zeit vor ihrer Scheidung, und da sieht man sie beide lachen. Jedes Mal, wenn ich mir die anschaue, kommen mir die Tränen. Vorher waren wir eine richtige Familie, die vereint war und zusammenhielt. Nichts konnte uns etwas anhaben.

Doctor Crane: Weißt du, dass das ein klassisches Phänomen ist?

Jeremy: Was?

Doctor Crane: Dass Kinder aus geschiedenen Ehen die Partnerschaft ihrer Eltern idealisieren.

Jeremy erwiderte nichts.

Doctor Crane: Du bist nicht Cupido, Jeremy. Du darfst nicht hoffen, dass sie wieder zusammenkommen. Du musst mit der Vergangenheit abschließen und die Realität akzeptieren, so wie sie ist.

Jeremy schwieg.

Doctor Crane: Hast du verstanden, was ich gesagt habe? Du darfst dich nicht in die Beziehung deiner Eltern einmischen. Du kannst sie nicht wieder zusammenbringen.

Jeremy: Aber wenn ich es nicht tue, wer dann?

Die Frage des Jungen blieb ohne Antwort. In diesem Augenblick ließ der Klingelton seines Handys Santos aufschrecken. Er sah auf das Display. Es zeigte die Nummer einer Dienststelle des NYPD an.

»Santos«, sagte er, als er das Gespräch entgegennahm.

»Keren White, ich hoffe, ich wecke Sie nicht, Kommissar.«

Die Anthropologin des Dritten Reviers. Endlich …

»Ich habe eine gute Nachricht für Sie«, fuhr sie fort.

Der Cop spürte einen Adrenalinstoß. Eilig verließ er das Zimmer und lief die Treppe hinunter.

»Wirklich?«

»Ich glaube, ich habe den Ursprung der Tätowierungen Ihrer Leiche herausgefunden.«

»Sind Sie im Revier? Dann komme ich vorbei«, rief er und schloss die Wohnungstür hinter sich.

Kapitel 49

Als Constance wieder zu sich kam, stellte sie verwundert fest, dass sie in ihrem eigenen Bett lag.

Man hatte ihr die Schuhe und den Blouson ausgezogen und das Holster abgenommen. Die Vorhänge waren zugezogen, doch die Tür war nur angelehnt. Sie lauschte und hörte aus dem Wohnzimmer flüsternde Stimmen. Wer hatte sie nach Hause gebracht? Botsaris? Sanitäter? Die Feuerwehr?

Sie schluckte mühsam. Ihre Zunge war pelzig und trocken, die Glieder waren steif, ihr Atem ging stoßweise. Ein stechender Schmerz pochte in ihrer rechten Schläfe. Sie sah auf ihren Radiowecker: Mittag. Sie war mehr als zwei Stunden bewusstlos gewesen …

Sie versuchte aufzustehen, doch ihre rechte Körperhälfte war schwer, schmerzte und kribbelte. Plötzlich bemerkte sie, dass ihr rechter Arm mit einer Handschelle am Kopfende des Bettes angekettet war!

Aufgebracht versuchte sie, sich loszumachen, doch das alarmierte nur die Geiselnehmer.

»Beruhigen Sie sich!«, sagte Nikki, die mit einem Glas Wasser das Zimmer betrat.

»Was, zum Teufel, tun Sie in meinem Haus!«

»Wir wussten nicht, wo wir sonst hingehen sollten.«

Constance richtete sich ein wenig auf, um zu Atem zu kommen. »Woher haben Sie meine Adresse?«

»Wir haben einen Postnachsendeantrag in Ihrer Brieftasche gefunden. Anscheinend sind Sie erst vor Kurzem umgezogen. Hübsches Haus übrigens …«

Die Kommissarin musterte die Amerikanerin herausfordernd. Sie war etwa so alt wie sie selbst. Ähnlich feine Züge und hohe Wangenknochen, ähnlich helle Augen mit tiefen Schatten darunter, die von Müdigkeit und Stress zeugten.

»Hören Sie, ich glaube, ich verstehe Ihre Motive nicht wirklich. Wenn ich nicht bald von mir hören lasse, werden meine Kollegen in Kürze hier auftauchen und das Haus umstellen.«

»Das glaube ich kaum«, unterbrach Sebastian sie, der ebenfalls das Zimmer betreten hatte.

Constance stellte voller Bitterkeit fest, dass er ihre Krankenakte in der Hand hielt.

»Sie haben nicht das Recht, in meinen Sachen herumzuschnüffeln«, brauste sie auf.

»Es tut mir aufrichtig leid, dass Sie krank sind, aber ich denke nicht, dass Sie in offizieller Mission unterwegs waren«, unterbrach Sebastian sie ruhig.

»Sie schaden sich nur selbst!«

»Tatsächlich? Seit wann nehmen Polizisten Verhaftungen in ihrem Privatwagen vor?«

Constance schwieg.

»Seit wann ist ein Cop bei einem Einsatz allein?«

»Wir haben momentan Personalprobleme«, entgegnete sie trotzig.

»Ah, das habe ich vergessen. Ich habe in Ihrem Computer die Kopie Ihres Kündigungsschreibens gefunden.«

Constance gab auf. Da ihre Kehle trocken war, nahm sie widerwillig das Glas Wasser an, das Nikki ihr reichte. Mit der freien Hand rieb sie sich die Augen und musste sich eingestehen, dass ihr die Situation völlig entglitten war.

»Wir brauchen Ihre Hilfe«, gestand Nikki.

»Meine Hilfe? Aber was erwarten Sie von mir? Dass ich Ihnen eine Möglichkeit gebe, das Land zu verlassen?«

»Nein«, entgegnete Sebastian, »dass Sie uns helfen, unsere Kinder wiederzufinden.«

Es dauerte über eine Stunde, bis Constance über die Ereignisse informiert war, die das Leben der beiden Amerikaner in den letzten Tagen völlig aus der Bahn geworfen hatten. Alle drei saßen am Küchentisch und hatten bereits zwei Kannen Grüntee getrunken und eine Packung Kekse gegessen.

Fasziniert von dem Bericht des Paares, hatte sich die Kommissarin die ganze Zeit über auf mehr als zehn Seiten Notizen gemacht.

Obwohl Sebastian ihren Fuß mit den Handschellen an den Stuhl gekettet hatte, spürte Constance doch, dass sich das Kräfteverhältnis zu ihren Gunsten veränderte.

Die beiden Amerikaner waren nicht nur in eine Geschichte verwickelt, die sie für den Rest ihres Lebens hinter Gitter bringen konnte, sondern vor allem wegen des Verschwindens ihrer Zwillinge unendlich verzweifelt.

Als Nikki geendet hatte, atmete Constance tief durch. Die Geschichte der Larabees war vollkommen verrückt, ihre Verzweiflung jedoch deutlich spürbar. Sie massierte sich den Nacken und stellte fest, dass die Migräne abgeklungen, die Übelkeit verschwunden und ihr Körper wieder zu Kräften gekommen war. Die Magie der Ermittlungen …

»Wenn Sie wirklich wollen, dass ich etwas für Sie tue, müssen Sie mich zunächst losmachen!«, befahl sie. »Dann muss ich den Film von der Entführung Ihres Sohnes analysieren.«

Zögernd öffnete Sebastian die Handschellen. Inzwischen schaltete Nikki Constance' Computer ein, rief ihren E-Mail-Account auf und speicherte den Film auf der Festplatte.

»Hier, das haben wir bekommen«, sagte sie und drückte auf die Starttaste.

Constance sah sich das Video ein erstes Mal an, dann ein zweites Mal, wobei sie die wichtigen Einzelbilder anhielt.

Nikki und Sebastian blickten nicht auf den Bildschirm, sondern auf das Gesicht der Frau, die ihre letzte Hoffnung verkörperte.

Konzentriert ließ Constance den Film noch einmal

abspielen und erklärte dann überzeugt: »Das ist ein Fake!«

»Was soll das heißen?«, fragte Sebastian.

»Der Film ist ein Zusammenschnitt. Auf alle Fälle ist er nicht in der Station Barbès gedreht worden.«

»Aber …«, begann Nikki.

Constance hob die Hand, um sie zu unterbrechen. »In meiner Anfangszeit in Paris habe ich vier Jahre in der Rue Ambroise Paré gewohnt, genau gegenüber vom Krankenhaus Lariboisière. Mindestens zweimal am Tag habe ich die Metro an der Station Barbès-Rochechouart genommen.«

»Und?«

Sie drückte auf »Pause«, um das Bild anzuhalten.

»In Barbès gibt es zwei Linien, die Zwei, die an dieser Stelle oberirdisch, und die Vier, die unterirdisch verläuft.«

Während sie ihre Ausführungen fortsetzte, deutete sie mit ihrem Stift auf den Monitor.

»In dem Video handelt es sich ganz offensichtlich nicht um eine oberirdische Station. Es kann also nur die Linie 4 sein.«

»Stimmt«, meinte Sebastian.

»Die Linie 4 ist jedoch gekennzeichnet durch ihre Neigung und den geschwungenen Bahnsteig, was äußerst ungewöhnlich ist.«

»Das ist hier ganz eindeutig nicht der Fall«, sagte Nikki.

Sebastian beugte sich zu dem Bildschirm vor. Seine

Exkursion nach Barbès und seine unglückselige Begegnung mit dem Schwarzhändler hatte er noch deutlich vor Augen, nicht aber die exakte Ausrichtung der Metrostation.

Constance öffnete ihr Mailprogramm.

»Es gibt nur einen sicheren Weg, herauszufinden, wo der Film gedreht wurde«, erklärte sie und begann, eine E-Mail zu schreiben.

Sie sagte, sie würde das Video an ihren Kollegen Kommissar Maréchal weiterschicken. Er leite die regionale Unterabteilung der Verkehrspolizei, die für das Metronetz zuständig sei.

»Franck Maréchal kennt die Pariser Metro wie seine Westentasche. Ich bin sicher, er weiß, um welche Station es sich handelt.«

»Vorsicht, keine krummen Touren«, warnte Sebastian und beugte sich über ihre Schulter. »Wir haben nichts mehr zu verlieren. Versuchen Sie nicht, uns auszutricksen … Schließlich wollten Sie uns vor drei Stunden noch festnehmen. Warum sollten Sie Ihre Meinung jetzt geändert haben?«

Constance zuckte die Achseln und klickte auf »Senden«.

»Weil ich Ihnen Ihre Geschichte glaube. Und seien wir realistisch: Sie haben wirklich keine andere Wahl, als mir zu vertrauen …«

Kapitel 50

Während sie ihre Notizen noch einmal durchlas, rauchte Constance eine Zigarette nach der anderen. Wie eine Studentin, die ihre Arbeit korrigierte, unterstrich und kringelte sie ein, schrieb neu, machte Pfeile in der Hoffnung auf Denkanregungen und eine zündende Idee.

Langsam zeichnete sich eine Spur ab. Doch das Klingeln des Telefons hinderte sie daran, ihr weiter nachzugehen. Sie sah auf das Display. Es war Maréchal.

Sie hob ab und schaltete den Lautsprecher ein, damit auch Nikki und Sebastian das Gespräch verfolgen konnten. Maréchals einschmeichelnde und selbstsichere Stimme ertönte im Wohnzimmer.

»Hallo, Constance.«

»Salut, Franck.«

»Hast du dich vielleicht doch entschlossen, meine Einladung zum Abendessen anzunehmen?«

»Ja, ich würde mich sehr freuen, endlich deine Frau und deine Kinder kennenzulernen.«

»Ähm … na ja, du weißt genau, was ich meine …«

Constance schüttelte den Kopf. Maréchal war ihr Ausbilder an der Polizeischule Cannes-Écluse gewesen.

Kurz nach ihrem Examen hatten sie ein leidenschaftliches und zerstörerisches Verhältnis gehabt. Jedes Mal, wenn sie sich von ihm zu trennen drohte, versprach Franck ihr, sich scheiden zu lassen. Zwei Jahre lang hatte sie ihm geglaubt und ihn dann, des Wartens überdrüssig, verlassen.

Aber Franck hing noch immer an ihr. Alle halbe Jahre versuchte er sein Glück aufs Neue, auch wenn seine Avancen bislang fruchtlos geblieben waren.

»Hör zu, Franck, ich habe nicht viel Zeit.«

»Bitte, Constance, gib mir eine …«

Sie unterbrach ihn schroff: »Lass uns zur Sache kommen, ja? Das Video, das ich dir geschickt habe, stammt nicht von den Überwachungskameras der Station Barbès, stimmt's?«

Maréchal seufzte enttäuscht und schlug dann einen professionellen Ton an. »Richtig. Sobald ich die Bildfolge gesehen habe, wusste ich, dass sie in einer Phantomstation gedreht worden ist.«

»Eine Phantomstation?«

»Die wenigsten Leute wissen, dass das Pariser Metronetz einige Haltestellen hat, die auf keinem Plan auftauchen«, erklärte Maréchal. »Es sind solche, die während des Zweiten Weltkriegs geschlossen und nie wieder eröffnet wurden. Wusstest du zum Beispiel, dass es direkt unter dem Champ de Mars eine Station gibt?«

»Nein«, sagte Constance.

»Nachdem ich mir dein Video mehrmals angesehen habe, bin ich zu dem Schluss gekommen, dass es sich um den stillgelegten Bahnsteig an der Porte des Lilas handelt.«

»Was meinst du mit ›stillgelegtem Bahnsteig‹?«

»Auf der Linie 11 gibt es an der Haltestelle Porte des Lilas einen Bahnsteig, der 1939 für den Verkehr geschlossen wurde. Da werden heute manchmal Zugfahrer ausgebildet oder neue Wagen getestet, vor allem aber werden dort Filme und Werbespots gedreht, die in der Pariser Metro spielen sollen.«

»Ist das dein Ernst?«

»Voll und ganz. Im Lauf der Zeit ist sogar ein regelrechtes Studio entstanden. Die Ausstatter brauchen nur das Dekor und den Namen der Station zu ändern, dann kann der Film an jedem Bahnsteig und zu jeder Zeit spielen. Dort hat Jeunet seine Szenen für *Die fabelhafte Welt der Amélie* und haben die Coen-Brüder ihren Beitrag für den Episodenfilm *Paris, je t'aime* gedreht.«

Constance spürte Erregung in sich aufsteigen. »Und du bist sicher, dass mein kleines Video auch dort gemacht worden ist?«

»Ganz sicher, denn ich habe es an den Verantwortlichen der Verkehrsbetriebe weitergeleitet, und der hat es mir bestätigt.«

Schnell, intelligent und effizient: Franck war vielleicht ein Schuft, aber ein hervorragender Bulle …

»Er erinnert sich übrigens genau an die Dreharbeiten, denn die haben erst letztes Wochenende stattgefunden«, erklärte Maréchal. »Man hat den Bahnsteig zwei

Tage lang den Filmschülern des *Conservatoire libre du cinéma français* zur Verfügung gestellt.«

»Und hast du auch dort angerufen?«

»Natürlich. Ich weiß sogar, wer dein Video gedreht hat. Aber wenn du den Namen wissen willst, musst du mit mir zum Essen gehen.«

»Das ist Erpressung!«, erwiderte sie empört.

»So könnte man es nennen«, gab er zu. »Aber wenn man etwas wirklich will, sind alle Mittel erlaubt, stimmt's?«

»Dann scher dich zum Teufel. Ich finde es auch allein heraus.«

»Wie du willst, meine Liebe.«

Sie wollte gerade auflegen, als Sebastian sie an der Schulter fasste und stumm formulierte: »Akzeptieren!« Nikki unterstützte ihren Exmann, indem sie mit dem Zeigefinger auf das Ziffernblatt ihrer Uhr klopfte.

»Okay, Franck, ich gehe mit dir zum Abendessen.«

»Versprochen?«

»Ich schwöre es.«

Zufrieden teilte ihr Maréchal das Ergebnis seiner Recherche mit: »Die Leiterin des Konservatoriums hat mir gesagt, sie hätten im Moment amerikanische Austauschstudenten von einer New Yorker Partnerschule da.«

»Und einer dieser Amerikaner hat den Film gedreht?«

»Ja, einen Kurzfilm im Rahmen einer Hommage an

Alfred Hitchcock mit dem Titel *39 Sekunden*, eine Anspielung auf *Die 39 Stufen* …«

»Danke, ich kenne die Klassiker … Weißt du den Namen des Schülers?«

»Er heißt Simon. Simon Turner, er wohnt in der *Cité Internationale Universitaire,* aber falls du die Absicht hast, ihn zu befragen, musst du dich beeilen, er reist heute Abend zurück in die Staaten.«

Sobald Nikki den Namen hörte, biss sie sich auf die Lippe, um nicht laut aufzuschreien.

Constance legte auf und sah sie an. »Kennen Sie ihn?«

»Natürlich! Simon Turner ist Jeremys bester Freund!«

Das Kinn in die Hand gestützt, überlegte Constance kurz, ehe sie sagte: »Ich glaube, Sie müssen sich den Tatsachen stellen. Ihr Sohn hat seine Entführung vorgetäuscht.«

Kapitel 51

»Unsinn!«, rief Sebastian aufgebracht.

Constance drehte sich zu ihm um.

»Überlegen Sie doch mal: Wer hatte Zugang zu Ihrer Kreditkarte und Ihrem Safe? Wer kennt Ihre Kleidergröße?«

Der Geigenbauer schüttelte den Kopf, unfähig, das Offensichtliche zu akzeptieren. Constance setzte ihren Fragenkatalog fort und sah aufmerksam von Nikki zu ihrem Exmann.

»Wer wusste von Ihrer ersten Reise nach Paris? Wer kennt Sie gut genug, um sicher zu sein, dass Sie, ohne zu zögern, den erstbesten Flug nach Frankreich nehmen würden und in der Lage wären, das Rätsel des Pont des Arts und des Vorhängeschlosses zu lösen?«

Auf Nikkis Gesicht zeichnete sich Bestürzung ab. »Camille und Jeremy …«, musste sie zugeben. »Aber warum hätten sie das tun sollen?«

Constance sah zum Fenster hinaus. Ihr Blick verlor sich in der Ferne, und ihr Tonfall wurde weicher.

»Meine Eltern haben sich scheiden lassen, als ich vierzehn Jahre alt war«, erinnerte sie sich. »Das war vielleicht die schlimmste Zeit meines Lebens. Eine tiefe

Zerrissenheit, alle Gewissheiten waren mit einem Schlag über den Haufen geworfen …«

Langsam zündete sie sich eine Zigarette an und sog den Rauch tief ein, dann fuhr sie fort: »Ich denke, die meisten Scheidungskinder hegen die geheime Hoffnung, Vater und Mutter eines Tages wieder vereint zu sehen und …«

Sebastian, der diese Hypothese ablehnte, unterbrach sie: »Was Sie da erzählen, hat weder Hand noch Fuß. Sie vergessen das Kokain, die verwüstete Wohnung, den Mord an Drake Decker! Ganz zu schweigen von dem verrückten Koloss, der mich umbringen wollte!«

»Stimmt, meine Theorie erklärt nicht alles«, gab Constance zu.

Kapitel 52

»Kommen Sie herein, Lieutenant«, sagte Keren White und blickte von ihren Akten auf.

Santos öffnete die Tür zum Büro der Anthropologin. Sie erhob sich von ihrem Schreibtisch und gab eine Kapsel in die Kaffeemaschine.

»Espresso?«

»Warum nicht?«, antwortete er und betrachtete die makabren Fotos an den Wänden.

Geschwollene, zerschnittene Gesichter. Zerfetzte, zusammengenähte Leiber, vom Schrei des Grauens verzerrte Münder.

Santos wandte den Blick von diesem Horror ab und betrachtete die Anthropologin, während diese den Kaffee zubereitete. Mit ihrem schmalen Rock, der kleinen runden Brille, dem Haarknoten und dem strengen Gesicht ähnelte sie einer Lehrerin alten Schlages. Trotz ihres Spitznamens *Miss Skeleton* beschäftigte sie die Phantasie etlicher Kollegen. Ihre Aufgabe innerhalb des NYPD war es, die menschlichen Überreste – Knochen, verkohlte oder halb verweste Körper –, die an den Tatorten gefunden wurden, zu identifizieren. Eine komplexe Arbeit: Da sie um den modernen Stand der Kriminaltechnik wussten, verstümmelten immer mehr Mörder ihre Opfer so geschickt, dass eine Identifizierung kaum mehr möglich war.

»In zehn Minuten habe ich eine Autopsie«, erklärte sie mit einem Blick auf ihre Uhr.

»Dann kommen Sie gleich zur Sache«, sagte der Cop und nahm Platz.

Keren White schaltete alle Lampen aus. Draußen wurde es zwar langsam Tag, aber der graue Himmel sorgte für trübes Licht im Raum. Mit einer Fernbedienung erweckte die Anthropologin einen großen Flachbildschirm an der Wand zum Leben und rief eine Diashow von der Autopsie des »Maori«-Riesen auf, den Sebastian Larabee in Deckers Kneipe ermordet hatte.

Der kupferfarbene Fleischberg, der im grellen Licht der Projektoren auf einem Inoxtisch lag, hatte etwas Abstoßendes, doch Santos hatte schon Schlimmeres gesehen. Er kniff die Augen zusammen und betrachtete verwundert die eindrucksvollen Tätowierungen, die die Leiche überzogen. Nicht nur das Gesicht, der ganze Körper war voll davon: Spiralen an den Oberschenkeln, riesige Stammesmotive auf dem Rücken, Arabesken auf der Brust.

Keren White stand jetzt vor dem Bildschirm und begann zu erklären: »Wegen der Schnitttechnik und der Motive im Gesicht habe ich, wie Sie, zunächst gedacht, das Opfer sei polynesischer Abstammung.«

»Aber dem ist nicht so …«

»Nein. Die Motive sind zwar ähnlich, entsprechen aber nicht ganz dem strikten Code der Polynesier. Ich glaube, es handelt sich eher um die Kennzeichen einer Gang.«

Santos kannte das Ritual. Bei den mittelamerikanischen Gangs zeigte die Tätowierung die Zugehörigkeit einer Person und die lebenslange symbolische Verbindung an.

Keren White drückte auf die Fernbedienung, und eine neue Serie von Bildern erschien.

»Diese Fotos stammen aus einem kalifornischen Gefängnis. Die Häftlinge gehören verschiedenen Gangs an, doch das Schema ist immer gleich: Verüben die Mitglieder ein neues Verbrechen zugunsten ihrer Gemeinschaft, dürfen sie eine weitere Tätowierung hinzufügen. Ein Stern auf dem Arm zeigt zum Beispiel, dass man jemanden umgebracht hat, dasselbe Zeichen auf der Stirn bedeutet, dass es zwei Menschen waren.«

»Der Körper wird zu einer Art Curriculum Vitae des Verbrechens«, stellte Santos fest.

Die Anthropologin nickte und kam dann zu der Vergrößerung einer Tätowierung des Opfers.

»Bei unserem ›Freund‹ finden wir das fünfzackige rote Sternsymbol. Es muss so tief in die Haut geschnitten worden sein, dass es wie ein Relief erscheint.«

»Haben Sie es analysiert?«

»Sehr eingehend. Das Instrument, das verwendet wurde, war sicher ein traditionelles Messer mit kurzer Klinge. Interessanter aber sind die Farbpigmente. Ich denke, es handelt sich um einen ganz speziellen Pflanzensaft, nämlich um den des brasilianischen Kautschukbaums.«

Keren White machte eine kurze Pause und kam dann zu einem anderen Bild.

»Ich habe diese Fotos von Gefangenen im brasilianischen Gefängnis von Rio Branco gefunden.«

Santos erhob sich, trat näher und entdeckte auf den Körpern dieselben Tätowierungen wie auf dem des vermeintlichen Maori: verschlungene Arabesken, spiralförmige Gebilde.

Die Anthropologin fuhr fort: »Diese Gefangenen haben eines gemeinsam: Sie gehören alle zum Drogenkartell der *Seringueiros*, das in Acre, einem kleinen Bundesstaat Amazoniens an der Grenze zu Peru und Bolivien, ansässig ist.«

»Die *Seringueiros*?«

»So hat man früher die Gummizapfer genannt. Acre war einer der größten Produzenten. Ich nehme an, sie haben den Namen übernommen.«

Sie schaltete den Bildschirm aus und das Licht wieder ein. Santos brannten mehrere Fragen auf den Lippen, doch *Miss Skeleton* verabschiedete ihn: »Jetzt sind Sie am Zug, Lieutenant«, erklärte sie und trat auf den Gang.

Santos stand vor dem Kommissariat am Ericsson Place. Verblüfft von Keren Whites Enthüllungen, hatte er das Bedürfnis, nachzudenken. Er betrat ein *Starbucks* in der

Nähe, bestellte etwas Heißes zu trinken, setzte sich an einen Tisch und überlegte.

Das Kartell der *Seringueiros* …

Auch wenn er schon seit zehn Jahren bei der Drogenfahndung war, hatte er doch noch nie davon gehört. Das war an sich nicht weiter verwunderlich, denn seine tägliche Arbeit bestand eher darin, die örtlichen Dealer einzusperren, als große internationale Netzwerke auffliegen zu lassen. Er klappte seinen Laptop auf und loggte sich ins WLAN ein. Auf der Internetseite der *Los Angeles Times* fand er einen Artikel vom letzten Monat, der das Kartell betraf.

Der Fall des *Seringueiros*-Kartells

Nach zweijährigen Ermittlungen haben die brasilianischen Behörden ein Drogendealer-Kartell enttarnt, das in dem Amazonien-Staat Acre im westlichsten Teil des Landes agierte.

Nach kolumbianischem Vorbild organisiert, hatten die *Seringueiros* ihre Fühler in fast zwanzig der insgesamt sechsundzwanzig Bundesstaaten ausgestreckt. Das Kokain wurde aus Bolivien eingeflogen und dann per Auto in die großen Städte geschafft.

Der heute inhaftierte Pablo »Imperador« Cardoza leitete dieses Mafia-Unternehmen mithilfe einer Armee von Söldnern, die mit seltener Brutalität mehr als fünfzig Widersacher ermordet haben sollen.

Seit Langem in Acre ansässig, brachte die Gang der *Seringueiros* auf geheimen Landebahnen im amazonischen Dschungel jährlich mehr als fünfzig Tonnen Kokain ins Land.

In festem Rhythmus nahmen die Drogenschmuggler dort Tausende Kilo von reinem Stoff in Empfang, der anschließend verschnitten, in die Großstädte, vor allem nach Rio und São Paulo, transportiert und dort von einer Heerschar von Dealern verkauft wurde.

Um seine Macht auszubauen und zu festigen, hat das Pablo-Cardoza-Kartell mittels Korruption ein riesiges Netzwerk aufgebaut, dem Hunderte von Parlamentariern, Firmenchefs, Bürgermeistern, Richtern und hohen Beamten der Kriminalpolizei angehörten. Heute wird ihnen vorgeworfen, Ermittlungen zu Morden, die dieser Mafia zugeschrieben werden, einfach ad acta gelegt zu haben. In letzter Zeit wurden im ganzen Land mehrere Verhaftungen vorgenommen, weitere werden erwartet.

Santos nahm sich die Zeit, nach weiteren Informationen zu suchen.

Was tun?

Vom Fieber der Ermittlungen gepackt, versuchte er, seine Gedanken zu ordnen. Es war klar, dass seine Vorgesetzten ihm nie die Erlaubnis geben würden, in Brasilien zu recherchieren. Dazu gab es zu viele verwaltungstechnische und diplomatische Hindernisse. Theoretisch könnte er Kontakt zu seinen brasilianischen Kollegen aufnehmen und ihnen einen Bericht schicken, doch er wusste schon im Voraus, dass er auf diesem Weg keine konkreten Ergebnisses bekommen würde.

Frustriert konsultierte er trotzdem die Seiten verschiedener Fluggesellschaften. Rio Branco, die Hauptstadt von Acre, war weit entfernt. Noch dazu war sie alles andere als leicht zu erreichen: Bei einem Abflug von New York müsste er drei Mal umsteigen! Die Reise war zwar teuer, aber erschwinglich: Etwa tausenddreihundert Dollar mit einer Billigfluglinie. So viel Geld hatte er auf seinem Konto.

Er zögerte nicht lange.

Nikkis Bild erschien wieder vor seinem inneren Auge. Wie ferngesteuert, fuhr Santos mit dem Wagen zu seiner Wohnung, wo er ein paar Sachen einpackte, und dann weiter zum Flughafen.

Kapitel 53

Constance ließ die Scheibe herunter und zeigte dem Wächter am Eingang der *Fondation des États-Unis* ihren Dienstausweis.

»Kommissar Lagrange, BNRF, bitte öffnen Sie das Tor.«

Die Studentenstadt lag im 14. Arrondissement gegenüber vom Parc Montsouris und der neuen Straßenbahnhaltestelle Maréchaux. Constance parkte das Coupé vor dem großen Backsteingebäude. Gefolgt von Nikki und Sebastian, betrat sie die Eingangshalle und verlangte an der Rezeption die Zimmernummer von Simon Turner.

Vorbei an zahlreichen kleinen Künstlerateliers und schallgedämmten Räumen, die den Musikstudenten vorbehalten waren, gelangten sie in den fünften Stock.

Constance stieß die Zimmertür auf, ohne anzuklopfen. Ein junger Mann mit modischer Frisur, trendigem T-Shirt, Röhrenjeans und Vintage-Sneakers mühte sich ab, einen großen Koffer auf dem ungemachten Bett zu schließen. Die schlanke, zierliche Gestalt und das Piercing an der Augenbraue verliehen ihm etwas Androgynes und Manieriertes.

»Soll ich dir helfen, mein Hübscher?«, fragte Constance und hielt ihm ihren Dienstausweis unter die Nase.

Der Junge wurde bleich, und seine Züge drohten zu entgleisen. »Ich … ich bin amerikanischer Staatsbürger«, stammelte er, als die Kommissarin ihn fest am Arm packte.

»So was kennt man aus Filmen, mein Junge. In der Realität wirkt das wie ein Klischee«, erwiderte sie und zwang ihn, sich auf seinen Schreibtischstuhl zu setzen.

Als er die Larabees hinter der Beamtin erkannte, rief er, an Nikki gewandt: »Ich schwöre Ihnen, ich habe versucht, es Jeremy auszureden!«

Sebastian trat zu ihm und legte ihm die Hand auf die Schulter. »In Ordnung, mein Junge, wir glauben dir. Beruhige dich und erzähl uns alles von Anfang an.«

Den Tränen nahe, gestand Simon die ganze Geschichte. Wie Constance vermutet hatte, war es Jeremys Idee gewesen, der auf diese Weise versuchen wollte, seine Eltern wieder zusammenzubringen.

»Er war überzeugt davon, dass Ihre Gefühle neu aufleben würden, wenn Sie ein paar Tage zusammen verbringen würden«, erklärte Simon. »Das glaubt er schon seit mehreren Jahren. Zum Schluss war es fast eine fixe Idee geworden. Sobald er seine Schwester zu seiner Verbündeten gemacht hatte, arbeitete er einen Plan aus, um Sie zu zwingen, zusammen nach Paris zu reisen.«

Verblüfft lauschte Sebastian dem Jungen, doch er konnte ihm nicht wirklich glauben.

»Der einzige Weg, Sie beide zum Einlenken zu bringen, war, vorzutäuschen, dass eines Ihrer Kinder in Gefahr ist«, fuhr Simon fort. »So ist er auf die Idee gekommen, eine Entführung zu inszenieren.« Er hielt kurz inne.

»Weiter!«, drängte Nikki.

»Jeremy hat seine Leidenschaft für den Film genutzt: Er hat ein richtiges Szenario mit Indizien und falschen Fährten ausgearbeitet, um Sie beide zu seiner Rettung zur Zusammenarbeit zu bewegen.«

Constance griff ein. »Und welche Rolle kam dir dabei zu?«

»Mein Aufenthalt in Paris war schon lange geplant. Jeremy hat mich gebeten, in diesem Rahmen einen Kurzfilm über den Angriff auf ihn und die Entführung in der Metro zu drehen.«

»Hast du uns den Film geschickt?«, fragte Sebastian.

Der Junge nickte, fügte jedoch hinzu: »Aber das Opfer, das man in dem Film sieht, ist nicht Jeremy, sondern mein Freund Julian. Er sieht Ihrem Sohn ein bisschen ähnlich, und vor allem hat er seine Kleidung getragen: Baseballkappe, Blouson und *Shooters*-T-Shirt. Und Sie sind darauf reingefallen ...«

»Findest du das etwa lustig?«, rief Sebastian und schüttelte Simon heftig. Entnervt versuchte er, den Ablauf der Ereignisse zu rekonstruieren. »Hast du uns etwa auch von der Bar *La Langue au Chat* aus angerufen?«

»Ja, das war Camilles Idee. Ist doch ganz witzig oder?«

»Und dann?«, drängte Constance.

»Ich habe Jeremys Anweisungen haargenau befolgt: Seinen Rucksack in einem Schließfach an der Gare du Nord deponieren, das Vorhängeschloss am Pont des Arts anbringen und die Kleidung, die ich in Camilles Auftrag gekauft habe, in Ihr Hotel liefern lassen.«

Sebastian konnte sich kaum noch beherrschen. »Niemals hätte sich Camille auf solch einen Blödsinn eingelassen!«

Simon zuckte die Achseln. »Aber sie war es, die Ihre Kreditkarte geklaut hat, als Sie noch in New York waren, um das Hotel am Montmartre und die Seinerundfahrt zu reservieren.«

»Das stimmt nicht!«

»Das ist die Wahrheit!«, antwortete der Junge. »Und das Buch bei dem Bouquinisten – wer hat das Ihrer Meinung nach aus Ihrem Safe geholt, um es auf eBay zu verkaufen?«

Angesichts der zunehmenden Beweise verfiel Sebastian in stumme Fassungslosigkeit.

Ruhig legte Nikki die Hand auf Simons Arm. »Wie sollte diese Schnitzeljagd ausgehen?«

»Sie haben doch das Foto gefunden, oder?«

Sie nickte. »Das war also das erste Puzzleteil?«

»Genau. Eine Verabredung im Jardin des Tuileries. Jeremy und Camille wollten Sie heute Abend um halb sieben dort treffen, um Ihnen die Wahrheit zu gestehen, aber ...« Simon zögerte und suchte nach Worten.

»Aber was?«, fragte Constance barsch.

»Sie sind nicht wie geplant nach Paris gekommen«, fuhr Simon nervös fort. »Seit einer Woche habe ich nichts mehr von Jeremy gehört, und seit zwei Tagen geht Camille nicht mehr an ihr Handy.«

Vor Zorn bebend, richtete Sebastian den Zeigefinger auf ihn. »Ich warne dich, wenn das wieder eine Lüge ist …«

»Das ist die Wahrheit! Ich schwöre es!«

»Aber die Drogen und der Mord – das gehörte wohl nicht zu deinem Plan?«, explodierte Sebastian.

Simon starrte sie entsetzt an. »Welche Drogen? Welche Morde?«, fragte er panisch.

Kapitel 54

Außer sich vor Wut packte Sebastian den Jungen beim Kragen und riss ihn von seinem Stuhl hoch.

»Im Zimmer meines Sohnes befand sich ein Kilo Kokain. Jetzt erzähl mir bloß nicht, du hättest nichts davon gewusst.«

»Sind Sie verrückt? Weder Jeremy noch ich haben je Koks angerührt!«

»Aber du hast ihn zum Pokerspielen verleitet!

»Na und? Ist das verboten?«

»Mein Sohn war da noch nicht einmal fünfzehn«, brüllte er und drückte den Jungen an die Wand.

Simon zitterte am ganzen Leib. Die Angst verzerrte seine Züge. Da er einen Fausthieb fürchtete, hielt er schützend die Arme vor sein Gesicht.

»Du hättest auf ihn aufpassen müssen, statt ihn zu Drake Decker zu schleifen!«

Simon öffnete die Augen und stammelte: »Decker? Der Typ vom *Boomerang*? Um den zu treffen, hat Jeremy mich nicht gebraucht. Er hat ihn in der Zelle auf dem Revier kennengelernt, wo man ihn festgehalten hat, weil er ein Videospiel geklaut hatte.«

Erschüttert ließ Sebastian den Jungen los.

Jetzt schaltete sich Nikki ein: »Heißt das, Decker hat Jeremy vorgeschlagen, in seiner Bar Poker zu spielen?«

»Ja, und das hat dieses fette Schwein dann bitter bereut. Jeremy und ich haben ihm fünftausend Dollar abgeknöpft. Und zwar ganz legal.«

Simon war wieder etwas selbstsicherer geworden. Er strich sein T-Shirt glatt und fuhr fort: »Diese Demütigung hat Decker nicht verkraftet. Weil er uns das Geld nicht geben wollte, haben wir beschlossen, bei ihm einzubrechen, um ihm den Koffer zu klauen, in dem er seine Kohle aufbewahrt.«

Der Pokerkoffer aus Alu …

Nikki und Sebastian sahen sich verblüfft an. Ihnen wurde augenblicklich klar, dass der Diebstahl dieses Koffers das ganze Desaster ausgelöst hatte.

»In dem Ding war etwa ein Kilo Koks!«, schrie Sebastian.

Simon riss verwundert die Augen auf. »Nein …«

»In den Jetons versteckt«, erklärte Nikki.

»Davon haben wir nichts gewusst«, verteidigte sich der Junge. »Wir wollten uns nur das Geld holen, das Drake uns schuldete.«

Constance hatte der Diskussion schweigend gelauscht und versucht, den Ablauf der Ereignisse zu verstehen. Langsam fügten sich die Teile des Puzzles zusammen, doch etwas stimmte nicht.

»Sag mal, Simon, wann habt ihr den Koffer geklaut?«

Der Junge überlegte. »Genau vor meiner Abreise nach Frankreich, das war vor zwei Wochen.«

»Und hattet ihr keine Angst, dass Decker sich rächen würde, wenn er den Diebstahl bemerkt?«

Simon zuckte die Achseln. »Da bestand keine Gefahr, denn außer unseren Vornamen wusste er nichts von uns. Und Brooklyn zählt zweieinhalb Millionen Einwohner!«, erklärte er überzeugt.

Constance ignorierte die Bemerkung. »Du sagst, Decker hätte euch fünftausend Dollar geschuldet. Wie viel war in dem Koffer?«

»Etwas mehr«, gab Simon zu. »Es waren etwa siebentausend, die wir, unserem Gewinn entsprechend, unter uns aufgeteilt haben. Wir waren nicht unzufrieden über diesen kleinen Bonus. Außerdem brauchte Jeremy Geld, um seinen Plan zu finanzieren, und …« Er hielt mitten im Satz inne.

»Und was?«, beharrte Constance.

Verlegen senkte Simon den Kopf. »Ehe er Sie hier in Paris treffen würde, wollte er ein paar Tage nach Brasilien …«

Brasilien …

Nikki und Sebastian sahen sich beunruhigt an. Als sie vor zwei Tagen vor der Schule mit Thomas gesprochen hatten, hatte dieser eine Brasilianerin erwähnt, die Jeremy via Internet kennengelernt habe.

»Das hat er mir auch erzählt«, bestätigte Simon. »Nachts chattete er mit einer schönen Carioca. Sie haben sich über die Facebook-Seite der *Shooters* kennengelernt.«

»Der Rockgruppe? Warte mal, das kann doch nicht

sein«, unterbrach Nikki ihn. »Die *Shooters* sind nicht *Coldplay*, sie spielen in kleinen, halb leeren Sälen und abgelegenen Klubs. Wie soll ein Mädchen aus Rio de Janeiro Fan dieser unbekannten Gruppe sein?«

Simon winkte ab. »Heute mit Internet geht alles …«

Sebastian seufzte. Trotz seiner Erregung fragte er ruhig: »Und kennst du dieses Mädchen?«

»Sie heißt Flavia. Den Fotos nach zu urteilen, ist sie ziemlich heiß.«

»Du hast ein Foto?«

»Ja, Jeremy hat ein paar auf Facebook gepostet«, sagte er und holte seinen Laptop aus der Tasche.

Er loggte sich via WLAN bei Facebook ein und öffnete mit ein paar Mausklicks eine Seite, die Fotos eines bildhübschen Mädchens zeigte. Eine blauäugige Blondine mit aufregender Figur und leicht gebräunter Haut.

Constance, Nikki und Sebastian beugten sich über den Bildschirm und musterten die junge Brasilianerin, deren Schönheit zu perfekt war: Ein Gesicht wie das einer Barbiepuppe, schmale Taille, üppiger Busen, gelocktes Haar. Die Fotos zeigten das Pin-up-Girl in verschiedenen Posen: Flavia am Strand, Flavia auf dem Surfbrett, Flavia mit einem Cocktail, Flavia mit Freundinnen beim Beachvolley, Flavia im Bikini auf dem warmen Sand …

»Was weißt du noch über sie?«

»Ich glaube, sie arbeitet in einer Cocktailbar am Strand. Jeremy hat mir erzählt, sie würde auf ihn stehen und hätte ihn für ein paar Tage zu sich nach Hause eingeladen.«

Sebastian schüttelte den Kopf. Wie alt mochte diese blonde Schönheit sein? Zwanzig, zweiundzwanzig? Wie sollte man glauben, dass dieses Mädchen sich in einen fünfzehnjährigen Jungen verknallt hatte?

»Weißt du, welcher Strand das ist?«, fragte Nikki.

Constance klopfte auf den Bildschirm. »Ipanema«, versicherte sie.

Sie zoomte in einen Abschnitt des Bildes hinein, und man erkannte hinter dem Strand eine Landschaft mit hohen Hügeln.

»Diese beiden Berge dort bezeichnet man als die ›zwei Brüder‹. Dort geht die Sonne unter«, erklärte sie. »Ich war vor ein paar Jahren im Urlaub da.«

Sie bearbeitete das Foto so, dass man anhand der Beschriftung der Sonnenschirme den Namen der Bar lesen konnte, in der Flavia arbeitete: *Cachaça*. Sie notierte ihn in ihrem Heft.

»Und Camille?«, fragte Nikki.

Simon schüttelte den Kopf. »Nachdem sie nichts von Jeremy gehört hat, fing sie an, sich Sorgen zu machen, und wollte zu ihm nach Rio fahren. Aber ich sage ja, seit sie in Brasilien ist, kann ich sie nicht mehr erreichen.«

In Sebastians Kopf vermischten sich Verzweiflung und Erschöpfung. Er stellte sich seine beiden Kinder in dieser Riesenstadt vor – verloren und ohne Geld.

Eine Hand legte sich auf seine Schulter.

»Lass uns nach Rio fahren«, schlug Nikki vor.

Aber Constance intervenierte sofort: »Ich fürchte, das wird nicht möglich sein. Ich erinnere Sie daran, dass Sie Flüchtige sind, gegen die ein internationaler Haftbefehl vorliegt. Ihre Personenbeschreibung ist überall bekannt. In Roissy bleiben Sie keine zehn Minuten auf freiem Fuß …«

»Vielleicht können Sie uns helfen«, flehte Nikki, die mit den Tränen kämpfte. »Es geht um unsere Kinder!«

Constance seufzte und blickte zum Fenster hinaus. Sie versetzte sich vierundzwanzig Stunden zurück, als sie die Akte Larabee auf ihrem Handy empfangen hatte. Beim Überfliegen der ersten Seiten hätte sie nie gedacht, dass dieser dem Anschein nach so banale Fall eine solche Wendung nehmen würde. Doch sie musste auch zugeben, dass es nicht lange gedauert hatte, bis sie aufrichtiges Mitgefühl für dieses ungewöhnliche Paar und seine verrückten Kinder empfunden hatte. Sie hatte ihre Geschichte geglaubt und ihnen zu helfen versucht, doch jetzt war sie auf ein unüberwindbares Hindernis gestoßen.

»Es tut mir leid, aber ich sehe keinen Weg, Sie außer Landes zu bringen«, erklärte sie und wich Nikkis Blick aus.

Kapitel 55

»Willkommen an Bord, Madame Lagrange. Willkommen an Bord, Monsieur Botsaris.«

Nikki und Sebastian steckten ihre Bordkarten ein und folgten der charmanten Stewardess der größten lateinamerikanischen Fluggesellschaft TAM zu ihren Plätzen in der Businessclass. Sebastian reichte ihr seine Jacke, behielt aber die beiden wertvollen Pässe bei sich, die ihnen Constance und ihr Assistent ausgehändigt hatten.

»Unglaublich, dass das geklappt hat«, flüsterte er und betrachtete das Foto von Nicolas Botsaris. »Der Typ ist fünfzehn Jahre jünger als ich!«

»Du siehst zwar auch jünger aus«, meinte Nikki, »aber die Beamten an der Passkontrolle haben es wirklich nicht sehr genau genommen.«

Ängstlich sah sie aus dem Fenster auf die Leuchtmarkierungen, die in der Nacht blinkten. Es regnete in Strömen. Die Tropfen malten ein silbriges Muster auf den Asphalt. Ein Sauwetter, das nicht gerade dazu angetan war, ihre Flugangst zu mindern. Sie suchte in dem kleinen Etui, das die TAM jedem Passagier zur Verfügung stellte, nach einer Schlafbrille, legte sie auf die Augen und setzte die Kopfhörer des iPods auf, den sie in Jeremys Zimmer gefunden hatte, in der Hoffnung, möglichst bald einschlafen zu können.

Schlafen, um ihre Angst zu beherrschen.

Ihre Kräfte zu schonen.

Sie wusste, dass ihre Aufgabe in Brasilien nicht leicht sein würde. Sie hatten in Paris viel Zeit verloren. Wenn sie ihre Kinder wiederfinden wollten, würden sie schnell handeln müssen.

Von der Musik beruhigt, verfiel Nikki in leichten Schlaf, eine Mischung aus Träumen und Erinnerungen: an die Entbindung, die erste Trennung von ihren Kindern, eine Unterbrechung der Symbiose nach Monaten des Glücks, wenn sie ihre Bewegungen gespürt hatte.

Die Boeing 777 war vor mehr als zwei Stunden gestartet und flog jetzt über Portugal. Sebastian reichte der Stewardess sein Tablett zum Abräumen.

Er ließ sich in seinen Sitz zurücksinken. Er hätte gern geschlafen, war aber zu nervös. Um sich zu beschäftigen, schlug er den Reiseführer auf, den Constance ihm mitgegeben hatte, und überflog die ersten Zeilen.

Rio de Janeiro, eine Megastadt mit über sechs Millionen Einwohnern, ist bekannt für den Karneval, Sandstrände und eine Vorliebe für Feste. Doch die zweitgrößte Stadt Brasiliens ist auch von Kriminalität und Gewalt geprägt. Mit mehr als fünftausend offiziell registrierten Morden im letzten Jahr ist Rio einer der gefährlichsten Orte der Welt. Die Rate tödlicher Verbrechen ist dreißigmal höher als in Frankreich und …

Er erschauerte. Dieser Anfang der Lektüre ängstigte ihn derart, dass er mitten im Satz abbrach und das Buch in das Netz am Vordersitz schob.

Keine Panik.

Seine Gedanken wanderten zu Constance Lagrange. Es war unglaubliches Glück im Unglück gewesen, dass Nikki und er ihr begegnet waren. Ohne sie säßen sie jetzt vermutlich im Gefängnis. Sie hatte ihre Flugtickets bezahlt, ihnen Papiere und ein Handy besorgt und Geld gegeben …

Die niederschmetternde Diagnose, die diese Frau erhalten hatte, hatte ihn zutiefst erschüttert. Sie war noch so jung und so aktiv! Ihr Schicksal schien besiegelt zu sein. Aber stand der Ausgang wirklich so unumstößlich fest? Er war schon mehrmals Menschen begegnet, die einen hartnäckigen Kampf gegen die Krankheit geführt und die Diagnose der Ärzte widerlegt hatten. Der bekannte New Yorker Onkologe Dr. Garrett Goodrich hatte seine Mutter von ihrem Tumor geheilt. Vielleicht führte es zu nichts, aber er hatte sich geschworen, alles zu tun, um Constance einen Termin bei ihm zu verschaffen.

Bei dem Gedanken an seinen Sohn überkam ihn eine Mischung aus Wut und Bewunderung. Wut wegen seines Leichtsinns, der ihn dazu veranlasst hatte, sich selbst in Gefahr zu bringen und seine Schwester mit in die Sache hineinzuziehen. Aber auch aufrichtige Rührung. Die Tatsache, dass Jeremy seine eigene Entführung inszeniert hatte, um Nikki und ihn wieder zusammenzubringen, zeugte von dem Schmerz, den er seit ihrer Trennung erduldete. Fast widerwillig empfand Sebastian so etwas wie Stolz auf die Hartnäckigkeit seines Sohnes. Jeremy hatte ihn überrascht und beeindruckt.

Sebastian schloss die Augen. Wenn er an die letzten drei Tage zurückdachte, wurde ihm schwindlig. Innerhalb weniger Stunden war sein Leben aus der Bahn und außer Kontrolle geraten. Zweiundsiebzig Stunden voller Sorge und Angst, aber auch erregender Spannung.

Denn eines war sicher, und das hatte Sebastian verstanden: Mit Nikki fühlte er sich lebendig. Halb Engel, halb Dämon, ging von ihr eine Vitalität und jugendliche Lebendigkeit aus, kombiniert mit einer Anziehungskraft, die ihn völlig durcheinanderbrachte. Besessen von der Angst um ihre Kinder, hatten sie es geschafft, ihre Gegensätze zu überwinden und sich zusammenzutun. Trotz der Vergangenheit, der Unvereinbarkeit ihrer Charaktere und der vorprogrammierten Konflikte. Natürlich konnten sie nicht miteinander reden, ohne zu streiten, und beide litten noch unter ihrem alten Groll, doch wie am ersten Tag ihrer Beziehung gab es eine Alchemie zwischen ihnen, einen explosiven Cocktail aus Sinnlichkeit und Verbundenheit.

Mit Nikki war das Leben wie eine *screwball comedy*. Er

war Cary Grant und sie Katharine Hepburn. Er musste sich den Tatsachen beugen: Er hatte nichts lieber getan, als mit ihr zu lachen, zu streiten, zu diskutieren. Sie machte den Alltag reich und intensiv und entzündete jene kleine Flamme, die die Würze des Lebens ausmachte.

Sebastian seufzte. Wie um ihn zur Ordnung zu rufen, blinkte eine Alarmlampe in seinem Kopf. Wenn er eine Chance haben wollte, seine Kinder wiederzufinden, durfte er sich vor allem nicht erneut in seine Exfrau verlieben.

Denn wenn Nikki auch seine wichtigste Verbündete war, blieb sie zugleich doch sein größter Feind.

Vierter Teil
The Girl from Ipanema

Es bleibt zwischen Menschen, sie seien noch
so eng verbunden, immer ein Abgrund offen,
den nur die Liebe, und auch nur mit einem Notsteg,
überbrücken kann.

Hermann Hesse

Kapitel 56

Táxi! Táxi! Um táxi para levá-lo ao seu hotel!

Angespannte Stimmung, extrem laute Geräuschkulisse, lange Warteschlangen am Gepäckband und am Zoll, und noch dazu war es in dem riesigen Flughafen Galeão feucht und drückend warm wie in einem Brutkasten.

Táxi! Táxi! Um táxi para levá-lo ao seu hotel!

Die Gesichter von Müdigkeit gezeichnet, liefen Nikki und Sebastian an dem Heer von Taxifahrern, die sich in der Ankunftshalle auf die Touristen stürzten, vorbei in Richtung Autovermietung. Der vermeintlich kurze Zwischenstopp in São Paulo hatte sich ewig hingezogen. Wegen irgendeiner Behinderung auf der Startbahn hatte ihr Flugzeug zwei Stunden Verspätung gehabt und war erst um halb zwölf hier gelandet.

»Ich gehe Geld wechseln, und du kümmerst dich um den Wagen«, schlug sie vor.

Sebastian, der mit dieser Aufteilung einverstanden war, stellte sich am Schalter der Autovermietung an und zog Botsaris' Führerschein heraus. Als er an der Reihe war, zögerte er, welches Modell er wählen sollte. Würde sich ihre Suche auf den Stadtbereich beschränken oder sie in unwegsamere Gefilde führen? Vorsichtshalber entschied er sich für einen kompakten Landrover, den er anschließend in der sengenden Sonne auf dem Parkplatz abholte.

Schweißgebadet zog er seine Jacke aus und setzte sich ans Steuer, während Nikki auf dem Beifahrersitz Platz nahm und auf dem Handy die Nachricht von Constance abhörte.

Wie vereinbart hatte sie ihnen ein Hotelzimmer im Ipanema-Viertel reserviert, ganz in der Nähe des Strandes, an dem Flavia arbeitete. Sie führte ihrerseits die Ermittlungen weiter und wünschte ihnen viel Glück.

Von der Reise erschöpft, folgten sie schweigend den Schildern *Zona Sul – Centro – Copacabana*, die ihnen den Weg von der Ilha do Governador nach Süden, Richtung Stadtzentrum, wiesen.

Sebastian wischte sich die Stirn ab und rieb sich die brennenden Augen. Der Himmel war bleiern und wie ölig, die verschmutzte, stickige Luft beeinträchtigte sein Sehvermögen. Durch die getönten Scheiben nahmen sie die Stadtlandschaft undeutlich und in Orangetönen wahr wie ein grobkörniges Bild.

Schon nach wenigen Kilometern steckten sie im Stau. Resigniert sahen sie sich um. Entlang der Schnellstraße erhoben sich, so weit das Auge reichte, ockerfarbene Ziegelsteinbauten. Zweistöckige Häuser, an die Hänge gebaut, auf deren Flachdächern Wäsche flatterte. Ein chaotisches, gigantisches Labyrinth: Die Favela zerstückelte die Landschaft, verzerrte die Perspektiven und erinnerte an eine Art kubistische Collage in Ocker-, Rot- und Rosttönen.

Allmählich veränderte sich das Stadtbild. An die Stelle der Armensiedlungen traten Industriekomplexe. Alle paar Hundert Meter kündigten riesige Plakate die nächste Fußballweltmeisterschaft und die Olympischen Spiele 2016 an. Im Hinblick auf diese beiden sportlichen Ereignisse schien die ganze Stadt eine einzige Baustelle zu sein. Bulldozer walzten Mauerreste nieder, Schaufelbagger gruben sich ins Erdreich, und immer neue Lastwagen rollten heran.

Dann fuhren sie durch einen Wald von Wolkenkratzern im Businessviertel und erreichten den Süden der Stadt, wo die meisten großen Hotels und Einkaufszentren lagen. Hier glich die Stadt der Cariocas dem Bild, das man von Postkarten kannte – dem einer *cidade maravilhosa*, vom Meer gesäumt und von Bergen und Hügeln umrahmt.

Der Landrover rollte langsam über die Avenida Vieira Souto, die an dem berühmten Strand entlangführte.

»Hier ist es«, rief Nikki und zeigte auf ein kleines Haus mit einer eindrucksvollen Fassade aus Glas, Holz und Marmor.

Sie überließen den Geländewagen einem Pagen und betraten das Hotel. Wie alles in diesem Viertel war es elegant und erlesen eingerichtet, mit Mobiliar aus den 1950er- und 1960er-Jahren.

In der Lobby herrschte eine behagliche Atmosphäre: Wände aus Mauerziegeln, gedämpfte Musik, gepolsterte Sofas, Bibliothek im alten Stil. Nervös traten sie an die aus amazonischem Tropenholz gefertigte Rezeption und meldeten sich unter den Namen Constance Lagrange und Nicolas Botsaris an.

Nikki und Sebastian hielten sich nur kurz im Zimmer auf, um sich frisch zu machen und rasch einen Blick vom Balkon auf die Brandung zu werfen. Laut der Werbebroschüre des Hotels kam der Name Ipanema aus dem amerindianischen Dialekt und bedeutete »gefährliches Wasser«. Ein beunruhigendes Omen, dem sie keine weitere Bedeutung beimessen wollten. Fest entschlossen, das »Girl from Ipanema« zu finden, verließen sie das Hotel.

Draußen schlugen ihnen erneut Hitze, Auspuffgase und Verkehrslärm entgegen. Ein endloser Strom von Joggern und Skatern drängte sich auf dem Bürgersteig. In diesem Viertel gab es auch viele Luxusboutiquen, Fitnessstudios und Schönheitskliniken.

Nikki und Sebastian überquerten die Straße zu der palmengesäumten Promenade, die am Strand entlangführte. Hier tummelten sich fliegende Händler, die einander an Tricks überboten, um die Aufmerksamkeit der Touristen zu erregen. Mit Kühltaschen und Metallkanistern bewaffnet oder in ihren Buden hockend, boten sie Matetee oder Kokoswasser an, Wassermelone, goldbraunes Gebäck, knusprige, karamellisierte *cocadas* und Rindfleischspieße, deren würziger Geruch in der Luft hing.

Die beiden Amerikaner gingen über eine kleine Betontreppe zum Strand hinab. Schicker als die benachbarte Copacabana, war Ipanema ein drei Kilometer langer Streifen weißen Sandes, der Hitze und Licht reflektierte. Jetzt, um die Mittagszeit, war es hier total überfüllt. Der Ozean funkelte, und die irisierenden Wellen brachen sich mit unglaublicher Wucht am Ufer. Nikki und Sebastian verließen den Privatstrand ihres Hotels und machten sich auf den Weg zu der Bar, in der Flavia arbeitete.

Etwa alle siebenhundert Meter gab es einen hohen *Posto*, einen Bademeisterturm, von dem aus das Wasser überwacht wurde und an dem sich die Badegäste verabredeten. Der mit einer Fahne in Regenbogenfarben ausgestattete *Posto* 8 war offenbar der Treffpunkt der Homosexuellen. Nikki und Sebastian ließen ihn hinter sich. Vom Meer her spürten sie die Gischt, in der Ferne erkannten sie die Cagarrasinseln und die »zwei Brüder«, jene beiden Berge, die sie auf Simons Foto gesehen hatten.

Sie liefen weiter über den Sand, zwischen Fuß- und Volleyballspielern hindurch. Hier war der Strand besonders belebt, und man hätte sich auf einem Laufsteg für Dessous und Bademode wähnen können. Ipanema strotzte vor Sinnlichkeit, und in der Luft lag eine erotische Spannung. Anmutige, schlanke Frauen zeigten ihre operierten Brüste und stolzierten unter den Blicken der eingeölten, muskulösen Surfer in ihren Minibikinis herum.

Nikki und Sebastian erreichten den *Posto 9*, offensichtlich der vornehmste Teil des Strandes und Treffpunkt der Jeunesse dorée von Rio.

»Also«, fasste Nikki zusammen, »wir suchen nach einer hübschen Blondine, die halb nackt herumläuft, Flavia heißt und Drinks in einer Kneipe namens …«

»*Cachaça* serviert«, ergänzte Sebastian und deutete auf eine luxuriöse Bar.

Sie gingen zum Getränkeausschank. Das *Cachaça* war eine Beachbar, in der sich reiche sonnenbebrillte Gäste in Markenpareos Mojitos zu sechzig Reais leisteten und Bossa-nova-Remix hörten. Sie musterten die Bedienungen, alle entsprachen demselben Profil: um die zwanzig Jahre alt, Modelfigur, knappe Shorts, aufreizende Dekolletés.

»Hallo, mein Name ist Betina. Kann ich Ihnen helfen?«, fragte sie eine von ihnen.

»Wir suchen eine junge Frau namens Flavia«, erklärte Nikki

»Flavia? Ja, sie arbeitet hier, aber heute ist sie nicht da.«

»Wissen Sie, wo sie wohnt?«

»Nein, aber ich kann es herausfinden.«

Sie rief eine ihrer Kolleginnen – ebenfalls eine Barbiepuppe.

»Das ist Cristina, sie wohnt im selben Viertel wie Flavia.«

Die junge Brasilianerin begrüßte sie. Trotz ihrer Schönheit hatte sie etwas Trauriges und Zerbrechliches.

»Flavia ist seit drei Tagen nicht mehr zur Arbeit erschienen«, erklärte sie.

»Wissen Sie, warum?«

»Nein, normalerweise gehen wir zusammen, wenn wir zur gleichen Zeit Dienst haben. Aber im Moment ist sie nicht zu Hause.«

»Wo wohnt sie?«

Mit einer unbestimmten Handbewegung deutete sie auf die Hügel. »Bei ihren Eltern in Rocinha.«

»Haben Sie versucht, sie anzurufen?«

»Ja, aber ich habe nur die Mailbox erreicht.«

Nikki zog Jeremys Foto aus ihrer Brieftasche. »Haben Sie diesen Jungen schon einmal gesehen?«

Cristina schüttelte den Kopf. »Nein, aber wissen Sie, bei Flavia wechseln die Männer häufig …«

»Können Sie uns ihre Adresse geben? Wir möchten ihren Eltern ein paar Fragen stellen.«

Die junge Brasilianerin verzog das Gesicht. »Rocinha ist kein Ort für Touristen! Da können Sie allein nicht hingehen.«

Sebastian drängte sie, doch sie schüttelte den Kopf.

»Könnten Sie uns nicht vielleicht hinführen?«, fragte Nikki.

Dieser Vorschlag behagte dem Mädchen gar nicht. »Das ist unmöglich, ich habe meine Schicht gerade erst angefangen.«

»Bitte, Cristina! Wir zahlen Ihnen den Verdienstausfall. Wenn Flavia Ihre Freundin ist, müssen Sie ihr helfen.«

Das Argument zeigte Wirkung. Offenbar bekam Cristina ein schlechtes Gewissen.

»Also gut, warten Sie.«

Sie sprach mit einem Mann, anscheinend ihrem Chef: ein junger Typ im hautengen T-Shirt, der mit Gästen, die doppelt so alt waren wie er, Caipirinhas trank.

»Okay«, meinte sie, als sie zurückkam. »Haben Sie ein Auto?«

Kapitel 57

Der schwere Landrover fuhr mit Leichtigkeit die Serpentinenstraße hoch, die zur Favela führte. Sebastian saß am Steuer und folgte Cristinas Anweisungen. Die junge Carioca, die auf der Rückbank saß, hatte sie vom Strand durch ein Viertel mit Luxusresidenzen im Süden und dann auf die Estrada da Gávea gelotst, eine Straße, die sich den Hügel hinaufwand und die einzige Zufahrt zu Rios größter Favela war.

Wie die meisten dieser Viertel war Rocinha auf den Morros, jenen Bergen, die die Stadt überragten, erbaut. Nikki blickte aus dem Fenster und entdeckte Tausende von Behausungen, die an den Hängen zu kleben schienen. Ein Gewirr von Backsteinhäuschen, das den Eindruck erweckte, jeder Zeit einstürzen zu können.

Als sie jetzt die »Asphaltviertel«, das heißt die Viertel der Reichen am Meer, verließen und sich den Hügeln näherten, wurde ihnen das Paradox wirklich bewusst: Die Favelas, diese schwer zu erreichenden Adlernester, boten den schönsten Panoramablick auf die Strände von Leblon und Ipanema sowie über die Festung. Ein idealer Aussichtspunkt auf die Stadt, was erklärte, dass die Drogenhändler sie zu ihrem Hauptquartier gemacht hatten.

Sebastian schaltete zurück. Sie näherten sich den Toren von Rocinha, doch in einer doppelten Haarnadelkurve begann sich der Verkehr zu stauen. Nur die alten Mofas und knatternden Motorradtaxis kamen durch.

»Am besten halten wir hier an«, riet Cristina.

Sebastian parkte den Wagen am Straßenrand, und sie legten die hundert Meter bis zum Eingang der Favela zu Fuß zurück.

Auf den ersten Blick war hier nichts von der Armut, die in den Reiseführern beschrieben wurde, zu sehen. Nikki und Sebastian hatten damit gerechnet, in ein wahres Ganovennest zu geraten, doch die Straßen waren sauber, die Betonhäuser hatten fließend Wasser, Strom und Kabelanschluss. Einige der bis zu drei Stockwerke hohen Gebäude waren zwar mit Graffiti besprüht, doch die bunten Farben sorgten für ein fröhliches Ambiente und gute Laune.

»In Rio leben mehr als zwanzig Prozent der Cariocas in einer Favela«, erklärte Cristina. »Die meisten, die hier wohnen, haben eine anständige Arbeit, sind Tagesmütter, Putzfrauen, Krankenschwestern, Busfahrer und sogar Lehrer …«

Die Stimmung war heiter. Aus den Häusern drang lautstarker *baile funk*. Auf der Straße spielten Kinder Fußball, auf den Terrassen der Kneipen tranken Männer ihr Bamberg Pilsen, während sich die oft noch sehr jungen Frauen um ihre Babys kümmerten oder miteinander plauderten.

»Polizei und Armee haben hier kürzlich eine Razzia durchgeführt«, erklärte Cristina entschuldigend, als sie an einem bunten Wandbild vorbeikamen, das von Einschüssen übersät war. Dann verließen sie die Hauptstraße und liefen durch ein Gewirr von schmalen, steilen Gassen. Ein schwer zugängliches Labyrinth, das schließlich in Treppen überging. Langsam veränderte sich die Atmosphäre. Die Behausungen erinnerten jetzt eher an Holzkutter, die nach einem Schiffbruch notdürftig geflickt worden waren. Vor den Türen türmte sich der Müll, und über ihren Köpfen hingen verschlungene elektrische Kabel, die illegale Stromanschlüsse verrieten. Leicht beunruhigt versuchten Sebastian und Nikki, sich von den Kindern zu entfernen, die sie bedrängten und anbettelten.

Hier hatten die Straßen keine Namen und die Häuser keine Nummern mehr. Ihre Schatten fielen über die offene Kanalisation, in der das Brackwasser die Fliegen anzog.

»Oft beschränkt sich die Stadtverwaltung darauf, die Mülltonnen in den Hauptstraßen einzusammeln«, erklärte Cristina.

Unter der Führung der jungen Bedienung beschleunigte das Trio den Schritt und scheuchte auf seinem Weg Ratten auf. Fünf Minuten später erreichten sie einen anderen Hang des Hügels, auf dem noch baufälligere Hütten standen.

»Hier ist es«, sagte Cristina und klopfte an das Fenster eines Häuschens mit abbröckelnder Fassade.

Nach einer Weile öffnete ihnen eine alte Frau mit gebeugtem Rücken die Tür.

»Das ist Flavias Mutter.«

Trotz der Hitze war sie in ein dickes Schultertuch gehüllt.

»*Bon dia, Senhora Fontana. Você já viu Flavia?*«

»*Olá Cristina*«, begrüßte die Alte sie, bevor sie ihre Frage beantwortete, ohne sich aus der Türöffnung zu bewegen.

Cristina wandte sich zu den Larabees und übersetzte: »Senhora Fontana hat seit zwei Tagen nichts mehr von ihrer Tochter gehört und …«

Noch ehe sie ihren Satz vollendet hatte, unterbrach die Mutter sie. Nikki und Sebastian, die kein Wort Portugiesisch verstanden, konnten dem Gespräch der beiden Brasilianerinnen nicht folgen.

»Wie kann diese Frau eine zwanzigjährige Tochter haben?«, fragte Nikki und musterte die alte Carioca. Das von tiefen Falten zerfurchte Gesicht verriet Unruhe und mangelnden Schlaf. Man hätte sie leicht auf siebzig Jahre schätzen können. Ihr von Klagelauten unterbrochenes Geschwätz war unerträglich.

Cristina musste ihr ins Wort fallen, um den beiden Amerikanern erklären zu können: »Sie sagt, Anfang der Woche hätte Flavia einen jungen Amerikaner und seine Schwester hier aufgenommen …«

Nikki zog ein Foto der Zwillinge aus ihrer Brieftasche und zeigte es ihr.

»*Eles são os únicos! Eles são os únicos*!«, rief die Alte.

Sebastian spürte, wie sein Herz schneller schlug. Noch nie waren sie ihrem Ziel so nahe gewesen …

»Wo sind sie?«, drängte er.

Cristina fuhr fort: »Vorgestern sind am Morgen bewaffnete Männer bei ihr aufgekreuzt. Sie haben Flavia und die beiden anderen entführt.«

»Männer? Aber was für Männer?«

»*Os Seringueros*!«, rief die Alte. »*Os Seringueros*!«

Nikki und Sebastian sahen Cristina fragend an.

»Die … die *Seringueros*«, stammelte sie. »Ich weiß nicht, was das ist.«

Die Nachbarn waren aufmerksam geworden, hatten sich von ihren *telenovelas* abgewandt, um das Schauspiel auf der Straße zu beobachten. Rund um das Haus drängten Männer mit drohenden Blicken die Kinder beiseite, um die Situation einzuschätzen.

Cristina wechselte noch einige Worte mit der alten Frau.

»Sie ist bereit, uns Flavias Zimmer zu zeigen«, verkündete sie dann. »Offenbar haben Ihre Kinder dort Sachen zurückgelassen.«

Nervös folgten Sebastian und Nikki den beiden in die Hütte. Das Innere war ebenso wenig komfortabel, wie das Äußere vermuten ließ. Grob zusammengezimmerte Bretter dienten als Trennwände. Flavias Zimmer war ein Gemeinschaftsraum mit zwei Stockbetten. Auf einem von ihnen erkannte Sebastian Camilles hellbraune Lederreisetasche. Hektisch stürzte er sich darauf und leerte sie aus: eine Jeans, zwei Pullover, Unterwäsche, ein Waschbeutel. Nichts Besonderes, außer vielleicht … das Handy seiner Tochter. Er versuchte es einzuschalten, doch der Akku war leer und das Ladegerät verschwunden. Frustriert schob er es in seine Tasche, um es später genauer zu untersuchen. Immerhin hatten sie eine Fährte. Bevor diese geheimnisvollen *Seringueiros* sie gekidnappt hatten, waren Camille und Jeremy mit der jungen Brasilianerin hier gewesen.

Die alte Frau weinte und schluchzte, rief Gott als Zeugen an und hob die Fäuste. Cristina drängte die beiden Amerikaner, das Haus zu verlassen. Draußen hatten sich die Gemüter erregt. Nachbarn, die nichts mit der Sache zu tun hatten, traten näher, eine kleine Gruppe lief murrend vor dem Haus auf und ab. Die Spannung wurde spürbar, die Feindseligkeit wuchs. Sie waren hier ganz offensichtlich nicht mehr willkommen.

Plötzlich wandte sich Flavias Mutter direkt an sie.

»Sie sagt, Ihre Kinder seien schuld an Flavias Entführung«, übersetzte Cristina. »Sie wirft Ihnen vor, Unglück über ihr Haus gebracht zu haben.«

Die Stimmung war aufgeladen. Ein angetrunkener *favelado* rempelte Nikki an, und Sebastian entging nur knapp dem Inhalt eines Mülleimers, der aus einem Fenster geleert wurde.

»Ich versuche, sie zu beruhigen. Verschwinden Sie! Ich komme allein nach Hause!«

»Danke Cristina, aber …«

»Gehen Sie!«, wiederholte sie. »Ich glaube, Sie sind sich der Gefahr nicht bewusst …«

Angesichts der Flüche und Drohungen beschlossen Nikki und Sebastian, die junge Carioca zu verlassen. Sie machten kehrt und versuchten, sich in dem Gewirr der schmalen Gassen zurechtzufinden.

Als sie die doppelte Haarnadelkurve erreichten, an der sie geparkt hatten, hatten sie zwar ihre Verfolger abgehängt, doch ihr Wagen war verschwunden.

Kapitel 58

Hitze, Staub, Müdigkeit und Angst.

Nikki und Sebastian liefen über eine Stunde, ehe sie ein Taxi fanden, das allerdings ihre Notlage ausnutzte und zweihundert Reais verlangte, um sie zu ihrem Hotel zu bringen. Als sie schließlich ihr Zimmer betraten, waren sie völlig erschöpft und schweißgebadet.

Während Nikki duschte, rief Sebastian die Rezeption an und bat um ein Ladegerät für Camilles Handy. Fünf Minuten später klopfte der Etagenboy. Sebastian stöpselte das Handy ans Stromnetz, doch der Akku war so leer, dass er eine Weile warten musste, bevor er es einschalten konnte.

Also lief er nervös auf und ab und drehte die Klimaanlage herunter, die eisige Luft in den Raum blies. Dann griff er nach dem Handy und gab das Passwort ein, das er glücklicherweise kannte. Die Überwachung und Indiskretion gegenüber seiner Tochter zahlten sich heute aus. Plötzlich verzog er das Gesicht, weil ein stechender Schmerz durch seinen Brustkorb zuckte. Er war wie gerädert und hatte Schmerzen, Rücken und Nacken waren steif. Sein Körper trug noch die Spuren der Schläge von Youssef und seinen Handlangern. Er hob den Blick und sah sich im Spiegel an: unrasiert, das Haar schweißverklebt, in den Augen ein ungesundes Funkeln. Das Hemd war feucht und voller Schweißränder. Er wandte sich eilig ab und öffnete die Schwingtür zum Badezimmer.

In ein Handtuch gehüllt, stieg Nikki aus der Dusche. Das ungekämmte, nasse Haar fiel ihr über die Schultern wie verschlungene Lianen. Sie fröstelte. Sebastian war auf eine Flut von Vorwürfen gefasst, doch stattdessen trat sie auf ihn zu und sah ihn durchdringend an.

Ihre grünen Augen blitzten. Der Dampf ließ das Gesicht, über das sich Sommersprossen wie Goldstaub verteilten, noch weißer erscheinen.

Mit einer heftigen Bewegung zog Sebastian sie an sich und presste seine Lippen auf die ihren. Dabei öffnete sich das Handtuch, glitt zu Boden und enthüllte Nikkis nackten Körper.

Sie zeigte keinen Widerstand, sondern gab sich diesem leidenschaftlichen Kuss hin. Eine Welle des Verlangens erfasste Sebastian und entzündete ein Feuer in seinem Leib. Während sich ihr Atem vermischte, erkannte er den Geschmack ihrer Lippen und die Frische ihrer Haut wieder. Die Vergangenheit hatte ihn eingeholt. Alte Gefühle stiegen in ihm auf und setzten widersprüchliche Erinnerungen frei.

Sie klammerten sich aneinander, Trost vermischte sich mit Angst, Anziehungskraft mit Fluchtbedürfnis. Ihre Muskeln spannten sich an, ihre Herzen schlugen schneller. Sie setzten sich über die Verbote hinweg und befreiten sich von den Fesseln, die sie seit Jahren zu Gefangenen von Frustration und Groll gemacht hatten.

Ein klarer, heller, ja fast melodischer Ton unterbrach plötzlich ihre Umarmung.

Camilles Handy!

Das Zeichen für eine eingehende SMS holte sie in die Wirklichkeit zurück.

Sebastian knöpfte sein Hemd zu, und Nikki hob ihr Handtuch auf. Sie liefen ins Zimmer und knieten sich vor das Handy. Ein kleines Zeichen auf dem Display zeigte zwei E-Mails an. Es handelte sich um Fotos, die geladen wurden.

Zwei Großaufnahmen von Camille und Jeremy, gefesselt und geknebelt.

Dann eine weitere Nachricht:

Wollen Sie Ihre Kinder lebendig wiedersehen?

Sie tauschten schockiert einen Blick. Noch ehe sie eine Antwort schreiben konnten, traf eine weitere SMS ein:

Ja oder nein?

Nikki griff nach dem Handy und schrieb:

Ja.

Das virtuelle Gespräch ging weiter.

Dann also Treffpunkt um 3 Uhr heute Nacht am
Handelshafen von Manaus – Pfahlbautendorf.
Bringen Sie die Karte mit. Und kommen Sie allein.
Kein Wort zu irgendjemandem. Sonst ...

»Die Karte? Welche Karte? Was soll das heißen?«, rief Sebastian.

Nikki tippte hastig:

Welche Karte?

Die Antwort ließ auf sich warten. Lange. Zu lange. Vor Angst wie gelähmt, saßen Nikki und Sebastian in dem irrealen Licht, welches das Zimmer erfüllte. Draußen wurde es langsam dunkel. Himmel, Strand und Häuser verschwammen in einer Sinfonie von Farben, die alle Töne von Blassrosa bis Karmesinrot durchlief.

Welche Karte meinen Sie?

Die Sekunden zogen sich in die Länge. Mit angehaltenem Atem warteten sie auf die Antwort, die nicht kam. Plötzlich klang Lärm vom Strand herauf. Wie jeden Abend applaudierten Touristen und Cariocas frenetisch, während die Sonne hinter den »zwei Brüdern« versank. Ein spezieller Brauch, um dem Feuergestirn für den schönen Tag zu danken. Verzweifelt versuchte Sebastian, die Nummer anzurufen, doch niemand nahm das Gespräch an. Offensichtlich hätten sie etwas wissen müssen, was ihnen aber Rätsel aufgab. Sie überlegten laut: »Aber was meinen die bloß? Einen Chip? Eine Kreditkarte? Eine geografische Karte? Eine Postkarte?«

Nikki hatte schon auf dem Bett die Brasilienkarte auseinandergefaltet, die das Hotel seinen Gästen zur Verfügung stellte.

Mit einem Filzstift markierte sie die Stelle, an der die Entführer sie treffen wollten. Manaus war die größte Stadt Amazoniens, mitten im bedeutendsten Urwald der Welt gelegen und dreitausend Kilometer von Rio entfernt.

Sebastian sah auf die Wanduhr. Es war schon fast acht Uhr abends. Wie sollten sie um drei Uhr morgens in Manaus sein?

Dennoch rief er die Rezeption an und erkundigte sich nach den Flugzeiten zwischen Rio und der amazonischen Hauptstadt.

Nach einer Weile erklärte der Portier, die nächste Maschine gehe um zweiundzwanzig Uhr achtunddreißig.

Ohne zu zögern, reservierten sie zwei Tickets und bestellten ein Taxi zum Flughafen.

Kapitel 59

»Boa noite Senhoras e Senhores. Hier spricht Ihr Flugkapitän José Luís Machado. Ich freue mich, Sie an Bord des Airbusses A320 zu unserem Flug nach Manaus begrüßen zu dürfen. Unsere Flugzeit wird heute etwa vier Stunden und fünfzehn Minuten betragen. Das Boarding ist jetzt abgeschlossen. Der ursprünglich für zweiundzwanzig Uhr achtunddreißig vorgesehene Start verschiebt sich um eine halbe Stunde, weil …«

Nikki seufzte und sah aus dem Fenster. Wegen der bevorstehenden Sportereignisse wurde der Terminal umgebaut. Auf der Piste stand ein gutes Dutzend Großraumflugzeuge und wartete auf die Starterlaubnis.

Von einem pawlowschen Reflex angetrieben, schloss Nikki die Augen und setzte die Kopfhörer auf. Es war der dritte Flug innerhalb von drei Tagen, doch statt nachzulassen, stieg ihre Angst mit jeder Reise. Sie stellte den Ton des iPods lauter, um sich ganz von der Musik gefangen nehmen zu lassen. In ihrem Kopf herrschte ein grauenvolles Chaos. Die noch frische Erinnerung an ihre kurze Umarmung mit Sebastian, die unbekannte Gefahr, die ihren Kindern drohte, die Angst vor dem, was sie in Amazonien erwartete.

Das Flugzeug war noch immer nicht gestartet, und Nikki öffnete, von der Musik, die aus ihrem Kopfhörer dröhnte, verwirrt, die Augen. Sie kannte dieses Stück … eine Mischung aus Elektropop und brasilianischem Hip-Hop. Das war die Melodie, die sie in der Favela gehört hatte, der *baile funk!* Brasilianische Musik! Sie sah sich die Titel an: Samba, Bossa nova, Reggae-Remix, portugiesischer Rap. Dieser iPod gehörte nicht ihrem Sohn! Warum war ihr das nicht früher aufgefallen?

Aufgeregt nahm sie den Kopfhörer ab und klickte sich durch die Apps: Musik, Videos, Fotos, Spiele, Kontakte … nichts Besonderes. Bis sie ein letztes Dokument öffnete, eine relativ große PDF-Datei.

»Ich glaube, ich habe etwas gefunden!«, sagte sie zu Sebastian und zeigte ihm den iPod.

Er nahm das Dokument in Augenschein, doch es war auf dem kleinen Display kaum zu entziffern.

»Das müssten wir uns auf einem Laptop ansehen«, meinte er.

Er öffnete seinen Sicherheitsgurt und lief über den Mittelgang des Flugzeugs, bis er einen Geschäftsmann entdeckte, der an seinem Notebook arbeitete. Es gelang ihm, ihn zu überreden, ihm kurz das Gerät zu leihen.

Die ersten Fotos waren höchst erstaunlich. Sie zeigten mitten im amazonischen Dschungel einen Eindecker mit Propellerantrieb, der ganz offensichtlich abgestürzt war. Sebastian öffnete die nächsten Fotos. Sie waren anscheinend mit einem Handy aufgenommen worden und nicht von guter Qualität, aber man erkannte deutlich, dass es sich bei der zweimotorigen Maschine mit Turboantrieb um eine Douglas DC-3 handelte. Als Kind hatte er Modellflugzeuge dieser Ikone des Zweiten Weltkriegs, die die Geschichte der Luftfahrt geprägt hatte, gebaut. Solche Maschinen hatten die Truppen an die Front nach Indochina, Nordafrika und Vietnam transportiert und waren später im zivilen Luftverkehr eingesetzt worden. Mehr als zehntausend dieser robusten und leicht zu wartenden Maschinen waren hergestellt worden und noch heute in Südamerika, Afrika und Asien im Einsatz.

Durch den Absturz waren Nase und Seitenflosse stark beschädigt, die Windschutzscheibe war zersplittert. Die Tragflächen waren zertrümmert, die Propellerblätter durch ein Gewirr von Lianen blockiert. Nur der Rumpf mit der großen Doppeltür war unbeschädigt geblieben.

Das folgende Foto war makaber. Es zeigte die Leichen des Piloten und des Kopiloten. Ihre Overalls waren blutdurchtränkt, die Gesichter bereits stark verwest.

Sebastian klickte die nächste Aufnahme an. Es handelte sich um ein Transportflugzeug. Anstelle der Passagiersitze befanden sich rechts und links vom Gang übereinander gestapelte Kisten und geöffnete Metalltruhen voller großkalibriger Waffen, Sturmgewehre und Granaten. Vor allem aber mit unvorstellbaren Mengen an Kokain. Hunderte von rechteckigen Plastikpäckchen, die mit Klebeband gebündelt waren. Wie viel mochte das sein? Vier-, fünfhundert Kilo? Das war schwer zu schätzen, aber der Wert der Ladung belief sich mit Sicherheit auf viele Millionen Dollar.

Die nächsten Bilder waren noch eindeutiger. Der Fotograf hatte sich mit seinem Handy selbst aufgenommen. Ein hoch aufgeschossener Mann von etwa dreißig Jahren mit Dreadlockmähne und Dreitagebart. Die blutunterlaufenen Augen mit den erweiterten Pupillen glänzten. Ganz offensichtlich hatte er sich mehrere Linien von dem erlesenen Stoff gegönnt. Er trug einen großen Rucksack, Kopfhörer und am Gürtel seiner Bermudashorts eine Trinkflasche. Anscheinend war er nicht zufällig an die Absturzstelle des Flugzeugs gelangt.

»Wir starten, bitte schließen Sie Ihren Sicherheitsgurt und schalten Sie den Computer aus.«

Sebastian nickte der Stewardess, die ihn zu Ordnung rief, zu.

Eilig überflog er die restlichen Dokumente, um von ihrem Inhalt Kenntnis zu nehmen. Die letzten Seiten zeigten eine Satellitenkarte des amazonischen Dschungels, auf der GPS-Koordinaten eingezeichnet waren, sowie eine detaillierte Wegbeschreibung zu der Douglas DC-3.

Eine wahrhaftige Route zum Schatz ...

»Das ist die Karte, die wir mitbringen sollen! Genau danach suchten sie von Anfang an!«

Nikki hatte verstanden. Eilig machte sie mit ihrem

iPhone mehrere Aufnahmen von dem Bildschirm: das Flugzeug, die Karte, den Mann mit den Rastalocken.

»Was tust du da?«

»Wir müssen diese Informationen an Constance schicken. Vielleicht kann sie die Drogenhändler identifizieren.«

Das Flugzeug rollte auf die Abflugpiste zu. Verärgert eilte die Stewardess zu ihnen und befahl ihnen, die elektronischen Geräte auszuschalten.

Ehe Nikki gehorchte, schickte sie noch schnell die Fotos, die sie gerade gemacht hatte, an Constance.

Als sie die Adresse des Empfängers eingab, nutzte sie die Auseinandersetzung von Sebastian mit der Stewardess, um rasch auch Lorenzo Santos ins CC zu setzen.

Kapitel 60

Es war bereits einundzwanzig Uhr, als das Flugzeug mit Lorenzo Santos auf dem kleinen Flughafen von Rio Branco landete. Er hatte über dreißig Stunden gebraucht, um in die Hauptstadt des Bundesstaates Acre zu gelangen. Eine anstrengende Reise mit zwei Zwischenstopps – in São Paulo und Brasilia – in den engen Sitzreihen einer Billigfluglinie und eingepfercht zwischen lärmenden Touristen.

An der Gepäckausgabe rieb er sich die Augen und schimpfte auf den Kabinenchef, der ihn genötigt hatte, seinen Koffer aufzugeben. Während er wartete, schaltete er sein Handy ein und stellte fest, dass er eine E-Mail von Nikki bekommen hatte.

Sie enthielt keinen Text und keinen Betreff, sondern nur im Anhang etwa zehn Fotos. Während er sie eines nach dem anderen öffnete, wurde Santos von zunehmender Erregung erfasst. Er studierte die Bilder eingehender. Die Sache war zwar nicht ganz klar, doch langsam setzten sich die Teile des Puzzles zusammen und bestätigten seine Vermutungen. Wie recht er doch gehabt hatte, seinem Instinkt zu folgen und nach Brasilien zu fliegen!

Er bemerkte, dass seine Hände zitterten.

Die Spannung, das Jagdfieber, die Gefahr, die Angst…

Der Lieblingscocktail eines jeden Cops.

Er versuchte, Nikki anzurufen, geriet aber an ihre Mailbox. Er hätte wetten können, dass diese E-Mail ein Hilferuf war.

Er wartete nicht einmal mehr auf seinen Koffer, sondern machte sich sofort auf die Suche nach dem Helikopterterminal. In dieser Nacht würde er zwei Fliegen mit einer Klappe schlagen: einen der größten Fälle seiner Karriere lösen und die Frau zurückerobern, in die er total vernarrt war.

Zur selben Zeit arbeitete in Paris Constance Lagrange an dem Fall. Seit dem Morgen hatte sie alle Hebel in Bewegung gesetzt, um den Larabees zu helfen. Sie hatte auf Simons Facebook-Seite die Fotos von Flavia heruntergeladen und an ihre Kontakte bei den verschiedenen Abteilungen der Polizei geschickt. Die zurückkommenden Informationen waren mehr als verblüffend.

Ihre Augen waren trocken, eine Folge der täglichen Arbeit am Bildschirm. Sie warf einen Blick auf die Uhr in ihrem Computer: Es war drei Uhr morgens. Sie beschloss, sich eine Pause zu gönnen, und ging in die Küche. Mit Blick auf den Garten nahm sie ihren Imbiss zu sich. Der sanfte Oktoberwind streifte ihr Gesicht. Sie schloss die Augen und verspürte einen unerwarteten inneren Frieden, ganz so, als wäre es ihr gelungen, ihren Zorn zu besänftigen und sich von der Todesangst zu befreien. Sie genoss die leichte Brise, die durch das Fenster drang und den süßlichen Duft der Herbstkamelien hereintrug. In diesem eigenartigen Zustand des inneren Friedens genoss sie den Augenblick mit ungewohnter Intensität. Es mochte absurd sein, aber alle Furcht war gewichen, ganz so, als wäre das Ende nicht mehr unausweichlich.

Ein leiser Klingelton verkündete den Eingang einer E-Mail.

Constance öffnete die Augen und kehrte zu ihrem Bildschirm zurück.

Es war eine Nachricht von Nikki. Sie klickte auf die Anlage, die augenblicklich angezeigt wurde. Fotos von dem Wrack eines Flugzeugs, das im Dschungel abgestürzt war, eine Ladung M16 und AK-47, Hunderte von Kilo Kokain, ein angeturnter Camper und eine Karte von Amazonien …

Während der drei folgenden Stunden wandte Constance den Blick nicht mehr von ihrem Monitor ab. Sie verschickte Dutzende von E-Mails an ihre Kollegen, um zu versuchen, die Fotos auszuwerten.

Es war fast sechs Uhr dreißig, als ihr Telefon klingelte.

Ein Anruf von Nikki.

Kapitel 61

Eine Betoninsel mitten im Herzen des amazonischen Dschungels.

Die Stadt Manaus lag im Norden Brasiliens und streckte ihre Tentakel wie ein Krake bis in den tiefsten Urwalds aus.

Nach einem vierstündigen Flug betraten Nikki und Sebastian die Ankunftshalle des Flughafens. Sie gingen am Heer der illegalen Taxifahrer vorbei und wandten sich an den offiziellen Schalter, um einen Taxigutschein zu kaufen.

Es regnete.

Als sie den Terminal verließen, schlug ihnen die feuchte, tropische Hitze entgegen und nahm ihnen den Atem. Sie gingen zum Anfang der Reihe wartender Taxis und zeigten einem Angestellten der Gesellschaft ihren Gutschein, der sie daraufhin zu einem rot-grün lackierten Mercedes 240 D führte, einem Modell, das vom Ende der 1970er-Jahre stammte.

Die abgestandene Luft im Wagen roch säuerlich nach Erbrochenem. Eilig kurbelten sie die Fenster herunter, ehe sie dem Fahrer, einem jungen Mischling mit glattem Haar und kaputten Zähnen in einem gelb-grünen

T-Shirt der Fußballmannschaft *Seleção*, einen Zettel mit ihrem Ziel reichten. Aus dem Radio dröhnte ohrenbetäubend laut eine brasilianische Macarena.

Nikki schaltete ihr iPhone ein und versuchte, nach Frankreich zu telefonieren, während Sebastian dem Fahrer zu verstehen gab, er solle die Musik leiser drehen. Nach mehreren erfolglosen Versuchen meldete sich schließlich Constance. Nikki erklärte ihr kurz die Situation.

»Ich habe Erkundigungen eingeholt, und ich habe schlechte Nachrichten«, verkündete die Kommissarin.

»Wir haben nicht viel Zeit«, sagte Nikki und schaltete den Lautsprecher ein, damit Sebastian mithören konnte.

»Dann passen Sie jetzt gut auf. Ich habe die Fotos von Flavia an all meine Kontakte geschickt. Vor einigen Stunden habe ich einen Anruf von meinen Kollegen vom nationalen Drogendezernat bekommen. Sie haben die junge Frau auf den Fotos erkannt. Sie heißt nicht Flavia, sondern Sophia Cardoza, auch bekannt unter dem Namen ›Narco-Barbie‹. Sie ist die Tochter von Pablo Cardoza, dem brasilianischen Drogenbaron und Chef des Kartells der *Seringueros.*«

Nikki und Sebastian wechselten bestürzt einen Blick. Die *Seringueros* … diesen Namen hatten sie schon in Rio gehört.

»Seit einem Monat sitzt Pablo Cardoza in einem Hochsicherheitsgefängnis des amazonischen Bundesstaates. Offiziell wurde das Kartell bei einer Großrazzia der brasilianischen Behörden zerschlagen, doch besagte ›Flavia‹ legt es offensichtlich darauf an, das Imperium ihres Vaters zu übernehmen. Ihre Arbeit als Kellnerin am Strand von Ipanema ist nur Tarnung. Sie hat auch nie in den Favelas gelebt. Ihr Abenteuer in Rocinha war inszeniert.«

Trotz des Gestanks schloss Nikki das Fenster, um den Lärm der Stadt zu dämpfen.

»Und das Flugzeug?«, fragte sie.

»Die Fotos von der DC-3 habe ich ebenfalls meinem Kollegen vom Drogendezernat gezeigt. Für ihn besteht kein Zweifel: Die zweimotorige Maschine gehört dem Kartell, und die Drogenladung kommt vermutlich aus Bolivien. Es dürften zwischen vier- und fünfhundert Kilo Kokain sein im Wert von rund fünfzig Millionen Dollar. Das Transportflugzeug ist, wahrscheinlich durch irgendeinen technischen Schaden, vor zwei oder drei Wochen mitten im Dschungel abgestürzt. Seit jener Zeit suchen Flavia und die Mitglieder des Kartells, die einer Verhaftung entgangen sind, fieberhaft danach.«

»Ist es schwierig, ein Flugzeug dieser Größe zu finden?«, fragte Sebastian.

»In Amazonien schon. Je nach Absturzort kann die Suche sogar erfolglos verlaufen. In zu vielen Bereichen gibt es weder eine Straße noch irgendeinen anderen Zugang. Die Maschine hatte vermutlich keinen Notruf. Ich habe verschiedene Recherchen durchgeführt: Letztes Jahr hat die brasilianische Armee fast ein Jahr gebraucht, um eine Cessna des Roten Kreuzes zu finden, die im Dschungel abgestürzt war. Und es ist ihnen nur deshalb gelungen, weil ein Indianerstamm ihnen einen Tipp gegeben hat.« Constance machte eine kurze Pause, ehe sie fortfuhr: »Das Erstaunlichste aber ist die Identität des Mannes, der die Douglas gefunden hat …«

»Ich verstehe nicht.«

»Die Fotos von der zweimotorigen Maschine sind mit einem Handy aufgenommen worden«, erklärte sie. »Wenn man die Campingausrüstung bedenkt, die auf einigen Fotos zu sehen ist, könnte man meinen, es handle sich um einen Wanderer, der das Wrack zufällig gefunden hat. Aber ich glaube im Gegenteil, dass der Mann es gesucht und die Leute vom Kartell ausgetrickst hat. Und ich glaube auch, dass er allein war, denn die Bilder, auf denen er zu sehen ist, hat er mit ausgestrecktem Arm selbst aufgenommen. Da er ein T-Shirt mit amerikanischer Fahne trug, handelt es sich vermutlich nicht um einen Brasilianer, und so habe ich mir die Datenbank von Interpool angesehen. Und jetzt halten Sie sich fest: Der Mann wird seit fünf Jahren von der New Yorker Polizei gesucht. Nach seiner Verurteilung zu einer langen Gefängnisstrafe ist er aus Brooklyn geflohen. Sein Name ist Memphis Decker, er ist der Bruder von Drake Decker, dem Wirt des *Boomerang* …«

Nikki und Sebastian staunten nicht schlecht. Seit sie den Flughafen verlassen hatten, folgte das Taxi immer derselben Straße: Avenida Constantino Nery, eine Verkehrsader, die vom Nordosten von Manaus durch das historische Zentrum zum Hafen führte. Doch nun bogen sie auf einen Zubringer ein und erreichten eine Asphaltstraße, von der die Kais abgingen. Vor ihnen erstreckte sich am schwarzen Wasser des Rio Negro der gigantische Hafen von Manaus.

»Der Typ, der die DC-3 gefunden hat, war Drake Deckers Bruder? Sind Sie da ganz sicher?«, fragte Sebastian.

»Hundert Prozent«, bestätigte Constance. »Er hat die Fotos und die Karte auf seinen iPod geladen und dann an seinen Bruder nach New York geschickt. Und Drake hatte nichts Besseres zu tun, als sie in dem Pokerkoffer aufzubewahren, den Jeremy gestohlen hat ...«

»Und wissen Sie, wo Memphis Decker jetzt ist?«, erkundigte sich Nikki.

»Auf dem Friedhof. Seine Leiche wurde am Busbahnhof von Coari gefunden, einer kleinen Stadt am Ufer des Amazonas. Dem Polizeibericht zufolge wurde er gefoltert und verstümmelt.«

»Von Flavias Leuten?«

»Das scheint offensichtlich. Sicher haben sie versucht, die genaue Position des Flugzeugs aus ihm herauszubekommen.«

Das Taxi fuhr an den ersten riesigen Schiffen vorbei, auf deren Decks Hunderte von bunten Hängematten aufgespannt waren. Daneben lagen die Frachtschiffe, die die wichtigsten Städte des Amazonasbeckens – Belém, Iquitos, Boa Vista und Santarém – ansteuerten. Dann erreichten sie eine gewaltige Metallhalle, in der

Händler an ihren Ständen die unterschiedlichsten Waren feilboten: Fisch, Arzneipflanzen, Rinderhälften, Felle, exotische Früchte. Die Luft roch stark nach Maniok. Auf diesem anarchischen, bunten Großmarkt herrschte reges Treiben, in dem Dutzende von Fischern zuckende Schalentiere abluden.

Während das Taxi weiter an den Kais vorbeifuhr, rieb sich Sebastian verblüfft die Augen und versuchte, die Ereignisse nachzuvollziehen. Nachdem sie Memphis getötet hatten, hatten die Männer des Kartells einen der Ihren – vermutlich besagten »Maori« – losgeschickt, um Kontakt mit Drake Decker aufzunehmen. Unter der Folter hatte dieser dann wohl gestanden, ein Junge namens Jeremy habe seinen iPod gestohlen. Aber wie Simon erklärt hatte, kannte Drake Decker weder seinen Nachnamen noch seine Adresse. Die einzigen Informationen, über die er verfügte, waren sein Vorname und seine Leidenschaft für die *Shooters*. Und dann hatte Flavia über deren Facebook-Seite Jeremy ausfindig gemacht, in der Hoffnung, ihn mit Deckers iPod nach Brasilien locken zu können …

Ein verrückter Plan. Eine skrupellose und perverse Intrige.

»*Aqui é a cidade à beira do lago*«, erklärte der Fahrer, als sie die Schuppen und Container hinter sich gelassen und eine wilde Siedlung erreicht hatten.

Das Pfahldorf war eine Art Favela am Ufer des schwarzen Wassers. Ein Slum von auf Pfählen errichteten Holzhütten mit Wellblechdächern. Eine Kloake voll fettigem und klebrigem Schlamm, in dem der Wagen stecken zu bleiben drohte.

»Ich muss aufhören, Constance. Vielen Dank für Ihre Hilfe.«

»Gehen Sie nicht zu dieser Verabredung, Nikki! Das ist der reine Wahnsinn! Sie wissen nicht, wozu diese Leute fähig sind ...«

»Ich habe keine Wahl, Constance, sie haben meine Kinder!«

Die Kommissarin fügte hinzu: »Wenn Sie ihnen die Koordinaten des Flugzeugwracks geben, bringen die Sie und Ihre Kinder auf der Stelle um. Das ist sicher.«

Nikki wollte nichts mehr hören und beendete das Gespräch. Sie sah ihren Exmann eindringlich an. Beiden war bewusst, dass sie jetzt ihren letzten Trumpf in einem Spiel einsetzten, das sie nicht gewinnen konnten.

Der Chauffeur hielt an, nahm den Taxigutschein an sich, kehrte eilig um und ließ seine Fahrgäste inmitten dieser trostlosen Umgebung zurück. Vor Angst fast gelähmt, standen Nikki und Sebastian eine gute Weile allein da. Der Nieselregen verwandelte die aufgewühlte Erde in einen riesigen Schlammsee. Punkt drei Uhr tauchten zwei große Hummer-Geländewagen in der Nacht auf. Von den Scheinwerfern geblendet, wichen sie zur Seite, um nicht von den riesigen Jeeps überfahren zu werden. Die Fahrzeuge blieben mit laufendem Motor stehen.

Die Türen öffneten sich. Mit Kampfanzügen bekleidet und mit Patronentaschen und Sturmgewehren behängt, sprangen drei Männer heraus. Ehemalige Guerilleros, die sich heute als Drogenhändler betätigten.

Grob zerrten sie Camille und Jeremy, beide gefesselt und mit einem Klebeband geknebelt, aus den Wagen und richteten die Waffen auf sie.

In der tiefsten Hölle hatten Sebastian und Nikki endlich Camille und Jeremy wiedergefunden.

Lebendig.

Aber wie lange noch?

Eine blonde schlanke Frau schlug die Tür des Hummer hinter sich zu und baute sich triumphierend im Scheinwerferlicht auf.

Sophia Cardoza, alias »Narco-Barbie«.

Flavia.

Kapitel 62

Katzenhaft und geschmeidig.

Flavias schlanke Gestalt zeichnete sich im Nieselregen und im grellen Licht der Scheinwerfer des Geländewagens ab. Eine Flut blonden Haars fiel über ihre Schultern, und ihre Augen blitzten und funkelten.

»Sie haben etwas, was mir gehört!«, rief sie ins Dunkel hinein.

Zehn Meter von ihr entfernt verharrten Nikki und Sebastian reglos und schweigend. In den Händen der Brasilianerin glänzte eine automatische Pistole. Sie packte Camille an den Haaren und hielt ihr den Lauf der Glock an die Schläfe.

»Also los! Geben Sie mir diese verdammte Karte!«

Sebastian näherte sich einen Schritt und suchte den Blick seiner Tochter, um sie zu beruhigen. Er sah ihr vor Entsetzen bleiches Gesicht. Aufgeregt drängte er seine Exfrau mit leiser Stimme: »Gib ihr den iPod, Nikki.«

Ein heftiger Windstoß, vermischt mit Regen, fegte über das hohe Gras der Böschung.

»Seien Sie vernünftig«, rief Flavia ungeduldig. »Geben Sie mir die Karte, dann sind Sie in zwei Minuten mit Ihren Kindern wieder auf dem Weg in die USA!«

Das Angebot war verlockend, aber natürlich nicht ehrlich gemeint. Nikki dachte an Constance' Warnung: »Wenn Sie denen die Koordinaten des Flugzeugs geben, werden sie Sie noch in derselben Minute erschießen, Sie und Ihre Kinder. Darauf können Sie Gift nehmen.«

Sie mussten Zeit gewinnen, koste es, was es wolle.

»Ich habe sie nicht mehr!«, rief Nikki.

Betroffenes Schweigen.

»Was soll das heißen, Sie haben sie nicht mehr?«

»Ich habe sie weggeworfen.«

»Warum sollten Sie dieses Risiko eingegangen sein?«, fragte Flavia.

»Würde ich Ihnen die Karte geben, welches Interesse hätten Sie dann noch, uns am Leben zu lassen?«

Flavias Züge erstarrten. Mit einer Kopfbewegung befahl sie ihren Männern, die Amerikaner zu durchsuchen. Die drei Guerilleros stürzten sich sofort auf ihre Gefangenen, drehten ihre Taschen um, betasteten ihre Kleidung, ohne etwas zu finden.

»Ich weiß genau, wo das Wrack liegt!«, beteuerte Nikki, bemüht, sich ihre Angst nicht anmerken zu lassen. »Ich bin die *Einzige*, die Sie dorthin führen kann!«

Flavia zögerte. Eigentlich hatte sie nicht vorgesehen, sich mit den Geiseln zu belasten, aber blieb ihr wirklich eine andere Wahl? Vor zwei Wochen hatte sie geglaubt, die Folter würde die Zunge von Memphis Decker lösen, aber der Amerikaner war gestorben, ohne die Koordinaten des Flugzeugs preiszugeben. Deshalb war sie jetzt unter Druck geraten. Sie schaute auf ihre Armbanduhr und versuchte, Ruhe zu bewahren. Der Countdown war fast abgelaufen. Jede verlorene Stunde erhöhte die Wahrscheinlichkeit, dass die Polizei die DC-3 vor ihr finden würde.

»*Leva-los!*«, rief sie ihren Männern zu.

Die Guerilleros drängten die Larabees und ihre Kinder zu den Fahrzeugen. Nikki und Sebastian wurden auf die Rückbank eines Geländewagens gestoßen, während Jeremy und Camille in den anderen Wagen geschubst wurden. Dann verließen die beiden Jeeps den Hafen so schnell, wie sie gekommen waren.

Sie waren eine halbe Stunde Richtung Osten unterwegs. Der Konvoi fuhr durch die Nacht, anfangs über verlassene große Straßen, bevor er in einen schlammigen Feldweg einbog. Er führte an einem tief eingeschnittenen See entlang und weiter zu einem ausgedehnten Gelände, auf dem eine imposante Black Hawk stand. Die Drogenhändler und ihre Geiseln wurden bereits erwartet. Kaum waren sie ausgestiegen, startete der Hubschrauberpilot. Von Sturmgewehren bedroht, ging die Familie Larabee an Bord der Maschine, gefolgt von Flavia und ihren Männern.

Die junge Frau setzte einen Helm auf und ließ sich auf dem Platz des Kopiloten nieder.

»*Tiramos!*«, befahl sie.

Der Pilot nickte. Er ließ die Black Hawk gegen den Wind drehen und veränderte den Winkel der Rotorblätter, um senkrecht starten zu können.

Flavia wartete, bis die notwendige Höhe erreicht war, dann wandte sie sich zu Nikki um. »Wohin fliegen wir?«, fragte sie mit fester Stimme.

»Zuerst einmal Richtung Tefé.«

Flavia bedachte sie mit einem intensiven Blick, bemüht, ruhig zu wirken, doch der Glanz ihrer Pupillen verriet ihre Ungeduld und Verärgerung. Weitere Anweisungen gab Nikki nicht. Während des ganzen Fluges von Rio nach Manaus hatte sie sich die Karte und den Weg zu dem mit Kokain vollgestopften Flugzeugwrack eingeprägt. In Gedanken hatte sie die Strecke in viele Teilstücke zerlegt, die sie nur sukzessive preiszugeben gedachte.

Sebastian, der hinten in der Maschine saß, konnte nicht mit seinen Kindern sprechen. Die drei Gorillas hatten sich so platziert, dass sie eine Art Sichtblende bildeten, die jeden Blickkontakt und jegliche Kommunikation verhinderte.

Während der zweiten Flugstunde spürte Sebastian die ersten Symptome: einen Fieberschub, Übelkeit, Gelenkschmerzen in den Beinen. Es lief ihm eiskalt den Rücken hinunter, sein Nacken war steif, und er hatte Kopfschmerzen.

Eine Tropengrippe? Er dachte an die Mücken, die ihn in der Favela fast verschlungen hatten. Sie übertrugen das Denguefieber, aber die Inkubationszeit erschien ihm doch zu kurz. Das Flugzeug also? Er erinnerte sich an einen Passagier in der Maschine von Paris nach Rio, der direkt vor ihm gesessen hatte und dem es ziemlich schlecht gegangen war. Der Typ hatte den gesamten Flug über unter seinen Decken gefröstelt. Vielleicht hatte der ihm etwas angehängt …

Das ist nun wirklich nicht der Moment, um krank zu werden.

Aber er konnte gegen das steigende Fieber nichts tun. Er krümmte sich zusammen, rieb sich die Seiten, um sich zu wärmen, und betete, sein Zustand möge sich nicht verschlimmern.

Von Manaus nach Tefé waren es über fünfhundert Kilometer. Eine Entfernung, die der Hubschrauber in weniger als drei Stunden zurücklegte, wobei er ein Meer von Bäumen überflog, eine endlose dunkle Fläche, so weit das Auge reichte. Während des gesamten Fluges zwang Flavia Nikki dazu, im Cockpit zu bleiben, um auf dem Bildschirm die Route der Black Hawk zu verfolgen.

»Und jetzt?«, fragte die Drogenhändlerin, als die Sonne an einem rosa und blauen Himmel aufging.

Nikki zog den Ärmel ihres Pullovers zurück. Wie ein Schulmädchen hatte sie mit einem Kugelschreiber eine Reihe von Ziffern und Buchstaben auf ihren Unterarm geschrieben.

43° 21' S
64° 48' 30" W

Sie hatte sich Sebastians Lektion gut gemerkt, der ihr erklärt hatte, wie man die geografischen Koordinaten eines Ortes ausdrückt. Breiten- und Längengrade, Minuten und Sekunden.

Flavia kniff die Augen zusammen und bat den Piloten, die Daten in das Navigationssystem einzugeben.

Nach einer weiteren halben Flugstunde landete die Black Hawk auf einer kleinen Lichtung mitten im Urwald.

Eilig verließen alle den Hubschrauber. Die Guerilleros rüsteten sich mit Macheten aus, mit Feldflaschen und schweren Rucksäcken. Sie legten jedem Familienmitglied Einweghandfesseln vor dem Körper an, hängten ihnen eine Trinkflasche an den Gürtel, und die Gruppe drang in den Urwald vor.

Kapitel 63

»Wie geht es dir, Papa?«, fragte Jeremy beunruhigt.

Sebastian antwortete mit einem zuversichtlichen Augenzwinkern, aber sein Sohn ließ sich nicht täuschen. Sein Vater war schweißgebadet, wurde von Fieber geschüttelt, Hals und Gesicht waren von roten Flecken übersät.

Seit zwei Stunden marschierten sie nun schon durch das schwierige Gelände. Zwei Guerilleros, beide mit einer Machete bewaffnet, bahnten den Weg, während der dritte die Gefangenen überwachte. Flavia, die Pistole in der Hand, und Nikki bildeten das Schlusslicht. Nikki hatte der jungen Drogenhändlerin neue Koordinaten mitgeteilt, die sofort in ein tragbares GPS-Navigationsgerät eingegeben worden waren. Sie nutzte die Nähe zu Flavia, um immer wieder einen Blick auf das Gerät zu werfen und so das Vorankommen der Gruppe auf dem Display zu verfolgen. Der Karte nach, die sie im Flugzeug studiert hatte, trennten sie noch viele Kilometer vom Wrack der DC-3.

Momentan befanden sie sich weitab von jeglicher Zivilisation, verloren in einem dichten Pflanzenlabyrinth. Man musste Baumstümpfen, Wurzeln und Wasserlöchern ausweichen, auf Schlangen und Taranteln achten, die Erschöpfung, die Hitze und die Horden von Mücken ertragen, die sogar durch die Kleidung stachen.

Je weiter sie vorankamen, desto feindseliger, dichter und aufdringlicher wurde die Vegetation. Der Wald summte und rauschte mit tausend Stimmen. In der warmen Luft hingen die bedrückenden Gerüche fermentierter Erde.

Als sie gerade einen Tunnel aus Geäst durchquerten, prasselte ein plötzlicher Tropenschauer auf den Dschungel herab, aber Flavia weigerte sich, eine Pause zu machen. Der Regenschauer dauerte zwanzig Minuten, und der Boden saugte sich mit Wasser voll, was ihr Vorankommen weiter erschwerte.

Nachdem sie fünf Stunden gelaufen waren, legten sie mittags eine Pause ein. Sebastian schwankte und glaubte, ohnmächtig zu werden. Er hatte sein Wasser bereits ausgetrunken und starb fast vor Durst. Camille reichte ihm ihre Flasche, die er jedoch zurückwies.

Er lehnte sich gegen einen Baumstamm und hob den Kopf, um in die Wipfel zu schauen, die eine Höhe von über vierzig Metern erreichten. In seinem Delirium erschienen ihm die Lücken, durch die der Himmel schaute, beruhigend. Entfernte Bruchstücke des Paradieses …

Plötzlich empfand er einen heftigen Juckreiz: eine Kolonie roter Ameisen lief seinen Arm hinauf und verschwand in seinem Hemdsärmel. Er versuchte, sie loszuwerden, indem er sich an dem Baum rieb.

Einer der Wächter kam zu ihm und hob sein Buschmesser. Von Panik ergriffen, krümmte Sebastian sich zusammen. Der Mann schlug eine Kerbe in die Rinde des Stammes und bedeutete Sebastian, von dem Saft zu trinken. Die dickliche weiße Flüssigkeit, die austrat, schmeckte nach Kokosmilch. Der Gorilla schnitt Sebastians Fessel durch, sodass er seine Trinkflasche füllen konnte.

Sie gingen eine weitere Stunde, bevor sie die Stelle erreichten, die Memphis Decker auf seiner Karte angegeben hatte.

Nichts.

Hier gab es nichts Besonderes.

Nur dichtes Pflanzengewirr.

Grüntöne, die sich endlos vervielfachten.

»*Você acha que eu sou um idiota!* Halten Sie mich für eine Idiotin?«, stieß Flavia aus.

»Es müsste hier einen Fluss geben!«, verteidigte sich Nikki.

Beunruhigt schaute die Amerikanerin auf die Koordinaten des GPS-Displays. Der hochempfindliche Empfänger funktionierte sogar unter den Bäumen. Eine Anzeige gab an, dass der Satellitenempfang gut war. Woher rührte also das Problem?

Sie blickte sich prüfend um. Blaue Vögel mit dichtem Gefieder plapperten wie Papageien. Faultiere suchten sich sonnige Äste, um nach dem Regen ihr Fell zu trocknen. Plötzlich entdeckte Nikki einen Stamm, der mit einem Pfeil markiert war. Memphis hatte, um seinen

Weg wiederzufinden, die Baumrinde mit der Machete eingeschnitten! Flavia befahl der Gruppe, die Richtung zu ändern. Sie gingen erneut etwa zehn Minuten, bevor sie auf einen schlammigen Fluss stießen.

Trotz der Trockenzeit war der Wasserstand nicht niedrig genug, sodass sie den Fluss nicht durchqueren konnten. Sie folgten ihm Richtung Norden, wobei sie wachsam die reglosen Kaimane beobachteten, die träge auf der Oberfläche trieben. Obgleich die Ufer von Buschwerk gesäumt wurden, war das Gelände sehr viel freier als bisher, was ihr Vorankommen bis zu einer Hängebrücke erleichterte.

Dicke Lianen waren zusammengebunden und mit Baumästen verflochten worden. Wer mochte diese Brücke gebaut haben? Memphis? Das war eher unwahrscheinlich, denn das hatte sicher viel Zeit gekostet. Vielleicht waren es Indianer gewesen.

Flavia schwang sich als Erste auf diesen Steg, anschließend überquerten ihn nacheinander vorsichtig alle Mitglieder der Gruppe. Die Brücke hing etwa zehn Meter über dem Fluss. Bei jeder Person, die hinüberging, knackte sie stärker und drohte einzustürzen. Nachdem sie dieses Hindernis überwunden hatten, gingen sie eine weitere gute Stunde – jetzt wieder durch den smaragdgrünen Wald –, bis sie eine Lichtung erreichten, eine der wenigen Stellen im Dschungel, wo die Sonne den Boden erwärmen konnte.

»Hier ist es!«, verkündete Nikki. »Der Karte nach befindet sich das Wrack der DC-3 weniger als dreihundert Meter von der Lichtung entfernt Richtung Nordosten.«

»*Siga a seta!* Hier ist noch ein Pfeil!«, rief einer der Guerilleros und deutete auf einen weiteren Baumstamm, in den ein Pfeil geritzt war.

»*Vamos com cuidado!* Seid vorsichtig!«, befahl Flavia und zog ihre Glock.

Zwar erschien es wenig wahrscheinlich, dass es hier von Polizisten wimmeln würde, aber seit der Verhaftung ihres Vaters litt sie unter Verfolgungswahn. Sie setzte sich an die Spitze der Gruppe und forderte ihre Männer zu größter Vorsicht auf.

Sebastian hatte Mühe, die noch verbleibenden wenigen Meter zu bewältigen. Seine Augen waren verklebt, er blutete aus der Nase. Von Schüttelfrost gebeutelt, einem Schwächeanfall nahe, schwitzte er aus sämtlichen Poren. Dieses Mal zwangen ihn die Kopfschmerzen, aufzugeben. Er sank auf die Knie.

»*Levante-se!* Steht auf«, schrie einer der Männer und kam auf ihn zu.

Sebastian wischte sich den Schweiß aus dem Gesicht und rappelte sich mühsam hoch.

Er trank einige Schlucke aus seiner Flasche, wobei er den Blickkontakt mit Nikki und seinen beiden Kindern suchte. Die Bilder verschwammen, aber er konnte seine Familie erkennen, die von Flavias Handlangern in Schach gehalten wurde.

Als Jeremy seinem Vater ein kleines Zeichen machte, fiel ihm ein halb unter dem Gebüsch verborgener, glänzender Gegenstand auf. Unauffällig hob ihn der Junge trotz seiner gefesselten Handgelenke auf. Es war ein Sturmfeuerzeug aus Weißgold, mit Krokoleder überzogen. Als er das Gehäuse untersuchte, bemerkte er die verschlungenen Initialen L. S. auf der Kappe.

Lorenzo Santos …

Es war das Feuerzeug, das seine Mutter Santos geschenkt hatte! Er ließ es in seine Tasche gleiten und fragte sich, wie es mitten im Dschungel hatte landen können.

Dann ging die Gruppe weiter auf dem Weg, den Memphis Decker einige Wochen zuvor provisorisch freigeschlagen hatte.

Nach zehnminütigem Marsch entfernte Flavia mit der Machete einen Ast.

Vor ihnen lag das Flugzeugwrack.

Riesig, atemberaubend, furchterregend.

Kapitel 64

Vorsichtig näherten sie sich.

Der über zwanzig Meter lange, silberne Rumpf der DC-3 glänzte unter dem Pflanzengewirr. Das Fahrwerk war bei dem heftigen Aufprall zerbrochen, das Cockpit an einem dicken, umgestürzten Baumstamm zerschellt, wobei die Nase unter das Leitwerk geschoben worden war. Der bauchige Rumpf war verbeult, sämtliche Bullaugen waren zersplittert, die Tragflächen auf beiden Seiten gebrochen, die Winglets abgerissen. Von dem Flugzeug war nur ein Wrack übrig geblieben, das bald vom Rost zerfressen sein würde.

Nur, dass dieses Wrack fünfzig Millionen Dollar enthielt.

Das Rauschgift, endlich …

Ein erleichtertes Lächeln erhellte Flavias Gesicht. Sie entspannte sich. Endlich hatte sie das Kokain gefunden. Die Millionen aus dem Verkauf der Ladung würden es ihr ermöglichen, das Kartell der *Seringueiros* zu neuem Leben zu erwecken. Dabei ging es ihr nicht so sehr um das Geld, sondern mehr um die Rettung der Familienehre. Ihr Vater, Pablo Cardoza, hatte sie nie ernst genommen. Er vertraute nur ihren beiden schwachsinnigen Brüdern, die den Rest ihres Lebens hinter Gittern verbringen würden. Sie allein war clever genug gewesen, der Polizei zu entkommen. Sie allein war intelligent genug gewesen, das Flugzeug zu finden. Ihrem Vater hatte man den Beinamen *Imperador* gegeben. Von nun an würde sie die *Imperatriz* der Drogen sein! Ihr Imperium würde sich von Rio über Caracas und Bogotá bis Buenos Aires erstrecken …

Zwei Schüsse hallten durch die Stille des Dschungels und rissen Flavia brutal aus ihren Träumen von künftiger Größe. Ehe sie reagieren konnte, brachen die beiden Guerilleros, die die Gruppe anführten, jeder mit einer Kugel im Kopf, zusammen. Aus dem Wrack der zweimotorigen Maschine hatte ein Sniper, der eines der zerbrochenen Fenster als Schießscharte nutzte, auf sie geschossen. Eine dritte Kugel pfiff durch die Luft und streifte die junge Brasilianerin, die sich zu Boden warf und das Maschinengewehr von einem der getöteten Männer an sich riss. Auch die Larabees ließen sich fallen, rollten sich ins Gebüsch und kauerten sich zusammen.

Flavia und ihr Leibwächter feuerten auf den Flugzeugrumpf einen regelrechten Kugelhagel ab. Funkengarben sprühten aus den Läufen. Die Geschosse sausten durch die Luft und prallten mit ohrenbetäubendem Lärm gegen die Maschine.

Auf dieses Donnergrollen folgte Stille.

»*Eu matei ele!* Ich habe ihn getötet!«, rief der Guerillero.

Flavia hatte ihre Zweifel. Seiner Sache sicher, stürzte er los, um durch die geöffnete Tür in den Flugzeugrumpf zu dringen. Wenige Sekunden später tauchte er erfreut und voller Stolz wieder auf.

»*Ele está morto!* Er ist tot!«, verkündete er triumphierend.

Mit gezogener Waffe bedrohte Flavia die Familie Larabee. »*Matá-los!* Töte sie!«, befahl sie ihrem Handlanger.

»*Todos los quatro?* Alle vier?«

»*Se apresse!*« Sie forderte den Mann auf, sich zu beeilen, während sie in das Flugzeug kletterte.

Der Guerillero zog eine Faustfeuerwaffe aus dem Holster und lud sie. Es war offensichtlich nicht das erste Mal, dass er eine derartige Aufgabe übernahm. Ohne mit der Wimper zu zucken, befahl er seinen Gefangenen, sich nebeneinander ins Gestrüpp zu knien.

Sebastian, Nikki, Camille, Jeremy …

Er setzte den kalten Pistolenlauf auf Jeremys Nacken. Panisch vor Angst, begann der Junge zu schwitzen und krampfartig zu zittern. Sein Mund verzog sich. Niedergeschmettert von Schuldgefühlen, entsetzt über die Folgen seines Handelns, brach er in Tränen aus. Er hatte versucht, seine Eltern wieder zusammenzubringen, aber sein naiver Idealismus hatte zu diesem grauenvollen Ende geführt. Seinetwegen würden seine Schwester, sein Vater und seine Mutter sterben.

»Verzeiht mir«, sagte er weinend in dem Moment, als der Mörder den Finger um den Abzug krümmte.

Kapitel 65

Flavia betrat die Flugzeugkabine. Es roch nach Schießpulver, Humus, Benzin und Tod.

Sie bewegte sich zwischen den Kokainkisten hindurch und bahnte sich einen Weg bis zu Santos' Leiche. Der Cop war von Kugeln durchsiebt. Aus seinem Mund lief ein Rinnsal dunklen, dicken Blutes. Kalt blickte Flavia auf die Leiche und fragte sich, wer dieser Mann sein mochte und wie er die DC-3 vor ihr hatte finden können. Sie ging in die Hocke, überwand ihren Widerwillen und durchsuchte die Jackentaschen des Toten. Sie hoffte, eine Brieftasche zu finden, stieß jedoch auf eine Lederhülle, die eine Dienstmarke der New Yorker Polizei enthielt.

Als sie sich beunruhigt gerade wieder aufrichten wollte, bemerkte sie das Metallband am rechten Handgelenk des Bullen.

Handschellen?…

Zu spät. In einer letzten Anstrengung öffnete Santos die Augen, packte Flavias Handgelenk und schob es in die zweite Handschelle, die er mit einem Klicken schloss.

Panisch versuchte die junge Brasilianerin, sich zu befreien, aber sie saß in der Falle.

»*Aurélio! Salva-me!* Hilf mir!« Sie rief ihren Handlanger zu Hilfe.

»Narco-Barbies« Schreie ließen den Guerillero in seiner Bewegung innehalten. Statt Jeremy zu erschießen, steckte er seine Waffe wieder ein, ließ seine Gefangenen zurück und stürzte ins Innere des Flugzeugs zu Flavia.

»*Me livre!* Befreie mich!«, keuchte sie.

Aurélio erkannte sofort, welchen Vorteil er aus der Situation ziehen konnte. In seinen Augen glänzte ein Feuer der Besessenheit. Alles konnte nun ihm gehören! Das Rauschgift und die Millionen Dollar, die Macht und das Ansehen. Ein aufregendes Leben, frei von allen Zwängen …

Er hob den Lauf der Glock und setzte ihn auf Flavias Stirn.

»*Sinto muito,* tut mir leid«, murmelte er, bevor er abdrückte.

Die Detonation war so heftig, dass sie das Geräusch der Flugzeugtür übertönte, die Sebastian in ebendiesem Moment zuschlug.

Er wandte sich zu Nikki um und bedeutete ihr, die Kinder in Sicherheit zu bringen.

Dann betätigte er Santos' Sturmfeuerzeug und warf es durch eines der Bullaugen.

Der Kugelhagel hatte den Rumpf durchlöchert und unter anderem auch den Haupttank getroffen. Durch das ausgetretene Kerosin entzündete sich das Flugzeug schlagartig, die lodernden Flammen schlugen bis hinauf in die Baumwipfel.

Dann explodierte es.

Wie eine Bombe.

Zwei Jahre später

Alles hatte blutig begonnen. Alles würde blutig enden.

Schreie.
Gewalt.
Angst.
Schmerz.

Die Qual dauerte bereits mehrere Stunden, aber die Zeit dehnte sich und zerstörte wie in einem Fieberwahn jede Sicherheit.

Erschöpft, angespannt und keuchend öffnete Nikki die Augen und versuchte, zu Atem zu kommen. Sie lag auf dem Rücken und spürte die beklemmende Hitze auf ihrer Haut, ihr Herz, das in ihrer Brust schlug, den Schweiß, der über ihr Gesicht lief.

Das Blut pochte in ihren Schläfen, übte Druck auf ihren Schädel aus und beeinträchtigte ihr Sehvermögen. Im grellen Licht der Neonlampen erkannte sie bruchstückhaft furchterregende Bilder: Spritzen, Metallinstrumente, Folterknechte hinter Masken, die sich in einem schweigenden Reigen bewegten und einvernehmliche Blicke tauschten.

Eine neue Woge des Schmerzes durchzuckte ihren Leib. Dem Ersticken nahe, unterdrückte sie einen Schrei. Sie hätte eine Atempause und Sauerstoff gebraucht, aber nun musste sie den Weg bis zum bitteren Ende gehen. Sie klammerte sich an die Armlehnen und fragte sich, wie sie das beim ersten Mal, vor siebzehn Jahren, ausgehalten hatte. Neben ihr sprach Sebastian tröstende Worte, aber sie hörte ihn nicht.

Die Fruchtblase platzte, danach folgten die Wehen schneller aufeinander und wurden heftiger. Der Gynäkologe stoppte die Oxytocininfusion und legte eine Hand auf ihren Bauch. Die Hebamme unterstützte sie dabei, wieder Kraft zu sammeln, und erinnerte sie daran, den Atem anzuhalten, wenn die nächste Wehe kam. Als der Schmerz nachließ, presste Nikki mit aller Kraft. Behutsam zog der Geburtshelfer den Kopf des Babys heraus, anschließend, langsam, die Schultern und dann den ganzen Körper.

Als das Neugeborene seinen ersten Schrei ausstieß, zeigte sich auf Sebastians Gesicht ein breites Lächeln, und er drückte die Hand seiner Frau.

Der Arzt warf einen Blick auf den Monitor, um Nikkis Herzschlag zu kontrollieren.

Dann beugte er sich vor, um zu überprüfen, ob sich der Zwilling in der richtigen Position präsentierte, und bereitete sich auf die Entbindung des zweiten Kindes vor.

Dank

An Ingrid
für ihre Einfälle und ihre Unterstützung

Inhaltsverzeichnis

Prolog

Insel Nantucket
Massachusetts
Herbst 1972

Der See erstreckte sich im Osten der Insel hinter den Sümpfen mit den Moosbeeren. Das Wetter war strahlend schön.

Nach kühlen Tagen begann es erneut warm zu werden. Die Wasseroberfläche spiegelte die leuchtenden Farben des herbstlich bunten Waldes wider.

»Da, schau mal!«

Der kleine Junge ging auf das Ufer zu und blickte in die Richtung, in die seine Freundin zeigte. Inmitten von Blättern schwamm ein großer Vogel. Sein makellos weißes Gefieder, sein pechschwarzer Schnabel und sein langer schlanker Hals verliehen ihm eine majestätische Anmut.

Es war ein Schwan.

Nur wenige Meter von den Kindern entfernt steckte er Kopf und Hals ins Wasser. Dann tauchte er wieder auf und stieß einen lang gezogenen Ruf aus, der weich und melodiös klang, ganz im Gegensatz zum Krächzen der Schwäne mit den gelben Schnäbeln, die in vielen öffentlichen Anlagen zur Zierde gehalten werden.

»Ich werde ihn streicheln!«

Das kleine Mädchen trat ganz nah ans Ufer heran und streckte die Hand aus. Vor Schreck breitete der Schwan seine Flügel aus, mit einer so ruckartigen Bewegung, dass die Kleine das Gleichgewicht verlor. Sie plumpste ins Wasser, und über

ihr schwang sich der Vogel mit schwerfälligem Flügelschlag in die Lüfte.
Das kalte Wasser verschlug ihr den Atem, als ob ein Schraubstock ihren Oberkörper zusammenpresste. Für ihr Alter konnte sie sehr gut schwimmen. Im Meer legte sie zuweilen mehrere hundert Meter im Brustschwimmen zurück. Aber das Wasser des Sees war eiskalt und das Ufer schwer zu erreichen. Sie schlug wild um sich, geriet in Panik, als sie erkannte, dass es ihr nicht gelingen würde, ans Ufer zu klettern. Sie fühlte sich so winzig, so ganz und gar verloren in dieser fließenden Unendlichkeit.
Der Junge zögerte nicht, als er sah, dass seine Freundin in Gefahr war: Er zog die Schuhe aus und sprang in voller Kleidung ins Wasser.
»Halt dich an mir fest, hab keine Angst.«
Sie klammerte sich an ihn, und eher schlecht als recht gelangten sie in die Nähe des Ufers. Er hielt den Kopf unter Wasser und schob sie mit aller Kraft nach oben. Dank seiner Hilfe konnte sie sich mit viel Mühe am Ufer hochziehen.
Doch als er selbst aus dem Wasser klettern wollte, fühlte er seine Kräfte schwinden, als zögen ihn zwei kräftige Arme gewaltsam in die Tiefe des Sees. Er rang nach Luft, sein Herz schlug zum Zerspringen, ein unerträglicher Druck lastete auf seinem Gehirn.
Er kämpfte, bis er spürte, wie sich seine Lunge mit Wasser füllte. Dann ließen seine Kräfte nach, er leistete keinen Widerstand mehr und sank nach unten. Seine Trommelfelle platzten, um ihn herum wurde alles schwarz. Eingehüllt in die Dunkelheit erkannte er, wenn auch verschwommen, dass dies vermutlich das Ende war.

Denn da war nichts mehr. Nichts als diese kalte und schreckliche Dunkelheit.
Dunkelheit.
Dunkelheit.
Dann plötzlich …
Ein Licht.

Kapitel 1

Manche werden als große Menschen geboren …
Und andere erlangen Größe
Shakespeare

Manhattan
Heute
9. *Dezember*

Wie jeden Morgen wurde Nathan Del Amico durch doppeltes Klingeln geweckt. Er stellte immer zwei Wecker: einen, der ans Stromnetz angeschlossen war, und einen anderen, der mit Batterien betrieben wurde. Mallory fand das lächerlich.
Nachdem er eine halbe Schale Cornflakes verschlungen, in einen Trainingsanzug geschlüpft und ein paar abgenutzte Reeboks angezogen hatte, verließ er die Wohnung für sein tägliches Training.
Der Spiegel im Aufzug zeigte ihm einen jungen Mann mit angenehmem Äußeren, aber erschöpften Gesichtszügen.
Du könntest dringend Urlaub gebrauchen, mein kleiner Nathan, dachte er und betrachtete aus der Nähe die bläulichen Schatten, die sich über Nacht unter seine Augen gelegt hatten.
Er zog den Reißverschluss seiner Jacke bis zum Kragen hoch, schob seine Hände in gefütterte Handschuhe und stülpte sich eine Wollmütze mit dem Logo der *Yankees* über.

Nathan wohnte im 23. Stock des San Remo Buildings, jenem Komplex mit luxuriösen Wohnhäusern an der Upper West Side. Er hatte einen Blick direkt auf den Central Park West. Kaum hatte Nathan die Nase zur Tür rausgestreckt, entströmte ein kalter und weißer Dunst seinem Mund. Es war noch nicht richtig hell, und die Wohnhäuser am Straßenrand tauchten erst langsam aus dem Nebel auf. Am Vorabend hatte der Wetterbericht Schnee angesagt, doch bislang war keine einzige Flocke vom Himmel gefallen.

Mit kurzen Schritten lief er die Straße hinauf. Die Weihnachtsbeleuchtungen und die Kränze aus Stechpalmen an den Eingangstüren tauchten das Viertel in festlichen Glanz. Nathan lief am Naturkundemuseum vorbei, und am Ende eines Hundertmetersprints betrat er den Central Park.

Zu dieser Tageszeit und bei dieser Kälte war kaum jemand unterwegs. Ein eisiger Wind kam vom Hudson her und fegte über die Joggingstrecke, die um den *Reservoir*, den künstlichen See inmitten des Parks, herumführte.

Auch wenn es nicht unbedingt als empfehlenswert galt, diesen Weg zu nehmen, so lange es noch dunkel war, tat Nathan es dennoch ohne Furcht. Seit Jahren joggte er hier, und nie hatte er etwas Unangenehmes erlebt. Nathan hielt sich an einen gleichmäßigen Laufrhythmus. Die Luft war klirrend kalt, aber um nichts in der Welt hätte er auf seine tägliche Stunde Sport verzichtet.

Nach einer Dreiviertelstunde gleichmäßigen Laufens hielt er auf der Höhe der Traverse Road an, löschte seinen Durst und setzte sich einen Moment auf den Rasen.

Er dachte an die milden Winter Kaliforniens, an

die Küste von San Diego, wo sich ein kilometerlanger Strand ideal fürs Laufen eignete. Für einen Augenblick sah er in Gedanken seine Tochter Bonnie, wie sie sich vor Lachen schüttelte.
Sie fehlte ihm so sehr, dass es schmerzte.
Das Gesicht seiner Frau Mallory und ihre großen, meerblauen Augen kamen ihm auch in den Sinn, aber er zwang sich, dieses Bild zu verdrängen.
Hör auf, mit dem Messer in der Wunde herumzustochern.
Dennoch blieb er auf dem Rasen sitzen, beherrscht von dieser grenzenlosen Leere, die er empfunden hatte, als sie gegangen war. Eine Leere, die ihn seit mehreren Monaten innerlich verzehrte.
Er hätte es niemals für möglich gehalten, dass Schmerz solche Ausmaße annehmen konnte.
Er fühlte sich einsam und elend. Einen kurzen Moment lang füllten sich seine Augen mit Tränen, bis der eisige Wind sie vertrieb.
Er trank noch einen Schluck Wasser. Seit er am Morgen erwacht war, fühlte er einen seltsamen Schmerz in der Brust, etwas wie Seitenstechen, das seine Atmung behinderte.
Die ersten Flocken fielen. Nun erhob er sich doch, lief mit langen Schritten zum San Remo Building zurück, weil er noch duschen wollte, bevor er zur Arbeit aufbrach.

Nathan schlug die Tür des Taxis zu. Im dunklen Anzug und frisch rasiert betrat er den Glasturm an der Ecke Park Avenue und 52. Straße, in dem sich die Büros der Kanzlei Marble & March befanden.
Von allen Anwaltskanzleien der Stadt war Marble die erfolgreichste. Sie beschäftigte über neunhun-

dert Angestellte in allen Teilen der Vereinigten Staaten, und fast die Hälfte arbeitete nur in New York.
Nathan hatte seine Karriere bei Marble & March in San Diego begonnen, wo er so schnell zum Star der Kanzlei wurde, dass der Hauptgesellschafter Ashley Jordan ihn als Teilhaber vorschlug. Die Kanzlei in New York befand sich zu jener Zeit im Ausbau, sodass Nathan mit einunddreißig Jahren seine Koffer packte, um in die Stadt zurückzukehren, in der er aufgewachsen war und in der seine neue Stelle als stellvertretender Leiter der Abteilung Fusionen/Akquisitionen auf ihn wartete.
Eine ungewöhnliche Karriere für sein Alter.
Nathan hatte sein ehrgeiziges Ziel erreicht: Er war ein *Rainmaker*, einer der angesehensten und jüngsten Anwälte in seinem Bereich. Er hatte es ganz nach oben geschafft. Nicht durch Börsengewinne oder Erbschaften. Nein, er hatte das Geld mit seiner Arbeit verdient. Indem er einzelne Menschen und Gesellschaften verteidigte und dafür sorgte, dass Gesetze befolgt wurden.

Brillant, reich und hochmütig.
Das war Nathan Del Amico.
Von außen betrachtet.

Nathan beschäftigte sich den ganzen Vormittag mit den Mitarbeitern und kontrollierte ihre Arbeiten, um die laufenden Fälle auf den Punkt zu bringen. Gegen Mittag brachte Abby ihm einen Kaffee, Sesambrezeln und *cream cheese*.
Abby war seit mehreren Jahren seine Assistentin. Sie stammte aus Kalifornien und war bereit gewesen, ihm nach New York zu folgen, weil sie gut

miteinander auskamen. Als Single mittleren Alters ging sie in ihrer Arbeit auf und besaß Nathans ganzes Vertrauen. Er zögerte niemals, ihr Verantwortung zu übertragen. Abby war außerordentlich fleißig und hatte eine Arbeitsmoral, mit der sie das Tempo ihres Chefs mühelos halten oder sogar beschleunigen konnte, selbst wenn sie sich dafür insgeheim mit Vitaminsäften und reichlich Koffein traktieren musste.

Da Nathan in der folgenden Stunde keinen Termin hatte, lockerte er seine Krawatte. Wirklich, der stechende Schmerz in der Brust war immer noch da. Er rieb sich die Schläfen und spritzte sich ein bisschen kaltes Wasser ins Gesicht.

Hör auf, an Mallory zu denken.

»Nathan?«

Abby trat ein ohne anzuklopfen, wie üblich, wenn sie allein waren. Sie besprach mit ihm seine Termine für den Nachmittag und fügte dann hinzu:

»Heute Morgen hat ein Freund von Ashley Jordan angerufen, er wollte dringend einen Termin. Ein gewisser Garrett Goodrich …«

»Goodrich? Nie gehört.«

»Ich glaube, er ist ein Sandkastenfreund von ihm, ein berühmter Arzt.«

»Und was kann ich für diesen Herrn tun?«, fragte Nathan und runzelte die Stirn.

»Ich weiß nicht, er hat sich nicht geäußert. Er sagte lediglich, Jordan meinte, Sie seien der Beste.«

Und das stimmt: Ich habe in meiner ganzen Karriere keinen einzigen Prozess verloren. Keinen einzigen.

»Versuchen Sie bitte, Ashley zu erreichen.«

»Er ist vor einer Stunde nach Baltimore gefahren. Sie wissen doch, der Fall Kyle …«

»Ach ja, genau … Wann wird dieser Goodrich kommen?«
»Ich habe ihm siebzehn Uhr vorgeschlagen.«
Sie stand bereits auf der Türschwelle, als sie sich umwandte.
»Bestimmt handelt es sich um einen Prozess gegen einen Arzt«, vermutete sie.
»Zweifellos«, pflichtete er ihr bei und versenkte sich wieder in seine Akten. »Wenn das zutrifft, verweisen wir ihn in die Abteilung im vierten Stock.«

Goodrich traf kurz vor siebzehn Uhr ein. Abby brachte ihn in Nathans Büro, ohne ihn warten zu lassen.
Er war ein Mann in den besten Jahren, hochgewachsen und kräftig gebaut. Sein eleganter langer Mantel und sein anthrazitfarbener Anzug unterstrichen seine Statur. Sicheren Schrittes betrat er das Büro. Er blieb in der Mitte des Raums stehen. Offensichtlich hatte er die Haltung eines Kämpfers, und das verlieh ihm eine starke Präsenz.
Mit einer lockeren Handbewegung schüttelte er seinen Mantel aus und reichte ihn dann Abby. Er fuhr sich mit den Fingern durch sein gekonnt zerzaustes, grau meliertes Haar – das trotz seiner schätzungsweise sechzig Jahre sehr voll war –, strich sich über seinen kurzen Bart und musterte den Anwalt durchdringend.

Nathan fühlte sich unter Goodrichs Blick unbehaglich. Sein Atem beschleunigte sich auf seltsame Weise, und in Sekundenschnelle gerieten seine Gedanken durcheinander.

INTERVIEW MIT GUILLAUME MUSSO ÜBER DAS SCHREIBEN

Wie sind Sie zum Schreiben gekommen?
Dem Schreiben ging die Freude am Lesen voran, wie bei so vielen Autoren.

Mit zehn Jahren fing ich an, mich für Romane zu begeistern. Bis dahin hatten mich Bücher gelangweilt – und das, obwohl meine Mutter Bibliothekarin war. Ehrlich gesagt, mochte ich nur Comics! Und dann ist mir ein Buch in die Hände gefallen, das mich faszinierte: *Sturmhöhe* von Emily Brontë.

Von diesem Zeitpunkt an habe ich im Sommer, statt an den Strand zu gehen, Stunden damit verbracht, in einer Ecke der Bibliothek zu sitzen und zu lesen. Als Jugendlicher fürchtet man sich vor nichts – auch nicht vor einem Lese-Marathon. Ich erinnere mich, nacheinander *Krieg und Frieden* und *Anna Karenina* von Tolstoi sowie *Die Erziehung der Gefühle* und *Madame Bovary* von Flaubert verschlungen zu haben.

Aus der Lektüre ist dann der Wunsch entstanden, selbst zu schreiben. Auslöser war ein Kurzgeschichten-Wettbewerb, den unser Französisch-Lehrer organisiert hatte, als ich etwa fünfzehn war. Ich habe eine Geschichte geschrieben, die etwas in die Fantasy-Horror-Richtung von Stephen King oder *Der große Meaulnes* von Alain Fournier ging. Und habe gewonnen …

Ist das Schreiben für Sie eine Art Veranlagung? Eine Notwendigkeit?

Anais Nin hat einmal gesagt: »Ich glaube, man schreibt, um eine Welt zu erschaffen, in der man leben kann.« Genau das trifft auch auf mich zu. Das Schreiben ist eine Fortsetzung des Lesens, ein herausragendes Mittel, um der Realität, dem Alltag und der manchmal unerträglichen Seite des Seins zu entfliehen.

Warum brauchen die Menschen Geschichten? Zweifellos, weil die Realität »schlecht gemacht ist«, wie Vargas Llosa geschrieben hat, »Sie reicht nicht aus, um die Wünsche, Gelüste Sehnsüchte und Träume der Menschen zu erfüllen.«

Und so hat mich letztlich die aus der rauen Wirklichkeit resultierende Frustration zum Schreiben gebracht.

Woher nehmen Sie Ihre Ideen? Was inspiriert Sie?

In seinem Buch »Das Leben und das Schreiben« sagt Stephen King zu Recht: »Gute Geschichten scheinen buchstäblich aus dem Nichts zu kommen, aus dem blassen Himmel segeln sie direkt auf uns zu.« Die eigentliche Arbeit eines Schriftstellers besteht also darin, eine Auswahl zu treffen und aus der Vielzahl der Ideen die herauszupicken, die eventuell einen guten Roman ergeben könnten.

Meine Inspirationsquellen sind vielfältig: Dinge, die ich selbst erlebt habe, das Zeitgeschehen, die Fiktion in all ihren Erscheinungsformen. Ich beobachte auch gerne Menschen: in Restaurants, in Cafés, in der Metro, in Geschäften. Das nenne ich meinen »Geschmack an anderen«.

Dennoch bleibt der schöpferische Prozess im Grunde mysteriös: Ein Funke, ein Flash, der plötzlich auftaucht, Ideen, die sich verbinden und verfestigen und nach und nach ein Handlungsgerüst bilden …

Sie sind einer der meistgelesenen Autoren in Frankreich. Wie sehen Sie den Erfolg Ihrer Bücher?
Ich empfinde Befriedigung und Stolz, denn auch wenn das Schreiben natürlich kein Wettbewerb ist, bestätigt der Erfolg doch in gewisser Weise die eigene Arbeit.

Mein größter Stolz ist, dieses Ergebnis ohne Kontakte zur Verlagswelt oder, salopp gesagt, ohne Vitamin B, erreicht zu haben. Als ich mit 23 Jahren angefangen habe, meine Manuskripte an Verlage zu schicken, kannte ich niemanden in diesem Milieu, auch keinen Journalisten. Ich kam nicht aus Paris und verfügte über keinerlei Empfehlungen.

Angesichts Ihres Erfolges könnte man sagen, dass Sie ein »populärer« Schriftsteller sind. Würden Sie das als zutreffend bezeichnen?
Beruhigend in meinem Fall ist, dass ich es nie explizit darauf angelegt habe, populär sein zu wollen. Die Begeisterung für meine Romane verpflichtet mich also zu keinerlei Zugeständnissen und lässt mir vollkommene Freiheit.

Aber es stimmt: Nichts ist befriedigender für mich, als zu sehen, dass die Leute im Bus oder in der Metro meine Bücher lesen. Die populäre Literatur – jene einer Agatha Christi oder eines Stephen King – hat bei mir als Jugendlichen das Interesse am Lesen geweckt. Die populäre Literatur ist die des Geschichtenerzählens und der Freude am Lesen. Ich empfinde es also nicht als abwertend, ein »populärer« Autor zu sein. Ganz im Gegenteil, es macht mich sehr stolz ...

Jedes Mal, wenn ich beim Signieren mein Publikum treffe, bin ich verwundert, wie vielschichtig es ist: Die Leser setzen sich aus allen Altersgruppen und beiden Geschlechtern zusammen, vor allem aber bestehen sie aus jungen Erwachsenen und Jugendlichen. Und vielleicht hat es mich am meisten verwundert, dass es mir gelingt, eine Generation anzusprechen, der man nachsagt, sich mehr für Videospiele und Comics zu interessieren als für Bücher.

Wie erklären Sie sich Ihren Erfolg?
Es ist immer schwierig, den eigenen Erfolg zu erklären, aber ich bin einer Meinung mit dem Verleger Bernard de Fallois, wenn er behauptet »die wichtigste Fähigkeit eines Schriftstellers ist es, zu wissen, wie man sein Publikum in den Bann zieht«. Ich wollte immer Romane schreiben, die den Leser so sehr fesseln, dass er das Buch nicht mehr aus der Hand legen kann.

Für mich ist Spannung wirklich das Wichtigste. Ich sporne also ständig meine Vorstellungskraft an. Ich möchte, dass die Geschichte etwas Originelles hat, dass man die Seiten nicht schnell genug umblättern kann und am Ende eines Kapitels sofort das nächste anfangen will.

Ich möchte auch, dass man mit den Personen bangt und fühlt. Ich bemühe mich also, komplexe Romanfiguren zu entwickeln, denn die Protagonisten dürfen weder eindimensional noch Superhelden sein.

Und ich versuche, meine Romane immer auf zwei Ebenen anzulegen: eine erste, auf der der Leser von der Geschichte, der Stimmung und der Spannung derart fasziniert ist, dass er unbedingt weiterlesen will, und eine zweite, auf der ich bestimmte andere Themen anspreche und zum Nachdenken anrege.

Sie haben neun sehr erfolgreiche Romane geschrieben, können Sie uns Methoden oder Rezepte dafür nennen?
Nein, es gibt kein Rezept. Wie ein Maler bin ich in den letzten Jahren verschiedene Perioden durchgelaufen. In den letzten drei Jahren hatte ich den meisten Erfolg mit Roma-

nen, die rein gar nichts mit den vorhergehenden zu tun hatten. Auch mein Publikum hat sich geändert, ich habe neue Leser hinzugewonnen, die sich vorher nicht für meine Arbeit interessiert haben, weil sie eine falsche oder verzerrte Vorstellung von meinen Büchern hatten.

Wie bauen Sie Ihre Geschichten auf?
Nach welcher Methode arbeiten Sie?

Einen Grundsatz behalte ich immer im Kopf: Ich möchte Bücher schreiben, die ich auch selbst gern lesen würde. Aber ich wende niemals eine Formel an! Das funktioniert nicht und verdirbt die Freude am Schreiben. Ich versuche eher, eine Geschichte zu erzählen, die meiner momentanen Grundstimmung entspricht.

Was die handwerkliche Seite angeht, verlangt mein Genre eine solide Struktur und einen logischen, nachvollziehbaren Handlungsablauf. Bei meinen ersten Romanen habe ich monatelang an der Struktur, am »Gerüst«, gefeilt. Ich musste genau wissen, wohin die Entwicklung geht, selbst wenn mir nicht immer klar war, welchen Weg zum Ziel ich wählen würde.

Ich habe also viel Zeit damit zugebracht, diese Struktur zu entwickeln, eine Art präzises Uhrwerk zu konstruieren, an der Verkettung der Kapitel, der progressiven Aufdeckung der Indizien, dem plötzlichen Umbruch der Situationen zu arbeiten – bin dabei vorgegangen wie beim Filmschnitt.

Parallel dazu habe ich viel an der Personenentwicklung gearbeitet. Ich musste meine Protagonisten in- und auswendig kennen, um mit ihnen fühlen zu können und im Laufe des Schreibens zu dieser mysteriösen Alchemie zu gelangen, aus der die Emotionen entstehen.

Hat sich Ihre Erzählweise im Laufe der Jahre verändert?
Man könnte sagen, dass ich, wie ein Handwerker, mein Metier jetzt besser beherrsche.

Meine Geschichten haben einen dichteren Handlungsverlauf, die Personen sind nuancierter. Was sich nicht verändert hat, ist mein Bestreben, dem Leser Genuss und Ablenkung zu verschaffen.

Meine Priorität ist also die »Spannung« der Geschichte, der Wunsch, einen modernen Erzählstil zu finden, der den Leser in meine Welt transportiert und ihn gleichsam »süchtig« macht, aber ich beginne heute viel schneller mit dem Schreiben. Ich lasse mich vom Verlauf der Handlung leiten und vertraue mehr darauf, Lösungen für eventuelle Blockaden zu finden. Der Roman kann nun viel mehr überraschende Wendungen enthalten.

Diese Spontaneität und Sicherheit sind relativ neu für mich. Sie bringen zwar eine größere Ungewissheit mit sich und erfordern Intuition, aber das macht ja gerade den Spaß aus beim Schreiben. Das Unvorhergesehene wird zum Spannungsmoment, nämlich dann, wenn einem die Person zu entkommen versucht, um sozusagen ihren eigenen Weg zu gehen. Daraus entstehen Umschwünge, die nicht geplant waren.

Es heißt, Ihre Romane hätten etwas Filmisches.
Was denken Sie darüber?
Da Filme eine meiner großen Inspirationsquellen sind, ist es sozusagen normal, dass der Aufbau meiner Romane dem bestimmter Filme ähnelt.

Ich gehöre der »Video-Generation« an, also zu denen, die Spielfilme nicht auf der Leinwand, sondern vorwiegend zu Hause vorm Fernseher konsumieren und die Möglichkeit haben, sich ein und dieselbe Szene immer wieder anzusehen, den Film also quasi »dekonstruieren« können. Und ich bin sicher, dass das meine Art zu schreiben beeinflusst hat, ihr diese visuelle Komponente, die stark zerlegte Struktur und die Spannung verleiht.

Eine andere wichtige Inspirationsquelle sind für mich seit vielen Jahren qualitativ hochwertige US-amerikanische Fernsehserien wie etwa *Six Feet Under, LOST, The Sopranos, Spooks, 24, The West Wing, Mad Men, The Wire* … Dort findet man heute die innovativsten Geschichten und Themen, die kreativsten Autoren.

Warum spielen Ihre Romane zum großen Teil in den Vereinigten Staaten?
Ich bin eigentlich nicht besonders vom amerikanischen Traum fasziniert. Ich lebe in Frankreich, und ich liebe dieses Land, aber es stimmt, dass viele meiner Geschichten in New York angesiedelt sind.

Meine Geschichten in die USA zu verlagern, schafft zum einen eine Distanz zwischen mir und der Story. Eine Distanz, die mir eine große Freiheit gibt, da sie mich von meinem Alltag entfernt.

Der Handlungsort ist auch wichtig für einen Roman, da das Dekor zur Glaubwürdigkeit der Geschichte beiträgt. New York ist eine Stadt, in der alles möglich ist: die schönste Liebesgeschichte und das grauenvollste Drama.

Außerdem kenne ich diese Stadt gut, weil ich im Alter von neunzehn Jahren mehrere Monate dort gearbeitet habe. Ich bin einfach so hingefahren und habe vor Ort einen Job als Eisverkäufer gefunden, bei dem ich siebzig bis achtzig Stunden pro Woche arbeiten musste. Trotz dieser schwierigen Bedingungen habe ich mich total in Manhattan verliebt, und jedes Mal, wenn ich dorthin zurückkehre, empfinde ich dieselbe Faszination.

Nach 9/11 ist New York noch widerstandsfähiger, noch belastbarer geworden. Das ist ein Zustand, in dem sich oft auch meine Protagonisten befinden.

Dennoch hat Paris in den letzten Jahren eine zunehmend wichtige Rolle in meinen Romanen eingenommen. Dort spielt ein guter Teil der Handlung von *Nachricht von Dir* und *Sieben Jahre später.*

Manchmal spielt das Übernatürliche eine Rolle im Leben Ihrer Helden. Warum?
Oft gibt es ein Missverständnis um meine Romane. Zunächst, weil sie zu einem guten Teil *(Weil ich Dich liebe, Nachricht von Dir, Sieben Jahre später …)* keine »übernatürliche« Komponente haben.

Außerdem dient das Übernatürliche, das Mysteriöse oft als Vorwand, um ernsthafte Themen spielerisch und auf leichte Art anzugehen.

Ein Engel im Winter handelt von der Trauer und der Vergänglichkeit des Lebens, *Eine himmlische Begegnung* von der Rolle des Zufalls und des Schicksals. *Vielleicht morgen* ist ein Roman über die große Liebe mit ihren Exzessen, die uns aus dem Gleichgewicht bringen und zu unglaublichen Dingen befähigen kann. Es geht auch um den Schein innerhalb einer Beziehung und die Frage, wie gut wir wirklich die Person kennen, mit der wie unser Leben teilen.

Das Übernatürliche dient mir also manchmal als literarische Triebfeder, als Gleichnis, um Dinge anzusprechen, die mir wirklich am Herzen liegen: die Gefühle, der Sinn, den man seinem Leben gibt, die Abwesenheit, die Angst.

Die Idee ist mir gekommen, als ich im Alter von vierundzwanzig Jahren einen Autounfall hatte. Zum Glück war ich nicht schwer verletzt, aber der Wagen hatte einen Totalschaden. Und so wurde mir, der ich vorher nie über den Tod nachgedacht hatte, blitzartig klar, dass er ohne jede Vorwarnung kommen kann.

Ich wollte also eine Geschichte über diese Erfahrung und den Lebenswillen, den sie auslöst, schreiben, aber ich wusste nicht, wie ich das Thema angehen sollte. Ich hatte Angst, dass die Geschichte etwas zu morbide werden könnte. Die meisten Menschen möchten kein Buch über den Tod lesen, wohl aber über Mysteriöses, Märchenhaftes und Übernatürliches.

Gefühle sind sehr präsent in Ihren Geschichten. Welche Vorstellung von Liebe haben Sie?
Die Liebe in all ihren Formen ist tatsächlich der »Rohstoff« jedes meiner Bücher, und das aus dem einfachen Grund, weil die Liebe oder der Mangel an Liebe zum großen Teil das menschliche Verhalten bestimmt. Um es mit Christian Bobins Worten zu sagen: »Wir leiden immer an der Liebe, auch wenn wir an nichts zu leiden glauben.«

Sie haben Ihre Leser an spektakuläre Schlusspointen gewöhnt. Ist das Ihr Markenzeichen?
Vorsicht, das hat kein System! Tatsächlich enden bisher viele meiner Geschichten mit einem dramatischen Crescendo. Die Amerikaner sprechen von »twist ending« oder »final twist«, um diese Filme oder Romane zu beschreiben, die mit einer echten Überraschung enden.

Mir hat als Leser oder Zuschauer immer dieser »final twist« am Schluss gefallen, der dem Ganzen eine totale Wendung gibt. Ich erinnere mich zum Beispiel an die Überraschung, die ich als Jugendlicher am Ende von Agatha Christies *Und dann gabs keines mehr* und *Roger Ackroyd und sein Mörder* empfand oder am Ende von Alfred Hitchcocks *Psycho* (mit dem konservierten Körper der Mutter in ihrem Sessel ...) Orson Welles *Citizen Kane* (*Rosebud*, das rätselhafte letzte Wort des sterbenden Kane zu Beginn des Films) und Clouzots *Die Teuflischen*. Clouzot hatte übrigens auf dem Filmplakat vermerkt: »Seien Sie nicht teuflisch. Verraten Sie Ihren Freunden unter keinen Umständen das Ende des Films!«

Haben Sie bestimmte Schreibgewohnheiten?
Wo arbeiten Sie? Im Stillen oder mit Musik?
Auf dem Computer oder auf Papier?
Mein Arbeitstag ähnelt dem eines Handwerkers. Ich versuche, jeden Tag zu schreiben und eine gewisse Disziplin einzuhalten, ohne mich von allzu strengen Ritualen einengen zu lassen.

Ich versuche, überall zu arbeiten: im Büro, im Café, im Zug, im Flugzeug. Mir ist übrigens aufgefallen, dass mir viele Ideen auf Flughäfen oder im Ausland gekommen sind. Ich schreibe meine Kapitel, eines nach dem anderen, auf dem Computer – immer auf einem Mac und mit einem bestimmten Textverarbeitungsprogramm –, dann ausgiebige Korrekturen auf Papier, die dann wieder in den Computer eingegeben werden u.s.w. Das alles hin und her so oft wie nötig.